Simonetta Agnello Hornby
Die Mandelpflückerin

Simonetta Agnello Hornby

Die Mandelpflückerin

Roman

Aus dem Italienischen
von Monika Lustig

Piper
München Zürich

Die Originalausgabe erschien 2002
unter dem Titel »La Mennulara« bei Feltrinelli in Mailand.

Alle in diesem Roman vorkommenden Personen sind frei erfunden.
Jegliche Übereinstimmung mit realen Personen ist rein zufällig.

ISBN 3-492-04530-8
2. Auflage 2004

Gesetzt aus der Janson Antiqua
Satz: Satz für Satz. Barbara Reischmann, Leutkirch
Druck und Bindung: Clausen & Bosse, Leck
Printed in Germany

www.piper.de

British Airways gewidmet

Montag, den 23. September 1963

1.
Doktor Mendicò leistet einer sterbenden Patientin Beistand

Doktor Mendicò fühlte sich mit einemmal hundemüde. Die Beine taten ihm weh, und in den Armen kribbelte es. Seit über einer Stunde schon hielt er die Hände der Mennulara in den seinen und strich unablässig und sachte kreisend über ihre Finger. Nun aber hob er seine rechte Hand, ließ die linke offen auf dem Bettuch liegen, und darauf ruhten die noch warmen Hände der Verstorbenen.

Dieser feierliche Moment war ihm wohl vertraut, und dennoch ging er ihm jedesmal sehr nahe: Es war die letzte Pflicht eines Arztes, der sich vor dem Tod geschlagen geben mußte. Behutsam schloß er die Lider der Toten. Dann faltete er ordentlich ihre Hände, legte sie behutsam auf ihre Brust und zog das Leintuch straff über die Schultern. Schließlich erhob er sich und ging hinaus, um die Familie Alfallipe vom Tod der Mennulara zu unterrichten.

Keine Sekunde länger als notwendig wollte er bei ihnen verweilen. Er überreichte Gianni Alfallipe das Kuvert mit dem Letzten Willen der Verstorbenen und eilte dann die Stufen des Mietshauses hinunter. Im Treppengang stieß er auf die Nachbarsfrauen, die in den oberen Stock wollten, um ihr Beileid kundzutun. Im Haus war es zum Ersticken gewesen. Kaum war er zum Tor hinaus, verlangsamte er seine Schritte und atmete in vollen Zügen die frische Morgenluft ein. Die Straße maß nur ein paar Dutzend Meter, wirkte aber viel länger, denn sie war schmal und sehr verwinkelt. Die zwei- bis dreistöckigen Häuser rechts und links waren im Lauf der Jahrhunderte aufs Geratewohl, eins übers andere, hochgemauert worden, und die ursprünglichen Bauten waren fast vollständig mit ihnen verwachsen; so bildeten sie zwei unebene, nur durch die Mauerbogen voneinander getrennte Fassadenfronten, die den Eindruck eines Tunnels erweckten; durch ihn hindurch führte eine der Steintreppen talwärts, die fast das gesamte weitverzweigte Straßennetz von Roccacolomba bildeten – dieses am Berghang klebenden Städtchens, das typisch für das Landesinnere ist.

Urplötzlich fiel dem Doktor Mendicò ein, daß er versäumt hatte, einen Rosenkranz um die Finger der Toten zu winden, wie es Brauch war. Im Geiste durchforschte er das Zimmer der Mennulara, um sich seine Vergeßlichkeit vor Augen zu rufen. Es war eine schmucklose Kammer, die nur das Notwendigste enthielt: ein Bett, einen Kleiderschrank, eine Lampe und ein Radio auf dem Nachtkasten, einen schmalen Tisch, der als Schreibtisch diente, und fein säuberlich auf einem Metalltablett angeordnet lagen Kugelschreiber, Bleistifte und ein dicker Radiergummi. Auf dem Regal waren zwei Photographien der Neffen und ein stark verblaßtes Lichtbild der Eltern angeordnet, dazu einige Schreibhefte und ein paar Bücher. Die Wände waren kahl, nur über der Kopfseite des Betts hing die Reproduktion von Ferrettis *Madonna mit dem Jesuskind.* Nichts deutete darauf hin, daß das Zimmer von einer Frau bewohnt wurde, auch fehlte das Durcheinander von Heiligenbildchen, kleinen Statuen der Madonna und der Lokalheiligen, Fläschchen mit Weihwasser, Mitbringseln aus fernen Ländern, wie sie sich für gewöhnlich auf den Kommoden der Frauen häufen; ein Rosenkranz war nirgends zu entdecken. Trotzdem hatte der Schlafraum der Mennulara bei ihm ganz deutlich den Eindruck einer beinahe klösterlichen Religiosität hinterlassen.

Der schwach azurblaue Himmelsstreifen zwischen den ungleichen spitzen Dächern war strahlend hell, ja, er blendete beinahe. Der Doktor hielt inne, holte tief Luft und hob die Augen andächtig zum Himmel. »Wer weiß, wohin ihre Seele entschwunden ist, Gott möge ihr Frieden geben«, sprach er leise. Dann setzte er seinen Weg fort und bog in die Treppenstraße ein, die zu seinem Haus führte. Die Glocke des Klosters schlug elf. Doktor Mendicò sagte sich, daß er vor dem Mittagessen noch Zeit hatte, um die anstehenden Telefonate zu erledigen, einen Kaffee zu trinken und einen Spaziergang zu machen: Er mußte allein sein und nachdenken. »Auch einem alten Arzt wie mir gelingt es nicht, sich dem Tod gegenüber ein dickes Fell zuzulegen«, murmelte er, als er an seiner Haustür klingelte.

Nachdem Gianni den Arzt zur Tür begleitet hatte, war er ins Wohnzimmer zurückgegangen. Schweigend erwarteten ihn die Mutter und die Schwestern. Santa hatte aus Respekt vor den Alfallipes und getreu den Anweisungen der Mennulara nicht gewagt einzutreten. Aber sie hatte ihre Neugier nicht zähmen können und war auf dem Gang geblieben; mit verstörtem, noch tränennassem Gesicht, die Arme reglos herabhängend, lehnte sie an der Küchentür und spitzte die Ohren, um vielleicht einige Gesprächsfetzen aus dem Mund der Herrschaften zu erhaschen.

Signora Alfallipe versank, den Kopf gegen die Lehne geneigt, in einem Sessel. Tränen standen ihr in den Augen, ihr Blick fiel ins Leere. Lilla kauerte auf der Armlehne und tätschelte ihre Stirn. Carmela wartete, ans Balkonfenster gelehnt, auf die Ankunft ihres Ehegatten. »Was hat der Doktor dir denn gegeben?« fragte Lilla. Gianni zeigte ihr den Umschlag, auf dem mit großen, krakeligen Druckbuchstaben sein Name geschrieben stand: Es war die Handschrift der Mennulara. Carmela hatte sich bei den Worten der Schwester umgedreht und beobachtete die beiden. Als sie des Briefkuverts ansichtig wurde, war sie auch schon bei ihnen und kreischte: »Das wird das Testament sein, ihr dürft es nicht aufmachen, wir müssen auf Massimo warten«, und immer schriller tönte sie: »Wir müssen auf Massimo warten!« Frau Alfallipe begann zu weinen und stieß mehrmals mit ermattender Stimme hervor, als sagte sie eine Litanei auf: »Ich wußte, daß Mennù an mich denken würde, sie hatte mich doch lieb.« Lilla und Gianni hätten das Kuvert am liebsten sofort geöffnet, aber sie wagten es nicht. Sie hatten auch keine Gelegenheit mehr, der Schwester zu widersprechen, denn Santa und der Pulk der Nachbarinnen drangen laut gestikulierend ins Zimmer, um ihr Beileid zu bekunden. Beim Anblick der Frauen zerfloß Signora Alfallipe in Tränen und erhielt im Handumdrehen Trost und Beistand. »Was wird jetzt aus mir, Mennù hat so gut für mich gesorgt, was soll ich nur machen, ich bin doch krank …«

Jedes Familienmitglied, eins ums andere, wurde gedrückt und geküßt, und die heftigen Umarmungen der Frauen hinterließen Spuren von Achselschweiß und den Geruch der Speisen, mit deren Zubereitung sie gerade begonnen hatten: Es war eine Mischung aus Knoblauch, Öl, Tomaten, Petersilie, Brotkrumen – ein altbekannter Geruch, der die Alfallipes in ihrer Abscheu vor den niederen Klassen einte.

Lilla schauderte es bei dem Gedanken, daß die Mutter seit dem Tod des Vaters in diesem engen Mietshaus, Seite an Seite mit einem Fischhändler, dem Elektriker des Hauses Alfallipe und einem kleinen Beamten ihr Leben gefristet hatte. Sie war ihrem Schicksal dankbar, das sie nach Rom geführt hatte, weit weg von diesem verkommenen Kaff. Sie bezwang ihren Ekel nach der letzten übelriechenden Umarmung und erklärte den Frauen, daß es der Mutter schlechtginge, ja, beinahe sei sie in Ohnmacht gefallen! Der Doktor Mendicò hatte ihr zum Glück eine Medizin verabreicht und Bettruhe angeordnet. Carmela und sie würden es nun nicht übers Herz bringen, die Mutter in ihrem Schmerz allein zu lassen, und wollten sich mit ihr zurückziehen: Die guten Nachbarsfrauen sollten ruhig bleiben, auch in das Zimmer gehen, wo die Mennulara lag, und Santa bei der Leichenwäsche zur Hand gehen, wenn ihnen der Sinn danach stand. Sie und Carmela würden sich jedenfalls um die Mutter kümmern, die in einem so qualvollen Augenblick viel Beistand brauchte.

Signora Alfallipe war, um die Worte der Tochter – die als Arztgattin mit einer gewissen Berechtigung etwas zum Thema beizutragen hatte – zu bekräftigen, mit ausgebreiteten Armen noch tiefer in den Sessel gesunken. Die Hände ließ sie schlaff über die Lehnen baumeln, den Kopf hatte sie wieder gegen die Rückenlehne gedrückt, und sie pisperte: »Mir geht's schlecht, mir ist ganz schwindelig«, und im Nu eilten Santa und ihre Kinder herbei. An diesem Punkt ließ sich die besorgte Anteilnahme der Klageweiber, die sich noch immer nicht verzogen hatten, nicht mehr abwenden. Sie ergingen sich in guten Ratschlägen und machten sich mit großem Eifer auf verschiedenerlei Weise nützlich. Mit vereinten Kräften trugen sie die Signora ins Schlafzimmer und legten sie aufs Bett: Die eine brachte ihr ein Glas Wasser, die andere betupfte ihre Stirn mit einem feuchten Tuch, die dritte stopfte ihr ein Kissen in den Nacken, die vierte fühlte ihren Puls. Signora Alfallipe war überaus zufrieden, so umhegt zu werden, und befürchtete zugleich, daß eine Besserung ihres Zustands ihr die Zuwendung entziehen könnte, die sie doch so genoß. Aus diesem Grund verstärkte sie ihr Jammern und Wehklagen. Dann traf der Schwiegersohn ein.

Massimo Leone hatte es am Morgen nicht gewagt, Carmela zu begleiten, nachdem Santa sie mit ihrem Anruf aus dem Schlaf gerissen hatte, um ihnen mitzuteilen, daß die Mennulara im Sterben liege. Er hatte es vorgezogen, im Hause Alfallipe, das nur ein paar Minuten entfernt war, abzuwarten, wie sich die Sache entwickelte. Erst als Carmela am Telefon verkündete, daß die Mennulara ins Koma gefallen sei, fühlte er sich berechtigt, in die Wohnung der Sterbenden zu gehen. Instinktiv gehorchte er noch immer dem Bannspruch der Mennulara: »Ich schwöre bei der Seele meiner Mutter, daß er niemals seinen Fuß in das Haus setzen wird, in dem ich lebe«, was einer richtigen Verstoßung gleichkam. Seit sieben Jahren war er mit Carmela verheiratet, und es war ihm untersagt, auch nur den Hauseingang zu betreten oder seine Frau anzurufen, wenn sie sich in jenem Haus aufhielt. Er hatte sie glühend gehaßt, diese verdammte Mennulara, und er haßte sie noch immer. Jetzt endlich war sie tot. Massimo fühlte sich richtiggehend erleichtert. Mit einer Mischung aus Erregung und Groll in der Brust stieg er die Treppen hinauf: Er würde nur mit seinen Blicken ihren Leichnam durchbohren, aber nicht auf sie spucken können, wie sie es verdient hatte. Das Gegackere, das man von der Treppe her vernahm, verriet deutlich, daß sie bereits Trauerbesuch hatte.

Die Nachbarinnen behandelten ihn, als gehörte er zur Familie der Verstorbenen. Sie bildeten einen dichten Ring um ihn und versuchten, die peinliche Situation zu überspielen, denn sie waren allesamt im Bilde über seine Verbannung. Die Beileidssprüche waren wohl bedacht: »Wie eine leibliche Tochter hatte sie Ihre Frau Gemahlin ins Herz geschlossen« – »Für sie tat sie einfach alles« – »Sie war ein guter Mensch, glauben Sie mir.« Massimo ließ die Frauen stehen und ging ins Schlafzimmer der Schwiegermutter, wo die Schwägerinnen und der Schwager ihn ungeduldig erwarteten.

Sie begrüßten ihn ohne die üblichen Küsse und Umarmungen. Lilla schloß eiligst die Tür hinter ihm, nachdem sie Santa befohlen hatte, sie allein zu lassen und dafür zu sorgen, daß keiner sie störte. Dann schaute sie den Bruder vielsagend an. Gianni öffnete flugs das Briefkuvert, zog ein Blatt heraus und las stirnrunzelnd. Die Schwestern und der Schwager umstanden ihn, stumm und reglos. Schweigend las Gianni weiter. Lilla konnte nicht an sich halten: »Lies doch laut, was steht denn da?« Gianni reichte ihr das Papier: »Ich kapiere nichts, sieh du mal.« Die Mutter, die sich überraschend schnell erholt hatte und ihrem Gespräch folgte, fiel bei den Worten Giannis jammernd in die Kissen zurück. Aber niemand beachtete sie jetzt, denn Gianni hatte begonnen, mit lauter Stimme zu lesen:

Dieses Testament ist in Wahrheit keines, denn ich habe Euch alles gegeben, was Euch zusteht, und ich besitze nichts, was ich Euch noch geben müßte. Aber ich bitte Euch ein letztes Mal zu tun, was ich Euch sage, und Ihr werdet nicht leer ausgehen. Ich will ein Begräbnis in Roccacolomba ohne Prozession der Waisenkinder und Nonnen, und Ihr Alfallipes müßt alle daran teilnehmen, denn das habe ich verdient. Ich werde, wie es sich für die Magd des Hauses Alfallipe geziemt, die ich nun einmal bin, in der Grabstätte beigesetzt, die ich mir gegenüber Eurer Familiengruft gekauft habe. Auf dem Grabstein will ich ein Photo und die Inschrift: ›Hier ruht Maria Rosalia Inzerillo, Mennulara genannt, die im Alter von dreizehn Jahren ins Haus Alfallipe kam und dort als ehrliche Person diente und es hütete bis zu ihrem Tod.‹ In Roccacolomba lasse ich keine Besitztümer zurück. Die Wohnung, in der ich sterbe, ist auf den Namen der Signora Adriana eingetragen, wenn sie will, kann sie weiterhin dort leben, aber Ihr müßt ihr ein tüchtiges Dienstmädchen finden und es anständig bezahlen, so daß sie bis zu ihrem Tod gut versorgt sein wird. Die paar Sachen in meinem Zimmer, die gebt ruhig Padre Arena, wenn er sie für die Notleidenden und seine Kirche braucht. Die wenigen Möbel gehen an die Signora Adriana. Ich verlange, daß Ihr sofort eine Anzeige in das »Giornale di Sicilia« setzt, wortwörtlich, so wie ich es Euch im folgenden aufschreibe:

Am heutigen Tag
wurde ins ewige Leben gerufen
Maria Rosalia Inzerilla
die Mennulara genannt
im Alter von 55 Jahren
Verwalterin und Dienstangestellte des Hauses Alfallipe.
Voller Schmerz und untröstlich gibt die Familie Alfallipe
ihren unverwindbaren Verlust kund.

Gemeinsam trauern: Signora Adriana Mangiaracina, Witwe des Advokaten Orazio Alfallipe, der Sohn Gianni mit Ehefrau

Anna Chiovaro, die Tochter Lilla mit Ehemann dott. Gian Maria Bolla sowie die Tochter Carmela mit Ehemann Massimo Leone. Die Verstorbene lebte seit ihrem 13. Lebensjahr im Hause Alfallipe und diente ehrlich und gewissenhaft der Familie, die tief ergriffen um sie weint. Die Trauerfeier wird am 24. September 1963 um 15 Uhr in der Kirche der Addolorata stattfinden; anschließend wird der Leichnam zur Bestattung im Familiengrab auf den Friedhof von Roccacolomba geleitet werden.

Unterrichtet nicht meine Neffen, denn ich will sie nicht bei meiner Beerdigung haben. Meine Seele gehört Gott, und mein Besitz dem, dem er zusteht.

Als erste ergriff die Mutter das Wort: »Ich hab's euch ja gesagt, Mennù würde an alles denken, sie hinterläßt mir die Wohnung … Aber wer von euch wird für mich sorgen, jetzt, da ich allein bin?« Sie hatte den Oberkörper aus den Kissen erhoben und blickte wie eine Henne im Nest in die Runde. Ihre Kinder und der Schwiegersohn ignorierten sie mit dumpfem Schweigen.

Massimo hatte Gianni unterdessen das Blatt aus den Händen genommen und starrte unverwandt darauf. Plötzlich schimpfte er los, immer lauter: »Was für ein Papier ist denn das! Und wo ist das Geld, wem vermacht sie das Geld? Ich habe mir wegen dieser Hure gegen das Bein pissen lassen, weil du, du …«, brüllte er und erhob drohend den Zeigefinger gegen seine Frau, »du hast behauptet, daß sie uns nach ihrem Tod entsprechend bedenken würde! Eine blöde Gans bist du!« Carmela brach in Tränen aus und flüchtete sich zur Mutter aufs Bett. Gianni versuchte den Schwager zu beruhigen und erinnerte ihn daran, daß sie hier nicht in ihren eigenen vier Wänden und die Trauergäste im anderen Zimmer ganz Ohr wären, um etwas zum Dorftratsch beisteuern zu können.

Lilla hatte sich in eine Ecke gesetzt und nahm sich den Brief vor. Dann hob sie leise an zu sprechen, bezwang nur mühsam die Wut, die ihre Brust anschwellen ließ, spürte, wie sie ihr bis in die Kehle stieg und ihre Worte färbte: »Alles hat sie organisiert, sogar die Stunde ihrer Beerdigung; den Brief, den hat sie sich von Doktor Mendicò schreiben lassen, man sieht, daß es eine fremde Handschrift ist. Der Brief ist geradezu pervers, ihre eigene Verwandtschaft will sie nicht, vielleicht haben sie die Verbindung zu ihr abgebrochen, das würde ihnen keiner von uns verdenken können! Statt dessen will sie, vielmehr sie gibt Anweisungen – wieder mal –, daß wir ihre Begräbniskosten übernehmen und diese absurde, blamierende Anzeige voller Grammatikfehler, die für eine Hausangestellte, besser gesagt für eine Dienstmagd, wie sie sich bezeichnet, völlig ungewöhnlich ist, in keiner geringeren Zeitung als im ›Giornale di Sicilia‹ veröffentlichen – ausgerechnet sie, die immer nur hier in diesem Provinznest gelebt hat und nach der woanders kein Hahn kräht. Nicht eine Sekunde hat sie daran gedacht, die Anzeige in die ›Sicilia‹, das Tagblatt der Provinz, setzen zu lassen. Nein, mit Hilfe der Zeitung, die auf der ganzen Insel gelesen wird, will sie aus ihrem Tod ein öffentliches Ereignis machen. Sie ist einfach größenwahnsinnig, der Text ist nichts weiter als eine Lobeshymne auf sich selbst. Ich hätte nie gedacht, daß sie derart blasiert und verantwortungslos ist. Das ist der Gipfel der Zumutung für uns. Und obendrein macht sie sich über uns lustig: Obwohl sie uns weismachen will, nichts zu vererben zu haben, behauptet sie, daß es sich für uns auszahlen wird, ihr noch einmal zu gehorchen, ein richtiger Affront ist das …« Lilla schäumte vor Wut und schaffte es nicht, den Satz zu beenden. Entsetzt starrten die anderen sie an.

Noch mehr Leute waren mittlerweile eingetroffen, und überschwengliche Trauerreden erfüllten das Zimmer. Genau in diesem Augenblick erhob sich im Wohnzimmer die kreischende Stimme einer Frau, die klang, als priese sie auf dem Markt ihre Ware an: »Eine Heilige war sie! Ihr Leben bestand nur aus Arbeit und Verzicht! Sie hat es nicht verdient zu sterben!« Die Stimme wurde von einem unverständlichen Chor überdeckt, der ohne Zweifel aus Lobpreisungen der Toten aus dem Munde der Trauerweiber bestand. Lilla fuhr grollend fort: »Verdient hätte sie, daß ich die Tür aufreiße und den Leuten ins Gesicht sage: Um so eine Hausangestellte, die uns jetzt gnadenlos dem Gespött preisgibt, darf keiner auch nur eine Träne vergießen!« Massimo umklammerte mit aller Kraft die Rückenlehne eines Stuhls, als müßte er ihn zerdrücken. Mit dröhnender Stimme, als sollte das ganze Haus ihn hören, brach es aus ihm heraus: »Sie hat uns immer und um jeden Preis erniedrigen wollen; dieses Stück Papier strotzt vor Gift.« Erregt fügte Gianni zu Lilla gewandt hinzu: »Du lebst in Rom, aber ich lehre an der Universität in Catania und trage den Namen Alfallipe. Eine solche Anzeige in die Zeitung zu setzen wäre eine unerträgliche Schmach für mich und Anna, die Leute würden uns für unfähig und obendrein für beschränkt halten, alle werden über mich lachen.« Carmela kreischte los: »Du zumindest bist von hier weggegangen, aber wer denkt an mich? Ich bin es doch, die in Roccacolomba lebt, was werden die Leute bloß sagen?« Alle palaverten wütend durcheinander und gingen angriffslustig wie hungrige Raubtiere im Zimmer auf und ab.

Signora Alfallipe sah zerbrechlich aus, beinahe wie ein junges Mädchen, wie sie sich da in die Kissen ihres großen Betts kuschelte. Ihr Blick aus tränenverschleierten Augen, in dem Überraschung und Bestürzung standen, folgte ihnen. Sie mußte eingreifen, um ernsteren Streit abzuwiegeln. Der sichere Ton ihrer Stimme überraschte die anderen nicht weniger als sie selbst: Die Anweisungen für die Begräbnisfeierlichkeiten kümmerten sie nicht, keinen Gedanken verschwendete sie daran. Sie sorgte sich um die Besitztümer ihrer Kinder, und die sollten mehr daran denken als sie, die alt wurde und bald sterben müßte, das spürte sie in den Knochen: »Mennù hatte einen schlimmen Charakter, und sie war nicht auf den Kopf gefallen, aber ehrlich war sie, und uns allen eine getreue Dienerin; es ist nur recht und billig, daß wir das Begräbnis für sie ausrichten. Glaubt mir, sie wird euch geben, was euch zusteht, da habe ich keinen Zweifel. Mit diesem Brief will sie zunächst nur die Bestattungsangelegenheiten regeln, ein echtes Testament wird schon noch da sein. Es ist ja auch möglich, daß sie die Dinge auf diese Weise eingefädelt hat, um Erbschaftssteuern zu umgehen, Mennù zahlte nämlich nicht gern ins Staatssäckel ein. Um Gottes willen, beruhigt euch, nebenan sind doch Leute!« Und erschöpft von der langen Strafpredigt brach sie in Tränen aus.

Auch Carmela war um die Hinterlassenschaft besorgt und klammerte sich an einen Hoffnungsfaden: »Eins dürfen wir nicht vergessen, Mennù hat immer ihr Wort gehalten, und bis gestern abend hat sie zu mir gesagt, daß wir tun sollen, was sie uns aufträgt, und wir werden Geld und Gut von ihr bekommen. Ein Testament kann ja beim Notar oder sonstwo hinterlegt sein; womöglich hat sie bereits Schenkungen gemacht oder die Bankkonten auf unseren Namen überschrieben, und wir wissen es nur noch nicht. Wir müssen ihre Schubladen durchsuchen. Sie war nicht der Typ, der sich einem vertrottelten Alten wie dem Doktor Mendicò anvertraut hätte. Was meinst du, Massimo?« Sie suchte die Zustimmung ihres Gatten, der mit dem Rücken zu allen am Balkon stand. Massimo rührte sich nicht. Carmela wurde blaß und warf sich erneut schluchzend aufs Bett der Mutter.

Da klopfte Santa keck an die Zimmertür und tat besorgt. Die anderen Frauen hatten das Geschrei mitgekriegt und vergingen schier vor Neugier zu erfahren, was da im Gange war. Santa fragte vorsichtig, ob ein paar Frauen eintreten dürften, um der Signora Adriana ihr Beileid auszusprechen. Das Zimmer füllte sich erneut mit Leuten, und die Familienversammlung löste sich auf. Massimo hatte sich grußlos verzogen und blieb bis zum späten Nachmittag wie vom Erdboden verschluckt. Noch nie hatte man in der bescheidenen Behausung der Mennulara so viele Leute gesehen: Die Besuche zogen sich hin, bis es Zeit zum Mittagessen war; außer den Leuten von ihrem Stand kamen auch einige Verwandte und enge Freundinnen von Frau Adriana und sogar manch früherer Angestellter des Hauses Alfallipe.

2.

Am Nachmittag des Todestages trifft die Familie Alfallipe einige schicksalsschwere Entscheidungen, und die Geschwister Alfallipe verbringen die Nacht, jeder wie es ihm paßt, anstatt Totenwache zu halten

Am frühen Nachmittag, während einer kurzen Unterbrechung der unerträglichen Trauerbesuche, legte Lilla ihren Plan vor: »Zuallererst müssen wir die Bestattung organisieren, denn der Leichnam kann ja nicht in alle Ewigkeit hier liegenbleiben. Halten wir es so, wie sie sagt, das erscheint mir sinnvoll. Danach gehen wir in ihr Zimmer und suchen nach einem Testament oder irgendeiner anderen schriftlichen Verfügung. Sobald wie möglich werden wir den Notar Vazzano anrufen und den Buchhalter oder Steuerberater aufsuchen, der sich um ihre Steuererklärungen gekümmert hat, wir müssen herausfinden, wer das war. Was die Todesanzeige betrifft, so bin ich absolut dagegen, daß überhaupt eine in irgendeiner Zeitung veröffentlicht wird, schließlich war sie ein Dienstmädchen.«

Signora Alfallipe hatte dank der Besucher und der nicht enden wollenden Lobhudelei über die Verstorbene Oberwasser gekriegt und widersprach mit einer solchen Entschiedenheit, daß ihre Kinder baß erstaunt waren. Sie verlangte, daß zumindest im Ort eine Todesanzeige ausgehängt werde, und zwar mit dem Wortlaut, den Mennù angegeben hatte. Sie hob zu einer längeren Rede an, und ihre Stimme tönte kräftig: »Nur Mennù habe ich es zu verdanken, wenn ich nach dem Tod eures Vaters ein einigermaßen erträgliches Leben hatte. Selbstverständlich, ihr habt eure Familien und lebt in euren eigenen vier Wänden, doch keiner von euch hat sich erboten, mich zu sich zu nehmen oder mit mir im Hause unserer Familie zu leben.« Sie machte eine Pause, ihr Blick wanderte zu Gianni, ihrem Liebling, dann fuhr sie fort: »Jedenfalls wart ihr euch alle einig, daß ich dort und allein mein Leben fristen sollte. Nachts rüttelt der Wind an den Fensterläden, die Scheiben scheppern, und es gibt noch tausend andere Geräusche. Ich habe einfach Angst, in dem Haus zu leben. Bei Tag überkommt mich in den kahlen Zimmern und auf den verwaisten Korridoren tiefe Traurigkeit, ganz zu schweigen von der Kälte im Winter und den Instandhaltungskosten. An mich habt ihr nicht gedacht, nur an das, was die Leute sagen, das ja, das war euch wichtig! Ich brauche Gesellschaft um mich herum. Und Mennùs Angebot, bei ihr zu schlafen und zu essen, war die beste Lösung. Tagsüber konnte ich, wann und sooft es mir beliebte, in mein eigenes Haus gehen, weiterhin Gäste empfangen und meine Räume nutzen, die Mennù sauber und ordentlich gehalten hat. Sie hat mich hier oder im Haus Alfallipe nicht ein einziges Mal alleine gelassen, sie wußte, daß ich sonst vor Angst gestorben wäre. Mennù hat hervorragend für mich gesorgt, und die Beerdigung und die Anzeige hat sie sich wahrlich verdient.«

Der scharfe Ton der Mutter überraschte alle. Sie verstanden die kaum verhüllten Vorwürfe durchaus und mußten sich ihrem Wunsch beugen. Sie schlossen einen Kompromiß: Einen Nachruf auf die Tote sollte es geben, aber nur in Form von Wandaushängen längs der örtlichen Straßen, den Text würden sie neu schreiben. Zur größten Verwunderung aller wollte sich Massimo, den Carmela umgehend telefonisch über die letzten Beschlüsse unterrichtet hatte, persönlich darum kümmern, wofür ihm alle dankbar waren.

Der Rest des Tages verging in Windeseile. Signora Alfallipe ließ sich von den liebevollen Anrufen ihrer Freundinnen und den Trauerbesuchen ablenken und trösten. Unermüdlich, so wollte es scheinen, erzählte sie immer wieder die Einzelheiten der langen Krankheit ihrer Mennù, die schmerzensreiche Agonie, die Bestürzung über ihren plötzlichen Tod. Ja, sie zog Trost aus ihrem Selbstmitleid, das diesmal mehr als gerechtfertigt war. Sie wollte, daß Gianni an ihrer Seite bliebe, damit sie ihren Töchtern weniger zur Last fiele, die tausend Sachen zu erledigen hatten – darunter auch die Vorbereitungen der zumindest fürs erste unvermeidlichen Rückkehr ihrer Mutter in den Palazzo Alfallipe.

Gianni und Carmela, die am besten mit den Leuten im Dorf bekannt waren, mußten sich den Anrufen und Besuchen stellen, die in der winzigen Bleibe der Mennulara zuhauf eintrafen. Lilla war nach ihrer Heirat aus Roccacolomba weggezogen und hatte nur spärliche Kontakte aufrechterhalten. Deshalb fiel ihr jetzt die Aufgabe zu, Santa Anweisungen für die folgenden Tage und die Reinigungsaktion im Hause Alfallipe zu geben, und sich unterdes auf die Suche nach dem Testament zu machen. Der Notar Vazzano hatte höchst betreten am Telefon zugeben müssen, über kein Testament oder andere Anweisung von seiten der Mennulara zu verfügen. Er empfahl eine sorgfältige Durchsuchung ihrer Schubladen. Lilla hatte, sobald sie allein war, versucht, in den Kommoden und Schränken des Hauses fündig zu werden, aber vergeblich. Photographien der Neffen, Haushaltsrechnungen und Quittungen, ein kleines Heft voller Zahlen und Additionen, Einkaufslisten, Anmerkungen und sogar Entwürfe für Bestattungsanzeigen kamen ans Tageslicht. Doch weiter nichts. So beschloß sie, die Suche im Hause Alfallipe systematischer anzugehen.

Am späten Nachmittag kehrte Lilla in den Palazzo der Familie zurück. Sie war richtig aufgeregt, als sie das Tor mit dem großen schmiedeeisernen Schlüssel öffnete und ganz allein ihren Fuß in das Haus setzte, wo sie als junges Mädchen mit den Eltern und der Großmutter gelebt hatte. Auf dem Weg zu den Dienstbotenzimmern durchquerte sie Räume, die sie seit vielen Jahren nicht mehr gesehen hatte: die Zimmer, wo die

Dienstmädchen früher gebügelt hatten, die Vorküche und die große Hauptküche, die nie modernisiert worden war. Dann stieg sie die enge Holztreppe zu den Kammern der Dienstmädchen im Zwischengeschoß hinauf, das einst der zahlreichen Dienerschaft vorbehalten war und wo Mennù über Jahre alleine geschlafen hatte. Obwohl überall Staub lag, war deutlich zu erkennen, daß die Zimmer regelmäßig gereinigt und in Ordnung gebracht worden waren. Es sah so aus, als sei das Haus nur für die Zeit der Sommerfrische geschlossen worden: Die Betten waren mit alten, aber reinlichen Tüchern abgedeckt, kleinere Gebrauchsgegenstände und Dekorationsstücke waren in den Schränken verstaut, damit sie nicht staubig wurden, Badewannen und Waschbecken waren blitzblank. Sie fand nichts von dem, wonach sie suchte, nur Aufstellungen über die Schrankinhalte, die Mennù in wackeligen Druckbuchstaben geschrieben hatte.

Langsam brach der Abend an, und Lilla vernahm deutlich die Geräusche: das Knacken und die dumpfen Schläge der Türen, die quietschenden Scharniere, das Rascheln der Bäume im Garten, wenn der Wind sie zauste, das Flügelschlagen der Vögel, die ihre Nester unterm Dachgesims hatten; und zum erstenmal verstand sie lebhaft ihre Mutter und deren Ängste, ja, die Vorstellung, daß sie diese Nacht in der Wohnung der Dienstmagd verbringen durfte, war für sie äußerst beruhigend.

Gianni Alfallipe hatte zwar ein dickes Fell, aber die Ereignisse der vergangenen Tage hatten ihm ganz schön zugesetzt. In Catania führte er ein beschauliches und geregeltes Leben an der Seite seiner jungen und vielgeliebten Ehefrau, die ebenfalls an der Universität lehrte. Mennù hatte ihm Anfang des Monats über ihren Krankheitszustand reinen Wein eingeschenkt, aber sie hatte auf ihn nicht den Eindruck gemacht, daß es so rasch zu Ende gehen würde. Aufgrund einer zufälligen Fügung war Lilla am vergangenen Samstag wegen geschäftlicher Angelegenheiten in Catania eingetroffen, andernfalls wäre sie erst am Monatsende zum üblichen Besuch zur Mutter gekommen, wofür sie immer den ersten Flug von Rom aus und den letzten wieder zurück nahm. Am Abend zuvor hatte Carmela sie über die Verschlechterung des Zustands von Mennù unterrichtet und sie gedrängt, sofort zu kommen.

Carmela und ihre Schwester hatten unterdes beschlossen, keine Totenwache im üblichen Stil abzuhalten. Nur Lilla und die Mutter, die sich geweigert hatte, die Tote allein zu lassen, wollten für eine letzte Nacht in jenem Haus bleiben. Gianni versprach, am nächsten Vormittag zusammen mit seiner Frau rechtzeitig zur Bestattung zu erscheinen. Sie wollten Casa Alfallipe für den Einzug der Mutter aufschließen, die diesem Moment mit Bestürzung entgegensah; ihr Nachwuchs hingegen war geradezu erleichtert: Endlich wäre Schluß mit der verwerflichen Menage bei der Dienstmagd.

Gianni hatte Roccacolomba hinter sich gelassen und war erst jetzt in der Lage, sich ein Bild von der Situation zu machen. Seit der Jugendzeit gehörte Mennù zu seinem Leben. Zuerst war sie eine ergebene Dienerin und ein herzensgutes Kindermädchen gewesen, dann war sie immer noch Dienstmagd, zugleich aber Verwalterin des Familienvermögens. Ihr Wesen war nach und nach rauher geworden, aber sie war stets der Stützpfeiler des Hauses Alfallipe geblieben. Sie hatte ihn zum Studium angetrieben, ihm oft völlig unverständliche Predigten über die Gefahren der modernen Welt und die Bedeutung der gesellschaftlichen Position seiner Familie gehalten. Sie hämmerte ihm ein, daß er seinem Namen Ehre machen müsse. Schließlich war er richtig froh gewesen, der bedrückenden häuslichen Atmosphäre zu entfliehen, um die Oberschule in einem Internat in Catania zu absolvieren. Seit jener Zeit hatte Gianni sich gefühlsmäßig von den Eltern und von der gesamten Familie entfernt. Er verachtete die Mutter wegen ihres ewigen Selbstmitleids und ihrer Kulturlosigkeit. Mit ihrem egoistischen und neurotischen Klammerverhalten hatte sie ihn immer nur erdrückt; zwischen seinem Vater und ihm bestand ein fortgesetztes gegenseitiges Unverstehen.

Nach dem Tod des Vaters hatte Gianni nicht gezögert, Mennù die Verwaltung des Familienbesitzes aus den Händen zu nehmen. Die Schwestern waren seinem Beispiel gefolgt und hatten schließlich die Grundlage der Macht zerstört, die die Hausmagd innerhalb der Familie besaß. Mennù konnte ihre Machtposition nie mehr vollständig zurückgewinnen, auch dann nicht, als sich die Mutter unschicklicherweise entschloß, zu ihr zu ziehen. Doch mit einer kostspieligen Strategie hat sie dann zumindest einen Teil ihrer Macht wiedererlangt. Um die jungen Alfallipes zu verpflichten, der Mutter regelmäßig ihre Aufwartung zu machen, erbot sie sich, den drei Geschwistern eine Art Monatsgehalt zu zahlen, unter der Voraussetzung, daß sie sich nach Roccacolomba begaben, um das Geld eigenhändig entgegenzunehmen. Jedesmal wenn sie ihrem Diktat nicht gehorchten, mußten sie auf das Geld verzichten. Doch das kam nur selten vor, denn es handelte sich um keine geringfügige Summe, und Bargeld schlägt ja keiner aus. Mit Mennùs Tod war für Gianni ein Lebensabschnitt zu Ende gegangen. Jetzt könnte er seine ganze Energie seiner Laufbahn und der Familie widmen, die er mit seiner Frau zu gründen hoffte. Es blieb noch das Rätsel des vermeintlich unermeßlichen Reichtums von Mennù, und es blieben die Schwierigkeiten, auf die sie wohl stoßen würden, um in den Besitz des Vermögens zu gelangen. Und obendrein blieb natürlich die Frage, wie die Mutter zu versorgen wäre. Doch seine Hoffnung war, daß sich all das im Laufe der Zeit von selbst lösen würde.

Genau wie der Vater besaß auch Gianni eine bemerkenswerte Fähigkeit, Unangenehmes einfach zu verdrängen: Kaum daß er in seinem Wagen die Kreuzung von Roccacolomba hinter sich gelassen hatte und die Straße über einen sanften Hang talabwärts durch die dichten Steineichenwälder des Feudalbesitzes der Fürsten Brogli führte, die seine Vorfahren über Generationen verwaltet hatten, genoß er die Vorfreude auf das Wiedersehen mit seiner Angetrauten und vergaß das Dorf mitsamt seinen Einwohnern. An diesem Abend jedoch bekam er Sodbrennen und konnte nachts nur schlecht schlafen.

3.

Massimo Leone feiert schamlos auf seine Art und Weise den Tod der Mennulara

Ohne jegliche Gewissenslast hingegen hatte Massimo Leone einen befriedigenden Tag verlebt. Am Nachmittag hatte er sich um die Vorbereitung der Bestattungsfeierlichkeiten gekümmert. Wie mit den Familienangehörigen besprochen, hatte er den Nachruf auf die Tote verfaßt. Gern hätte er den Text noch knapper gehalten, aber er mußte auch Rücksicht auf die Schwiegermutter nehmen. Die verstand sich seiner Meinung nach hervorragend aufs Schauspielern und war in der Lage, auf Kommando einen hysterischen Anfall und Übelsein vorzutäuschen, um ihren Willen durchzusetzen. Die Bestattungsfeier sollte schlicht sein und nicht über das hinausgehen, was die gesellschaftliche Stellung der Verstorbenen zuließ; Massimo war froh über die ehrlichen Dankesbezeigungen der Schwäger und auch beruhigt, denn noch immer war es ihm peinlich, in Gegenwart aller den Bogen ein wenig überspannt zu haben.

Abends hatten sie allein zu Hause gegessen. Carmela erzählte von den Trauerbesuchen und platzte urplötzlich mit der Frage heraus: »Aber was geschieht denn bloß am 25.?«

»Daran habe ich heute morgen gedacht. Weißt du, wo sie ihr Geld abholte?«

»Das kriegte sie, glaube ich, per Post«, nuschelte Carmela.

»Woher weißt du das?« fragte Massimo angriffslustig.

»Sie sagte immer, sie müsse am 25. zur Post gehen, weil das heilige Zahlmeisterlein ihr Geld schicken würde.«

»Also dann wird das Geld wie bisher eintreffen«, folgerte Massimo.

»Und wer holt es ab?« fragte Carmela, und ein düsterer Schleier überzog ihre azurblauen Augen beim Gedanken, daß sie auch diese Aufgabe auf ihre zarten Schultern nehmen müßte.

»Laß gut sein, heute war ein Großkampftag, wir überlegen uns das morgen.«

Rasch aßen sie ihre Teller leer.

Nach dem Abendessen ging Massimo aus, um seine Freunde in der Bar auf der Piazza zu treffen. Carmela war wieder bei Kräften, und als sie allein war, führte sie endlose Telefonate mit ihren Freundinnen, die sie sowieso täglich sprach, um sie – zumindest die paar wenigen, die noch nicht auf dem laufenden waren – über den Tod der Mennulara zu unterrichten. Sie legte allen nahe, keine Umstände zu machen und dem Begräbnis ruhigen Gewissens fernzubleiben, es werde nur für enge Vertraute und zu einer sehr ungewöhnlichen Uhrzeit abgehalten: Wenn sie daran teilnehmen wollten, müßten sie auf ihr Mittagsschläfchen verzichten, und das sei wirklich nicht nötig, sie war ja schließlich nur ein Dienstgeschöpf. Nicht einmal bei dieser Gelegenheit konnte sie es sich verkneifen, über Mennù herzuziehen, und beendete jedes Telefongespräch mit einer boshaften Spitze: »Es stimmt schon, daß man über die Toten nicht schlecht reden darf, aber sie hatte einen äußerst schwierigen Charakter, man brauchte eine Eselsgeduld mit ihr. Massimo ist ein Heiliger, ihretwegen hatte er so manches ertragen müssen. Trotzdem war er uns heute eine großartige Hilfe.« Unerwähnt ließ Carmela die Tatsache, daß ihre Familie die Todesanzeige auf öffentlichen Plätzen hatte aushängen lassen, denn dessen schämte sie sich.

Als er sich der Piazza näherte, überkamen Massimo wie üblich Mutlosigkeit und Besorgnis. Während er sich am Nachmittag noch auf die Freunde gefreut hatte – was hatten sie sich nicht alles zu erzählen! –, war er jetzt voller Angst vor der Zukunft. Durch das geregelte, wenn auch halbierte Einkommen hatte er sich nach dem Bankrott seiner Geschäfte die Gläubiger vom Hals halten können. Er überdachte das Gespräch mit Carmela, die nicht auf den Kopf gefallen war. Die Schwäger und seine Frau hatten ihn glauben gemacht, daß im Testament der Mennulara die Alfallipes als Erben eingesetzt wären. Jetzt aber sah es ganz so aus, als hätte die Dienerin nicht die mindeste Absicht gehabt, ein Testament zu verfassen, und damit würde ihr Besitz den Neffen zufallen. Nun war ihm alles klar. Aus diesem Grund hatte sie nicht gewollt, daß ihre Verwandten zur Beerdigung kämen! Das war die letzte Verhöhnung, die sie sich der Familie Alfallipe gegenüber geleistet hatte: ›Auf eure Kosten habe ich mir ein erkleckliches Sümmchen zusammengespart, nun lasse ich euch auch noch meine Beerdigung bezahlen und hinterlasse mein Hab und Gut meinen rechtmäßigen Erben‹, so mußte sie boshafterweise gedacht haben. Bei der bloßen Vorstellung, daß die Dinge so gelaufen sein könnten, glaubte Massimo vor Zorn ohnmächtig zu werden. Ihm wurde ganz kalt ums Herz, und seine Beine zitterten. Auf dem Absatz wollte er kehrtmachen, doch da verspürte er plötzlich einen kräftigen Pratzenhieb auf der Schulter. »Ein starker Mann bist du, Massimo, wenn du nach einem so anstrengenden Tag im Haus Alfallipe auch noch ausgehst!« Also riß er sich zusammen und setzte gemeinsam mit dem Kumpan seinen Weg Richtung Bar fort. Er trank viel und unterhielt die Trinkbrüder mit Geschichten über die Mennulara. Seit Jahren habe er ihren Tod herbeigewünscht, so viele Demütigungen habe sie ihm zugefügt, eine Diebin sei sie und habe sich ihre Wohnung und wer weiß was sonst noch mit dem Geld gekauft, das sie seiner Frau und deren Geschwistern gestohlen habe. Wie besessen wiederholte Massimo, Zustimmung heischend, für jeden Neuankömmling in der Runde diese Worte: »Untaten hat sie unzählige vollbracht, und sie hätte es verdient, von Mörderhand zu sterben. Gerne hätte ich das persönlich besorgt, aber am Ende war das nicht mehr nötig: Ihr eigenes Gift stieg von ihren Gedärmen auf und machte ihr den Garaus.«

Beseelt vom Alkohol und von der Hoffnung auf die Erbschaft, angestachelt von der trügerischen Heiterkeit der Freunde, vergaß Massimo die Zweifel, die ihn auf der Straße überkommen hatten. Er suhlte sich regelrecht in der Vorstellung, bald ein reicher Mann zu sein, denn endlich würde das Familienvermögen wieder in den Schoß der Alfallipes zurückkehren. Er machte keinen Hehl aus seiner Begeisterung. Zur allgemeinen Gaudi verkündete er zum Schluß, daß er sich geschworen habe, mit dieser Kanaille zwischen den Füßen keine vierzig Jahre alt zu werden, und im kommenden Jahr würde er diesen schicksalsträchtigen Jahrestag in Taormina feiern: Die Freunde seien alle zum Fest geladen, nur Männer natürlich, das verstehe sich von selbst.

Es war schon spät nachts, als Massimo sturzbetrunken nach Hause torkelte. Das Gefühl, viel zuviel geredet zu haben, bahnte sich immer energischer seinen Weg durch den Alkoholdunst. Da waren sie wieder, seine Schreckgespenster! Er konnte es biegen und wenden, wie er wollte – die Mennulara mochte zwar ein böses Weib gewesen sein, doch sie hatte Sinn für Gerechtigkeit, und trotz der offenen Abneigung ihm gegenüber hatte sie Carmela nie anders als deren Geschwister behandelt, wie er anfangs befürchtet hatte. Tatsächlich hatte es die Mennulara seit Januar, anstatt Carmela die gesamte vereinbarte Geldsumme auszuhändigen, so eingerichtet, ihre Rechnungen bei den Geschäftsleuten zu begleichen und ihr den Rest in bar auszuzahlen.

Seine Schwester wollte wissen, ob der Verdacht der Mennulara begründet sei. Hatte er sich an Carmela vergriffen, ja oder nein? Massimo hatte sich recht plump gegen diese Anschuldigung zur Wehr gesetzt: Er behauptete, es sei die Pflicht und zugleich das Recht des Ehemanns, die eigene Gemahlin auf ihren Platz zu verweisen und Respekt von ihr zu verlangen, falls notwendig auch unter Zuhilfenahme körperlicher Gewalt. Doch in ihrem Fall war es nicht soweit gekommen, denn er verstand es ja, Carmela richtig anzupacken. Die Mennulara sei nur eine perfide und verlogene Alte, die sein Eheglück zerstören wollte.

Nach dieser Unterredung vermied Massimo es, mit seiner älteren Schwester unter vier Augen zu bleiben, obwohl er sie gern hatte. Als er ein kleiner Bub war, hatte sie immer zu ihm gehalten und ihn vor den Stockhieben des Vaters zu schützen versucht. Aber er wußte, weshalb die Mennulara Verdacht geschöpft hatte. Während einer Streiterei in der Silvesternacht war – vielleicht weil er zuviel getrunken hatte – ein Fausthieb, der für Carmelas Busen bestimmt war, auf ihrem Hals gelandet, und dort war ein riesiger Bluterguß entstanden. Carmela hatte versucht, ihn unter einem Schal zu verbergen ... Höchstpersönlich hatte er ihr ein schönes Seidentuch geschenkt, um sich seine Sünde vergeben zu lassen. Doch diese Hexe, die alles sah und alles wußte, hatte es trotzdem spitzgekriegt.

Damals war Massimo schlau geworden und beschränkte sich in Zukunft darauf, Carmela nur zu schlagen, wenn er nüchtern war, um so mit größerer Zielsicherheit die Körperteile zu treffen, die vor den Blicken der Leute verborgen blieben. Wenn er besoffen nach Hause kam und eine unbezwingbare Lust verspürte, die nagende Wut und das peinigende Gefühl der Unzulänglichkeit an Carmela auszulassen, nahm er sie mit Gewalt, anstatt sie zu verprügeln. Er rammelte in sie hinein, bis es ihr bald die Gedärme zerriß. Hatte er dann seinen ganzen Haß und Groll auf die Welt aus sich herausgepumpt, konnte er sich völlig erschöpft, aber befriedigt endlich neben seiner ohnmächtigen Ehefrau zur Ruhe legen.

Dieses Ritual war in der Tat für beide zu einer Quelle der

Lust geworden. Carmela hatte es als ein Wiederaufflammen der Leidenschaft und eine Liebesbezeigung gedeutet, obwohl sie heftige Schmerzen dabei litt. So taten sie es auch in jener Nacht.

4.

Das Gespräch zwischen Bruder und Schwester am Todestag im Hause Mendicò

Doktor Mendicò lebte seit drei Jahren mit seiner Schwester Concetta, verwitwete Di Prima, in ihrem alten Familienhaus. Beide waren alleinstehend und verwitwet, und Concetta hatte es nach dem Tod ihres Mannes wieder nach Roccacolomba gezogen. Die Sprößlinge lebten in anderen Städten oder noch weiter weg, auf dem Festland. »Das ist der Lohn für die Mütter, die ihre Kinder gut erziehen: Sie studieren, heiraten, haben Erfolg im Beruf, und dann gehen sie einfach weg«, wiederholte die Schwester oft, »und wir Alten bleiben allein und traurig im Dorf zurück.« In Wirklichkeit führten die beiden ein sehr behagliches Leben miteinander.

Sie hatten eine alte Gewohnheit aus Kindheitstagen wieder aufleben lassen: Fast jeden Abend setzten sie sich ans Klavier und spielten vierhändig. Dreimal im Jahr statteten sie den Kindern und Enkelkindern einen Besuch ab. Obwohl beide über Siebzig waren, nahmen sie eifrig am gesellschaftlichen Leben vor Ort teil. Signora Di Prima hatte an alte Freundschaftsbande wieder angeknüpft, und der Doktor übte seinen Beruf nicht mehr vollzeitmäßig aus; am späten Vormittag und am Nachmittag machte er Hausbesuche, und alle zwei Tage, und nur stundenweise, empfing er seine Patienten im gemeinsamen Wohnhaus, wo vor ihm bereits sein Vater und sein Großvater praktiziert hatten.

Bruder und Schwester empfanden den Umgang mit Menschen als sehr befriedigend, und der Arzt stellte eine Beziehung nicht nur zu dem einzelnen Patienten, sondern zu dessen gesamter Familie her; in einem Örtchen wie Roccacolomba entstand daraus oft eine herzliche Freundschaft. So behandelte Doktor Mendicò weiterhin Scharen getreuer und ergebener Patienten und zog sich damit den Neid der neuen Ärztegeneration in Roccacolomba zu. Wenn der Bruder nicht erreichbar war, erteilte Signora Di Prima Ratschläge und ging manchmal so weit, daß sie den Patienten zu deren größter Zufriedenheit Heilmittel empfahl; ganz zu schweigen von den jungen Müttern, die sich fast lieber von ihr beraten ließen, wenn ihre Kleinen Grippe hatten und erkältet waren.

Der Doktor saß in der lauen Herbstsonne auf dem Balkon beim Aperitif und schilderte seiner Schwester die Szene, die er im Hause der Mennulara erlebt hatte: »Gut fünfzig Jahre übe ich nun schon meinen Beruf aus, aber so etwas wie heute ist mir noch nie passiert. Sie haben mich mit der Sterbenden allein gelassen, keiner der Alfallipes, nicht einmal Signora Adriana, besaßen Pflichtgefühl und Anstand genug, an die Seite dieser unglückseligen Leidgeplagten zu eilen und sie zu trösten. Danach, hör dir das an, nachdem ich ihnen verkündet hatte, daß sie gestorben war, hat außer Frau Adriana niemand eine einzige Träne vergossen. Und keiner wollte wissen, wie es mit ihr zu Ende gegangen ist, ob sie sehr hat leiden müssen, ob man sie sehen durfte … Nichts von alledem, begreifst du das? Als wäre ein Hund verreckt. Gianni Alfallipe war der erste, der das Wort an mich richtete, und wonach fragte er, rate mal?! Er wollte wissen, ob Mennù mir etwas für sie gegeben hatte, ein Papier, ein Testament …«

Der Doktor hatte sich in Rage geredet, seine Wangen glühten. »Was zuviel ist, ist zuviel … Ich habe ihm nicht einen Blick geschenkt und diese netten Leutchen gefragt: ›Wollt ihr Mennù nicht zuerst sehen?‹« Er machte eine Pause, ihm fehlten die Worte. Er trank einen Schluck, sah sich um und heftete seinen Blick auf die Terrakottatöpfe mit den Geranien, die dank der liebevollen Pflege der Schwester prächtig gediehen und eine wahre Augenweide waren: Zwischen fleischigen, wie Fächer geschwungenen Blättern prangten die Blüten üppig in Rosa und Violett. Dann fuhr er fort: »Nur Santa schien auf meine Worte gewartet zu haben und betrat sofort mit mir das Zimmer, wo die tote Mennulara lag. Die Alfallipes folgten uns stumm. Sie zeigten keinerlei Gefühlsregung, standen wie Deppen mit betretener Miene vor der Leiche, ja sie schienen beinahe verärgert.« Der Doktor unterbrach seine Rede, weil er sich wegen seines harten und vielleicht unbedachten Urteils schämte, das gewiß ohne Mitgefühl war. Schmerz äußerte sich auf vielfache Weise, vielleicht waren sie nur zurückhaltend und von seiner Anwesenheit eingeschüchtert. Seit vierzig und ein paar Jährchen war er der Hausarzt der Familie Alfallipe, aber zur jüngeren Generation bestand längst kein enges Verhältnis mehr: Lilla und Gianni lebten seit Zeiten woanders, und Carmela hatte nach ihrer Eheschließung einen anderen Arzt gewählt. »Vielleicht bin ich auch zu kritisch ihnen gegenüber, aber ich mochte die Mennulara nun einmal.« Und damit trank er seinen Artischockenlikör aus.

Montag nachmittag hatte Doktor Mendicò keine Sprechstunde, und so wollte er sich ausruhen. Er war müde, in den vergangenen Tagen war er jeden Morgen und jeden Nachmittag ans Krankenbett der Mennulara gegangen. Frisch gestärkt erwachte er aus seinem Mittagsschläfchen, blieb aber noch liegen und hörte Musik aus dem Radio. Voller Unlust nahm er das Buch zur Hand, in dem er anfangs mit Hingabe gelesen hatte, aber seine Gedanken schweiften immer ab, es interessierte ihn einfach nicht mehr. Er schloß die Lider, und in den etwas verschwitzten, mollig warmen Bettüchern stieg die Erinnerung an seine erste Begegnung mit der Mennulara auf, die ein halbes Jahrhundert in der Vergessenheit geschlummert hatte.

Damals war er ein junger Arzt gewesen, der gerade seinen Doktorhut erworben hatte. Als sein Vater viel zu früh starb, mußte er in seine Fußstapfen treten, die Familientradition fortsetzen und für die Mutter und die Schwestern sorgen. Seine Arbeit gefiel ihm, und er war voll jugendlichen Elans. Die Dorfgrößen und die meisten Patienten seines Vaters hatten ihn bald ins Herz geschlossen. Ihm fiel jedoch auf, daß die wohlhabenden Familien ihn immer nur wegen geringfügiger Wehwehchen riefen oder um ihr Dienstpersonal behandeln zu lassen; es kam ihm so vor, als sollte er auf dem Buckel dieser armen Geschöpfe seine praktischen Erfahrungen sammeln. Nicht daß es ihm mißfallen hätte, Gebrechen, die durch schlechte Ernährung oder unzureichende Hygiene verursacht worden waren, zu heilen oder zumindest zu lindern. Es war eine echte Herausforderung für ihn, die wenigen Medikamente, die er umsonst hergeben durfte oder die die Patienten sich leisten konnten, wirksam zu dosieren; so lernte er rasch und gründlich den Beruf des Notarztes oder auch des Notchirurgen.

Die Minacapelli, eine der mächtigsten und angesehensten Familien in der ganzen Provinz, hatten ihn ins Herz geschlossen. Eines Tages fragte Signora Carmela Minacapelli, ob er bereit wäre, der Familie der Lieblingskammerzofe ihrer Tochter Lilla einen Besuch abzustatten. Die Ärmste hatte ihren Dienst quittiert, um zu heiraten, und war von dem Zeitpunkt an von allerlei Krankheiten und Mißgeschicken heimgesucht worden.

Widerwillig hatte die Hausmeisterin ihn begleitet, ihm den Hauseingang der Familie Inzerillo gezeigt und ihn dann einfach stehengelassen. Luigi Inzerillo saß hustend vor der Haustür. Der Doktor glaubte, dies sei sein Patient, doch er wurde sogleich eines Besseren belehrt: Die Ehefrau sei noch viel schlimmer dran, und dem war auch so. Die Tochter Addoloratina begleitete ihn ins Haus. Familie Inzerillo lebte in einem leeren Stall der Minacapellis, unweit von deren Palazzo, Wand an Wand mit den Ställen, die noch genutzt wurden. Kein Lichtstrahl oder Lufthauch drang in ihre Behausung, die Wände waren feucht und vollgesogen von dem Gestank der Ziegen- und Pferdeställe; es war nicht wirklich schmutzig, aber auch keineswegs sauber.

Doktor Mendicò brauchte nicht lange, um die Diagnose zu stellen: Nuruzza Inzerillo hatte eine Lungenentzündung. Wegen des hohen Fiebers und mangels anderer Heilmittel mußte sie zur Ader gelassen werden. Noch bevor es dunkelte, ging er eiligst nach Hause und kehrte mit dem Nötigen zurück. Unter dem sorgenvollen Blick des Ehemanns und dem ängstlichen der Tochter setzte er bei zittrigem Kerzenschein Blutegel an den Rücken der Kranken. Geschickt pflückte er die mit Blut vollgesogenen Würmer wieder ab, legte sie in die Glasampullen zurück und ersetzte sie durch andere Bluthungrige, was eine unappetitliche, aber sehr wirksame Behandlung war.

Er fühlte sich unwohl in seiner Haut, als würde er von jemandem beobachtet oder besser noch überwacht. Aus dem Augenwinkel sah er die zwei Unglückseligen an seiner Seite, aber es waren nicht ihre verängstigten und besorgten Blicke, die ihm dieses seltsame, beunruhigende Gefühl einflößten. Er legte die Blutegel in den Behälter zurück, schloß sein Köfferchen und erhob sich, nachdem er der Kranken gut zugeredet hatte. Von der Rückwand her vernahm er ein Rascheln und sah dann im Halbdunkel ein großes schwarzes Augenpaar auf sich gerichtet. Luigi Inzerillo hob die Kerze in die Höhe, und der Arzt sah aus einer Futterkrippe das Gesicht eines kleinen Mädchens auftauchen, von einer dichten, schwarzen Lockenmähne umrahmt. Sie sahen einander an. »Gut habt Ihr das gemacht«, ertönte eine helle, durchdringende Stimme, und ihr Klang verriet Zustimmung, ohne die geringste Spur von Furcht. Mit einem Ruck tauchte das Köpfchen in die Aushöhlung der Stallwand und verschwand darin. Luigi Inzerillo sagte: »Der Mama geht es wieder besser, geh jetzt schlafen«, und zum Arzt gewandt erklärte er betreten: »Das ist meine andere Tochter, Rosalia, Sie müssen sie entschuldigen, sie wollte Ihnen gegenüber nicht respektlos sein, aber sie ist noch keine vier Jahre alt.« Das war seine erste Begegnung mit der Mennulara gewesen, und zum erstenmal hatte sie ihn in Staunen versetzt.

Von da an mußte Doktor Mendicò noch häufig bei der Familie Inzerillo und deren ältester Tochter einen Hausbesuch machen. Außer den Krankheiten von Luigi und Nuruzza litten alle drei an Tuberkulose; die Kleine war wie durch ein Wunder gesund und wurde unter seiner Anleitung zu einer tüchtigen Krankenschwester; da er keine teuren Medikamente zur Verfügung hatte, brachte er ihr die Herstellung und Verabreichung von Kräuterheilmitteln bei, und sie lernte emsig. Sie war ein hellwaches, begabtes und trotz der Schicksalsschläge lustiges Gör.

Der Doktor schüttelte sein Kissen auf und nickte erneut ein.

An diesem Nachmittag erhielt Signora Di Prima zahlreiche Anrufe: Ihren Freundinnen war die Nachricht vom plötzlichen Tod der Mennulara zu Ohren gekommen, und nun waren sie gierig danach, Einzelheiten zu erfahren. Da Signora Di Prima nicht imstande war, alle Fragen so zu beantworten, wie sie gerne gewollt hätte, machte sie sich das Abendessen zunutze, um das Thema mit ihrem Bruder zu vertiefen.

»Und das Testament hattest du? Hast du es Gianni gegeben?«

»Einen Brief sollte ich ihm geben, und das habe ich auch getan, so wie sie es gewollt hat.«

»Hast du ihn gelesen?«

»Ich mußte es tun.«

»Warum?«

»Es fehlte etwas.«

»Was?«

»Das geht dich nichts an, du Wunderfitzige.« Die beiden Geschwister hatten trotz ihres Alters noch immer eine Gaudi, sich gegenseitig aufzuziehen.

»War es ein Testament?«

»Es kam mir nicht so vor.«

»Was für ein Vermögen sollte eine solche Dienstmagd überhaupt besessen haben?«

»Was interessiert dich das? Du bist schlimmer als die Ratschbasen im Dorf!«

»Wenn sie Besitz hatte, dann können das nur Sachen von den Alfallipes sein, die sie ihr geschenkt haben oder die sie hat mitgehen lassen. Ich will jedoch ausschließen, daß sie sich mit dem Gehalt, das sie ihr zahlten, die Wohnung kaufen konnte, in der sie lebte!«

»Schwierig zu erklären«, meinte der Doktor mit dem Habitus des älteren Bruders, »du mußt einfach verstehen und stets daran denken: All das, was den Alfallipes gehört, wurde den Alfallipes gegeben, und das, was der Mennulara gehört, hat ihr immer schon gehört, und basta. Sie hat es sich im Schweiße ihres Angesichts verdient.«

»Was weißt du denn davon?«

»Wie dem auch sei, du darfst nie vergessen, sie war zwar eine äußerst schwierige Patientin, aber auch eine herzensgute Person. Wir können morgen gemeinsam zu ihrer Beerdigung gehen, wenn du willst.«

Der Doktor hoffte, daß ihre Unterredung damit beendet wäre, und diesmal war dem auch so.

5.

Am Abend des Todestags der Mennulara spricht man über sie im Innenhof der Pförtnerwohnung des Palastes Ceffalia

Don Paolino Annunziata war eine kurze Zeit lang Kutscher und dann Chauffeur im Dienste dreier Generationen der Familie Alfallipe gewesen; er hätte auch der vierten Generation noch gedient, wäre er nicht vorzeitig entlassen worden, als nach dem Tod der Signora Lilla das Familienvermögen rapide schrumpfte. Er hatte sich mit einer bescheidenen Abfindung und der Zusage abspeisen lassen, weiterhin in der Fahrerwohnung im Untergeschoß des Herrschaftshauses neben der Garage wohnen zu dürfen; dort hatte er mit Donna Mimma, seiner Frau, ihre wohlgeratenen Kinder großgezogen, die nun alle gut versorgt waren und einer passablen Arbeit nachgingen. Er konnte also einen angenehmen Ruhestand genießen, abgesehen vom Rheuma in den Beinen und der ewig leeren Haushaltskasse. Von einer Rente war nie die Rede gewesen. Bekanntlich waren die Alfallipes aus Familientradition richtige Geizkragen ihrem Dienstpersonal gegenüber, sie selbst aber schöpften immer aus dem vollen. Aus diesem Grund hatten sie keine Sozialabgaben für ihn entrichten wollen, die ihm von Rechts wegen zugestanden hätten.

Jeden Nachmittag schleppte er sich mühsam die Terrassenstraße zur Piazza hinunter. Dort, im Palazzo Ceffalia, waren seine Schwägerin, Donna Enza, und ihr Ehemann, Don Vito Militello, Portiersleute. So manches Stündchen verbrachte er bei ihnen mit angenehmen Plaudereien und beobachtete die Passanten. Hin und wieder konnte er sich auch nützlich machen, indem er die Portiersloge im Auge behielt, wenn die Schwäger in einem anderen Teil des Palazzos zu tun hatten.

Am späteren Nachmittag kam häufig nach Verrichtung ihrer Hausarbeit auch noch seine Frau und brachte Selbstgekochtes; dann aßen sie alle zusammen in der geräumigen Behausung des Portiers, im Sommer auch im Lagerhof, den die Herrschaften nicht mehr nutzten und der so zur Portierswohnung gehörte und zugleich als Garten und Hühnerstall diente.

In der Portiersloge des Palazzo Ceffalia herrschte zu jeder Stunde des Tages ein lebhaftes Kommen und Gehen. Verwandte und Freunde, beinahe alle aus Familien, die im Dienst der Honoratioren von Roccacolomba standen, machten auf dem Weg zu ihren Besorgungen kurz halt, um zu verschnaufen und ein Schwätzchen zu halten. Seit dem Sturz der Bourbonen war die Oligarchie von Roccacolomba recht kompakt geblieben, denn sie genoß über einen langen Zeitraum Sicherheit und Wohlstand. Infolgedessen erfreuten sich die Familien, die seit Jahrzehnten das Dienstpersonal stellten – Kutscher, Köchinnen, Dienstmädchen, Ammen, Portiers –, ebenfalls einer soliden und keineswegs miserablen Position, auch wenn ihr Leben im Zeichen der Armut stand. Über Generationen hinweg kannten sie ihre Herrschaften, waren mit ihnen in einer Mischung aus Respekt, Groll und gegenseitiger Zuneigung verbunden und hatten sich deren Werte und Verhaltensmodelle zu eigen gemacht. Die Familien der Hausangestellten sahen auf die anderen armen Schlucker im Dorf geringschätzig herab: Die hatten keine Herren über sich und mußten sich mühsam durchschlagen, ohne zu wissen, ob sie an diesem Tag noch etwas zwischen die Zähne bekommen würden. Sie fühlten sich also auf gewisse Weise beschützt, zugleich aber auch, je nach Stellung ihrer Herrschaften, von der anderen großen Gesellschaftsgruppe des Großgrundbesitzes bedroht: nämlich von der Mafia, die in jener Zeit einen rasanten Aufstieg erlebte und im Begriff war, in die Provinzen im Osten der Insel vorzudringen.

Der Vater von Don Vito Militello war Portier des Barons Ceffalia geworden, der zum neuen, in der Gesellschaftspyramide aufsteigenden Adel gehörte: Der hatte seinen Portier in der prächtigsten Portiersloge der ganzen Piazza untergebracht – sie war aus geschnitztem Holz – und in eine dunkelblaue Uniform gesteckt, wie es in den adligen Häusern der Stadt Usus war. Die Pförtnerei Ceffalia war für die Dienstleute der Reichen zum Knotenpunkt für Besuche und Klatschgeschichten geworden, eine äußerst ergiebige Quelle von Nachrichten also, die durch die Ehefrau des Portiers an die Ohren der Herrschaften gelangten, was, verglichen mit den klassischen Nachrichtenkanälen, den Plaudereien in den Zirkeln und Salons, die schnellste und vollständigste Übermittlung war. Der

Besucherverkehr erfolgte also mit stillschweigendem Einverständnis des Barons, dem es nicht mißfiel, daß auch die Portiersloge des Palazzo Ceffalia in seinem Abglanz erstrahlte.

Am Nachmittag des 23. September saß Don Vito in seinem Portiershäuschen und kontrollierte mit einem Blick den Hauseingang, das Treiben auf der Piazza und die Beschäftigungen seiner Familie im Innern der Pförtnerbehausung. Don Vito meinte in einer angenehmen Unterredung mit seinem Schwager: »Vom Ehrgeiz und von der Habgier zerfressen ist sie gestorben, ein ungehobeltes, unhöfliches Weib war sie. Sie hatte von Leuten ihres Standes Abstand genommen – *uns* gleich war sie, die Tochter eines Tagelöhners, beileibe nicht – und hatte sich das hochnäsige Gehabe der Alfallipes zugelegt. Ja, mehr noch, sie fühlte sich wie eine von ihnen, was sie niemals war, das wäre auch völlig unmöglich gewesen. Die Nachkommen des Herrn Rechtsanwalts konnten sie nicht ausstehen. Von Gott und der Welt verlassen ist sie gestorben, nicht einmal ihre Neffen haben sich blicken lassen.«

Donna Enza lauschte aus der Wohnung heraus den Worten ihres Gatten, während sie Gemüse fürs Abendessen putzte, und verteidigte die mit Schmutz Beworfene: »Das stimmt so nicht. Außerdem spricht man nicht schlecht über die Toten, die noch nicht einmal unter der Erde sind. Sie arbeitete sehr hart für ihre Herrschaft, und Signora Alfallipe hatte sie richtig ins Herz geschlossen. Ja, nach dem Tod des Advokaten fand sie in der Wohnung der Mennulara Zuflucht. Wäre ihr Verhältnis anders gewesen, wer hätte sie je dazu gebracht, einen solchen Schritt zu tun! Die Mennulara ließ sie keinen Handstreich machen und bediente sie bis zum Schluß.«

»Was hat das damit zu tun, was ich sage? Eine brave Dienstmagd mag sie ja gewesen sein, warum aber verhielt sie sich uns gegenüber so eingebildet? Sie machte nie halt in der Pförtnerei, grüßte nur knapp zurück, als hätte ihr einer auf die Füße getreten. Wenn jemand ihr einen Gefallen tat – und Gefallen tat man ihr nur wenige –, habe ich noch nie gehört, daß sie sich bedankt hätte, eher wäre ihr die Zunge abgefallen, bevor sie zu einem Christenmenschen danke gesagt hätte«, erwiderte Don Vito kopfschüttelnd, ohne seine Frau anzusehen, und behielt den Eingang im Auge.

Don Paolino Annunziata war auf der Seite der Schwägerin. »Mir hat sie stets Respekt bezeigt, auch wenn ich wußte, daß sie es war, die hinter den Verhandlungen wegen meiner Abfindung und der kleinen Rente, die ich kriegen sollte, steckte; dennoch hat sie sich nie damit gebrüstet oder es mir aufs Brot geschmiert. Gott hab sie selig. Es war schwierig für sie und für uns, Dienstleute der Familie Alfallipe, sich daran zu gewöhnen, daß sie das Sagen im Haus und auf den Landgütern hatte. Es war eine vollkommen veränderte Situation!«

»Und ob war die verändert! Verrückt war sie«, schaltete sich Donna Mimma ein, die nicht so wie die Schwester dachte. »Ich bin nach alter Fasson gestrickt, und die Dinge sollten so bleiben, wie sie immer schon waren, Neuerungen bringen nur Unglück. Daß ein Frauenzimmer allein aufs Feld geht, und vor allem daß sie Leuten, die unter denselben Herrschaften dienen wie sie, Befehle erteilt, als gehörten die Sachen ihr, und daß sie dort auch die Nacht allein verbringt, das ist der reinste Wahnsinn! Die Mennulara hat sich in Verruf gebracht und einen Skandal heraufbeschworen. Ob lebendig oder tot – jedenfalls war sie ein schamloses Miststück, genau das war die Mennulara.«

»Ich habe nie richtig verstanden, wie es denn soweit kommen konnte, daß sie sich um die Besitztümer ihrer Herrschaften kümmerte«, sagte Donna Enza.

»Erzähl du es, Paolino, du gehörst doch zum Haushalt der Alfallipes«, mischte sich Don Vito ein. Und bei diesen Worten drehte er sich zu den Wohnräumen und heftete mit Nachdruck die Augen auf den Schwager.

Don Paolino ließ es sich nicht zweimal sagen: Mit vergnüglicher Miene, sein Weinglas schwenkend, legte er los: »Nach dem Tod der Signora Lilla, die im Witwenstand mit eisernem Griff alles verwaltet hatte – und zwar bedeutend besser als ihr seliger Ehemann –, waren die zwei Söhne, der inzwischen verstorbene Rechtsanwalt Orazio und sein Bruder Vincenzo, der Heereskapitän war und in der Ferne lebte, nicht imstande, die Ländereien zu verwalten. Sie begannen, das Geld zum Fenster hinauszuwerfen. Die Zeiten nach dem Krieg waren bestimmt nicht rosig, und die da schlugen das Geld auf den Kopf, kauften sich schöne Automobile und vieles andere, wonach ihnen gerade der Sinn stand. Sie hätten sparsam leben müssen, statt dessen wurden sie vom Schuldenberg bald erdrückt. So waren sie gezwungen, große Besitztümer zu verkaufen und einige Hausbedienstete zu entlassen. Einige Jahre später – ich weiß weder wie noch warum, das schwöre ich – begann mit einemmal die Mennulara, sich um die Felder zu kümmern. Ich erinnere mich noch ganz deutlich, als wäre es gestern gewesen, wie ich sie zum erstenmal allein auf die Landbesitzungen fuhr. Sie sagte zu mir: ›Don Paolino, macht den Wagen fertig, wir fahren zum Anwesen Puleri.‹ Ich ging in die Garage hinunter und tat, wie mir geheißen. Als sie allein auftauchte, fragte ich, ob ich noch lange auf die Herrschaften warten müßte. Und sie erklärte geflissentlich, daß niemand außer ihr zu befördern wäre, und ihre Augen wie glühende Kohlen durchbohrten mich. Sie hatte einen richtigen Kommandoblick. Dann kletterte sie flugs in den Wagen, setzte sich auf den Beifahrersitz und sagte zu mir, ich solle mich beeilen. Mit einem Schlag war uns Hausbediensteten klar, daß die Dinge sich grundlegend geändert hatten. Für sie aber war es enorm schwierig, sich auf den Ländereien Respekt zu verschaffen. Das erste war ein gutes Jahr, den ganzen Winter über hatte es geregnet, und dennoch war der Ernteertrag gering, denn die Leute auf dem Land wirtschafteten kräftig in die eigene Tasche … und zwar sehr viel mehr, als es recht und billig gewesen wäre«, an diesem Punkt hielt er inne und warf einen tadelnden Blick auf seine Frau, »doch das Jahr darauf ließ sich die Mennulara den Landaufseher von Terre Rosse rufen und schloß sich mit ihm im Verwaltungsgebäude ein. Ich hörte, wie sie tobte und schimpfte, daß die Wände wackelten. Ich bekam es richtig mit der Angst, so laut brüllte sie. Es waren die Zeiten der Agrarreform, die Tagelöhner erhoben die Stimme gegen ihre *padroni*; in den Dörfern ringsum kam es zu Zusammenstößen, die auch Menschenleben forderten. Und sie, die sich auf die Seite der Herren gestellt hatte, lief keine geringe Gefahr. Man hätte sich einen Dreck darum geschert, daß sie eine Frau war. Sie hat ihr Leben aufs Spiel gesetzt.«

Don Paolino machte eine Pause, um Atem zu holen, und fuhr dann fort: »Das ist nicht alles. Zur Erntezeit richtete sie sich dauerhaft auf dem Land ein. Keine Ernte und keine Mahd ließ sie sich entgehen, während die Familie Alfallipe in schöner Vollzähligkeit Besuchsfahrten oder Vergnügungsurlaube genoß. Dieses Weib warf sich nachts zum Schlafen auf das Erntegut – Weizen oder Mandeln, was auch immer es war; sie breitete einfach eine Decke darüber und schlief dort, voll bekleidet, nicht einmal ein Kissen hatte sie, um ihren Kopf weicher zu betten. Seit damals nahm sie die gesamte Erntemenge in Empfang, und nichts wurde mehr unterschlagen; jetzt war sie es, die die Erträge aus der Landwirtschaft eintrieb, was von Rechts wegen Sache der Alfallipes gewesen wäre, und bezahlte den Tagelöhnern und Bauern haargenau die vereinbarte Summe, und obendrein ohne Verzug.«

Donna Mimma griff erneut ein: »Sie hat ein Riesenglück gehabt, daß sie heil davongekommen ist, so wie sie sich gebärdete … Feinde hat sie sich jede Menge gemacht, und es heißt auch, daß sie Geld verlieh.«

Don Vito sagte, ohne die Straße aus dem Auge zu lassen: »Sie hatte Mumm in den Knochen, das muß man ihr lassen – eine unverheiratete Frau, die die Nacht allein unter freiem Himmel, in feuchter Luft verbrachte …«

Carmelina Li Pira, die ziemlich verkalkte alte Tante von Donna Enza und Donna Mimma, hatte keine eigene Familie und war deswegen im Hause Militello aufgenommen worden; ihre Nichten wußten nie, ob sie nun dem Gespräch folgte oder nicht. Plötzlich rief sie laut dazwischen: »Wer hätte auch ein Weib geheiratet, das die ganze Nacht außer Haus verbringt!«

»Tante *Carmeli'*, unter keinen Umständen hätte einer diese Riesenschlampe genommen«, klärte Don Vito sie auf. »Nicht ein einziger Mann wollte sich ihr nähern.«

»Die war nicht zum Heiraten, die Mennulara«, erläuterte Donna Mimma.

»Ihr gefielen die Männer nicht«, fügte Donna Enza mit vielsagendem Lächeln hinzu, das bedeutete, daß sie besser als die anderen unterrichtet war; das verdankte sie den unverblümten Worten der Baronin Ceffalia und ihrer Töchter, die sie aufschnappte, wenn sie in die Prunketage stieg, um den Damen zur Hand zu gehen und ihnen den neuesten Tratsch aus der Portiersloge zu hinterbringen.

Don Paolino hatte sie reden lassen und süffelte den restlichen Wein vom Mittagessen. Jetzt aber schaltete er sich laut lachend ein: »Ich weiß nicht, ob die Mannsbilder ihr nicht gefielen. Jedenfalls, als sie die Ernte auf den Feldern einbrachte, war sie nicht wie die Unschuld vom Lande, und die Leute werden ja nicht plötzlich ganz andere.«

Unterdes waren Lia Criscuolo, die junge Base von Donna Mimma, Dienstmädchen im Hause Pecorilla, und Don Luigi Speciale, ehemals Chauffeur im Hause Fatta und jetzt Fahrer von Mietwagen, eingetroffen. Es schickte sich nicht, vor Fremden mit so lockerer Zunge über eine Tote zu reden, die noch nicht einmal unter der Erde lag. Das Gespräch wechselte also von der Toten zum Tod, um nicht ganz vom Thema abzukommen: Wie viele allein in Roccacolomba hatte diese neue Krankheit schon dahingerafft. Don Luigi wurde sich bewußt, eine pikante Konversation unterbrochen zu haben. Er versuchte Don Paolino anzustacheln, der an diesem Tag besonders redselig war und weiterhin das Weinglas in der Hand hielt und vertraulich plauderte. »Erzähl uns mal, Paolino, mit dem Advokaten Alfallipe, *was* genau war da?«

Eine so schamlose Frage mißfiel Don Paolino: Wie die Dinge auch standen, schließlich gehörte er noch immer zum Hause Alfallipe! Seine Antwort kam deswegen nur zögernd: »Gewiß, als die Mennulara in den Dienst genommen wurde, war sie reizvoll, und der Rechtsanwalt Orazio, damals noch Junggeselle, hatte eine große Schwäche für das weibliche Geschlecht. Ich kann nur sagen, was ich weiß: Mit eigenen Augen habe ich im Hause Alfallipe nichts gesehen und kann deshalb auch nichts erzählen. Bevor sie Dienstmagd wurde, hieß es, hatte einer vom Land ein Auge auf sie geworfen. Doch die Sache ging schief, und danach wollte die Mennulara nicht mehr auf den Feldern arbeiten. Signora Lilla nahm sie damals in ihre Dienste. Aber schön war sie, das stimmt, sie hatte eine propere Figur, ein hübsches Gesicht, während sie mit den Jahren jeden Liebreiz verlor.«

Don Vito grummelte: »Groll und Mißgunst nährte sie in ihrem Herzen und rief dieselben bei den anderen hervor. Darüber wurde sie häßlich, so stehen die Dinge.«

Donna Mimma wollte das Thema wechseln, bevor es schlüpfrig wurde. Lia, die noch ein Fräulein war, sollte nichts von derlei Dingen mitkriegen. So fragte sie dazwischen: »Habt ihr schon gehört? Ihre Neffen kommen nicht zur Beerdigung, und ihre Dienstherrschaft richtet die Trauerfeier aus.«

»Von wem weißt du das?« fragte Don Paolino skeptisch.

Donna Enza fuhr mit lauter Stimme dazwischen, noch bevor die Schwester den Mund aufmachen konnte: »Ich weiß es, Paolino, mit eigenen Augen habe ich es just heute im oberen Stockwerk gesehen, wie der Signora Lilla Alfallipe, die auf dem Festland lebt, der Mund offenstehen blieb: Die Mennulara hat einen eigenhändig geschriebenen Brief hinterlassen, und darin steht, daß ihre Neffen nichts von ihrem Tod erfahren und schon gar nicht zu ihrer Beerdigung kommen dürften! So werden die Alfallipes sämtliche Unkosten zu tragen haben.«

Die Unterhaltung artete in die altbekannten Giftkommentare über den sprichwörtlichen Geiz der Alfallipes aus. Man riß Witze, weil sie jetzt gezwungen waren, das Begräbnis zu bezahlen. Vermutungen über die schlechte Beziehung zwischen der Mennulara und ihren einzigen Neffen, Kinder der verstorbenen Schwester, wurden angestellt; noch einmal wurde ihr widerborstiger Charakter durchgehechelt, und Anspielungen über die Identität des Galans der Mennulara und solche verhüllter Art über den Rechtsanwalt Alfallipe und die Mennulara wurden laut.

Don Paolino verfolgte schweigend die sich kreuzenden Gespräche: An manchen Stellen redeten alle auf einmal, wild gestikulierend, so heftig war die Erregung. Schließlich ergriff er das Wort, und seine Stimme hatte einen feierlichen Klang: »Ich werde zu ihrem Begräbnis gehen, erstens weil ich sie gut kannte und viele Jahre mit ihr zusammengearbeitet habe; außerdem halte ich es für richtig, den Alfallipes zu verstehen zu geben, daß wir es schätzen, wie sie einem Dienstmädchen Anerkennung zollen und die Begräbniskosten übernehmen, und hoffen, dasselbe zum gegebenen Zeitpunkt auch selbst erwarten zu dürfen.« Einer nach dem anderen verstummte. Alle setzten eine ernste Miene auf, sahen Don Paolino aufmerksam an und lauschten ergeben seinen Worten, wie er es sich verdient hatte.

»Richtig so, Paolino«, pflichtete Donna Enza kleinlaut ihrem Schwager bei. »Die Alfallipes werden sie ins Herz geschlossen haben und ihr deswegen das Begräbnis ausrichten. Auch ich werde morgen hingehen.«

Don Vito sah seine Frau mißbilligend an, aber es fehlte ihm die Courage, sie an ihrem Vorhaben zu hindern: »Ich habe morgen in der Pförtnerei zu tun, aber selbst wenn ich frei hätte, würde ich nicht zu dieser Beerdigung gehen. Mach ruhig, wie du willst.« Es wurde still, denn ein Hickhack zwischen Eheleuten sollte man stets kommentarlos übergehen, auch wenn allen bekannt war, daß Donna Enza im Hause das Sagen hatte.

Die Versammlung löste sich auf, denn es war an der Zeit, die Pförtnerloge zu schließen.

Als Don Paolino am Abend die Schwägerin zum Abschied auf die Wangen küßte, schoß diese urplötzlich mit der Frage heraus: »Wer war der Liebhaber der Mennulara, als sie noch jung war?« Don Paolino blickte ihr fest in die Augen und entgegnete: »Nicht einmal dir darf ich das verraten … aber ich weiß es«, und dabei blinzelte er, zog die Brauen fast bis zum Haaransatz hoch, hob die faltigen Lider und machte Glupschaugen. Donna Enza begriff und schwieg.

6.
Mittagstisch im Hause Fatta

Signora Fatta saß nachdenklich über ihre Stickerei gebeugt. Sie wußte, daß es mit der Mennulara zu Ende ging, und es drängte sie zunehmend, von ihrer Cousine Adriana Alfallipe den neuesten Stand der Dinge zu hören. Aber ihre sprichwörtliche Zurückhaltung hinderte sie, zum Telefonhörer zu greifen, aus Angst, sie könnte aufdringlich erscheinen. Lucia verkündete ihr, daß das Mittagessen fertig sei: Sie hatte auch schon den *presidente* zu Tisch gerufen. Im Hause Fatta nahm man die Mahlzeiten schweigend ein, es sei denn, es waren Gäste geladen. Pietro Fatta, Vorsitzender der Vereinigung der Landwirte auf Provinzebene, war kein gesprächiger Mensch, und seine Frau Margherita respektierte seine Schweigsamkeit. Sie hatte gelernt, mit sich selbst Konversation zu führen, wenn sie Gesellschaft brauchte. Doch an jenem Tag wechselten die Eheleute beim Mittagstisch einige Worte.

Das Familienoberhaupt nahm am oberen Tischende Platz, seine Frau wie immer zu seiner Linken. Dann sagte Don Pietro: »Ich habe einen Anruf von Mimmo Mendicò erhalten: Die Mennulara ist heute früh gestorben. Und bevor sie auf immer die Augen schloß, hat sie ihn gebeten, mich von ihrem Tod zu unterrichten ... Ja, genau so ist es. Ist das nicht merkwürdig!«

Margherita hätte ihrem Mann liebend gerne Vorhaltungen gemacht, weil er sie nicht umgehend in die Geschehnisse eingeweiht hatte, was ihr Stunden voller Angst und Bangen erspart hätte. Doch sie war klug und behielt jeden Kommentar über sein mangelndes Einfühlungsvermögen für sich. »Hat er dir nichts über Adriana und die Kinder gesagt?« fragte sie nur.

»Nein, darüber haben wir nicht gesprochen. Morgen nachmittag um drei ist die Beerdigung, und ich glaube, sonst hat er mir nichts gesagt.«

»Ich nehme an, ihre Neffen vom Festland werden kommen«, ließ die Frau des Hauses einfließen.

»Das denke ich auch«, erwiderte Don Pietro, und eine Gabel Pommes frites zum Mund führend, versank er ins Brüten.

Wenn das Wetter es gestattete, wurde der Kaffee nach dem Essen auf der Terrasse serviert. An jenem Tag bediente Lucia sie mit besonderem Eifer: Sie machte ganz lange Ohren, um bei den Gesprächen ihrer Herrschaften Einzelheiten über den Tod der Mennulara zu erhaschen; sie tat sehr geschäftig, rückte die Stühle um die gußeisernen Tische auf der großflächigen Terrasse zurecht, verteilte Aschenbecher, klaubte von den Sitzen trockene Glyzinienblüten, die bereits von der Pergola segelten ... Sie wußte nicht, welch andere, dringliche Verrichtung sie sich einfallen lassen sollte, um noch länger den beiden zuhören zu können.

Signora Fatta sprach von den Alfallipes. »Ich bin in Sorge wegen Adriana. Als sie in Mennùs Wohnung einzog, hat sie sich sehr an sie gehängt, und jetzt wird sie leiden, weil sie sie verloren hat. Ich weiß nicht, ob sie die Absicht hat, in den Palazzo Alfallipe zurückzukehren; dort müßten aber erst noch Arbeiten ausgeführt werden, es fehlt eine Heizung, und ihre

Versorgung ist ein Problem … Sie braucht zuverlässiges Personal, wenn sie alleine lebt. Mennù leistete die Arbeit von drei Dienstmädchen, ganz zu schweigen von ihren anderen Fähigkeiten … Stell dir vor, Adriana hat ihr bis zum Schluß die Verwaltung ihrer Mitgift überlassen. Ihr Tod wird für sie ein großer Verlust sein, sie ist nun auf die Unterstützung ihrer Kinder angewiesen. Ich bin wirklich besorgt.«

Ihr Gatte war jetzt ganz Ohr. »Weißt du, ob die Kinder bei Adriana sind?« fragte er.

»Ja, rein zufällig sind sie allesamt in Roccacolomba.«

»Ich möchte ihnen zur Seite stehen, die jungen Alfallipes sind ziemlich leichtsinnig, das bin ich dem Andenken von Orazio schuldig. Hör dich um im Dorf, und falls du mitbekommst, daß sie etwas brauchen oder gar dabei sind, überstürzte Entscheidungen zu treffen, gib mir Bescheid, ich werde versuchen, ihnen einen Weg zu weisen.«

»Ist gut, wie du willst«, sagte die Ehefrau, dankbar für das Interesse ihres Gatten gegenüber der Familie ihrer Cousine, obwohl sie sich mit der Aufgabe, mit der sie gerade betraut worden war, sehr schwer tat. Sie war ein scheues Wesen, eine geborene Hausfrau, und hielt sich den örtlichen Klatschstuben fern. Seitdem ihre Schwiegertochter, die im unteren Stockwerk lebte, sie mit zwei herzigen Enkelinnen beglückt hatte, war ihr jede Ausrede recht, um ja keinen Fuß aus dem Haus setzen zu müssen.

Der Moment war günstig, dem Ehemann die Frage zu stellen, die er, wie sie befürchtete, negativ beantworten würde. So fügte sie zögernd hinzu: »Zur Beerdigung morgen, willst du, daß ich da hingehe?«

Der Blick des Vorsitzenden schweifte in die Ferne. Dann drehte er sich auf seinem Stuhl um und blickte sie schweigend an. Darauf nahm er einen Zug von der Zigarette, sog bedächtig den Rauch ein und richtete den Blick erneut über das steinerne Geländer auf das Panorama des Städtchens. Und dann sah er ihr geradewegs in die Augen und verkündete: »Sie war eine sehr gute Hausangestellte, über Jahrzehnte hat sie ihnen gewissenhaft gedient, aber sie beharrte darauf, weiterhin als Dienstperson angesehen zu werden, und wie eine solche benahm sie sich auch. Die Tatsache, daß Adriana in ihrer unbegreiflichen Logik beschlossen hat, in die Wohnung ihrer Dienstmagd zu ziehen, änderte an ihrem Verhältnis nichts. Ich habe dir erlaubt, sie im Haus der Mennulara zu besuchen, da ich keinen Grund sah, eine herzliche Beziehung zwischen Cousinen zu entzweien. Ich weiß aber, daß andere Verwandte und Freunde in Roccacolomba sich sehr wohl hüteten, ihren Fuß in die Behausung der Mennulara zu setzen, natürlich bin ich mit deren Verhalten nicht einverstanden.«

Noch immer haftete sein Blick auf seiner Gattin: dieses elegante zartgrüne Kostüm, ihre kleinen, zierlichen Hände, so adrett und gesetzt, eine richtige Dame ist sie. »Aber du, du bist meine Frau und bekleidest also eine gesellschaftliche Rolle in diesem Ort. Und – da ich selbstverständlich nicht zur Beerdigung der Dienstmagd eines Verwandten oder der irgendeines Standesgenossen gehen würde, erwarte ich von dir dasselbe. Selbstverständlich kannst du Adriana vor und auch nach der Trauerfeier einen Besuch abstatten.«

Im Innersten ahnte er, daß Margherita diese Entscheidung teilte: Die Form mußte gewahrt werden, erst recht im Fall der Alfallipes, die im Dorf nicht sehr beliebt waren und wegen ihrer vertraulichen Beziehungen zur Mennulara und ihrer Abhängigkeit von ihr reichlich Anlaß zu Gerede gaben. Dennoch spürte er, daß er zu weit gegangen war. Mit einemmal wollte er allein sein, und mit der Empfehlung, doch Adriana anzurufen, schickte er sie weg. Dann näherte er sich dem steinernen Geländer.

Der Palazzo Fatta befand sich am höchsten Punkt des Städtchens neben dem Kloster der Addolorata und in respektvoller Nähe zum mächtigen Palazzo der Fürsten von Brogli, der einsam und verlassen aufragte. Unversehrt übriggeblieben waren die wuchtigen Außenmauern, die großartige Barockfassade mit den bauchigen Balkonen, die stets geschlossenen Holzlamellenläden an den Fenstern und das große Eisentor. Das Innere des Palastes blieb den Blicken der Bevölkerung verborgen, nicht aber denen der Familie Fatta. Von ihrer Terrasse aus schauten sie in üppig blühende Höfe mit wilden Büschen, die Fenster der Innenhöfe hatte der Wind eingedrückt, die Beete waren zur Hälfte verwüstet; dieser Zustand der Verwahrlosung ließ die baldige und rasche Verwandlung des großartigen Palastes in eine Ruine erahnen.

Zu jeder Jahreszeit war der Ausblick von der Terrasse für Pietro Fatta ein erlesener Genuß. An die Balustrade gelehnt, die über die Außenmauern hinausragte, fühlte er sich, als schwebte er und unter ihm wäre die Quelle eines reißenden Flusses aus Ziegeln, der zu seinen Füßen entsprang und sich über den gesamten Südhang des Bergs ausbreitete. Die Dächer mit Mönch- oder Nonnenziegeln, die sich sämtlich in Tönung, Form, Maßen, Neigungswinkel und Positionsrichtung unterschieden, wirkten wie ein monochromes Mosaik, das sich kreuz und quer und doch in einer wunderbaren Harmonie der Töne und Maße ausgebreitet hatte. Hie und da ragten zwischen den Dächern die hohen und schlanken Glockentürme der Kirchen auf, die wie der restliche Teil des Städtchens aus graurosa Gestein waren, das bei Sonnenuntergang der Himmelsspiegel zu sein schien, so sehr nahm es die Rotnuancen der sinkenden Sonne in sich auf. Inmitten der Dächerlandschaft fiel der Turm der Mutterkirche in dunklem Ocker, unterbrochen von grünweißen Kachelstreifen, ins Auge. Neben der Kirche konnte man das Dach des Postpalastes erkennen, wie das rund gebaute zweistöckige Gebäude aus der Zeit des Faschismus hochtrabend genannt wurde. Auch dieses hatte sich im Laufe der Jahre in den Dorfkörper von Roccacolomba eingefügt, als wäre es von Anbeginn dagewesen. Der ursprünglich strahlend rosafarbene Verputz des Zementdachs war frühzeitig gealtert, und aufgrund des Verfalls paßte es vollkommen in die Landschaft der anderen Schrägdächer ringsum.

Roccacolomba Alta endete, wo der Wirrwarr der Hütten von Roccacolomba Bassa begann, in denen die Armen hausten. Dann kam der Fluß, über den die steinerne Bogenbrücke führte, die den alten Ortskern mit Roccacolomba Nuova verband, einem monotonen Agglomerat von Bauten, einem wahren Schandfleck, der sich in den letzten dreißig Jahren ausgebreitet hatte. In der Nachkriegszeit war Roccacolomba rasch gewachsen, auch dank der Schnellstraße, die am Ende eines langen Tunnels Roccacolomba mit den anderen Zentren der Provinz verband. Dutzende Gebäude aus Stahlbeton, verputzt in schreienden Farben, waren das Ergebnis einer planlosen, hektischen Bauaktivität der letzten Jahre. Roccacolomba hatte sich als großes Landwirtschaftszentrum behaupten können: Die Landbesitzer hatten in Maschinen und Technologie investiert und so auf die Krise der Halbpacht reagiert, so daß sie fortan zur *Avantgarde* gehörten. Da, wo der Boden nichts einbrachte oder nur mühsam zu bestellen war, hatte die Bauwirtschaft ihren Teil dazu beigetragen. Der Wohlstand und die Zukunft von Roccacolomba waren gesichert, aber die einsame und erhabene Schönheit des Städtchens, das von den Fürsten Brogli im siebzehnten Jahrhundert gegründet worden war, war angeschlagen und würde bald völlig verblassen; das Gesellschaftsgewebe würde innerhalb weniger Jahre zerstört sein, alles würde sich verändern. Pietro Fatta erachtete die vom Fortschritt bedingten Veränderungen als einen Segen, aber er hatte Schwierigkeiten, mit ihnen Schritt zu halten. Diese Unfähigkeit schmerzte ihn sehr, denn er empfand sie als einen Vorboten des Todes.

Sein Blick glitt über das Städtchen hinweg. Die Berge breiteten sich in einem weit ausladenden Halbrund aus, in dessen Mitte sich hie und da sanfte Erhebungen einfügten. Auf einer war Roccacolomba Alta entstanden. Weiter unten, so weit das Auge reichte, waren die Hügel der Großgrundbesitzer zu erkennen. Von seiner ›Opernloge‹ aus – dem Vorsitzenden gefiel dieser Name für seine Terrasse – betrachtete er die Szenerie der höheren Hügel, die den niedrigeren Platz machten, deren Kuppeln von der Hand des Bauern abgetragen worden waren. Hinter ihm gen Norden reihten sich wellenförmig, dicht aneinandergedrängt, die majestätischen Berge; sie waren mit Waldgrün gesprenkelt und von anderen Bergspitzen unterbrochen, die steil zum Meer hin abfielen. Er blickte in die Tiefe. An den Hängen der Hügel auf der anderen Flußseite glänzten die gepflügten Felder im Sonnenlicht. Der Fluß tief unten im Tal netzte den Saum der Hügel, verschwand hinter dem einen und tauchte gleißend und sich sanft schlängelnd hinter dem nächsten wieder auf. Dieser Anblick war ihm teuer, auch hinter geschlossenen Lidern war er da, und er empfand ihn als etwas Tröstliches. Gern wäre er Maler geworden, aber sein Schicksal wollte es nun einmal, daß er die Besitztümer der Familie verwaltete. Er ging ins Haus zurück und verzog sich in sein Arbeitszimmer.

Ihm fehlte jedoch die Lust, irgend etwas zu tun. So setzte er sich an den Kamin und kehrte in Gedanken zur Mennulara zurück. Viel zu früh war sie gestorben und hatte nach so vielen Jahren im Dienst von Orazio Alfallipe und seiner Familie ihren wohlverdienten Ruhestand nicht mehr genießen können. Sie war ein undurchschaubares Geschöpf. Ergeben und gehorsam diente sie ihrem Herrn, zugleich aber war sie bei ihrer ungewöhnlichen Tätigkeit als Verwalterin anmaßend und herrschsüchtig. Orazio nannte sie »meinen guten Hausgeist«. Ohne Zweifel war es ihr Verdienst, wenn der wirtschaftliche Niedergang der Familie aufgehalten worden war. Dennoch war es durch ihr Verschulden zu schweren Zerwürfnissen zwischen den beiden Brüdern gekommen. Pietro hatte seine Kindheit und Jugend im Ort verbracht und später dann zusammen mit den Gebrüdern Alfallipe das Internat besucht. Die Erinnerung daran stimmte ihn am Ende immer traurig. Er nahm ein Buch zur Hand und fand wohltuende Ablenkung in der Lektüre.

7.
Die Anprobe des Kleids von Signora Fattas Enkelin

Angelina Salviato nahm sich Ritas Festkleidchen für die letzten Handgriffe vor, es war für die zweite und letzte Anprobe fertig. Sie breitete es auf dem Tisch aus, strich die Falten des Röckchens glatt, knöpfte das bestickte Leibchen daran und plusterte die Ärmel auf; dann machte sie einen Schritt zurück und bewunderte ganz allein und voller Genugtuung das Ergebnis. Die Dienstmädchen des Hauses, Lucia und Marianna, kamen vergnügt kichernd ins Kämmerchen, gefolgt von Titina, der Nichte von Santa, die sich bei den Fattas den Staubsauger für ein Großreinemachen im Hause Alfallipe ausleihen wollte. Unter Angelinas höchst zufriedenem Blick bestaunten die Mädchen das Kleid und ließen hie und da ein paar Worte über die Mennulara einfließen. Lucia hatte die Nachricht von ihrem Tod zur Mittagszeit in der Küche verkündet. »Ja, wie? Sie haben die Tote noch im Hause, und schon denken sie daran, den Palazzo Alfallipe herzurichten? Wie kommt ihnen so etwas nur in den Sinn? Ich an ihrer Stelle könnte vor Schmerz an nichts anderes denken!« erklärte Marianna. »Sieh mal, wie schön diese Stickerei hier vorne ... Du hast Zauberhände, Angelina.«

Und Titina meinte: »Die Signora Lilla ist ein richtiger Diktator. Sie befiehlt dies, sie befiehlt das, und alles muß auf der Stelle geschehen. Als wäre sie eine von auswärts, so führt sie sich auf und redet gekünstelt daher wie im Kino; wer weiß, was dieser Satin für den Gürtel gekostet hat. Es sieht aus wie das Gewand einer Prinzessin!«

Sie nahm den weichen Stoff zwischen die Finger, strich über das Gürtelband – für sie war das ein unvorstellbarer Luxus. »Meine Tante Santa muß die ganze Putzerei im Hause Alfallipe machen, nur ich und meine Mutter sind da, um ihr unter die Arme zu greifen, und die da erwarten sich obendrein, rundherum bedient zu werden. Die sind nicht einmal imstande, sich eine Tasse Kaffee zu machen, zum Kommandieren sind sie geboren, und basta. So fühlen sie sich. Die Zeiten haben sich geändert, nach der Beerdigung muß meine Tante mal Klartext mit ihnen reden.«

»Wäre ich deine Tante, würde ich nicht länger in diesem Haus Dienst tun, denn sie weiß doch, wie die Herrschaften sind, sie hat dort ja schon vor dem Tod des Advokaten Alfallipe gearbeitet.« Marianna nahm nie ein Blatt vor den Mund, und aus diesem Grund hatte Frau Fatta sie auch zum Küchendienst beordert: Sie durfte nicht bei Tisch und auch nicht im Salon bedienen, diese Aufgabe war der manierlichen und bedächtigen Lucia vorbehalten. »Geizig und hochnäsig – genau so sind sie.«

Lucia hörte ihnen zu. Ihr Blick ruhte auf dem Festgewand ... Ach, könnte sie nur so nähen wie Angelina! Laut sagte sie: »Der Vorsitzende hat erzählt, daß die Mennulara die Mitgift der Signora Adriana verwaltet hat. Wie nur ist sie so tüchtig geworden? Sieh mal, wie der Saum genäht ist, winzige Stiche, wie eine Stickerei! Angelina, du bist eine Schneiderin von Gottes Gnaden, und wenn du woanders arbeiten gingest, würdest du einen Haufen Geld verdienen.«

»Sag mal, Angelina, war die Mennulara nicht mit deiner Mutter verwandt?« fragte Marianna scheinheilig. »Die Geschicklichkeit habt ihr bei euch zu Hause im Blut«, und dabei beäugte sie Angelina, die vor Verlegenheit rote Flecken auf den Wangen bekam.

»Hm, ich kannte sie nicht einmal, sie war wohl eine Verwandte meiner Mutter, aber sie verkehrten nicht miteinander, und ich, ich bin gar nicht so gut im Nähen, ich tu nur, was ich kann«, hielt sie ihr entgegen.

Lucia kam ihr zu Hilfe und wechselte das Thema: »Titina, erzähl uns bitte, hat sich der Mann von Signora Carmela im Haus der Mennulara blicken lassen?«

»Klar ging der hin. Meine Tante erzählte mir, daß er abgewartet hat, bis sie tot war, dann betrat er ihre Wohnung, und alle schlossen sich in Frau Adrianas Zimmer ein. Von dort hörte man nach einer Weile ein Mordsgeschrei, sie stritten sich wegen der Hinterlassenschaft, und die Tote war noch im Haus.« Titina war ein echter Quell von Neuigkeiten und wartete mit weiteren Einzelheiten auf: »Nicht eine einzige Blume wurde für sie gekauft, und die Sprößlinge des Rechtsanwalts Alfallipe, alle drei, einer wie der andere, wollen um keinen Preis bei der Beerdigung der Mennulara Trauer tragen. Die Signora Lilla behauptet, sie besäße keine schwarzen Kleider. Die Signora Carmela erklärt, daß sie aus Rücksicht auf ihren Gemahl nichts von Trauerkleidung hören will. Nur der Professor Gianni wird sich eine schwarze Krawatte umbinden, nicht aber das Trauerband um den Oberarm; er behauptet, das sei heute nicht mehr Sitte. Er lebt ja in Catania und muß solche Sachen wissen!«

»Und die Signora Alfallipe?«

»Die Ärmste weint sich die Augen aus dem Kopf. Die beiden waren ja wie Schwestern, die Mennulara sorgte sich um sie, als wäre sie ihre Mutter, obwohl sie viel jünger war«, fügte Marianna hinzu.

»Den Herrschaften gefiel es nicht, daß sich die beiden gern hatten«, sagte Lucia, die Augen verdrehend, womit sie die Familie Fatta meinte, und machte ein wissendes Gesicht, »ein armer Teufel wie unsereins kann sich zu Tode schuften für die Herrschaften, die sind reich, verprassen das Geld, und dann lassen sie dich einfach so stehen – nackert wie ein gerupfter Hahn, sagt mein Onkel Paolino immer.«

Titina verstand nicht die Bohne: »Was sagst du da, erklär mal, was du meinst.«

Lucia ließ sich das nicht zweimal sagen: »Der *presidente* sagt, daß er seine Frau nicht zur Beerdigung gehen läßt, weil die Mennulara eine Magd war; doch außerdem sagt er, daß es eben die Mennulara gewesen ist, die das Vermögen der Alfallipe gerettet hat. Was hat das zu bedeuten? Ich nehme mir einen Nachmittag frei und gehe zur Beerdigung. Je mehr einer sich abrackert, um so weniger zählt er. Sobald ich meine Aussteuer zusammenhabe, heirate ich und will nichts mehr vom Dienstmädchendasein wissen.« Dann sagte sie in einem Atemzug zu Angelina: »Wenn ich nur so nähen könnte wie du, würde ich Kleidchen für meine Töchter schneidern, schau mal, wie hübsch diese Knopflöcher sind, alle ganz gleichmäßig und richtig schön klein. *Angeli'*, bringst du mir das Nähen bei, wenn auch nur nach und nach?«

»Das werden wir sehen. Jetzt muß ich das Zimmer in Ordnung bringen.« Angelina war von Natur aus umsichtig und verschwiegen und hatte Respekt vor ihren Herrschaften. Überdies schämte sie sich wegen der Verwandtschaft mit der Cousine Mennulara, die von ihrer Familie verleugnet wurde.

»Fest steht, daß die Mennulara Geld hatte«, begann Titina von neuem, »wie sie an das kam, weiß nur der liebe Gott. Vielleicht aber will der Allmächtige das gar nicht wissen. Sie bezahlte meine Tante aus ihrer eigenen Tasche und gab den Kindern des Rechtsanwalts Geld, ein braves Weib muß sie gewesen sein. Von dem vielen Geld hat sie schließlich gar nichts gehabt.«

Lucia hatte diesbezüglich sehr klare Ansichten: »Ich behaupte, das Geld ist zum Ausgeben da. Wenn einer stirbt, kann er seine Sachen ja nicht mit ins Grab nehmen!«

Titina machte weiter: »Es scheint, als erwarten sich die Alfallipes sogar noch eine Erbschaft von ihr. Wenn dann ihre Neffen kommen, die mit ihr blutsverwandt sind, da will ich mal sehen, wie die sich in die Haare kriegen … Schließlich sind sie ihre leiblichen Verwandten und von Gesetzes wegen steht ihnen das Erbe zu.« Schlagartig verstummte sie, denn Signora Fatta kam herein, nach ihr die Schwiegertochter und die kleine Rita, und alle drei tippelten Richtung Küche.

Angelina begann mit der kniffligen Endprobe und erhielt von den Damen weitere Komplimente. Als sie endlich allein war, machte sie sich wieder daran, ihre Sachen aufzuräumen und das Zimmer zu putzen, damit für den nächsten Tag alles picobello wäre.

Sie arbeitete als Hausschneiderin für wohlhabende und angesehene Familien in Roccacolomba. Ihre Lehrerin in der Dorfschule hatte sie zum Nähen angehalten und sie, anstatt ihr anständig Lesen und Schreiben beizubringen, die Taschentücher für die Aussteuer ihrer Tochter sticken lassen; Angelina und die ganze Familie waren ihr dafür dankbar: Von ihrem zehnten Lebensjahr an hatte sie nie aufgehört, für die anderen zu nähen.

Angelina verdiente ganz gut, und als unverheiratete Tochter hatte sie sich verpflichtet, die alten Eltern zu versorgen. Sie war mit ihrem geordneten und beschaulichen Leben zufrieden und verbrachte Wochen, manchmal ganze Monate, im Haus der einen oder der anderen Familie. In manchen dieser Häuser war ihr sogar erlaubt, während der langen, einsamen Arbeitsstunden Radio zu hören; und auf diesem Wege hatte sie die Musik kennengelernt und auch ihr Italienisch verbessert. Während des Mittagessens steckte sie mit den Dienstmädchen zusammen und kam in den Genuß der raffinierten Speisen der besseren Leute. Oft hob man Leckereien und Backwerk für sie auf, sie war ein richtiges Schleckermaul; das hatte sich im rundlichen Äußeren einer Frau mit behäbigem Lebensstil geäußert – was immer der erste Schritt zum endgültigen Altjungferndasein war.

Nach der Anprobe des Kleids begab sich Signora Fatta in die Küche, um Leckerbissen für den Trostkorb zuzubereiten, den Titina der trauernden Cousine bringen sollte. Obwohl Margherita Fatta nicht glaubte, Adrianas Kinder würden so heftig trauern, daß sie nicht mehr in der Lage wären, Santa Anweisungen fürs Abendessen zu geben, wollte sie doch an der bewährten Tradition für diesen Anlaß festhalten und der armen Adriana zum Trost etwas Süßes und Leckeres schicken – ein Zeichen der Würdigung ihres Schmerzes über den Tod der Mennulara. Sie schnatterte mit Titina, während sie den Korb zusammenstellte, und hoffte dabei, genau die Neuigkeiten zu erfahren, die ihr Ehemann von ihr hören wollte. Titina plauderte munter dorauflos. Natürlich lieferte sie der Signora Fatta die geschönte und entschärfte Version der Fakten, die keine Kritik gegenüber der Familie Alfallipe enthielt, so wie man es eben macht, wenn man mit den Herrschaften spricht; sie verließ den Palazzo Fatta und trug stolz das große Paket mit dem Staubsauger und den Trostkorb, prallvoll mit Süßigkeiten und Gebäck.

Nuruzza Salviato traf erschöpft vom Anstieg über die Treppenstraßen ein, den sie zweimal am Tag machte, um Angelina zu begleiten oder abzuholen. Lucia steckte ihr immer eine Leckerei zu. Diesmal gab es eine Tasse Ziegenmilch mit frischgebackenen Schmalzkringeln. Während sie die gezuckerte heiße Milch schlürfte, auf die sie ganz versessen war, erzählte Lucia, was passiert war: »Die Mennulara ist heute früh gestorben, und die Alfallipes sind alle in ihrer Wohnung versammelt; Signora Alfallipe wird nun ganz schön angeschmiert sein, denn die Mennulara war für sie wie eine Heilige, so wie sie sich um ihre *padrona* sorgte.« Nuruzza erstickte bald vor Wut, als sie diese Lobeshymne auf die niederträchtige Verwandte hören mußte. Sie schaffte es auch nicht, den eingetunkten Kringel zu schlucken, der jetzt in der süßen Milch zu einem köstlichen Breimatsch geworden war und den sie ansonsten immer ruck, zuck verputzte. Lucia glaubte, der Schmerz über den Tod der Cousine hätte ihr den Magen verschlossen, und lobte diese weiterhin bis in den Himmel.

Inzwischen war Signora Fatta in die Küche zurückgekehrt. Es erschien ihr richtig, sich auch zu einem Schwätzchen mit Nuruzza Zeit zu nehmen; sie äußerte ihr Beileid und fragte sie dann: »Sagt mir, Nuruzza, wie kam es, daß Mennù im Haushalt der Alfallipes arbeiten ging? Wenn ich mich recht entsinne, stand ihre Mutter doch im Dienst der Familie Minacapelli.«

»Meine Cousine Nuruzza Inzerillo war sehr krank, und Signora Lilla Alfallipe, Gott hab sie selig, gewann deren kleine Tochter lieb. So kam sie ins Haus des Rechtsanwalts Alfallipe, und dort blieb sie auch.«

»Es heißt, daß ihre Mutter als tüchtige Haushälterin bei den Minacapelli Dienst tat … Ihr wart im selben Zeitraum dort verdingt, wie war ihre Mutter also?« bohrte die Signora weiter.

»Sehr tüchtig war meine Cousine, aber sie blieb nicht lange auf ihrem Posten, weil sie es eilig hatte zu heiraten.« Obwohl Nuruzza der Frage der Signora nicht ausweichen konnte, verstand sie es, ihr mit dieser geschickten Antwort respektvoll zu verstehen zu geben, daß sie aus ihr nichts mehr herausbringen würde.

8.
Nuruzza Salviato erzählt ihrer Tochter

Angelina ging an der Seite der Mutter und fragte sie über die Cousine aus. »Auf der Straße spricht man nicht über solche Sachen, zu Hause erkläre ich dir dann, wer die Mutter der Mennulara war und warum dieses Frauenzimmer ins Haus Alfallipe kam«, beschied Nuruzza sie eilig; die beiden Frauen – die Mutter klein und mager, die Tochter füllig und ungelenk – setzten schweigsam und eng untergehakt ihren Weg bergabwärts Richtung Roccacolomba Bassa fort.

Wie versprochen erzählte Nuruzza an jenem Abend, während sie und Angelina die Suppe fürs Abendessen zubereiteten, die Geschichte von der Mutter der Mennulara.

»Wir waren Cousinen ersten Grades mütterlicherseits, und beide waren wir die zweitgeborenen Töchter und trugen deshalb denselben Namen unserer guten Großmutter, Nuruzza. Wir wurden beide bei den Minacapelli in Dienst gegeben, um uns das Geld für unsere Aussteuer zu verdienen. Aber meine Cousine Nuruzza mußte das Geld auch für die Aussteuer ihrer Schwester Anna verdienen, die einen Ziegenfuß hatte: In keinem Haushalt würde sie mit diesem Fuß eine Anstellung kriegen. Wir beide wurden zum Dienst in der Küche und zur

Grobreinigung abbestellt, also für die Dreckarbeit, denn wir waren ja neu und jung. Aber die andere war verschlagen und verstand es, sich in ein günstiges Licht zu setzen, und schmeichelte sich bei der Signorina Lilla ein. Am Ende wurde sie ihre Kammerzofe, und ich blieb, um allein die ganze Schwerarbeit zu machen.«

Nuruzza war dabei, die Steinchen aus den Linsen zu lesen, aber an diesem Punkt stemmte sie die Hände in die Seiten und stellte sich vor Angelina auf: »Die da, meine werte Cousine, bildete sich wer weiß was darauf ein, daß das Fräulein des Hauses sie bevorzugte. Uns in der Küche erzählte sie viele nette Geschichten über sie; sie zeigte uns die Geschenke, die sie von ihr bekam, um uns eifersüchtig zu machen: getragene Kleider, die nagelneu aussahen, Haarbänder, Schals, hauchdünne Baumwollunterwäsche, Schuhe, alles Dinge, die ihr zu Kopf stiegen.« Angelina malte sich in Gedanken die wunderbaren Geschenke der Signorina Minacapelli aus, sie, die noch nie die kleinste Kleinigkeit von den Damen des Hauses geschenkt bekommen hatte, doch sie sagte kein Wort. Nuruzza widmete sich wieder ihren Linsen und erzählte weiter: »Gutherzig war die Signorina Lilla, sie versuchte sogar, ihr das Lesen beizubringen, aber ob Nuruzza es wirklich erlernt hat, weiß man nicht. Vor allen gab sie damit an und tat so, als würde sie die alten Zeitungen lesen, die in der Küche landeten, um damit das Obst einzuwickeln und es für den Winter in der Vorratskammer aufzubewahren, oder um das überflüssige Fett vom Fritierten aufzusaugen, oder um den Tisch abzudecken, wenn das Olivenöl umgefüllt oder das Gemüse geputzt wurde – gewiß nicht, um von Leuten wie uns gelesen zu werden.«

»Wieso, was ist denn Schlimmes daran, wenn man Zeitung liest?« fragte Angelina, die sämtliche Überschriften der Tageszeitung las, wenn sie in Reichweite war.

»Die Köchin, die tatsächlich lesen konnte und ein Büchlein voller Rezepte des französischen Küchenmeisters hatte, sagte zu Recht, daß in den Zeitungen unanständige Dinge stehen, die wir unverheirateten Mädchen nicht wissen durften. Aber meine Cousine schien richtig scharf darauf zu sein«, sagte Nuruzza und glaubte, ihre Tochter, die jüngste ihrer vier Kinder, wäre auch mit vierzig Jahren noch unschuldig wie ein Neugeborenes.

»So kam es also, daß sie dank der Geschenke von Signorina Lilla noch vor uns ihre Aussteuer zusammenhatte; anstatt sie ihrer Schwester Anna zu geben, wie es sich gehörte, wollte sie Luigi Inzerillo heiraten, einen Bergmann. Sie machte ihm schöne Augen, weil die Bergleute ja gut verdienten. Mit dem Heiraten wäre sie noch lange nicht an der Reihe gewesen, aber sie ließ sich nicht beirren und zog die Signorina Lilla in die Angelegenheit mit hinein. Die war mittlerweile mit dem Rechtsanwalt Ciccio Alfallipe verlobt und plante eine Riesenhochzeit; sie konnte ihre Mutter, Signora Carmela, überreden, Nuruzzas Vater einzubestellen und ihn dazu zu bringen, daß er dieser Eheschließung zustimmte; im Gegenzug sollte sie ihm versprechen, anstelle von Nuruzza den Hinkefuß Anna in den Dienst zu nehmen. Meine Tante kochte innerlich vor Wut, aber sie mußte schließlich ihre Herrschaft zufriedenstellen. Diese Geschichte konnten sie und ihr Mann Nuruzza nie verzeihen, und die Beziehungen zwischen ihnen und den Inzerillos waren angespannt.

»Und du bist mit deiner Cousine auch nach der Hochzeit in freundschaftlicher Beziehung geblieben?« fragte Angelina, hin und weg von der Liebesgeschichte der Tante.

»Wenn sie etwas brauchte, wandte sie sich an mich, aber Freundinnen waren wir bei Gott nicht. Gewisse Dinge kann man einfach nicht verzeihen. Ihre Schwester Anna, das arme Ding, war schwer am Schuften in einem so großen Haushalt wie dem der Minacapelli; sie war zur Schmutzarbeit in die Küche verbannt, bis sie dann heiratete«, antwortete die Mutter und fuhr fort: »Ich erzähle dir, was Nuruzza machte, als ihr Mann starb, so begreifst du, daß der Allmächtige den züchtigt, der seiner Pflicht nicht nachkommt. Mit Schicksalsschlägen und Krankheiten war Nuruzza nicht wenig gestraft, doch ihr Hochmut nahm darüber keinen Schaden. Nach dem Tod des Ehemanns erbot sich dessen Bruder, Giovanni Inzerillo, sie mit den zwei Töchtern zu sich ins Haus zu nehmen, wozu er als Schwager eigentlich verpflichtet war; gewiß tat er es nicht zum Vergnügen. Seine Ehefrau war überhaupt nicht entzückt, denn drei Münder mehr zu stopfen, das ist nicht wenig, und abgesehen davon waren sie und Addoloratina krank. Im Hause des Schwagers hielten es die drei jedoch nur wenige Tage aus. Nuruzza wollte von einem Leben dort nichts wissen. Statt dem älteren Bruder ihres Gatten dankbar zu sein, beschimpfte sie ihn sogar und behandelte ihn vor den anderen wie den letzten Dreck. Giovanni Inzerillo verabreichte ihr darauf eine anständige Tracht Prügel, und das war gut so: Nuruzza hatte nicht einmal Respekt für das Familienoberhaupt. Seit dieser Geschichte wollte auch die Familie ihres Ehemanns nichts mehr mit ihr zu tun haben. Hochmütig war sie, die Nuruzza, niemand stand ihr zur Seite, und sie fragte auch bei den Inzerillos nicht um Hilfe an.«

»Wieso wollte sie nicht im Hause des Schwagers leben?« Angelina lauschte wie verzaubert der Erzählung der Mutter, das Leben der Tante schien wie eine Fortsetzungsserie im Fernsehen.

»Weil sie hochnäsig war. Sie blieb allein mit den Töchtern und endete als Waschweib bei den Alfallipes, aber ohne ihren Stolz zu verlieren. Sie sagte immer, daß ihre Töchter eine gute Partie heiraten würden, und deren Kinder würden Beamte und vielleicht sogar Freiberufler werden wie die Herrschaften ... Sieh nur, was für ein Ende sie genommen hat«, meinte Nuruzza voller Schadenfreude, »ausgerechnet zu mir kam sie, um Hilfe zu bitten, als ihre Lage wirklich ausweglos war. Sie ließ mich rufen, als sie so schwer krank war, daß sie nicht mehr gehen konnte; ich eilte ihr zu Hilfe, aus dem einfachen Grund, weil wir Verwandte waren. Sie wollte mir sagen, daß sie bald das Zeitliche segnen würde, und legte mir nahe, ihre beiden Töchter aufzunehmen. Sie könnten mir im Alter viel Freude bereiten, sie würden es mir an nichts mangeln lassen, nicht an Brot und nicht an Brotbeilage. Ich hatte aber bereits zwei schöne und brave Töchter. Nun, sagte ich mir, ich habe vier Kinder, zwei davon sind obendrein Jungens, und die hier erzählt mir, ich soll fremder Leute Kinder aufnehmen, damit ich im Alter auf sie zählen kann! Wie wagte sie es nur, meine Kinder so geringzuschätzen und zu behaupten, daß ihre Töchter meinen Wohlstand bedeuten würden? Nur um des Allmächtigen und der Mutter Gottes willen, und weil unsere Mütter Schwestern waren, gab ich ihr nicht die Antwort, die sie sich verdient hatte. Ich sagte nur, daß ich mit meinem Mann darüber sprechen wollte, auch wenn ich mir da keine großen Hoffnungen machte. Tags darauf kehrte ich zurück und sagte ihr, daß wir ihre Töchter nicht ins Haus nehmen könnten; ich brachte ihr Brot, Obst und ein Stück Käse. Sie erwiderte mir, daß sie unsere Hilfe nicht bräuchte, Signora Alfallipe würde Addoloratina ins Internat stecken und sie auskurieren, und die Jüngere würde ihre Kammerzofe werden. So konnte sie sichergehen, daß ihre Töchter ein würdiges Leben erwartete.«

»Und was geschah dann?«

»Es kam, wie es kommen mußte! Addoloratina heiratete und starb noch jung. Die Schwester aber blieb im Dienst der Alfallipes und wurde schlimmer noch als ihre Mutter: Verächtlich und anmaßend gebärdete sie sich. Jetzt ist sie obendrein auch tot, der Herr im Himmel straft Heiden und Christen für ihre Missetaten. Du weißt bestens, was sie deinem Vater angetan hat ... Jetzt aber geh und schütte das Wasser in die Hühnertränke, und dann stellst du den Suppentopf aufs Feuer.«

9.
Nuruzza Salviato und ihr Ehemann verfluchen die Mennulara

Nach dem Abendessen blieben Nuruzza und Vanni Salviato allein am Tisch, während Angelina hinter dem Vorhang den Abwasch machte. Ihre Behausung war äußerst bescheiden, Angelina hatte zur Verschönerung ein Stück Blumenstoff angebracht, das die Küche von dem Bereich trennte, in dem die Familie wohnte und schlief.

»Ich habe es dir nicht vor dem Essen gesagt, damit du dich nicht an der Suppe verschluckst«, sagte Nuruzza zum Ehemann, »heute ist die Mennulara gestorben.«

Vanni Salviato spuckte auf den Boden aus und sagte: »Mir scheint, daß die Luft, die ich einatme, rein und frisch ist, jetzt, wo die da sie nicht mehr mit ihrem Atem verpestet.« Sie schwiegen, dann fügte Vanni hinzu: »Ich habe meine Gesundheit ruiniert und die Lust an der Arbeit verloren, weil dieses Teufelsweib, obendrein deine Cousine, zu mir derart boshaft war.«

»Welche Schuld habe ich daran? War ich etwa nicht die erste, die unseren Kindern gesagt hat, daß die da für uns so gut wie tot ist, und falls sie ihr auf der Straße begegneten, keiner der Salviatos sie grüßen dürfte und statt dessen den Kopf auf die andere Seite drehen müßte, um sie nicht zu sehen?« Nuruzza schluckte nicht ohne weiteres einen Tadel, schon gar nicht, wenn er aus dem Mund ihres Mannes kam. »Nicht daß wir uns öfter in Roccacolomba Bassa über den Weg gelaufen wären, sie kam nicht hierher, sie fühlte sich wie eine aus der Herrenklasse, wo sie doch als Dienerin geboren war und das bis zu ihrem Tod geblieben ist. Aber ich gehe erhobenen Hauptes vor allen, und meine Familie ist eine respektable und ehrwürdige Familie. Würde ihre Mutter noch unter uns weilen, müßte sie sich die Haare ausreißen wegen dieser Tochter, die ihresgleichen verraten und bloßgestellt hat.«

»Schamlos war sie, und wie! Was sie für Schweinereien im Hause Alfallipe getrieben hat, will ich gar nicht wissen. Mir reicht, wie sie sich mir gegenüber aufgeführt hat«, empörte sich Vanni.

Nuruzza spann den Faden weiter: »Lucia Indelicato nannte sie heute im Hause Fatta eine ›Heilige‹. Ich habe ihr nicht widersprochen, denn ich spürte, wie sich mein Magen verkrampfte, und hätte ich den Mund aufgemacht, wäre alles zu spät gewesen. Kaum waren wir zu Hause, habe ich Angelina die Verfehlungen der Mutter der Mennulara erzählt, damit unsere Tochter, die wirklich ein unbescholtenes Wesen ist, lernt, die Leute zu durchschauen.« Beim Gedanken an Angelina wurde Vanni ganz sanft und rief nach ihr. Angelina kam gehorsam wie immer zu ihnen: Der Vater machte ihr ein Zeichen, sich neben ihn zu setzen.

»Angelina, das, was diese Verwandte deiner Mutter uns allen angetan hat, darfst du nie und nimmer vergessen! Wenn ich einmal tot bin, mußt du es allen Mitgliedern der Familie Salviato, den heute Lebenden wie den zukünftig Lebenden, erzählen, und die wiederum müssen es wortwörtlich all denen weitererzählen, die über dieses Luder gute Worte im Dorf verlieren. Mit Freude ging ich meinem Beruf als wandernder Obst- und Gemüsehändler nach, ich stieg alle Treppenstufen bis nach Roccacolomba Alta hinauf, manchmal mußte ich den schwer mit Tragekörben beladenen Esel sogar hinaufschieben. Die Leute kauften meine Ware und achteten mich. Ich machte Halt unter dem Palazzo Alfallipe und pries meine Früchte an.

Eines Tages bot ich schöne Aprikosen feil, süß und reif waren sie. Und die da beugte sich aus dem Fenster, wir handelten einen Preis aus, und sie ließ den Ziehkorb mit dem abgezählten Geld herunter; ich nahm das Geld heraus und füllte den Korb mit Aprikosen. Sie zog ihn hoch, und wir tauschten einen Gruß aus. Ich blieb unterm Haus der Alfallipes stehen und verkaufte den Leuten meine guten Aprikosen, die Nachfrage war groß. Da kam dieses Miststück auf den Fensterbalkon zurück und fing an, herumzukeifen und mich zu beschuldigen, ich hätte ihr matschige Aprikosen verkauft, der Rechtsanwalt Alfallipe wolle die nicht, und sie schimpfte mich einen Lügenbold und Betrüger; wie eine Wahnsinnige brüllend, schmiß sie die Aprikosen wieder in den Ziehkorb, ließ ihn herunter und verlangte, daß ich sie zurücknehme und ihr das Geld wiedergebe. Sie beruhigte sich nicht eher, bis sie die Münzen in der Hand hatte, sie traute mir nicht. Die umliegenden Bewohner sahen aus den Fenstern, die Passanten blieben stehen und gafften, so laut war ihr Geschrei; die Verleumdungen schossen wie Giftschlangen zwischen ihren vorstehenden Zähnen hervor, häßlich wie eine wurmstichige Pflaume war sie. Niemals zuvor in meinem Leben hatte mich jemand auf diese Weise behandelt, und weil es ein Weib und obendrein die Tochter der Cousine meiner Frau war, war die Schmach um so größer.«

Vanni sprach mit gedrosselter Stimme und finsterem Blick weiter: »Ich weiß nicht mehr, wie es mir gelang, an diesem Tag und den folgenden meine Ware zu verkaufen. Die Aprikosen waren gut, faulige waren keine darunter, und selbst wenn, welche Schuld hätte ich gehabt? Ich habe sie meinerseits als einwandfreie Ware bezahlt und mußte sie alle loswerden, und besser war es doch, sie an die Reichen zu verkaufen, die die Hälfte wegwerfen konnten, ohne Hunger zu leiden. Ich war schon über Fünfzig und krank und mußte arbeiten, um die Familie zu ernähren, andernfalls hätte ich nie mehr wieder meinen Fuß nach Roccacolomba Alta gesetzt. Wenn ich unterm Haus der Alfallipes vorbeikam, zitterten mir die Knie, auch der Esel wollte die Treppen nicht steigen, die zu ihnen führten.«

Er blickte Angelina an, tätschelte sie liebevoll am Kinn und sagte dann laut: »Du meine gute Tochter, du bist brav und schlau, denk daran, keines meiner Kinder und Kindeskinder darf je vergessen, daß diese böse Anverwandte deiner Mutter Dienerin und Hure des Anwalts Alfallipe war.«

Angelina und die Mutter rissen die Augen auf. Diese Worte

trafen sie wie ein Blitz und ließen sie verstummen. Vanni war über seine eigene Beherztheit überrascht und zugleich über ihre Reaktion höchst zufrieden; er stützte sich mit den Armen ab und versuchte, alleine, ohne den Stock, den Nuruzza ihm reichte, aufzustehen. Er schaffte es auch und ging auf seinen krummen Beinen ohne innezuhalten Richtung Haustür, als hätte er die Bewegungsfreiheit wiedererlangt, die die Mennulara ihm vor zwanzig Jahren geraubt hatte. Er blieb auf der Türschwelle stehen und hob langsam die Augen. Roccacolomba Alta bot einen majestätischen Anblick. Die Lichter der Häuser auf dem Berg schufen die Illusion einer beleuchteten Krippe; am Fuß des Berges aber drängten sich die Hütten von Roccacolomba Bassa. Vanni drehte sich zu seiner Frau um, die ihm gefolgt war, und sagte: »Nuruzza, dort oben ist die Behausung deiner Cousine, dieser Hurentochter. Erinnere dich, daß ich, Vanni Salviato, sie noch über den Tod hinaus verfluche.«

Dienstag, den 24. September 1963

10.
Der Geometer Bommarito bekommt seinen Morgenkaffee nicht serviert

Am Dienstag, dem 24. September 1963, spazierte der Geometer Bommarito quer über die Piazza Richtung nach Hause und hatte den Vorgeschmack des kochendheißen Kaffees auf der Zunge, der ihn dort erwartete. Es war acht Uhr früh, und er hatte bereits eine der Aufgaben des Tages erledigt, nämlich den traditionellen Besuch beim Barbier, nach der Rückkehr aus der Sommerfrische. Die Morgenluft prickelte auf seinen frisch rasierten Wangen, und der Geometer fühlte sich mit Fug und Recht mit sich selbst im reinen. Don Biagio, der Friseur, hatte ihm an diesem Morgen Komplimente für sein gutes Aussehen gemacht und mit dem typischen Friseurklatsch bestens für seine Unterhaltung gesorgt: Da war die schöne Auswärtige, die im Bordell in der Nähe des Friedhofs untergekommen und ausgehungert war (man wußte, wonach), und es hätte einer ganzen Truppe bedurft, um ihren Appetit zu stillen; dann die Abenteuer von Totò Riesi, der noch Kopf und Kragen riskierte, würde er weiterhin zu nächtlicher Stunde, über die Dächer kletternd, das Schlafzimmer der Apothekergattin aufsuchen, während der Ehemann in der Nachtschicht das tägliche Brot verdiente.

Er verlangsamte seinen Schritt an der Kreuzung Via Bara, der »Sargstraße«, – ein passender Name, dachte er, entzückt über seinen Sinn für Humor. Dort klebten an den glatten Fassaden des Palazzo Aruta die Todesanzeigen. Er stellte fest, daß es zwei Neuzugänge gab. »Sehen wir mal, wer da das Zeitliche gesegnet hat«, sagte er sich. »Die Lehrerin Matilde Cacopardo, im Alter von 81 Jahren«, stand auf der ersten Anzeige. Er las die üblichen Floskeln und merkte sich die Uhrzeit für die Trauerfeier, um seine Frau hinzuschicken. Die andere Anzeige betraf eine gewisse Maria Rosalia Inzerillo, 55 Jahre alt. »Kenne ich nicht«, meinte er zu sich selbst, »die Ärmste, sie war gerade so alt wie ich«, und mit diesen Gedanken setzte er seinen Weg fort.

Er läutete an seiner Haustür, die nicht wie Sesam-öffnedich aufging, wie er es sich selbstverständlich erwartet hatte. Er schellte erneut, vergeblich. Dann zog er den Hausschlüssel aus der Tasche und war leicht verärgert, weil seine Frau und die Dienstmagd sich so verspäteten und ihm nicht flugs die Tür geöffnet hatten – eine echte Unverfrorenheit von seiten der Frauen! Aber auch in der Eingangshalle konnte er sie nicht entdecken, und so ging er, den Kaffeegeschmack auf der Zunge vorkostend und wieder guter Laune, weiter Richtung Küche. Und dort fand er sie auch, wie sie zum Fenster hinausschauten. Antonia, das Dienstmädchen, war weit über das Fensterbrett hinausgebeugt, ihre Füße berührten gerade noch den Boden, ihr Rock war das Gesäß hoch gerutscht und entblößte ihre kräftigen Beine; es sah so aus, als könnte sie jeden Moment kopfüber hinunterstürzen. Das Hinterteil der Auswärtigen im Bordell hätte einen gänzlich anderen Anblick geboten, sagte er sich und freute sich, weil das Wohlbehagen, das ihn den ganzen Morgen schon begleitete, ihn noch immer nicht verlassen hatte.

Mit lauter Stimme sagte er: »Ich bin zurück.«

Die Dienstmagd rührte sich nicht, sie war ganz Ohr, um ja alles mitzukriegen, was sich die Frauen im unteren Stockwerk an den Kopf warfen. Seine Frau drehte sich um und sagte: »Ach, Menico, du bist schon zurück? Hast du gehört? Die Mennulara ist tot.«

Jetzt wurde der Geometer Bommarito ernsthaft sauer. Nicht einmal den Kaffee brachte seine Gemahlin, und er erwiderte: »Meine gute Mimuzza, wer sollte mir das sagen, der Barbier vielleicht?«

»Hast du es nicht gelesen an der Ecke Via Bara? Die haben es an alle Mauern kleben lassen, die Alfallipes«, entgegnete seine Frau aufgeregt, und endlich schenkte sie ihm den Kaffee ein.

Der Geometer Bommarito schlürfte das heiße Getränk und war nicht mehr verärgert. Im Gegenteil, er genoß den Anblick seiner Gattin, die gerade beim Friseur gewesen war und Make-up aufgelegt hatte, um ihren Unterricht in der Schule anzutreten. Endlich begriff er die Aufregung der Frauen im Haus. »Es ist das erste Mal, daß eine Todesanzeige für eine Hausangestellte von ihren Dienstherren, oder wie es heute heißt, von ihren Arbeitgebern, in Auftrag gegeben wurde. Die Mennulara hat zwei Neffen, Söhne ihrer Schwester. Stell dir vor, der Aushang mit der Todesanzeige ist von der gesamten Familie Alfallipe aufgegeben worden. Du müßtest sehen, was für Worte da geschrieben stehen! Geh hin und lies sie für mich. Als du kamst, war Signora Cutrano gerade dabei, mir den Wortlaut zu wiederholen. Sie sagt, daß die Alfallipes Süßholz raspeln, wo wir doch alle wissen, daß die da eine Megäre war. Ich bin mit Carmela zur Schule gegangen, ich weiß das gut«, erzählte Mimì Bommarito und schlug sich mit der Rechten auf die Brust, um ihren Worten noch größeren Nachdruck zu verleihen, und wiederholte dabei: »Ich weiß es, und ob ich das weiß!« Ihr Hausmantel ging auf und enthüllte ihren blühenden Busen. Ihr Ehemann kehrte in Gedanken zur Auswärtigen zurück, doch diesmal wettete er insgeheim, daß diese Nutte keinen so ansehnlichen Vorbau hatte wie sein aufreizendes junges Eheweib.

So kam es, daß sich der Geometer Bommarito dem sanften Drängen seiner Mimì nicht zu widersetzen wußte und eiligst zur Straßenecke der Via Bara zurückkehrte. Dort hatte sich bereits eine Menschentraube gebildet. Er las den Todesaushang für die Inzerillo, um ihn später wortgetreu vor seiner Frau zu wiederholen:

GESTERN IST VON UNS GEGANGEN
MARIA ROSALIA INZERILLO
IM ALTER VON 55 JAHREN
HAUSANGESTELLTE DER FAMILIE ALFALLIPE.

IN TIEFER TRAUER: SIGNORA ADRIANA MANGIARACINA, WITWE DES RECHTSANWALTS ORAZIO ALFALLIPE, DER SOHN GIANNI NEBST EHEFRAU ANNA CHIOVARO, DIE TOCHTER LILLA NEBST EHEMANN DOKTOR GIAN MARIA BOLLA UND DIE TOCHTER CARMELA NEBST EHEMANN MASSIMO LEONE. VON IHREM 13. LEBENSJAHR AN LEBTE MARIA ROSALIA IM HAUSE ALFALLIPE UND DIENTE MIT LIEBE DER FAMILIE, DIE MIT GEBROCHENEM HERZEN UM SIE WEINT. DIE STERBLICHEN ÜBERRESTE WERDEN ZUR BESTATTUNG IM FAMILIENGRAB AUF DEN FRIEDHOF VON ROCCACOLOMBA GELEITET.

Die Nachbarin von gegenüber und zwei andere Frauen aus der Straße warteten auf seine Rückkehr. Sie ließen ihm nicht einmal Zeit, den ganzen Wortlaut der Anzeige wiederzugeben, und unterbrachen ihn im Chor mit ihren Bemerkungen: »Mit gebrochenem Herzen, ach ja, tatsächlich? … Carmela konnte sie nicht ausstehen, und Lilla ist ihretwegen nie mehr wieder in den Ferien nach Roccacolomba gekommen!«

»In jenem Haus behandelt man nicht einmal die Katze mit Herz.«

»Im Grab der Familie werden jetzt auch die Dienstmädchen untergebracht, denn wir sind ja alle Brüder und Schwestern!«

»Wäre der Rechtsanwalt Alfallipe noch am Leben, der hätte so etwas nie und nimmer geduldet!«

»Und diese braven Neffen, von denen sie immer in höchsten Tönen gesprochen hat, wieso machen die keinen Todesaushang für ihre Tante?!«

Es war ein schwieriges Unterfangen, doch schließlich gelang es dem Geometer, sich aus dem Knäuel der Frauen zu befreien, die sich weiter das Maul zerrissen, und machte sich auf den Weg zu seiner Arbeit. Unterwegs bemerkte er verschiedene Dorfbewohner, die stehengeblieben waren, um die Aushänge zu lesen, und nun miteinander schwatzten. Der Nekrolog für die Mennulara hing an sämtlichen von der Gemeindeverwaltung vorgesehenen Stellen aus: Geld mußte die Mennulara den Alfallipes, diesen Geizhälsen, jede Menge eingebracht haben, wenn sie ihnen so große Ausgaben wert war. Er kam zu folgendem Entschluß: Falls das Hinausposaunen des Todes einer Dienstmagd eine weitere Neuheit der modernen Zeit und sozusagen demokratisch sein sollte – er würde niemals auch nur eine Lira für die Todesanzeige einer Hausangestellten ausgeben! Ja, richtig! Er wollte daran denken, mit seiner Frau noch am selben Abend ein ernstes Wörtchen zu reden, bevor es ihr in den Sinn käme, Versprechungen dieser Art zu machen und ihrer Antonia Flöhe in den Kopf zu setzen. Dann überließ er sich wieder den Gedanken an Don Biagios angenehme Schilderungen über die Auswärtige: Die ja, die sei es wert, daß man Geld ausgebe, anstatt für die gute Seele der Mennulara, die absolut keine Schönheit war und fleischliche Genüsse nie erfahren hatte.

Kaum war er in seinem Büro, fiel ihm ein, daß er es versäumt hatte, seine Gattin über das Ableben der Frau Cacopardo zu unterrichten – sie war eine wichtige Person, denn sie war die Schwiegermutter des Rektors der Mittelschule, wo Mimì in Erwartung eines festen Deputats als Aushilfslehrerin tätig war. Und er verfluchte die Mennulara.

11.

Maricchia Pitarresi erfährt in der Merceria Moderna die Nachricht vom Tod der Mennulara und verflucht sie

Am frühen Morgen war Maricchia Pitarresi ins Dorf hinaufgegangen, um in der Merceria Moderna auf der Piazza Stickbaumwolle zu kaufen. Der Laden war rappelvoll: Die Eigentümerinnen, die beiden Fräulein Aruta, bedienten nicht hinterm Ladentisch, sondern unterhielten sich auf italienisch mit den Damen und überließen es ihrer Angestellten, sich um die Kundschaft zu kümmern. Maricchia hielt sich abseits, sie war sich ihrer gesellschaftlichen Position voll bewußt, während sich die anderen Frauen vor der Theke ballten und ihre Einkäufe in die Länge zogen; dem Anschein nach waren sie mit der Auswahl der Waren beschäftigt, in Wirklichkeit aber waren sie ganz Ohr, um der lebhaften Konversation der Geschäftsinhaberinnen zu folgen. Auch Maricchia versuchte herauszufinden, worum es eigentlich ging, was ihr schließlich unter einigen Schwierigkeiten auch gelang: Die Mennulara war gestorben. Sie spitzte noch mehr die Ohren, doch genau in dem Moment fragte die Verkäuferin sie nach ihren Wünschen.

Auf dem Rückweg wollte sie noch auf einen Sprung bei der Pförtnerei von Don Vito Militello vorbeigehen, um Einzelheiten über das plötzliche Ableben der Mennulara zu erfahren. Das tat sie auch, doch sie kam gar nicht mehr dazu, irgendeine Frage zu stellen. Kaum war sie eingetreten, bot Donna Enza ihr einen Stuhl an und forderte sie lächelnd und mit einem Augenzwinkern auf: »Maricchia, du fehlst noch in der Runde, erzähl uns, wie war die Mennulara, als ihr beide im Hause Alfallipe gearbeitet habt? Du wirst ja einiges auf Lager haben!«

Maricchia erinnerte sich ungern an diese kurze, unglückselige Zeit; sie erklärte sich aber bereit, etwas zu berichten, wenn man sie im Gegenzug mit Neuigkeiten versorgte. Sie wollte jedoch Zeit herausschinden und sagte: »Zuerst müßt ihr mir ein Glas Wasser geben, ich bin am Ende«, und wischte sich mit der Hand über die Stirn, lehnte sich gegen den hölzernen Stuhlrücken und täuschte große Müdigkeit vor. Unterdessen folgte sie der Unterhaltung.

Don Paolino Annunziata hockte breitbeinig auf seinem Stuhl, die Füße auf den Stuhlstreben, die Hände auf den Knauf des Stocks zwischen seinen Beinen gestützt, und erzählte lebhaft: »Ich war dabei vom ersten Tag an, als die Mennulara in den Dienst der Signora Lilla trat. Man konnte deutlich erkennen, daß sie vom Land kam, eine echte Wilde war sie. Zur Mittagszeit tauchte sie in der Küche auf. Doch sie wollte sich nicht mit dem übrigen Personal zu Tisch setzen, sondern stellte sich ans Fenster und starrte in den Hof. Sie wirkte wie ein Vögelchen im Käfig.«

»Was sagst du da, ein Vögelchen? Bist du jetzt unter die Dichter gegangen? Ein Raubvogel war sie, das laß dir von mir gesagt sein«, widersprach Don Vito.

»Nein, wie ein verschreckter kleiner Vogel wirkte sie, wie eine kleine Kreatur in Gefangenschaft«, stellte Don Paolino richtig, »ich habe sie noch vor Augen, wie sie war, sie wollte sich nicht mit uns zum Essen setzen, obwohl sie großen Hunger haben mußte, sie war mager wie ein Besenstiel. Pina Vassalo, die Köchin, füllte einen Teller mit Nudeln und brachte ihn ihr ans Fenster. Mit den bloßen Händen, mit der Gabel, wie's gerade kam, stopfte sie das Essen in sich hinein – sie hatte einen Bärenhunger. Sie tropfte sich mit Sauce voll, sie war einfach nicht fähig, wie anständige Leute zu essen. Dann gab Pina ihr ein Kotelett, das sie mit beiden Händen packte, mit den Zähnen die Fleischfetzen abriß und es fast ohne zu kauen verschlang. Ein Dankeschön zu Pina kam ihr nicht über die Lippen, nicht einmal ein Lächeln schenkte sie ihr. Wir waren wie vor den Kopf geschlagen. Von da an nahm sie ihr Essen stets alleine, in gehörigem Abstand von uns, zu sich; war sie trotzdem einmal gezwungen, sich an den Küchentisch zu setzen, würgte sie alles schnell hinunter und sprang sofort auf, um wieder an ihre Arbeit zu gehen. Sie war eine Wilde, und das blieb sie auch. Wenn jemand ihr eine Frage stellte, schreckte sie zusammen, antwortete knurrend und warf mit Blicken um sich wie ein Köter, der zur Gegenwehr ansetzt; sie hatte Augen wie glühende Kohlen, die jeden einzuäschern drohten, der das Wort an sie richtete.«

Don Vito fügte hinzu: »Sie blieb sich selbst treu. Und sie war eine schlechte Person. Ich erinnere mich an einen Morgen, da ging ich hinunter, um für die Baronin die Einkäufe zu erledigen, und begegnete ihr auf der Treppenstraße. Sie war, vollbeladen mit Waren vom Markt, auf dem Rückweg ins Haus Alfallipe; sie ging immer schon ganz früh einkaufen, um die beste Auswahl zu haben. Da sah ich, wie sie stolperte und auf den Treppen hinfiel, die Einkaufstüten entglitten ihren Händen, und jede Menge schönes Obst, Gemüse und sogar Tongefäße, mittlerweile in Scherben, bedeckten die Stufen. Ich eilte ihr zu Hilfe. Sie fing an zu schreien, als wollte ich sie belästigen: ›Geht weg von mir, geht weg von mir, ich brauche niemanden!‹ Blitzschnell sammelte sie alles wieder ein – Obst, Scherben, Papier –, stopfte es in die Einkaufsbeutel und setzte ihren Weg treppauf fort, ohne mir auch nur guten Tag gewünscht zu haben. Die wenigen Christenmenschen, die hinzugekommen waren, standen reglos da und schauten auf uns. Gott allein weiß, was ihnen durch den Kopf ging. Nie in meinem Leben habe ich mich derart erniedrigt gefühlt; von da an habe ich sie zwar weiterhin gegrüßt, denn jemanden einfach nicht mehr zu grüßen, das macht man nicht, aber ich habe nie mehr wieder das Wort an sie gerichtet.«

»Wann ist die Beerdigung?« fragte Maricchia, die gehen wollte, sobald sie diese Auskunft erhalten hatte.

»Hast du nicht den Todesaushang auf der Straße gesehen? Die Alfallipes haben überall welche ankleben lassen, wie damals für den Rechtsanwalt, Gott hab ihn selig«, klärte Donna Enza sie auf und fügte hinzu: »Maricchia, bleib noch, sag uns, wie die Mennulara mit dem Rechtsanwalt Alfallipe umging, du mußt es schließlich wissen.«

Maricchia fühlte sich in die Ecke gedrängt und sagte: »Wie er war, weiß ich nicht, aber wie sie war, das weiß ich wohl. Ich trat in den Dienst im Hause Alfallipe, als sie bereits seit fünf Jahren dort diente und Kammermädchen von Signora Lilla geworden war. Doch als Orazio, der Sohn des Hauses, aus Catania in Ferien kam, schwirrte sie diensteifrig um ihn herum und machte ihm schöne Augen, die Schamlose. Er aber nahm sie nicht einmal wahr.« Maricchia hielt inne, um Atem zu holen und ihre Worte wirken zu lassen. Don Paolino drehte sich zur Tür hin, die auf die Pförtnerloge ging, und schnitt eine Grimasse, die Mundwinkel nach unten verzogen und die Augenbrauen nach oben gewölbt. Maricchia fuhr fort: »Eine wie sie hätte nach all dem, was sie getan hat, als sie Mandeln sammelte, in der Öffentlichkeit gesenkten Blicks gehen müssen, aber solchen Leuten fehlt jedes Schamgefühl. Signora Lilla wollte ihr gut und nahm ihr die Lügengeschichten ab, die sie ihr auftischte, Gott sei Dank habe ich die Arbeit aufgegeben, als ich heiratete.« Maricchia hatte genug geredet, und bevor man ihr weitere Fragen stellen konnte, erhob sie sich, um nach Hause zu gehen.

Unterwegs kam ihr deutlich das Bild dieser düsteren Zeit im Hause Alfallipe in den Sinn. Sie war mit einem Cousin verlobt, in den sie verliebt war und den sie bald heiraten wollte: Sie hatte beschlossen, sich als Dienstmädchen zu verdingen, um rasch ihre Aussteuer zusammenzubringen. Orazio, damals noch Student, bemerkte sie und war von ihr betört. Maricchia wußte, daß sie ein anziehendes Mädchen war, sie hatte gewelltes, glänzendes Haar und eine gute Figur. Aber sie war auch ein ehrbares Mädchen und wollte für den Cousin rein und unbescholten bleiben. Orazio ließ sie nicht in Frieden: Er rief sie und ließ sich ein Glas Wasser bringen; er verlangte, daß sie sein Zimmer aufräumte. Sie gehorchte, obwohl sie spürte, wie er sie mit Blicken auszog; sie zitterte vor Angst, wenn sie allein mit ihm in einem Raum war. Mit Fingerspitzengefühl machte sie ihm dann klar, daß bei ihr nichts auszurichten war.

Da die Mennulara mitgekriegt hatte, wem Orazios Interesse galt, trug sie Maricchia die mühsamsten Aufgaben auf: die Schwerarbeit in der Küche und in den Lagerräumen, die sie fern von den Blicken und den Absichten des Jungherrn hielt. Das tat sie nicht etwa, um sie vor ihm zu schützen, sondern weil sie eifersüchtig war. Obwohl sie beinahe gleichaltrig waren, verhielt sie sich ihr gegenüber nicht als Freundin, aber auch nicht einfach als höfliche Person. Eines Tages rief Signora Alfallipe sie zu sich und behauptete, daß von den bestickten Taschentüchern, die Maricchia in den Schubladen verstaut hatte, welche fehlten. »Ich habe nichts gestohlen, wenn Sie sie nicht finden können, heißt das, daß jemand anderes sie genommen hat«, setzte sich Maricchia beleidigt über diese Unterstellung zur Wehr. Von da an spürte sie, daß die Mennulara und ihre Herrin sie nicht mehr aus den Augen ließen.

Wenige Tage später fragte Signora Alfallipe, ob sie wüßte, wo bestimmte schöne Wolldecken seien, die sie vor kurzem erst gewaschen hatte. Maricchia verstand den Wink und bat die Mutter, sie aus dem Dienst in diesem Hause zu nehmen. Und das tat sie auch. Als für Maricchia der Tag gekommen war, den Palazzo Alfallipe zu verlassen, trat die Mennulara, die immer nur das Wort an sie richtete, um ihr Befehle zu erteilen, an sie heran und gab ihr ein Kuvert. »Signora Lilla läßt dir ausrichten, sie will nicht, daß du mit jemandem darüber sprichst, und auch nicht, daß du dich bei ihr bedankst, es ist ein Zuschuß für deine Aussteuer.« Es war Geld darin, soviel wie zwei Monatslöhne, eine Riesensumme, die Maricchia dringend brauchte, und so hatte sie nicht das Herz, es auszuschlagen.

»Es ist schon schlimm, wenn man arm ist«, sagte Maricchia laut. Sie war sich sicher, daß dieses Geld von der Mennulara stammte, die auf diesem Wege Abbitte für ihre Heimtücke leistete. Der Rechtsanwalt Orazio aber schenkte der Mennulara nie seine Gunst, vielmehr mußte sie seiner ganzen Familie dienen und sogar seine Witwe bei sich aufnehmen. Da sieht man mal wieder: Der liebe Gott straft die Bösen. »Als Ausgleich für all das bezahlen die Alfallipes ihr jetzt das Begräbnis«, dachte Maricchia innerlich frohlockend.

Maricchia Pitarresi und ihre Familie gingen nicht zur Beerdigung der Mennulara.

12.

Don Giovannino Pinzimonio packt im Konversationszirkel aus

Gevatter Peppino Coniglio hatte Zeit beim Bäcker vertrödelt. Er schnaufte schwer auf der steilen Treppe, die zur Piazza hinaufführte; er war spät dran für den Konversationszirkel. Seine ganze Sorge war, daß ein anderer sich bereits die »La Sicilia« geschnappt haben könnte und ihm so der Genuß versagt bliebe, die Zeitung als erster zu lesen.

Groß war sein Erstaunen, als die Freunde bei seinem Eintreffen in einer lebhaften Unterhaltung zugange waren, etwas sehr Ungewohntes. Darüber kam er überhaupt nicht auf die Idee, die Zeitung, die noch unberührt auf dem Stuhl lag und auf ihn zu warten schien, an sich zu nehmen. Statt dessen blieb er, das Rheuma in den Beinen vergessend, stehen, verschränkte die Arme über dem Einkaufsbeutel, aus dem der betörende Duft frischgebackenen Brots aufstieg, und hörte zu.

Don Giovannino, 83 Jahre alt, hielt an diesem Morgen Hof. Die anderen Mitglieder saßen im Kreis um ihn und griffen von Zeit zu Zeit ein, um der Geschichte, die er aufgeregt schilderte, Einzelheiten hinzuzufügen. Sie kicherten wie Rotzbuben. *Zu'* Peppino begriff anfangs nicht, über wen sie es gerade hatten.

»Behende wie ein Affe kletterte sie auf die Bäume, einen Fuß hier, die Hand da, hockte sich im Reitersitz auf die Äste, sprang von einem zum anderen, klammerte sich an den mit Oliven vollbehangenen Zweigen fest und schüttelte sie, auf dem Ast darunter auf und ab springend, als tanzte sie.« Don Giovannino erhob sich und begann, breitbeinig, in die Knie gehend, die Bewegungen nachzumachen. »Sie kletterte barfuß hinauf, ohne die rauhe Baumrinde der Stämme zu spüren, die sie mit den nackten Füßen nur knapp berührte, so gelenkig und leicht war sie – in meinen sechzig Jahren Arbeit habe ich so eine wie sie noch nie gesehen. Wie Hagelschauer prasselten die Oliven von den Bäumen. Die jungen Kerle auf der Erde starrten sie mit offenem Maul an und wollten sich ihr unterm Baum nähern, aber die alte Aufseherin pfiff sie zurück.«

»Sie wollten ihre nackten Schenkel sehen, von wegen Oliven sammeln!« rief Mario Lo Garbo aus, und seine Augen funkelten bei der Erinnerung an längst vergangene Freuden. Die anderen lachten. Jeder gab etwas zum besten.

»Und was für Beine das waren!«

»Ein scharfes Weib!«

»Klein, aber oho!«

»Was weißt du denn, hast du sie jemals angefaßt?«

Gevatter Peppino fragte: »Wen?« Aber die Zirkelmitglieder beachteten ihn nicht, so entrückt und glückselig schwelgten sie in ihren schlüpfrigen Erinnerungen, so sehr ergötzten sie sich an ihren eigenen witzigen Anspielungen, zu denen sie sich nicht mehr fähig geglaubt hatten.

Endlich richtete Don Giovannino das Wort an ihn: »Erinnerst du dich an die Mennulara, wie sie als Kind auf den Feldern des Barons Putresca arbeitete?«

»Ja«, meinte *Zu'* Peppino enttäuscht, denn er hatte sich der Illusion hingegeben, in den neuesten Klatsch über eine interessantere Person als das Dienstmädchen der Alfallipes geraten zu sein, »warum habt ihr's denn mit der?«

Mario Lo Garbo, dem vor lauter Lachen Tränen in den Augen standen, fragte prustend: »Hast du denn die Anzeige auf der Straße nicht gelesen? Gestern ist sie gestorben.«

»Schön ist es, über die Toten sprechen, die noch warm sind, und über sie zu lachen. Ich hoffe, daß ihr es nicht ebenso haltet, wenn ich in die ewigen Jagdgefilde überwechsle«, entgegnete Gevatter Peppino verärgert, weil er die Gelegenheit versäumt hatte, sich mit den anderen vor Lachen den Bauch zu halten. Deshalb machte er es sich als mieser alter Knacker, der er nun mal war, zum Ziel, ihnen das Lachen auszutreiben.

»Du kannst immer nur vom Unglück reden, was anderes hast du nicht auf Lager!« warf Mario Lo Garbo ihm an den Kopf, und die anderen grienten, denn Peppino hatte sich eine so bissige Antwort durchaus verdient.

Don Giovannino fühlte sich ganz zu Recht getadelt, aber im Bann der seligen Erinnerungen wollte er weitermachen und sagte: »Peppino, es stimmt, die Mennulara ist gestern gestorben, ihre Seele ruhe in Frieden. Aber hier wird nicht schlecht über sie geredet, im Gegenteil, wir singen Loblieder auf ihre Vorzüge.«

Gaspare Ponte fügte hinzu: »Ich behaupte, wenn die gute Verstorbene wüßte, daß wir sie noch immer verehren, würde sie sich freuen. Als sie jung war, wußte sie, daß sie schön war, und ob! Ihr gefiel es, wenn man ihr nachschaute!«

Die Mitglieder begannen wieder über die Mennulara zu reden, in gedämpfterem Ton als zuvor, doch dann artete es erneut in Gespött aus. Gaspare Ponte sagte hämisch lachend: »Die verteilte Stockhiebe, und was für welche, wenn einer die Hand ausstreckte, um ihr zu helfen!«

»Wieso, hast du's etwa auch bei ihr versucht?« fragte Don Giovannino.

»Nein, wer hätte schon den Mut gehabt? Die schlimmen Wörter, die aus ihrem Mund kamen, wenn sie böse war ... Wie viele Schimpfwörter sie kannte, unvorstellbar!«

»Und wie sie herumschrie!«

»Sie hatte die lauteste Stimme von allen Frauen, wenn jemand von weit weg gerufen werden sollte, bat die Aufseherin sie darum, wie eine Opernsängerin hörte sie sich an.«

»Wäre sie doch nur Sängerin geworden, ich hab es gern gehört, wenn die Mädchen und die Jungs trällerten und sich ihre Stimme melodiös in den Vordergrund schob; die Fäuste in die Seiten gestemmt, stellte sie sich sogar in Positur und schwenkte ihren Körper nach allen Seiten!« Bei diesen Worten erhob sich Mario Lo Garbo und machte die Bewegungen der Mennulara nach: Die Hände in die Seite gestützt, ließ er das Becken kreisen und hielt sich mühsam auf seinen dürren, krummen Beinen aufrecht.

Wieder lachten sie von Herzen. *Zu'* Peppino gab sich geschlagen und lachte jetzt mit; auch er wollte zur Auffrischung der Erinnerungen beitragen: »Wenn die Säcke mit der Tagesernte gewogen wurden, warf sie sie auf die Waage, als wären sie mit Federn gefüllt. Sie hatte Knochen aus Eisen.«

»Aus Eisen und aus Feuer war sie gemacht«, sagte Don Giovannino mit bitterernster Miene. Er hatte Gevatter Peppino den wenn auch berechtigten Anwurf von kurz zuvor nicht verziehen. »Und dann erlosch dieses Feuer, die Ärmste«, fügte er hinzu, entschlossen, dem anderen Schuldgefühle zu machen, weil er mitgelacht hatte.

Nach und nach beruhigten sich die Mitglieder wieder, doch sie verstummten nicht. Die Erinnerungen an die Mennulara wirkten wie verjüngend auf sie, schnell schoß das Blut durch ihre müden Altenvenen. Gefangen von den Gedanken an die Vergangenheit, setzten sie ihre wehmütige Unterredung über das Leben auf den Feldern fort; zum erstenmal machten die Mitglieder des Zirkels der Konversation diesem Namen Ehre, und die Zeitung blieb unberührt und erwartungsvoll auf dem Stuhl liegen.

Gegen halb eins machten sich die Mitglieder zum Mittagessen auf den Nachhauseweg. Die jüngeren unter ihnen würden sich am Nachmittag wieder im Zirkel einfinden. Don Giovannino schlug vor: »Bei all dem Gelächter über die Mennulara, das wir uns gegönnt haben, scheint es mir nur recht und billig zu sein, daß wir zu ihrem Begräbnis gehen, was meint ihr?« So kam es, daß eine ansehnliche Abordnung von Mitgliedern des Konversationszirkels auf ihr Mittagsschläfchen verzichtete und im Zeichen der Dankbarkeit, leicht beschämt ob des Mangels an Respekt gegenüber einer Verstorbenen, an der Beerdigung der Mennulara teilnahm. Das wiederum überraschte die anderen Trauergäste und entfachte ihre Neugier.

13.

Gaspare Risico, Postangestellter sowie Sektionssekretär der Kommunistischen Partei Italiens in Roccacolomba, und seine Angetraute Elvira

Die Buch- und Schreibwarenhandlung Pecorilla hatte an jenem Vormittag des 24. September eine halbe Stunde früher geschlossen, damit die Eigentümerin, Rosalia Mangiaracina Pecorilla, Zeit genug hätte, das Mittagessen zuzubereiten und danach zur Beerdigung der Mennulara zu gehen. Elvira Risico, die Angestellte, nutzte die Gelegenheit, um beim Fischhändler frische Goldsardinen für ihren Mann zu kaufen, der wahnsinnig gerne Fisch aß, und nicht nur freitags.

Elvira war dabei, die ausgenommenen, entgräteten und sorgfältig in Mehl gewendeten Fische zu fritieren, als ihr Ehemann auf leisen Sohlen hereinkam und liebevoll die Arme um ihre Hüften schlang. Sie waren seit acht Monaten verheiratet, und zu Recht erzählten sich die Leute, daß sie verrückt nacheinander waren. Gaspare küßte ihren Nacken, der wegen der Hitze des kochenden Öls ganz verschwitzt war, und fragte, warum sie schon so früh zu Hause sei.

»Bring mich jetzt nicht durcheinander, *Gasparù*, siehst du nicht, daß ich am Fritieren bin? Die Dinger werden ganz lasch, wenn ich sie nicht sofort in heißes Öl gebe«, sagte Elvira wenig überzeugend, denn die Liebkosungen ihres Mannes wurden immer drängender; jetzt strich er ihr über die Brüste, die Innenseite der Schenkel und berührte sie zwischen den Beinen. Sie spürte, wie sie ganz feucht wurde und sich eine Schneckenspur bildete. »Die Hausangestellte der Familie Alfallipe, mit denen die Signora Pecorilla verwandt ist, ist gestorben. Sie hat den Laden früher geschlossen, um zur Beerdigung gehen zu können.«

Ihr Mann lockerte für einen Augenblick seinen Griff, dann packte er sie erneut und preßte seinen Leib ganz fest an sie. »Das wird die Inzerillo sein«, erklärte er, »ich habe sie letzte Woche kurz im Postamt gesehen, sie wirkte erschöpft.« Nach einer Pause fügte er hinzu: »Es war ein böses Weib, vor der mußte man sich in acht nehmen.« Elvira hatte jeden Tag erneut Anlaß, diesen klugen Mann zu bewundern, der über alles und jeden Bescheid wußte, der nachdachte, bevor er ein Urteil abgab, und dem tiefschürfende und zutreffende Gedanken durch den Kopf gingen. Sie entgegnete: »Signora Pecorilla hat mir aber erzählt, daß sie eine brave Frau war und die Familie Alfallipe wie ihre eigene geliebt und ihr das ganze Leben lang gedient hat …« Sie hielt inne, denn es reute sie, den veralteten Begriff »gedient« gebraucht zu haben, und sie schämte sich wegen ihrer Unbildung. Gaspare knabberte weiterhin an ihrem Ohrläppchen.

Bei Tisch plauderten sie heiter und verschlangen die heißen, knusprigen Sardinen. »Aber warum hat die Familie Alfallipe die Traueraushänge in den Straßen anbringen lassen und sorgt jetzt für ihre Bestattung?« fragte Elvira, die aus Syrakus stammte und bestrebt war, sich in die Sitten und Gebräuche des Heimatdorfs ihres Gatten einzufinden, wo sie ihr ganzes Leben zubringen würde – es sei denn, die politische Karriere ihres Gaspare würde sie in irgendeine große Stadt führen.

»Dieses Pack muß lernen, die Arbeiter und die Angestellten, solange sie noch am Leben sind, nicht erst,wenn sie bereits tot sind, mit Respekt zu behandeln. Die Inzerillo ist das abstoßende Beispiel einer Proletarierin, die sich von den Kapitalisten unterdrücken läßt und die anderen wie Dreck behandelt. Ich weiß, wovon ich rede, ich habe sie oft genug im Postamt zurechtweisen müssen. Sie führte sich auf wie eine Baronin, aber eine Baronin von Kackaland!« Mehr sagte er nicht. Er hätte bestimmt nicht gerne zugegeben, daß es in Wirklichkeit die Mennulara gewesen war, die ihn sich mehr als einmal vorgeknöpft hatte, weil er zur Amtszeit nicht an seinem Arbeitsplatz war, um die Reklamationen entgegenzunehmen: Er hatte sich nämlich in den Parteisitz verdrückt, um die »Unità« zu lesen; das tat er übrigens Tag für Tag mit Duldung seines Direktors, der ein Verwandter seiner Tante war, dank derer wiederum er sich diesen Posten ergattert hatte. Die Mennulara hatte ihn angeschnauzt, als wäre er ein dummer Schuljunge – ausgerechnet sie, die kaum lesen und schreiben konnte! Sie hatte ihm zu verstehen gegeben, daß sie über sein regelmäßiges Blaumachen im Bilde sei und daß er doch mit gutem Beispiel vorangehen müßte, wenn er respektvoll von den Arbeitnehmern behandelt werden wollte.

Gaspares Schimpfrede, die geradezu knapp war verglichen mit den Predigten, die er ansonsten seiner Gattin zur Heranbildung ihres politischen Bewußtseins hielt, erzeugte eine unverhoffte Wirkung. Elvira, die ununterbrochen lächelte und vor Liebeslust überströmte, legte ihm eine Hand auf die Schulter, streichelte seinen Hals und sagte: »Heute habe ich eine Überraschung für dich«, und knöpfte dabei mit der freien Hand ihr Hauskleid auf, unter dem die prallen Brüste zum Vorschein kamen: Sie war splitternackt.

Sie ließen die letzten vier Sardinen liegen, und Elvira war dem politischen Engagement ihres Gemahls dankbar, das ihr verbot, eine Hausangestellte, nicht einmal für Stunden, zu beschäftigen: Denn so konnte Gaspare Risico an jenem 24. September seine Frau ungestört auf dem noch gedeckten Eßtisch lieben, auf dem die Teller zu den Stößen aus seinen Lenden lustig klapperten. Außer marxistischem Gedankengut brachte er seiner Frau auch wundervolle Unanständigkeiten bei. Als sie fertig waren, richtete Gaspare sich auf und trat ein paar

Schritte vom Tisch zurück, um Elvira, die befriedigt und wunderschön hingestreckt lag, besser betrachten zu können. Er entdeckte ein Glas Wein in Reichweite, nahm einen Schluck und hatte den glücklichen Einfall, den Rest davon in ihre muschelförmige Nabelhöhle zu gießen; von dort lief der Wein über ihren Bauch, drang in die intimsten Teile und tropfte auf ihre offenen Schenkel. So lernte Elvira die Freuden des Cunilingus kennen.

Gaspare Risico versäumte es an diesem Nachmittag, die Genossen anzuweisen, sich ja vom Begräbnis der Inzerillo, dieser »Verräterin der Arbeiterklasse«, fernzuhalten. Das war gar nicht nötig, denn keinem der Mitglieder der Kommunistischen Partei von Roccacolomba wäre auch nur im Traum eingefallen, um drei Uhr nachmittags zu einer Trauerfeier zu gehen; das wiederum hielt den Risico nicht davon ab, sich in den folgenden Tagen zu brüsten, er hätte dank seines klugen Zeitgefühls vermeiden können, daß die Partei in den Augen der Mitbürger in Mißkredit gefallen sei.

14.
Das Begräbnis

Arm in Arm mit Signora Concetta Di Prima, seiner Schwester, machte sich Doktor Mendicò auf den Weg zur Kirche der Addolorata, um am Begräbnis der Mennulara teilzunehmen. Schweigsam hing er seinen Gedanken nach. Wie er es zu tun pflegte, seit er gealtert war, platzte er unerwartet mit lauter Stimme heraus: »Ihr Tod kommt mir seltsam vor, sie hätte es mindestens noch bis Weihnachten schaffen müssen! Sie hatte es eilig, und auch diesmal hat sie ihren Willen durchgesetzt.«

»Was sagst du da, Mimmo, ruhig Blut«, versuchte Signora Di Prima ihn zu besänftigen. Da näherten sich einige Bekannte, die ebenfalls auf dem Weg zum Begräbnis waren, und gemeinsam betraten sie die Kirche.

Doktor Mendicò und seine Schwester nahmen in einer der ersten Reihen Platz. Der Arzt bewunderte den Barockaltar mit dem vielfarbigen Marmor, die Statue der Addolorata mit dem melodramatischen Blick im manieristischen Provinzstil, die Putten und Kränze aus Blumen und Früchten, mit denen die Apsis geschmückt war; sie war ein großzügiges Geschenk des Fürsten von Brogli, mit dem er vielleicht sein Gewissen weich betten wollte: Er hatte nämlich seinerzeit aus Gründen der Herrschaftsfolge die älteste Schwester gezwungen, den Nonnenschleier zu nehmen, und sie war Äbtissin des Klosters geworden. Der Arzt ließ seinen Blick auf dem Sarg ruhen und sagte sich, daß die Mennulara unbewußt die für ihr Begräbnis passende Kirche ausgewählt hatte: Beide Frauen waren von ihrer jeweiligen Familie *geopfert* worden, die eine aus Prestigegründen, die andere des nackten Überlebens willen. »Der Adel und die armen Schlucker haben viel gemein, sie wissen es nur nicht«, zischelte Doktor Mendicò der Schwester zu. Signora Di Prima senkte zum Zeichen vager Zustimmung den Kopf und dachte, daß die Gedankengänge des Bruders im Alter immer verquerer wurden.

Padre Arena kleidete sich mit Unterstützung des jungen Pfarrers an, um die Trauerfeier in der Sakristei der Kirche zu zelebrieren, deren Propst er über viele Jahre gewesen war. Seit seiner Pensionierung hatte er seinen Priesterstand beinahe vergessen. Er führte ein beschauliches Leben im Landhäuschen seines Patensohns, baute Gemüse an und widmete sich dem Ziergarten vorm Haus. Im Grunde war er ein Bauer, ausgerechnet er, Sohn eines Halbpächters des Fürsten von Brogli, der – mit fürstlicher Unterstützung – von den Eltern auserwählt und für ein anderes, besseres Leben als das auf der Scholle bestimmt worden war.

Im vergangenen Mai hatte die Mennulara wieder Kontakt

mit ihm aufgenommen, mehrmals hatten sie sich getroffen und so die Bande ihrer schönen Freundschaft neu geknüpft. Völlig ungerührt hatte sie ihm mitgeteilt, daß sie noch vor dem Winter sterben würde; sie hatte ihn, wie in alten Zeiten, um Hilfe beim Verfassen einiger Briefe gebeten und den Wunsch geäußert, daß er ihre Totenmesse abhalten möge. Der Mennulara konnte er diesen Wunsch nicht abschlagen.

Padre Arena trug die violett-goldenen Paramente für die Trauermesse, der Spitzensaum des Chorhemds aus schneeweißem Linnen des neuen Gemeindepfarrers reichte ihm bis knapp unters Knie. Wer weiß, was der mit den schönen langen Soutanen gemacht hat, die die Nonnen des Konvents seinerzeit eigens für ihn geschneidert hatten; er war von großer Statur, ungewöhnlich bei Bauern und armen Leuten, aus deren Reihen der Klerus seine Mitglieder gewann. Padre Arena war in der Tat außergewöhnlich groß, feingliedrig und von anfälliger Gesundheit. Mehrfach hatte er sich schon gefragt, ob das Wohlwollen des Fürsten von Brogli nicht etwas mit seiner Mutter zu tun hatte, die, wie es hieß, in der Jugend wunderschön gewesen sei; er unterschied sich deutlich von seinen Geschwistern, die alle klein und gedrungen waren; im zarten Alter war er ins Priesterseminar geschickt worden, und nicht etwa, weil er eine frühreife Berufung zum Ausdruck gebracht hätte, die er in Wirklichkeit nie verspürte, sondern um mit seinem Äußeren keine Verwirrung zu stiften. Ähnlich wie die Mennulara hatte auch er sich mit dem zufriedengegeben, was das Schicksal ihm beschert hatte, und er konnte behaupten, ein einfaches, aber alles in allem erfülltes Leben gehabt zu haben.

Wegen seines Stotterns war die Messe für ihn immer schon ein Alptraum gewesen. Mit einer Technik, die seine Popularität begründet hatte, war es ihm jedoch gelungen, seinen Sprachfehler unter Kontrolle zu bekommen: Er hatte sich angewöhnt, die Gebete und sogar die Predigt so schnell herunterzurasseln, daß seine Messen – und das war ein echter Rekord – innerhalb einer Viertelstunde zu Ende waren. Einesteils wegen der Protektion, die der Fürst ihm zuteil werden ließ, andernteils wegen seiner Redegeschwindigkeit und Gutherzigkeit rissen sich die reichen Familien vor Ort geradezu um ihn, wenn Hochzeiten, Taufen, Erstkommunionen, Begräbnisse oder Familienmessen bevorstanden, die zu Hause oder in der Feldkapelle abgehalten wurden. So hatte er reichlich Gelegenheit gehabt, mit hochgestellten Personen zu verkehren und vor allem an deren Festtafeln zu sitzen: Auf diesem Wege lernte er die gute Küche schätzen und war ein erklärter Feinschmecker geworden, aber ohne Schuldgefühle, denn er hatte sich ja von Berufs wegen Zugang zu diesen Gottesgaben verschafft.

Padre Arena hatte lange über der Grabpredigt für die Mennulara gebrütet. Er hatte sich sogar eine Seite voll Notizen gemacht, die er jetzt nicht mehr finden konnte. »Egal, es kommt, wie es kommt«, sagte er sich, während er die Paramente glattstrich, und betrat, gefolgt vom Gemeindepfarrer, das Kircheninnere.

Er staunte nicht schlecht, so viele Menschen zu sehen. Die erste Reihe nahmen die Alfallipes ein, von denen nur Signora Adriana Trauerkleidung trug. In der Bank dahinter drängten sich Santa und die anderen Hausweiber, alle in Schwarz und mit verschleiertem Haupt. Auch einige Freundinnen von Signora Alfallipe hatten sich eingefunden, die sie trösteten und ihr auch in den folgenden Tagen beistehen und Kraft spenden würden; dann waren ehemalige Angestellte des Hauses Alfallipe zugegen, zahlreiche Dorfbewohner, arme Leute, Obstverkäufer, die Pförtner der Palazzi von Roccacolomba Alta, kleine Kaufleute, Bekannte der Mennulara. Padre Arenas Blick wanderte über den Rest der Versammlung; mit so vielen Leuten hatte er nicht gerechnet: Da waren verschiedene Honoratioren der Stadt, wie der Notar Vazzano, der Doktor Mendicò und seine Schwester, der Agronom Masculo samt Gattin, die Madre Superiora des Klosters und mehrere Schullehrer. Sogar eine Gruppe Seniorenmitglieder des Konversationszirkels gab sich die Ehre. Doch damit nicht genug, es hatten sich auch die Bauern der ehemaligen Landbesitze der Alfallipes eingefunden, und das waren nicht wenige. Schulter an Schulter, die *coppola* in der Hand und mit reuigem Blick wie Schulknaben, füllten sie nun die hinteren vier oder fünf Reihen. Noch andere Leute mittleren Alters waren da, die von auswärts zu sein schienen, vielleicht waren es Baumschneider oder Landleute. Baß erstaunt und etwas befremdet wendete er sich dem Sarg zu. Die gute arme Mennulara, wer hätte sich das ausmalen können, daß ausgerechnet er, um so vieles älter als sie, ihre Totenmesse halten müßte, und das auch noch vor so vielen Menschen … Wo die so plötzlich herkamen!

Er begann mit der Messe und redete wie immer im Eiltempo. Als die Homilie an der Reihe war, stellte er sich neben die Kanzel und redete frei und ohne Probleme: »Es ist immer eine schwierige Aufgabe, über die Toten zu sprechen. Einmal suche ich nach den Worten, die dem lieben Verstorbenen genehm gewesen wären, ein andermal nach denen, die in den Ohren der Familie wohl klingen würden … Wenige Mal nur habe ich mir vorgenommen, das zu sagen, was ich sagen will. Für Maria Rosalia Inzerillo werde ich nun die Worte finden, die mir auf dem Herzen liegen, denn ich kannte sie seit ihrem zwölften Lebensjahr und hatte sie liebgewonnen wie eine eigene Tochter. Im Heranwachsen wurde sie eine echte Freundin. Ich kannte sie gut, sie, die Mennulara, wie die Dorfbewohner sie mit Spitznamen riefen, die Mennù, wie sie im Hause Alfallipe hieß. Ihr ganzes Leben lang schuftete sie unmenschlich. Sie kannte keine Rast. Innerlich wie äußerlich war sie eine unruhige Kreatur und versuchte immer mehr und immer Besseres zu tun. Sie hatte einen schwierigen, rauhen Charakter, selten nur hörte man sie lachen, dennoch hatte sie einen ganz eigenen Sinn für Humor. Ihr Leben war den Alfallipes gewidmet, und für sie tat sie das, was sie für richtig erachtete. Freunde hatte sie nur wenige, auch wenn ich hier und heute viele Leute sehe, vielleicht hatte sie mehr, als ich mir vorstellen konnte. Sie hatte aber auch Feinde: Sie konnte niemandem leicht verzeihen und war stur wie kaum jemand. Diese Mängel möge ihr Gottvater verzeihen, denn sie hatte von frühester Kindheit an viel zu erleiden, als sie auf den Feldern Mandeln erntete ...«

An dieser Stelle spürte Padre Arena, wie er von zwei schrecklich spitzen Strahlen durchbohrt wurde, die unwillkürlich zu Don Vincenzo Ancona zurückführten. Seine unverwechselbare Figur kristallisierte sich am Ende des Kirchenschiffs vor einer Säule des Portals heraus, breitbeinig und mit verschränkten Armen stand er da; den Mantel hatte er um die kräftigen, schweren Schultern gelegt, was aussah wie der Schild der Obersten Macht, der seinen Leib wie eine Aureole umgab.

Padre Arena verstummte. Wie zur Salzsäule erstarrt stand er da. Mit unsäglicher Kraftanstrengung fing er sich wieder. Alles, was er hätte sagen wollen, ließ er ungesagt und war auch schon bei den Schlußworten: »Sie hatte auch in ihrem Sterben in noch jungem Alter zu leiden. Ich sage euch, es war eine bewundernswerte Frau, die man mit der Zeit auch liebenlernen wird, denn sie war nie wortbrüchig und eine loyale Dienstmagd und Freundin. Ich spreche den Neffen und dem Schwager, die leider nicht zugegen sind, und der Familie Alfallipe mein Beileid aus.«

Erst jetzt gelang es Padre Arena, seinen Blick von Don Vincenzo zu lösen, und er richtete ihn auf Signora Alfallipe. Ihm schwindelte, und er stützte sich auf die Kanzel. Er hob die Augen und suchte noch einmal wie ein Milchlamm, das die Zustimmung der Mutter braucht, den Blick von Don Vincenzo Ancona. Doch der war nicht mehr da. Er hatte sich in Luft aufgelöst, als wäre er eine bloße Erscheinung gewesen, kein Geräusch eines Schrittes, kein Quietschen der Türscharniere hatte man vernommen: Er war mitsamt seinen Männern wie vom Erdboden verschluckt.

15.
Don Paolino Annunziata macht sich zum zweitenmal in seinem Leben in die Hosen, und wieder ist die Mennulara schuld daran

Don Paolino war nicht sehr gläubig. Er betrat die Kirche nur bei Begräbnissen, Taufen und Hochzeiten. Donna Mimma bedauerte dies sehr, wenngleich ihr Ehemann auch einen stichhaltigen Grund für seine schwache Observanz vorzubringen hatte: Er litt an Arthritis und hatte größte Schwierigkeiten, sich in die hölzernen Kirchenbänke zu zwängen und sich wieder herauszuschälen; es waren teuflische Mechanismen mit den Fußleisten, in denen man sich die Füße einklemmte, den Kippbrettern zum Hinknien, an denen man sich die Knie anschlug, den kleinen Fächern für die Aufbewahrung des Meßbuchs, die herausstanden und einen in seiner Bewegungsfreiheit behinderten. Bei der Hochzeit einer Nichte hatte es einmal sage und schreibe dreier Männer bedurft, um ihn aus der Kirchenbank zu befreien, in der er gestolpert war und sich richtiggehend verkeilt hatte. In der Kirche der Addolorata hatte er es nun so eingerichtet, daß seine Frau und die Nichte Lucia in den ersten Reihen gut sichtbar für alle Platz nahmen, während er glücklicherweise in der Nähe des Eingangs einen Stuhl gefunden hatte, auf dem er es sich bequem machte, um nach der Messe unter den ersten zu sein, die die Kirche verließen.

Wohlwollend beobachtete er Padre Arena, den er schon oft im Auto zum Landhaus des Rechtsanwalts begleitet hatte; das war zu Zeiten von Signora Lilla gewesen, als es noch Brauch war, die Messe in der Kapelle zu zelebrieren. Ein tüchtiger Kerl, dieser Padre Arena, er gefiel ihm. Obendrein war der Mann kein verbohrter Pfaffe, hatte er doch Donna Maricchia, seine Haushälterin, die Witwe und älter war als er, geschwängert, und die hatte ihm einen prächtigen Jungen geboren. Vater und Sohn glichen sich wie ein Ei dem andern. Padre Arena verheimlichte »die Angelegenheit« nicht, wie viele andere Priester es zu tun pflegen, und unterwegs im Auto sprachen die beiden Männer oft über ihren Nachwuchs.

Die von Padre Arena zelebrierte Messe zu hören war wegen der garantierten Kürze eine wahre Freude. Don Paolino verglich sie mit einer Autofahrt: Der Priester startete knatternd, seine Zunge verhedderte sich, er beschleunigte, verschluckte Wörter, übersprang ganze Sätze und gelangte in Windeseile zu dem *›ite missa est‹*. Ein Alfa Romeo. Don Paolino lauschte aufmerksam, er war sicher, daß auch die Predigt rasch vorüber sein würde. »Bravo, Padre Arena«, sagte er sich, als er merkte, daß dieser klar und ohne zu stottern sprach, »man sieht, daß es aufs Alter hin immer besser mit ihm wird«, und sah ihn mit herzlicher Zuneigung an.

Doch plötzlich, gleich nach den ersten Sätzen, brach Padre Arena seine Rede ab. Don Paolino glaubte, er suche ihn mit den Augen, aber dem war nicht so. Der Blick des Priesters glitt über ihn hinweg. »Ich hätte mir nicht vormachen sollen, daß er das Stottern abgelegt hat, da fängt es doch gerade wieder an! Er will eine ›Daß-daß-daß‹-Salve vermeiden, aber er schafft es auch nicht, weiterzukommen«, dachte Don Paolino voller Zuversicht, daß Padre Arena bald wieder Herr seiner Zunge wäre. Der Priester jedoch blieb stumm. Ein unbegreifliches Entsetzen hatte ihn gepackt, wie versteinert sah er aus. Sein Blick hatte sich an irgend etwas hinter der rechten Schulter von Don Paolino festgehakt. Es war der Blick eines Hasenaugenpaars, das in der Nacht vom Lichtstrahl der Jäger geblendet wird, ein hilfloses Opfer, das jede Sekunde erwartet, von den Kugeln durchsiebt zu werden. Don Paolino begann sich merkwürdig unbehaglich zu fühlen, als hätte auch er etwas mit der Situation zu tun, als strahlte hinter seinem Rücken ein teuflisches Lichtbündel auf, das Padre Arena wie ein Schlag getroffen hatte und ihn erstarren ließ.

Don Paolino gelang es, sich unter schmerzlichen Verrenkungen – seine sprichwörtliche Neugier war ihm noch nicht abhanden gekommen – umzuwenden: Da stand, an das Portal der Kirche gelehnt, Don Vincenzo Ancona, mit seinem allseits bekannten roten Kopf; seine straffe Gesichtshaut glänzte, beinahe faltenlos glatt; er strahlte Energie und Macht aus, und sein Blick ruhte unbeirrt auf Padre Arena. Er war umringt von vier dunkel gekleideten Männern. Ihre Augenpaare wanderten unablässig durch die Kirche, und sogleich geriet Don Paolino in ihr Blickfeld. Er wurde von einem Blick erfaßt, der die wohlbekannte Warnung enthielt: ›Kümmere dich um deine eigenen Angelegenheiten und denk daran: Du hast nichts gesehen!‹ Mit mirakulöser Behendigkeit, ohne den geringsten Schmerz in den Gliedern zu verspüren, drehte sich Don Paolino in seine Ausgangsposition und senkte den Kopf, so als würde er Buße tun. Er konnte nur noch wie durch einen Schleier sehen und zitterte vor Angst am ganzen Leib. Er spürte, wie sich langsam etwas Warmes seinen Weg bahnte, zwischen seinen Beinen hinablief, sich über seine Schenkel ausbreitete und dann seine Arschbacken näßte: Don Paolino machte sich gerade in die Hosen.

Die Messe war zu Ende, und die Leute schickten sich gemächlich an, die Kirche zu verlassen. Don Paolino blieb an seinem Stuhl kleben, die Vorstellung, daß die anderen seine nassen Hosen bemerken könnten, war ihm höchst peinlich. Er sagte zu seiner Frau, er wolle in der Kirche auf Padre Arena warten und sich persönlich von ihm verabschieden. Allmählich konnte er wieder klar sehen, er hatte sich von dem Schock erholt. Aber er war in der Klemme, und der abkühlende Urin bereitete ihm heftigen Ekel. Vorsichtig stand er auf und schlich im Halbschatten an den Wänden entlang zur Sakristei.

Padre Arena war allein. Er hatte die Paramente abgelegt und stand vor dem Abbild der seligen Carmela di Brogli, der ersten Äbtissin des Konvents; sie hatte einen finsteren, abweisenden Blick, so als würde er sie gerade anflehen, sich beim Herrn im Himmel für ihn einzusetzen. Don Paolino trat zu ihm und begriff, daß sich der Geistliche gerade an die Klosterfrau wendete, vielleicht eine Ahnin von ihm, damit sie ihm Mut und Kraft verlieh; so wartete er einige Augenblicke, bevor er sein Priestergewand berührte, um auf sich aufmerksam zu machen. Der Priester erschrak: »Ach, du bist es, Paolino, du hast mir vielleicht eine Angst eingejagt.«

»Ich habe Sie vorhin beobachtet, Padre, und habe mir sogar in die Hosen gepinkelt.«

Padre Arena setzte ein halbherziges Lächeln auf und redete ihm gut zu: »Du brauchst dich nicht zu sorgen, weder um dich noch um mich. Nimm das da«, und mit diesen Worten reichte er ihm einen linnenen Lappen und half ihm umständlich, sich einigermaßen zu trocknen.

Kurz darauf zeigten sich die beiden Alten Seite an Seite auf dem Kirchplatz, wo die Leute miteinander schwatzten und auf Padre Arena warteten: Der eine schritt hochgewachsen und würdevoll in seinem wehenden Priestergewand einher, der andere kam klein und auf wackligen Beinen über seinen Stock gebeugt herbei. »Laß von dir hören«, sagte der Geistliche zu Don Paolino, und schon war er bei dem Leichenzug, der auf ihn gewartet hatte. Er reihte sich am Kopf des Zugs neben Gianni Alfallipe ein, und der Leichenwagen setzte sich in Bewegung.

Don Paolino verweilte noch vor der Kirche, in der Hoffnung, daß ein laues Lüftchen seine Hosen trocknen würde. Um Haltung bemüht, folgte er mit ehrerbietigem Blick dem Zug, der sich wie ein Regenwurm mit verlängertem Kopf träge über die kurvige Straße wälzte, die zum Friedhof hinabführte. Als der gewundene Schwanz aus seinem Blickfeld verschwand, kehrte er still und leise nach Hause zurück. Er erklärte Donna Mimma, daß er nach den *sarde a beccafico,* die es zu Mittag gegeben hatte, Sodbrennen bekommen habe und sich deshalb zu Bett legen wolle; er hoffte, daß seine Hosen in der Zwischenzeit trocknen würden, ohne Spuren seiner Schande zu hinterlassen.

An jenem Nachmittag schlief er tief und fest. Er erwachte,

als es bereits Abend war. In der Luft lag der süßliche Duft angebräunter Zwiebelstückchen, der die Vorbereitung des Abendessens verkündete. Er fühlte sich heimelig. »Das hätte die Mennulara mir nicht antun dürfen«, sagte er lachend zu sich selbst, »zweimal, das ist einfach zuviel! Es werden jetzt fünfzehn Jahre seit der ersten Hosenpisserei vergangen sein, und auch da war sie mit hineinverwickelt.«

Es war einer jener dunklen Dezemberabende, an denen bereits um vier Uhr nachmittags die Nacht einbricht. Beide waren im Auto auf dem Rückweg vom Land; die Mennulara saß wie üblich, wenn sie alleine fuhren, neben ihm, denn ihm gegenüber spielte sie sich nicht als *padrona* auf. Seit kurzem erst hatte sie die Verwaltung des Hauses Alfallipe in die Hand genommen. Es war eine Zeit der Konflikte zwischen ihr und den Halbpächtern, die ihre Autorität auf Teufel komm raus nicht anerkennen wollten. Es waren auch die Zeiten des Banditen Giuliano, des Widerstands der Feldarbeiter, des Konflikts zwischen der alten Gesellschaftsordnung und der Mafia. Diese Mafia wurde immer brutaler und war sich der Rolle voll bewußt, die sie in Italien unter den Christdemokraten innerhalb des politischen Konflikts und des Klassenkampfs zu spielen hatte. Jeder Besuch auf den Feldern bedeutete ein neues Abenteuer und eine neue Konfrontation. Für Don Paolino, der ein friedliches Leben liebte, war der beste Moment der, wenn sie vom Gutshof aufbrachen und sich vollbeladen mit Lebensmitteln und Gartenfrüchten auf den Heimweg machten.

An jenem fragwürdigen Tag roch das Automobil nach frisch geerntetem Gemüse, und darüber lag der Duft der ersten Orangen des Jahres. Don Paolino fuhr gemächlich, und er schmeckte bereits in Gedanken das Gemüse, das er, mit ein wenig Olivenöl und einem Spritzer Zitrone angemacht, zum Abendessen verspeisen würde. Langsam und behutsam kutschierte er über die schmale Straße voller Löcher und heimtückischer Wackersteine. Mit größter Vorsicht hatte er die lange Kurve längs des Kamms genommen, die am Rande einer Schlucht voll Dorngestrüpp und Gestein verlief. Genau da, gleich hinter der Kurve, war der Stopposten. Drei Männer blockierten die Straße: Sie erwarteten sie.

Einer hatte sich in der Straßenmitte aufgepflanzt, die anderen standen an den Seiten und hatten die *lupara* im Anschlag. Man konnte zwischen der Krempe ihrer *coppola* und dem Schal, der ihr Gesicht bedeckte, nur ihre Augen erkennen. Die Reaktion der Mennulara ließ nicht auf sich warten: Ohne die geringste Scham legte sie Don Paolino die Hand auf den Oberschenkel und erklärte: »Wenn ich zu Euch sage, fahrt los, dann legt Ihr den ersten Gang ein und zischt ab, verstanden? Jetzt haltet an und macht das, was die da wollen.«

Der Mann in der Mitte der Straße brüllte: »Macht die Scheinwerfer aus!« In der Aufregung schaltete Paolino das Abblendlicht ein und hielt an. »Ich hab dir doch gesagt, die Scheinwerfer ausschalten, du Idiot!« bellte der andere. Don Paolino gehorchte, und sie hockten im Dunkeln. Die Mennulara hatte das Beifahrerfenster heruntergekurbelt und ohne abzuwarten, daß der Mann auf ihrer Straßenseite sich näherte, fragte sie, den Kopf zum Fenster hinausgestreckt, mit lauter und fester Stimme: »Was wollt Ihr eigentlich von uns?« Der Mann setzte sich, noch immer mit dem abgesägten Jagdgewehr auf sie zielend, in Bewegung. Er sah ihr starr ins Gesicht und fragte: »Ist das der Wagen des Rechtsanwalts Alfallipe?« Sein Kumpan überprüfte durch die Scheiben, ob noch andere Mitfahrer im Innern waren.

Die Mennulara antwortete ihm: »Ihr wißt selbst gut genug, daß dieses Automobil dem Rechtsanwalt Alfallipe gehört und daß ich die Mennulara bin, also Maria Rosalia Inzerillo, und der am Steuer Don Paolino Annunziata, der Chauffeur des Anwalts. Ich muß ins Dorf zurück, ich habe im Hause Alfallipe meinen Dienst zu tun. Beeilt Euch und sagt mir, was Ihr mir zu sagen habt.« Dann zog sie den Kopf wieder ins Innere und lehnte sich stocksteif gegen den Sitz. Den Kopf hatte sie noch immer zur Seite gebogen und starrte dem Mann, der in bedrohlicher Nähe stand, direkt in die Augen. Dieser ließ sein Gewehr an der Seite hinabgleiten und legte langsam seinen linken Arm auf das heruntergelassene Wagenfenster. Seelenruhig fing er an: »Signorina, dies ist eine Warnung an Euch: Aufs freie Land zu kommen tut Euch nicht gut, die Dorfluft ist für Euch viel gesünder, und es ist besser, wenn Ihr die Dienstmagd im Hause des Rechtsanwalts Alfallipe seid, ohne Euch den Kopf zu zerbrechen über Dinge, die Euch nichts angehen.«

Die Luft knisterte vor Spannung. Don Paolino sah direkt in die Mündung des Gewehrs, das der Halunke, der wie ein Felsbrocken breitbeinig mitten auf der Straße stand, auf ihn gerichtet hatte. Ihm war, als zitterte die Hand der Mennulara, die noch immer schwer auf seinem Bein lag, ganz leicht, und er spürte ihre Fingernägel durch den Hosenstoff. Auch sie hatte Angst und fühlte sich von Gott verlassen.

Ihre tönende Stimme ließ ihn zusammenfahren. Sie schimpfte und schnaubte, was das Zeug hielt, aber ihre Worte waren klar und einfach: »Keiner darf sich erlauben, mit mir in diesem Ton zu reden! Doch ich verstehe, daß es nicht Eure Schuld ist, vielleicht haben die Herren, die heute mit Euch sind, nicht gut erklärt, wie die Sache tatsächlich steht; deshalb ist es jetzt nicht meine Aufgabe, Euch das zu sagen. Tut mir den Gefallen und hinterbringt Don Vincenzo Ancona, daß die Mennulara ihn grüßt und ihn bald rufen lassen wird. Er braucht sich nicht die Mühe zu machen, mit mir Verbindung aufzunehmen; ich werde nach ihm schicken, wenn ich soweit bin, um mit ihm zu sprechen. Er soll sich keine Sorgen machen, ich bin verschwiegen wie ein Grab, auf immer und ewig. Ich bitte Euch, ihm diese Nachricht unverzüglich zu überbringen, und sagt ihm auch, daß ich die Begegnung mit Euch nicht als eine Ehrverletzung ansehe und es ihm nicht verüble, denn andere Begegnungen dieser Art wird es nicht geben; Ihr habt mich nur kurz auf meinem Rückweg ins Dorf aufgehalten. Ich muß jetzt weiter, denn Don Vincenzo weiß sehr wohl, daß ich Dienerin und Hausmagd der Familie Alfallipe bin. Er weiß es, weil es so ist, er weiß alles und auch, daß ich mich jetzt um die Besitztümer des Rechtsanwalts kümmere. Deshalb bin ich gezwungen, aufs Land zu kommen, und die Landluft tut mir sehr gut. Falls ich seine Hilfe brauche, werde ich mich nicht scheuen, ihn rufen zu lassen. Er weiß, daß ich ihn achte. In der Zwischenzeit, frohe Feiertage und gesegnete Weihnacht Euch allen! Jetzt geht mir aus dem Weg, ich bin spät dran.«

Sie redete gestikulierend und hatte längst die Hand von Don Paolinos Bein zurückgezogen. Jetzt aber ließ sie sie erneut schwer auf seinen Oberschenkel fallen und befahl unmißverständlich: »Paolino, fahren wir«, dabei drehte sie sich nach vorn, den Blick auf das Sträßchen gerichtet, und ließ den Kerl, den sie gerade angeschnauzt hatte, links liegen. Sie war mit ihnen fertig. Don Paolino betätigte die Zündung und fuhr langsam an. Der Mann vor dem Wagen, die *lupara* auf ihn gerichtet, rührte sich nicht. Die Hand der Mennulara zwang Don Paolino weiterzufahren. Er war überzeugt, sein letztes Stündlein habe geschlagen: Entweder würden die Kugeln aus dem Jagdgewehr seinem Leben ein sicheres Ende setzen, oder er würde in diesem Abgrund zu Tode kommen. Allein die Hand auf seinem Bein gab ihm die Kraft zu lenken, und das tat er mechanisch wie eine Marionette. Ganz langsam und noch immer überheblich dreinschauend, setzte sich der Mann bergwärts in Bewegung und gab den Weg frei. Das Gewehr hielt er unverändert auf Don Paolino gerichtet. Der Wagen fuhr Schrittempo.

Die Mennulara reckte Kopf und Schultern aus dem Wagenfenster und rief: »Wir grüßen! Geht und hinterbringt Don Vincenzo Ancona, was ich Euch gesagt habe, ich will nicht, daß Ihr Ärger kriegt, wegen so einer Kleinigkeit hättet Ihr das nicht verdient.« Sie hielt Don Paolinos Oberschenkel im Klammergriff. Er schaltete die Scheinwerfer an und trat aufs Gas. Der Wagen preschte los und wirbelte eine dicke Staubwolke auf.

Erst da merkte Don Paolino, daß er in einer kalten Pfütze saß. Er hatte sich in die Hosen gepißt.

Auf dem Heimweg sprachen sie kein Wort. Als sie im Haus Alfallipe ankamen, sagte die Mennulara zu ihm: »Geht in die Küche hinauf, ich gebe Euch eine Hose des Anwalts und wasche die Eure. Zu Eurer Frau sagt Ihr, daß Ihr die Hosen mit Wagenschmiere beschmutzt habt, ich bitte Euch inständig, keiner Menschenseele auch nur eine Silbe zu verraten.«

Don Paolino sprach mit niemandem über den Vorfall, und seit diesem Zeitpunkt verliefen die Angelegenheiten auf dem Land für die Mennulara reibungslos.

16.

Nach der Beerdigung spricht Doktor Mendicò anstandshalber Santa sein Beileid aus und plaudert mit dem Notar Angelo Vazzano

Nach der Beerdigung bekundete Doktor Mendicò der Familie Alfallipe noch einmal sein Beileid. Er dachte, es entspräche der Etikette, wenn er das auch bei Santa täte. Mit Blicken suchte er die Menge nach ihr ab und entdeckte sie tatsächlich vor der Kirche inmitten einer Schar Frauen, die sich lauthals in Wehklagen ergingen und sich gegenseitig mit hochtrabenden Trauerreden zu übertreffen suchten. Der Doktor wartete geduldig eine Gelegenheit ab, um sich unter sie zu mischen und von Santa bemerkt zu werden; in der Zwischenzeit hörte er zu.

Aller Augen waren auf Santa gerichtet, als sie die Kochkünste und die hausfraulichen Fähigkeiten der Mennulara pries und nicht zu betonen versäumte, wie hoch die Mennulara ihre, Santas, Tugenden stets geschätzt habe. Die Frauen hingen an ihren Lippen.

»Sie brachte mir jede Menge neuer Sachen in der Küche bei,

obwohl ich bereits gut kochen konnte: Süßspeisen, Kekse, Eis, Fleischpastete, Reiskroketten, auch Meringe und *Profiterol* … Sie hinterließ die Küche blitzsauber, nie verlangte sie von mir, für sie Töpfe und Kasserollen zu schrubben. Nie ließ sie mich beim Essen allein. Sie deckte den Tisch für die Signora Adriana und bediente sie höchstpersönlich – man bedenke, es war ihre eigene Wohnung. Sie behandelte die Signora, als wäre sie die Herrin in allem und über alles.«

Ausrufe der Bewunderung und des Staunens aus dem Mund der Trauerweiber überdeckten Santas Worte; sie konnte sich in dem lärmenden Durcheinander erst wieder Gehör verschaffen, als sie die letzten Taten der Heldin besang: »Eine Woche bevor sie starb, wollte sie Mandelgebäck und die palermitanische Marzipanspezialität *pasta reale* zubereiten. Sie hatte feingemahlene Mandeln, aber die allein waren ihr nicht genug, sie behauptete, es gehörten auch Bittermandeln hinein, sie wußte einfach in allem Bescheid. Sie bat Signora Carmela, ihr welche zu besorgen. Dann ging sie in die Küche und machte sich an die Zubereitung der Süßspeisen. Sie verließ das Bett, um den Teig anzurühren, und man sah deutlich, daß sie Schmerzen litt und es ihr ganz und gar nicht gutging.« Wieder ließ Santa ihren Tränen freien Lauf und wurde vom Beileidschor der Frauen überdeckt: »Ein braves Geschöpf war sie«, »Eine wahre Heilige«, »Was werdet ihr nur ohne sie tun«. So ermutigt, setzte Santa ihre Erzählung fort: »Damit ihr begreift, wie hoch ich in ihrer Achtung stand, will ich euch nur so viel erzählen. Sie machte zwei Ofenfüllungen Kekse, eine davon war angekohlt herausgekommen, die andere war gut und knusprig geworden. ›Weh dir, wenn du die halbverbrannten Plätzchen ißt, die schmecken bitter. Du und die Signora, ihr müßt von den schönen goldgelben nehmen, die sind herrlich süß.‹ Sie schaffte die mißratenen Kekse auf ihr Zimmer und aß sie ganz allein, weil sie gegen jede Verschwendung war.«

Im Pulk der Frauen hatte sich eine Schneise aufgetan, und Santa entdeckte den Doktor. Sie warf ihm die Arme um den

Hals und ließ ihn ein Weilchen nicht mehr los. Sie war stolz, den Freundinnen zeigen zu können, daß der Hausarzt der Mennulara sie als Familienmitglied betrachtete und sie deshalb seine Beileidsbekundungen in der Öffentlichkeit verdiente. Das bedeutete die Besiegelung ihres gesellschaftlichen Rangs, den sie an diesem Tag erreicht hatte. Endlich fand der Doktor eine Möglichkeit, sich aus ihrer Umarmung zu befreien, und ging weg.

Unterwegs hatte sich der Notar Vazzano zu Doktor Mendicò gesellt, und so legten sie ein Stück Wegs gemeinsam zurück. »Sie war ein Unikum. Im Geschäftlichen hatte sie einen Riecher, auf den war ich richtig neidisch ... Stell dir vor, ihr war es gelungen, die Nachteile zu verringern, die den Alfallipes infolge der Ausgliederung ihrer Besitztümer entstanden waren: Den armen Schluckern wurde nämlich nur Boden voller Steine und Gebüsch überlassen. Sie kannte die Grundstücke ihrer Herrschaften besser als ein Landaufseher, das laß dir von mir gesagt sein, der ich beruflich damit zu tun hatte. Trotz ihres schlechten Charakters war sie eine brave Frau und dem Hause Alfallipe ergeben«, schloß der Notar. Der Doktor stimmte ihm bei.

»Eine Sache würde mich brennend interessieren, Mimmo, du warst doch ihr Arzt ... Gibt es ein Testament?«

»Das weiß ich nicht.«

»Ich frage dich das, weil ich vor einiger Zeit in ihrem Auftrag den Schenkungsakt ihrer Wohnung an Signora Alfallipe ausgefertigt habe, und ich glaubte, daß sie auch ein Testament machen wolle. Aber nein, nichts dergleichen. Das hat mich sehr gewundert, ich war nämlich überzeugt, daß sie mir vertraut. Eigenhändig hätte sie kein Testament machen können, denn wie wir alle wissen, konnte sie nur mit Müh und Not schreiben. Trotzdem muß sie viele Sachen besessen haben. Sie hatte kein offizielles Einkommen, denn wer will schon Steuern bezahlen. Aber wenn Bargeld nötig war, wußte die Mennulara immer einen Weg. Ich habe mich immer gefragt, woher sie es nahm.«

Doktor Mendicò hatte noch nie eine Schwäche für Angelo Vazzano gehabt, und diese Frage störte ihn: »Du müßtest es besser wissen als ich, ich bin doch nur ein Arzt. Apropos Geld, ich habe mich nie von ihr bezahlen lassen.«

»Vielleicht ist sie nicht mehr dazu gekommen, das zu regeln. Allem Anschein nach ging es ihr bis vor wenigen Wochen noch gut, ich glaube, sie ist im August sogar noch in Urlaub gefahren, sie hatte nicht damit gerechnet, so früh zu sterben ... Was meinst du?« fragte der Notar und erhoffte sich eine ausführliche Antwort. Er bekam aber nur ein knappes: »Sie ja, ich nicht.« Der Notar begriff, daß er aus Mimmo Mendicò nichts mehr herauskriegen würde, und so verabschiedete er sich.

Als Doktor Mendicò endlich alleine war, sann er über Santas Worte und die Kommentare des Notars nach. Im Mai hatte er bei der Mennulara die Diagnose Magenkrebs gestellt und ihr geraten, Untersuchungen machen zu lassen und den Rat eines Facharztes einzuholen: Aber sie sagte nein. Er warnte sie: Eine so törichte Weigerung würde ihre Lebenszeit höchstwahrscheinlich verkürzen. Als Erwiderung hatte die Mennulara ihn nur gefragt, ob sie es bis zum Herbst schaffen würde. Er meinte, das sei möglich, und die Mennulara beschied: »Mir ist es recht, wenn ich Ende September sterbe.«

Dennoch hatte ihn die plötzliche Verschlechterung ihres Zustands in der Vorwoche sehr überrascht; trotz heftiger Leibschmerzen hatte die Mennulara ihre Einlieferung in ein Krankenhaus für weitere Untersuchungen verweigert. Ende September dann war sie gestorben, so wie sie es beschlossen hatte. Doktor Mendicò schüttelte den Kopf in grenzenloser Traurigkeit und sagte sich: »Es ist an der Zeit, daß ich meinen Arztkittel an den Nagel hänge, ich bin einfach kein guter Arzt mehr, das muß ich gestehen.«

17.
Don Giovannino Pinzimonio verfolgt die Paraderunde und gedenkt der Mennulara

Nach dem Begräbnis war Don Giovannino Pinzimonio ziemlich mitgenommen. So machte er im Zirkel für eine kurze Rast halt, bevor er den Nachhauseweg in Angriff nahm. Die Stühle draußen auf dem Trottoir standen schön in Reih und Glied an die Hauswand gelehnt. Don Giovannino ließ sich auf einen von ihnen fallen und suchte nicht wie üblich nach seinem Lieblingsstuhl. Rein äußerlich schienen alle Stühle mit Strohsitz gleich, aber jedes Mitglied des Konversationszirkels hatte sich einen als Stammstuhl auserkoren, und wehe dem, der ihm den streitig machte; in der Vergangenheit war es deshalb bereits zu heftigen Auseinandersetzungen gekommen.

Die Sonne knallte noch immer aufs Straßenpflaster. Die Helligkeit blendete, Don Giovannino hatte Mühe, die Augen offenzuhalten, und dämmerte weg. Geweckt wurde er durch das Geschnatter von Leuten, die über die Piazza spazierten: Der Rundgang hatte begonnen. Anstatt nach Hause zu gehen, wie es seine Gewohnheit war, bestellte er beim Kellner einen Kaffee, um sich wach zu halten, und setzte sich zum Schauen zurecht.

Das Gebäude des Konversationszirkels sah ziemlich heruntergekommen aus; im Erdgeschoß war ein großer Saal aus dem achtzehnten Jahrhundert, eingerichtet mit Stühlen und kleinen Tischen, und im ersten Stock befanden sich vier ungenutzte Zimmer, vollgestopft mit altem Plunder; es hieß, in diesen Räumen habe einst sündige Konversation mit Damen stattgefunden, die heimlich dort eingeschleust wurden. Ein älterer Kammerdiener war für alle anfallenden Aufgaben im Zirkel zuständig: Er war Hausmeister, Geschäftemacher, manchmal auch Sekretär und Verwalter. Bis zum Jahr 1860 hatte das reiche, im Aufstieg begriffene Bürgertum in diesem Zirkel verkehrt, bis dann der Sitz in den neuen Circolo dell'Unità d'Italia verlegt worden war. Von diesem Zeitpunkt an hatte der Verfall des Konversationszirkels eingesetzt. Seine Mitglieder stammten nun aus dem ärmlichsten Kleinbürgertum, viele waren Rentner, und das Gebäude war bereits in stark verkommenem Zustand. Trotz allem waren Don Giovannino und die anderen Soziusse stolz auf ihren Zirkel und brüsteten sich, daß sie, was die Position angeht, den besten Sitz der Provinz hätten. Der Palast befand sich nämlich in einer Ausbuchtung der Piazza, das heißt in der Paradestraße von Roccacolomba ganz in der Nähe der Mutterkirche und der elegantesten Ladengeschäfte, genau gegenüber dem bestbesuchten Café. Ohne Zweifel war es der günstigste Aussichtsplatz, um die abendliche Spazierrunde im Auge zu behalten.

Wenn die Hitze des Tages nachließ, ergossen sich die Leute an jedem Spätnachmittag und an sämtlichen offiziellen Feiertagen zum *passìo* auf die Piazza. Es ist dies eine angenehme, gesundheitsfördernde und überdies höchst gewichtige gesellschaftliche Beschäftigung. Auch Don Giovannino hatte ihr in seinen jüngeren Jahren gefrönt, als er nach einer Braut Ausschau hielt; später dann, um Aufträge zu bekommen, gesellschaftliche Beziehungen zu pflegen, und in reiferen Jahren, um den Leuten seine lieblichen, braven Töchterlein in heiratsfähigem Alter vorzuführen, oder einfach so zum Zeitvertreib. Don Giovannino konnte beobachten, daß trotz des Wandels der vergangenen Jahre und der Verbreitung des Fernsehens noch immer recht viele Einwohner von Roccacolomba, reiche wie arme, alle sorgfältig gekleidet, ihren Paradespaziergang auf der Piazza machten. Sonntags drehten auch die Dienstmädchen der wohlhabenden Familien ihre Runden, aber noch nie hatte man die Mennulara unter ihnen erblickt. Es waren immer viele junge Mädchen auf den Beinen, sie machten den Großteil der Passanten aus. Er bemerkte drei oder vier blutjunge Geschöpfe, alle Arm in Arm, die vor seinen Augen auf und ab spazierten. Sie gackerten und kicherten und warfen mit Blicken nur so um sich. Vor dem Café, dem Revier der Männer, verlangsamten sie ihre Schritte.

Seriöse Herren jedoch unternehmen nur selten Spaziergänge dieser Art, und wenn, dann in Begleitung ihrer eleganten, von der Siesta gut erholten Ehegattinnen. Die Männer ziehen es vor, sich im Café, ihrem angestammten Territorium, zu versammeln, den Rundgang der Mädchen und Frauen und die Weiberhelden zu beobachten, die ihnen nachlaufen. Orazio Alfallipe war so einer, er drehte seine Runde allein, folgte einfach nur den schwingenden Hinterteilen der Weiber.

Wieder kam das Grüppchen junger Mädchen in Don Giovanninos Blickfeld. Eine von ihnen, kleingewachsen und ziemlich unansehnlich, warf einem jungen Kerl, der schmachtend an der Theke im Café lehnte, einen feurigen Blick zu. Jedesmal wenn die Mädchen vorbeispazierten, kreuzten sich ihre Blicke flüchtig, worauf das Mädchen den Kopf wegdrehte und mit besonders kessem Hüftschwung seinen Weg fortsetzte.

Jetzt waren sämtliche Stühle an der Hauswand von Zirkelmitgliedern besetzt. Sie übten sich in beredtem Schweigen, um sich ja keinen wackelnden Busen, kein Schaukeln eines schönen Gesäßes entgehen zu lassen: Die wenigen Frauenzimmer mit üppigen Formen, die es wagten, sich in enganliegenden Kleidern am Arm ihres jeweiligen Ehemanns, Vaters oder Bruders zu zeigen, wurden von ihren Blicken nackt ausgezogen. Don Giovanninos Gedanken wanderten zu dem jungen und knackigen Leib der Mennulara. Nur mühsam hielt er die Augen offen, die schlaffen, faltigen Lider senkten sich über seine Pupillen, sein Blickfeld verschwamm. Vor seinen Augen zuckten die Bilder der Vergangenheit, als wäre er im Lichtspieltheater.

18.
Don Giovannino erinnert sich

Don Giovannino war ein ehrlicher und angesehener Ernteschätzer. Für seine Arbeit mußte er zu Pferd die Landbesitzungen durchstreifen und konnte guten Gewissens behaupten, sämtliche Grundstücke in der Provinz zu kennen.

Er brach im Morgengrauen auf und kehrte bei Sonnenuntergang zurück. Er hatte noch das vier- oder fünfjährige Mädchen auf der großen Straße vor Augen, das aufrecht und stolz im schwachen Licht des anbrechenden Tages an der Seite des Vaters ging. Luigi Inzerillo war ein armer Teufel, der infolge von Krankheit seine Arbeit im Bergwerk verloren hatte; ihm blieb mit seiner durchlöcherten Lunge nichts anderes übrig, als sich als Tagelöhner auf dem Feld zu verdingen, um die Familie zu ernähren. Er nahm die jüngste Tochter mit zur Arbeit, weil auch seine Frau krank war.

Während der Vater sich abplagte, sammelte die Kleine Schnecken, Kapern, wildwachsende Früchte, Holz – alles, was zum Essen und zum Feuermachen taugte. Bei der Rückkehr ins Dorf schleifte Luigi todmüde seine Beine über die Erde, während das kleine Mädchen trotz der schweren Satteltasche mit dem eingesammelten Gut aufrecht an seiner Seite schritt, ja, manchmal ließ er sie auch noch seine Hacke tragen. Don Giovannino hielt an sich, das Mädchen auf sein Pferd klettern zu lassen, denn er fürchtete, daß Luigi ohne die Tochter als Stütze an seiner Seite auf der Straße einfach zusammenbrechen würde.

Im Alter von sechs Jahren hatte sie zum erstenmal in den Ernteabteilungen der Mandelpflückerinnen gearbeitet. Sie gehörte zwar noch zu den Grünschnäbeln, aber keine war so geschickt wie sie. Zielstrebig machte sie sich ans Werk und half obendrein noch anderen mit Rat und Tat. Ihren kleinen Fingern entging nicht eine Mandel, Olive oder Pistazie. Es war, als hätten ihre Fingerkuppen Augen. Die steckte sie zwischen die Schollen harter Erde, unter die Steine und ins dornige Gesträuch. Was immer diese winzigen Finger auch berührt hatten, es blieb weder auf der Erde noch am Ast eine einzige Beere oder Frucht übrig. Furchtlos kletterte sie auf die hohen Bäume, um die widerspenstigsten Mandeln abzuschütteln, die unter den Stockschlägen gegen das Geäst nicht hatten abfallen wollen.

Nach dem Tod des Vaters war sie es, die die Mutter und die Schwester versorgte. Sie war gerade acht Jahre alt. Sie nahm jede Arbeit an, gleich wo und zu welchem Lohn, Hauptsache, sie konnte abends wieder im Dorf sein. Ihre Finger schienen Spinnenbeine, so mager und geschäftig waren sie, Mandeln einzusammeln, als spännen sie ein Netz auf dem Erdboden. So kam es, daß man ihr den Spitznamen »Mennulara« verpaßte, »die Mandelpflückerin«.

Arbeiten war für sie beinahe ein Vergnügen. Don Giovannino erinnerte sich, wie sie in Gedanken ganz bei der Sache auf der Erde kniete und dabei doch die Ohren spitzte: Sie hörte schon aus großer Entfernung, wenn er sich zu Pferd näherte, und sie war es dann, die als erste den Gruß an ihn richtete und ihm ein helles ›Gott segne Sie, Don Giovannino‹ entgegenschickte. Er konnte zusehen, wie sie zu einem jungen Mädchen heranwuchs, das wegen des ständigen Hungers zwar zu mager, aber doch gut proportioniert war. In ihrem oval geschnittenen Gesicht funkelte unter langen Wimpern ein sehr waches Augenpaar, und ihr schönes Lächeln entblößte unregelmäßige und vorstehende Zähne. Sie sang mit lieblicher Stimme: Wenn die Mädchen auf die Stornelli der jungen Burschen singend antworteten, legte sie ihr ganzes Herz und die Leidenschaft eines jungen, hoffnungsvollen Mädchens hinein. Sie scherzte mit den jungen Burschen, und Männer konnten sie nicht einschüchtern; sie hatte sich deren markige und vulgäre Sprache angeeignet, in der sie wie eine Bestie fauchte, wenn ihresgleichen ihr ein Unrecht tat oder wenn sie glaubte, Opfer einer anmaßenden Geste geworden zu sein. Sie wußte auch, wie man sich Vorgesetzten gegenüber benahm, und wenn der Vorsteher oder die Aufseherin sie ungerecht behandelten, trotzte sie stumm mit finsterem Gesicht.

Von klein auf hatte sie ein stark ausgebildetes Ehrgefühl, was mit ihrer gesellschaftlichen und wirtschaftlichen Stellung eigentlich unvereinbar war: Sie blickte ihrem Gegenüber geradewegs in die Augen, stellte Fragen, ohne hinterlistig oder unverschämt zu sein, und erwartete sich eine Antwort, die sie tatsächlich auch immer bekam. Sie ging nicht zur Schule, denn ihre Pflicht war es, das war ihr bewußt, für den Unterhalt der Familie zu sorgen. In den Arbeitspausen sonderte sie sich mit ihrer Ration Brot und Beilage ab und bewahrte einen Gutteil davon auf, um ihn nach Hause mitzunehmen. In ihren Rocktaschen fanden sich harte Brotkrusten, Trockenfrüchte, Käsestücke, die sie hie und da aufgeklaubt hatte und verspeiste, wenn sie hungrig war. Die besseren Speisen hob sie für die kranken Frauen auf, die zu Hause auf sie warteten. Wenn am Ende eines Arbeitstags noch Zeit war, kehrte sie allein auf die Felder zurück, um Obst, Gemüse, Feldfrüchte aller Art aufzulesen, die von den Bauern nach der Ernte vergessen worden waren. Sie stopfte sie in ihren Quersack und machte sich auf den Weg ins Dorf. Weder die Gefahren der Straße noch der lange Fußmarsch konnten ihr Angst machen.

Als sie dreizehn Jahre alt war, wurde sie nicht mehr auf den Feldern gesehen. Man erzählte sich, sie hätte eine Liebesgeschichte mit einem gehabt, der sie sitzengelassen hatte. Laut wurde nicht darüber gesprochen, der junge Mann stammte nämlich aus einer angesehenen Familie. Don Giovannino, der in seinem Beruf viel mitbekam und wenige Worte machte, stellte keine Fragen. Je weniger man wußte, um so besser. Einige Zeit später erfuhr er, daß sie in den Dienst des Hauses Alfallipe getreten war.

Nach rund zwanzig Jahren sah er sie wieder. Er hatte von den Leuten gehört, daß nach dem Tod der Mutter des Advokaten nun die Mennulara das Sagen auf den Ländereien hatte. Sie hatte ihn für eine Schätzung der Mandelernte rufen lassen.

Sie hatten sich beim Gutshof verabredet, und dort führte sie sich wie die Herrin auf. Ihre Anziehungskraft war erloschen, sie wirkte verschlossen und kühl. Don Giovannino war, in Gedanken ganz bei der Sache – wie immer, wenn er arbeitete –, in den Mandelhain geritten. So hatte er nicht bemerkt, daß sie ihm zu Fuß folgte: Als sie auf seiner Höhe war, wich sie keine Sekunde mehr von seiner Seite. Sie hielt inne, wenn er haltmachte, um die Blüte eines Baums oder die Beschneidung der Zweige zu begutachten. Ihre Augen hafteten auf seinem Gesicht, sie sprach kein Wort, und Don Giovannino fühlte sich unbehaglich.

Als sie wieder auf dem Hof waren, zog sich die Mennulara ins Büro des Verwalters zurück und ließ ihn lange warten. Schließlich kam sie mit einem Schreibheft in der Hand heraus. Don Giovannino hatte mit der üblichen Fachsimpelei losgelegt – über das Erntejahr, die Regenfälle, wie oft der Boden gehackt worden war und noch gehackt werden mußte – und kam schließlich zu dem prophetischen, langersehnten Moment der Ernteschätzung. Die Mennulara stand da, hörte ihm zu und sagte kein Wort. Ihr Schweigen hatte Don Giovannino ziemlich aus dem Konzept gebracht. Kalter Schweiß brach ihm aus. Er begriff das Verhalten dieser Dienstmagd nicht, die jetzt das Kommando führte: Tat sie es, um sich eine gewisse Machtstellung zu verschaffen oder um ihn mit der Nase darauf zu stoßen, daß die Seiten sich jetzt verkehrt hatten, oder wer weiß welches Teufelszeug ihr durch den Kopf ging. Über eine Sache war er sich im klaren: Er konnte es kaum erwarten, sich zu verabschieden und ins Dorf zurückzureiten. Er versuchte, die Angelegenheit rasch über die Bühne zu bringen.

Gerade wollte er seinen Schiedsspruch aussprechen, das heißt die Ziffer seiner Schätzung nennen, als sie ihm mit ausgestrecktem Arm und offener Handfläche Einhalt gebot: »Bevor Ihr sprecht, Don Giovannino, lest diese Schätzung hier, die ich gemacht habe, und prüft, ob sie richtig ist«, und mit diesen Worten reichte sie ihm ein kleines Schreibheft.

Don Giovannino schauderte es noch heute, wenn er sich an jenen Augenblick erinnerte. Dort stand haargenau die Ziffer geschrieben, die er errechnet hatte. Völlig verdattert wollte er wissen, wie ihr das gelungen sei, hatte sie vielleicht seine Gedanken gelesen? So erklärte sie ihm schlicht und einfach die Beobachtungen, anhand deren sie zu denselben Schlußfolgerungen wie er gelangt war.

»Wie hast du es bloß geschafft, dir so viel Wissen anzueignen?« fragte er voller Bewunderung.

»Ich habe gerne auf den Feldern gearbeitet, weiter nichts. Erinnert Ihr Euch noch?« meinte sie kurz angebunden. Don Giovannino hätte schwören können, gesehen zu haben, wie sich bei diesen Worten die dunklen Augen der Mennulara mit einem Tränenschleier überzogen. Von diesem Moment an wurden seine Dienste nicht mehr verlangt, und auf den Landsitzen der Alfallipes ward kein Ernteschätzer mehr gesehen.

Sie war so völlig anders als alle anderen Menschen, nach wem kam sie bloß? Von wem hatte sie diesen Kopf und dieses Auftreten? Gewiß nicht von ihrem Vater, sagte sich Don Giovannino, der war nämlich nicht besonders intelligent und auch kein Freund der Arbeit. Von wem aber sonst? Schlagartig durchzuckte ihn der Gedanke, daß er in der Kirche flüchtig eine Figur gesehen haben könnte, die ihn an Don Vincenzo Ancona erinnerte. Verwirrt sagte er sich: »Gewisse Dinge darf man nicht einmal denken.« Er öffnete die Augen weit, setzte sich bequemer auf seinem Stuhl zurecht und widmete sich wieder dem *passìo.*

19.
Im Dorf am Abend nach der Beerdigung

Vor der Beerdigung zerriß man sich in Roccacolomba das Maul über die Entscheidung der Familie Alfallipe, für ihr Dienstmädchen die Bestattungsfeierlichkeiten auszurichten. Man hatte auch, wie es der Anstand gebietet, über die liebe Verstorbene gesprochen, aber da gab es wenig zu sagen, bis auf das, was allen längst bekannt war. Die Kommentare über ihr Privatleben waren äußerst spärlich, denn sie war ihr Leben lang bei einer einzigen Familie im Dienst gewesen und hatte keinen Anlaß für bissiges Gerede gegeben. Gewiß mangelte es in den Familien, mit denen die Alfallipes verkehrten, nicht an Anspielungen über die galanten Abenteuer von Orazio, ja, man stellte sogar hämisch lachend die Behauptung auf, zu seinen Eroberungen sei auch die Magd zu zählen. Doch diese Idee wurde wieder fallengelassen, da Orazios Vorliebe für verheiratete und ansehnliche Frauen mit einer gewissen Kultur bekannt war.

Die wenigen wohlhabenden Bürger von Roccacolomba, die sich die Mühe gemacht hatten, am 24. September um drei Uhr nachmittags der Beisetzung der Mennulara beizuwohnen, taten das nicht aus Pietät und noch viel weniger aus Ehrfurcht vor den Alfallipes, sondern getrieben von der Neugier für ein solch ungewöhnliches Ereignis. Sie wurden nicht enttäuscht. Mit eigenen Augen hatten sie gesehen, wie wenig der Tod ihres Dienstgeschöpfs, das zugleich Amme und Kindermädchen gewesen war, die Sprößlinge der Familie Alfallipe betrübte; der ärmliche Blumenkranz und die bescheidene Trauerfeier, ohne kleine Waisenmädchen und ohne Musik, sprachen Bände. Sie hatten versucht, den Wert des großartigen Kranzes zu schätzen, den die Neffen der Mennulara geschickt hatten. Um so mehr wunderten sie sich über deren Fernbleiben bei der Beerdigung ihrer einzigen Tante von Mutterseite. Es sei denn, die Alfallipes hätten sie ausdrücklich von der Feier ausgeschlossen.

Die Anwesenden hatten so die Gelegenheit, die anderen Begräbnisteilnehmer in Augenschein zu nehmen und zu Hause, im Zirkel, in den Salons ihre Version des Vorgefallenen zu erzählen und kräftig hinzuzudichten. Was für ein Publikum war da bloß in der Addolorata zusammengekommen! Abgesehen von den Kommunisten, die en bloc fehlten, waren sämtliche Gesellschaftsklassen und Grüppchen des Orts vertreten. Man erzählte sich, daß selbst Don Vincenzo Ancona das Begräbnis mit seiner Anwesenheit beehrt habe. Leider sah man ihn nicht von Angesicht zu Angesicht. Nur wenige waren auf ihn aufmerksam geworden, doch diese Neuigkeit machte die Runde im Dorf. Darüber hinaus erzählten die kleinen Knilche, die auf dem Kirchplatz kickten, sie hätten, als die Trauermesse bereits begonnen hatte, gesehen, wie ein schwarzglänzender Fiat Giulietta auf die kleine Piazza fuhr und genau vor dem Hauptportal stoppte. Vier Männer seien zusammen mit einem großen, wuchtigen Alten ausgestiegen und schnurstracks in der Kirche verschwunden und kurz darauf wieder herausgekommen, während der Priester noch immer die Messe las. Dann seien sie wieder in den Wagen geklettert und mit quietschenden Reifen abgepest, und schwuppdiwupp waren sie nicht mehr gesehen.

Seit jenem Dienstagnachmittag sprach man von der Mennulara mit sorgsam gewählten Worten und einem gewissen Respekt, auch wenn ihr Leben bis in die kleinsten Kleinigkeiten ausgeleuchtet wurde, da es zu ihr als Person ja nicht viel zu sagen gab. Die Angst, die der Name Ancona einflößte, war derart, daß man in Roccacolomba nur flüsternd von ihm sprach und sein Name nie in der Öffentlichkeit fiel, auch nicht in den Werkstätten und bei Zusammenkünften auf der Piazza ... Man wußte ja, daß selbst die Hauswände und die Pflastersteine Augen und Ohren hatten und dem Betreffenden Bericht erstatten konnten. Ein Zeichen von Klugheit ist, wenn dies nicht geschieht.

Noch einmal brachte man Verwunderung über die außergewöhnliche Karriere der Mennulara zum Ausdruck, die es von der einfachen Magd zur Geschäftsfrau gebracht hatte. Sie hatte die Güter der Alfallipes so klug verwaltet, daß sie diese vor dem Bankrott rettete und es der gesamten Familie weiterhin ermöglichte, ihrem feudalen Lebensstil zu frönen. Sie hingegen war glücklich und zufrieden als Mädchen für alles. Gewiß, die Alfallipes hatten hinnehmen müssen, daß sie sich als *Padrona* aufspielte und in die Familienangelegenheiten einmischte, und wahrscheinlich auch, daß sie Geld beiseite schaffte ... Doch alles in allem war sie der Familie ergeben, sie hatte sogar die Witwe des Anwalts zu sich genommen und so die Kinder auch dieser Sorge enthoben.

Gängige Meinung war, daß es sich um eine ungebildete, doch nicht unintelligente, eine tüchtige, wiewohl unsympathische und herrschsüchtige Frau handelte, die ihr Leben ganz in den Dienst der Familie Alfallipe gestellt hatte. Die wiederum wurde von der vermögenden Gesellschaftsklasse verurteilt, weil sie ihrer Dienstmagd gestattet hatte, sich auf unfeine, für normale Menschen nicht vertretbare Weise in ihre ureigensten Angelegenheiten einzumischen. Doch auch in diesen Dingen unterschieden sich die Alfallipes von allen anderen. Um den Preis, ein angenehmes, sorgenfreies Leben führen zu können, hätten sie ihre Seele auch an den Leibhaftigen verkauft. Die Armen wiederum kritisierten die Mennulara, weil sie auf Kosten ihrer eigenen Leute, einschließlich ihrer Neffen, die Partei der Herrschenden ergriffen hatte und als Lohn dafür jetzt ein mickriges Begräbnis bekam. Unerklärlich war nach wie vor die Geste des Respekts von seiten Don Vincenzo Anconas, doch das Kleinvolk und die Mittelschicht zogen es klugerweise vor, diesen Punkt zu übergehen.

Nur im Salon der Baronin Ceffalia wagte man im Beisein weniger Vertrauter freier darüber zu sprechen, um die Verachtung der höheren Klassen gegenüber der Mafia zu bekunden. Dort waren Leute aus Catania anwesend, Gäste für die bevorstehende Hochzeit im Hause Vazzano, und noch einmal waren die Seitensprünge Orazios, das ordinäre Benehmen Massimo

Leones, der Hochmut Lillas und die Zurückhaltung Giannis das Gesprächsthema.

Es wurde über die finanzielle Situation der Alfallipes spekuliert, die es ihrem Dienstmädchen gestattet hatten, sich als Verwalterin ihrer Güter aufzuspielen – ausgerechnet die Alfallipes, die im Jahrhundert davor mit der Verwaltung der Ländereien der Fürsten Brogli ihren Reichtum begründet hatten. Sie waren noch einmal glimpflich davongekommen, die Mennulara hatte es ihnen in puncto Raffgier nicht gleichzutun versucht: Mit dem Geld der Alfallipes hatte sie sich nur eine bescheidene Behausung gekauft. Zahlreiche Fälle ähnlicher Art hatte es gegeben, wo die Verwalter hinterm Rücken ihrer adligen, wiewohl unfähigen Herrschaften ein wahres Vermögen zusammengetragen hatten. Also war es in gewissem Sinn fast gerecht, sicherlich nicht ungewöhnlich, daß diese Familien in ihrem Verfall von einem ähnlichen Schicksal getroffen wurden. Doch niemals war dies durch die Hand einer Frau und obendrein einer Bediensteten geschehen.

Einzigartig war die Geschichte der Alfallipes aufgrund der bestehenden Abhängigkeit zwischen den Herrschaften und der Dienerin, ja, unglaublich war sie, weil die neue Generation sich zwar gegen die Fortsetzung des ungesunden Verhältnisses aufgelehnt hatte, es in Wahrheit jedoch am Leben erhielt und die Mennulara als ein Familienmitglied betrachtete: Diesen Umstand hatten sie, als handelte es sich bei ihr um eine nahe Verwandte, durch die Todesanzeigen und die Zahlung ihrer Bestattungskosten in die Öffentlichkeit hinausposaunt.

Andererseits gab es da noch etwas Rätselhaftes, wie die Anwesenheit Don Vincenzo Anconas bei ihrem Begräbnis gezeigt hatte. Er war das unumstrittene Mafiaoberhaupt auf Provinzebene, obendrein Vater eines bedeutenden Ehrenmanns der modernen Ära, der auf dem Festland lebte und in der Gunst der Regierung stand. Seine Anwesenheit war ein höchst verblüffendes und besorgniserregendes Vorkommnis, auf das man sein Augenmerk richten sollte. Nach glühenden Debatten hielten sich zwei Thesen, beide sehr gewagt und wenig plausibel: Don Vincenzo Ancona war der leibliche Vater der Mennulara, von ihm hatte sie ihre Schlauheit geerbt, oder er war in ihren jüngeren Jahren sogar ihr heimlicher Liebhaber gewesen. So kam es, daß Don Vincenzo Ancona, *Uomo d'onore*, der für die Ehrenwerte Gesellschaft brutal und ohne zu zögern gemordet hatte – der sogar einen Schwager, der »den Mund sehr weit aufgemacht hatte«, zum Tode verurteilt hatte –, Vater von vier Kindern und gläubiger Katholik, als ein Typ beschrieben wurde, der sexuell unbeherrscht, ja sogar romantisch und Spielball seiner Gefühle war.

In der Pförtnerei des Palazzo Ceffalia wurde selbstverständlich nur über die Trauerfeier debattiert. Keiner war so einfältig und sittenlos wie die Herrschaften und hätte zu denken gewagt, daß Nuruzza Inzerillo oder ihre Tochter ein Liebchen von Don Vincenzo Ancona gewesen sein mochte. Die Weisheit des Volksmunds ließ zwei handfeste Überlegungen zu: Entweder die Mennulara gehörte zur Mafia, etwas ganz Ungewöhnliches, da sie ein Weibsbild und obendrein mittellos war; oder sie hatte Don Vincenzo einen derart großen Gefallen erwiesen, daß sie seine Anerkennung auch nach ihrem Tod noch verdient hatte. Auf jeden Fall stieg die Mennulara in der Achtung der Anwesenden, auch wenn Don Vito Militello betonte, daß sie trotz allem eine unangenehme Person gewesen sei, die niemals irgend jemandem freundschaftlich gesinnt und die auf die Seite der Herrschenden übergelaufen war, wobei sie ihresgleichen übergangen und mit Füßen getreten habe.

Mittwoch, den 25. September 1963

20.

Entgegen allen Vorhersagen bietet die Mennulara weiterhin Gesprächsstoff, und Gaspare Risico rächt sich für ihre Unverschämtheiten, indem er Carmela Leone malträtiert

Am Vormittag des 25. September wurden die Tratschgeschichten über die Beisetzung der Mennulara für die wenigen noch ahnungslosen Leute im Dorf wiedergekäut. Über Nacht wurde daraus, mit der gebotenen Vorsicht, eine erweiterte und ausgeschmückte Neuauflage. Die Leute von Roccacolomba, die aus den Herrschaftsetagen und die aus den Pförtnerlogen, waren sich einig, daß es über die Mennulara und die Alfallipes nichts weiter zu diskutieren, zu kritisieren, zu zerpflücken und ins Gedächtnis zu rufen gab. Alle hatten das Thema satt: Der Gesprächsstoff war erschöpft, und schon am nächsten Tag würde alles vergessen und begraben sein. Die bevorstehende Hochzeit der Tochter des reichen Notars Vazzano würde jetzt den gebührenden Platz in der Klatschchronik von Roccacolomba einnehmen. Es kam jedoch alles ganz anders als gedacht.

Hasenherzig hatte Carmela Leone die Entscheidung der Familie hingenommen, die sie dazu bestimmte, im Postamt vorstellig zu werden und die an die Mennulara adressierte Korrespondenz abzuholen; schließlich war sie die einzige der Familie Alfallipe, die nach wie vor im Ort wohnte und allseits bekannt und geschätzt war.

Bis spät in die Nacht hinein hatte sie mit ihrem Mann auch die winzigste Einzelheit dieses Gangs durchgesprochen: Was ziehe ich an? Und wenn sie mich eines Vergehens bezichtigen, was dann? Ist es denn rechtens, die Post, die an eine fremde und obendrein verstorbene Person gerichtet ist, entgegenzunehmen? Was soll ich dann tun? Ist es besser, wenn ich eine Freundin mitnehme? Sie wollte am späten Vormittag gutgekleidet ins Postamt gehen und dort erklären, daß ihr ganz plötzlich in den Sinn gekommen sei, die Post für ihre Mutter, Signora Alfallipe, abzuholen, die diese der Bequemlichkeit halber an ihre getreue Kammerzofe adressieren ließ.

Voller Sorge machte sich Carmela auf den Weg. Bald schon glaubte sie, beobachtet zu werden. Ihre Beine zitterten, doch nicht etwa wegen der hohen Absätze. Unsicheren Schritts bewegte sie sich auf dem Kopfsteinpflaster, Schweiß trat ihr aus sämtlichen Poren, und Panik machte sich breit. Zu ihrem Rettungsanker wurde die für ihre Familie charakteristische Hochnäsigkeit, die sie jetzt wie eine Maske aufsetzte. Und so gelangte sie schließlich zum Postamt.

Alle hatten es für selbstverständlich gehalten, daß der Beamte am Schalter über das Ableben der Mennulara auf dem laufenden wäre. Doch jetzt saß da eine neue Angestellte. Carmela vergaß auf der Stelle ihr Sprüchlein, das sie auswendig gelernt hatte, und machte genau das Gegenteil von dem, was sie besprochen hatten. Mit schleppender Stimme fragte sie, ob denn Post für Signorina Maria Rosalia Inzerillo da wäre. Eine elegante Dame wie sie, mit viel Schmuck und selbstverständlich verheiratet, konnte wohl schlecht die »Signorina« Inzerillo sein. Der Frau hinter dem Schalter war das sofort klar, und so fragte sie, ohne die geringste Spur von Argwohn, ob sie denn die Post im Auftrag von jemand anderem abholen wollte. Eine solche Frage sollte keineswegs eine Absage einläuten, schließlich war es gang und gäbe, daß Familienangehörige zur Post gingen, um ohne förmliche Ermächtigung, einfach nur auf ihr Wort, an Verwandte, Eltern, Onkel und Tanten adressierte Briefe abzuholen.

Carmela verhaspelte sich und war nicht in der Lage, eine

Antwort auf diese simple Frage zu geben. Instinktiv brach die angeborene Arroganz bei ihr hervor, und sie machte eine Szene, die in einen richtiggehenden Streit auszuarten drohte. Heftige Beschimpfungen und Drohungen schleuderte sie der armen Schalterbeamtin ins Gesicht, die sich für die Reaktion der Kundin auch noch verantwortlich fühlte. Carmela beschuldigte sie, impertinent zu sein, nicht zu wissen, wen sie vor sich habe, nämlich die Tochter des Rechtsanwalts Orazio Alfallipe. Sie herrschte sie an, auf der Stelle die gesamte Post der Maria Rosalia Inzerillo herauszurücken und nicht noch mehr Zeit zu vertrödeln, schließlich habe sie Besseres zu tun, als sich hier vor dem Schalter die Beine in den Leib zu stehen. Zu allem Übel hatte sich hinter ihr eine Warteschlange gebildet.

Als Antwort auf die Frage der Postbeamtin, ob sie eine Verwandte der genannten Inzerillo sei, erklärte Carmela, daß die Inzerillo zum Dienstpersonal der Alfallipes gehöre und daß die Familie ein Anrecht habe zu erfahren, ob normale oder postlagernde Sendungen gekommen seien, und sie gegebenenfalls abzuholen, da die gesamte Korrespondenz der Inzerillo den Alfallipes zustehe. Die Beamtin müßte eigentlich im Bilde sein, und falls sie ihr die Post nicht aushändigen wolle, würde sie, Carmela Alfallipe, verehelichte Leone, sich beim Leiter des Postamts, den sie persönlich kenne, beschweren.

Angesichts der strikten Weigerung der Angestellten beschloß Carmela, die Wahrheit zu erzählen. Sie sei auf Verlangen ihrer Familienangehörigen hier. Ihre Mutter, Signora Adriana Alfallipe, lebe mit der Inzerillo, ihrem Dienstmädchen, in deren Wohnung zusammen; die genannte Inzerillo sei vor zwei Tagen an Krebs gestorben. Signora Alfallipe sei in tiefster Trauer und könne unter keinen Umständen persönlich die Post abholen, die an die Inzerillo adressiert sei, in Wirklichkeit aber den Alfallipes gehöre. Dies sei die ganz simple Erklärung, und sie müsse noch am Vormittag mit der Post zur Mutter gehen.

Carmelas Worte erzielten jedoch wieder nicht die gewünschte Wirkung: Ihre Schilderung, die im großen und ganzen der Wahrheit entsprach, klang in den Ohren der Postbeamtin ziemlich an den Haaren herbeigezogen; sie wurde mißtrauisch und versteifte sich auf ihre ursprüngliche Haltung. Sie weigerte sich sogar, Auskünfte über die Post der verstorbenen Signorina Inzerillo zu erteilen. Carmela aber wiederholte beharrlich und immer lauter ihre Argumente. Hysterisch verlangte sie, von der Frau hinterm Schalter zumindest zu erfahren, ob postlagernde Sendungen für die Inzerillo da wären, keine zehn Pferde würden sie vom Schalter wegkriegen, bevor sie zumindest diese Auskunft bekommen hätte.

Die Beamtin bat sie zu gehen, denn sie hatte jede Menge Kundschaft zu bedienen. Da begann Carmela, ihr zu drohen. Sie behauptete, es sei völlig gleichgültig, ob die Inzerillo krank sei oder sich blühender Gesundheit erfreue, ob sie tot oder lebendig sei, es gäbe Familienprobleme, die unmittelbar gelöst werden müßten, und wenn sie ihr jetzt nicht sofort sagte, ob Post da wäre, gäbe es einen Riesenärger für alle. Die Frau von der Post, die noch wenig Berufserfahrung hatte, wußte nicht, was tun, und rief eine Kollegin zu Hilfe. Carmela lief zornesrot an, als könnte sie jeden Augenblick der Schlag treffen, und klammerte sich an der Schaltertheke fest. Postbeamte und Kunden verfolgten den Auftritt fassungslos; letztere waren einerseits sauer wegen der Unterbrechung des Schalterverkehrs, zum Teil aber auch belustigt. Diejenigen unter ihnen, die Carmela Alfallipe kannten, waren ganz Ohr und genossen das Spektakel in vollen Zügen.

Das Postpersonal war sich einig, daß es nur eine Lösung gebe, nämlich die, die Kundin zu Signor Risico zu bringen, der sich, wie gütig von ihm, zuständig erklärt hatte, die Beschwerden der Kunden entgegenzunehmen. Sie schritten zur Tat: Es bedurfte zweier Beamtinnen, um Carmela zu überzeugen, sich vom Schalter zu entfernen, und die beiden mußten die noch immer tobende Frau an den Armen festhalten, um sie in die Amtsräume zu geleiten.

Mit einem ausgewählt höflichen »Was kann ich für Sie tun, Signora?« hatte Gaspare Risico Carmela Leone gebeten, doch auf dem Stuhl vor seinem Schreibtisch Platz zu nehmen. Die zwei Kolleginnen hatten sich glucksend vor Lachen und mit vielsagendem Augenzwinkern verzogen: Sie schätzten die Manieren des Kollegen Risico, der tüchtig und solidarisch und obendrein ein gutaussehender Mann war. Gaspare hatte sich inzwischen Papier und Bleistift geschnappt und sorgfältig das Datum niedergeschrieben. Carmela hatte die Beine nervös angewinkelt und saß auf dem Schnäpperchen, als wollte sie jeden Moment aufspringen. Endlich war sie verstummt. Risico fragte nun mit ausgesuchter Höflichkeit nach den Personalien der Signora Leone und schickte sich an, das Gesprächsprotokoll aufzunehmen. Dieses Verhalten versetzte Carmela in Alarmstimmung, und hochmütig wies sie ihn an, die Schreiberei gefälligst bleiben zu lassen: Er sollte ihr einfach nur zuhören und sich ruhig und wohlerzogen verhalten, wie sie, Tochter des Rechtsanwalts Alfallipe, das auch tue. Sie wollte jetzt schlicht und einfach die Post des Dienstmädchens in Empfang nehmen! Sie sei, wie sie noch hinzufügte, mit dem Postamtsleiter höchstpersönlich bekannt und erwarte sich, daß die Angelegenheit im Interesse aller – auch dem des Signor Risico – rasch zum Abschluß käme.

Als Gaspare Risico den Namen Alfallipe hörte, konnte er sein Glück kaum fassen. Bis vor wenigen Minuten war er noch in die Lektüre der »Sicilia« vertieft gewesen und hatte sich geärgert, als seine Kolleginnen diese Schwachsinnige in sein Zimmer schleiften. Jetzt aber ging sein Wunsch in Erfüllung, und er durfte einem Mitglied der Familie Alfallipe – das ihm bereits ausgeliefert war – eine gehörige Lektion erteilen.

Risico besaß von Natur aus die Gabe, seinem Gesprächspartner jegliche Befangenheit zu nehmen und ihn frei von der Leber weg reden zu lassen. Wenn er sich dann in sicherem

Fahrwasser glaubte, holte Risico zum Schlag aus und machte den anderen so fertig, daß der ihm aus tiefer Dankbarkeit für sein Entgegenkommen auch noch recht gab, obwohl er eine Niederlage erlitten hatte. Es gab nur sehr wenige Beanstandungen, die er auf diesem Wege nicht hatte ad acta legen können. Überdies verschaffte er den Reklamierenden das Gefühl, an jemanden geraten zu sein, der sich ernsthaft um ihre Belange kümmerte und ihren Beitrag zu einem reibungslosen Ablauf des staatlichen Postdienstes schätzte. Sein Charme war ihm dabei durchaus nicht im Wege.

Er tat so, als hätte er nicht die geringste Ahnung von den Mißgeschicken der Familie Alfallipe, und ließ sich von Carmela erzählen, was ihr am Schalter widerfahren war. Er pflichtete ihr bei, daß Benutzer eines staatlichen Dienstleistungsbetriebs mit Respekt zu behandeln seien. Gaspare Risico stellte ihr einfache und aufmunternde Fragen und bediente sich dabei auch der Gestensprache. Die Hände unbeweglich auf der Schreibtischplatte, die offenen Handflächen ihr entgegengestreckt und die Lippen zu einem kaum wahrnehmbaren Lächeln geöffnet ... brachte er Carmela Leone dahin, wo er sie haben wollte. Die Ärmste verriet ihm völlig verwirrt, peu à peu, den eigentlichen Grund ihres Anliegens. Risico blickte ihr geradewegs in die Augen, senkte ob der Beschwerden über die Kollegin bedauernd die Lider, schüttelte beipflichtend den Kopf und ermutigte sie respektvoll, alles zu erzählen. Schlußendlich gab die unglückselige Carmela zu, daß ihre Familie wichtige Briefe erwarte, die an die Mennulara adressiert seien und wahrscheinlich Geld enthielten. Sie würde beim Abholen auch die Unterschrift der Mennulara fälschen, nur um die Briefe auf der Stelle in die Hand zu kriegen. Carmela meinte noch, wenn Risico ihr behilflich sein wolle, würde sie ihm das hoch anrechnen und beim Postamtsleiter ein gutes Wort für ihn einlegen.

Das ermutigende Schweigen von Gaspare Risico sollte ihr alle Hemmungen nehmen. Aber sie hatte bereits genug gesagt.

Stumm frohlockte er und dachte: ›Du bist mir in die Falle gegangen!‹ Er setzte sich auf seinem Stuhl in Positur, zückte den Bleistift wie ein Schwert und richtete ihn auf Carmela. Mit heftigen Worten beschimpfte er sie und bezichtigte sie des Diebstahls, der Personenvertauschung, der Unterschriftsfälschung, des Betrugs, der Falschaussage, der Abgabe eines Falschattests über die eigene Identität und die gesellschaftliche Stellung oder die von Dritten vor einer Sachbearbeiterin des öffentlichen Dienstes, der Bedrohung und des Bestechungsversuchs durch Nahelegung einer die Amtspflichten verletzenden Handlung. Des weiteren hatte sie gewagt, sich über die Schalterbeamtinnen zu beschweren, die nicht einmal den Verdacht hatten, daß sie im Begriff war, einen Betrug zum Schaden der rechtmäßigen Erben der verstorbenen Inzerillo einzufädeln.

Stolz und würdevoll hatte er sich darauf erhoben und verkündet, daß er ein Gesprächsprotokoll verfassen und die Angelegenheit an den Postamtsleiter weiterleiten werde, und zwar aus zwei Gründen, die er ihr im einzelnen erklären wolle. Er machte eine Pause und wartete Carmelas Reaktion ab. Dicke Tränen liefen über ihr aufgedunsenes Gesicht.

Gaspare Risico setzte sich erneut hinter seinen Schreibtisch, um ihr diese zwei Gründe unter die Nase zu reiben. Er wedelte mit ausgestrecktem Zeigefinger und sagte: »Erstens werde ich vom Staat für meine Arbeit im Dienst der Öffentlichkeit bezahlt: Sie sind zu mir gekommen, um sich über unsere mangelhaften Dienstleistungen – wenn ich das so zusammenfassen darf – zu beschweren, und Sie haben ein Recht darauf, anständig behandelt zu werden. Der zweite Grund ist, daß Sie mir gesagt haben, in freundschaftlichen Beziehungen zu unserem obersten Verantwortlichen zu stehen. Sie müssen einen Grund gehabt haben, das zu erwähnen. Gewiß nicht, weil Sie die Absicht hatten, unseren Postamtsleiter der Bestechlichkeit oder der Inkompetenz zu bezichtigen, denn er ist ein ehrlicher und geschätzter Mann. Vielleicht also, um mir zu drohen, und in diesem Fall ist es meine Pflicht, mich an den *direttore* zu wenden, damit er eine endgültige Entscheidung in der Sache fällt: Nämlich ob das Recht auf Ihrer Seite steht und wir uns nicht weigern dürfen, Ihnen Auskünfte zu erteilen und die Post auszuhändigen, die Sie berechtigterweise abholen wollen. Oder ob Sie eine Diebin oder Betrügerin sind, die versucht, sich das anzueignen, was der verstorbenen Maria Rosalia Inzerillo gehört. Meiner Ansicht nach haben Sie keinerlei Befugnis, ohne gesetzmäßige, laut Dienstleistungsbedingungen der Post erforderliche Vollmacht oder Genehmigung die Korrespondenz einer anderen Bürgerin entgegenzunehmen oder auch nur Auskünfte über die Angelegenheiten einer Verstorbenen einzufordern.«

Carmelas schönes Gesicht hatte eine groteske Verwandlung durchgemacht: Der Pony klebte in häßlichen Strähnen auf ihrer schweißnassen Stirn, der Lidschatten lief ihr über die Wangen, und da sie die Lippen fest aufeinandergebissen hatte, damit ihnen kein Schluchzer entweiche, hatte der Lippenstift einen verschmierten Ring um ihren Mund gebildet. Carmela Alfallipe klammerte sich im Augenblick höchster Gefahr an ihren Hochmut und ihre Eitelkeit. Sie unterdrückte die Tränen und flehte den Risico an, daß er sie gehen lasse, sie habe sich wohl falsch ausgedrückt, es sei nicht so, wie er verstanden habe, sie rede einfach viel zuviel, da der Tod der Mennulara sie tiefstunglücklich gemacht habe. Bei den Worten »Tun Sie so, als wären wir uns nie begegnet, auch wenn Sie ein äußerst zuvorkommender Mann sind und es ein Vergnügen wäre, Sie bei anderer Gelegenheit wiederzusehen ...« versuchte sie, ihm mit geschwollenen, bleichen Lippen ein anzügliches Lächeln zuzuwerfen.

Gaspare Risico entgegnete ihr gestreng, wie er abends vergnüglich seiner Frau wiederholte: »Signora, Sie stehen stellvertretend für das italienische Volk, das Machtmißbrauch durch die Staatsorgane erdulden muß, deren Aufgabe allein ist, den Bürgern zu dienen. Sie haben unter Berufung auf Ihre

Bürgerrechte reklamiert. Der Gerechtigkeit wird Genüge getan werden, denn ich habe die Absicht, meiner Pflicht nachzukommen.«

Als er geendet hatte, sammelte er seine Notizen ein, und mit einem überaus höflichen »Sie gestatten« ging er hinaus. Carmela war sprachlos. Aber nicht lange.

21.
Massimo Leone bestraft seine Ehefrau für ihre Dummheit

Die Annalen des Postamts berichten, daß an diesem Mittwoch die Postbeamtin, die den Erste-Hilfe-Schein hatte, gerufen wurde, damit sie Carmela Leone, die einen richtig hysterischen Anfall hatte, wieder beruhigte. Das gelang ihr jedoch nicht.

Der stellvertretende Postamtsleiter, der in die Sache hineingezogen wurde, sah sich gezwungen, den Ehemann Massimo Leone kommen zu lassen, um sie sich vom Leib zu schaffen. Dieser schien geradezu darauf gewartet zu haben, daß man ihn rief. Er fuhr im Wagen vor, bremste vorm Haupteingang und schritt zielstrebig hinter den Postbeamten, die ihn ungeduldig erwarteten, in die Büroräume. Als er Carmela erblickte, packte er ihre Arme, bog sie mit eisernem Griff auf den Rücken und zwang sie, sich vom Stuhl zu lösen, an dem sie festgeklebt zu sein schien.

Mit Stößen von hinten trieb Massimo seine Frau durch die Gänge des Postamts; er hielt noch immer ihre Arme auf den Rücken verdreht, und zwar so fest, daß man mit bloßem Auge zusehen konnte, wie ihr Fleisch rot anlief; er traktierte sie mit den Kniespitzen, und sie zitterte und flennte. So gelangten sie in die Eingangshalle und bewegten sich durch den Haupteingang nach draußen. Die einzigen Worte, die Massimo an Carmela richtete, waren: »Geh schon!« und »Weiter!«, als triebe er einen Esel an. Unter den Augen aller stieß er sie in seinen schönen neuen Sportwagen. Als Carmela auf ihrem Allerwertesten saß, krümmte sie sich nach vorne, und aus ihrem Mund schoß ein gelblicher Strahl.

Kaum hatte Massimo die Wohnungstür aufgeschlossen, klingelte das Telefon. Mit einem Achselgriff hielt er Carmela am Arm fest; er preßte sie, so fest er konnte, an sich und nahm mit der freien Hand den Telefonhörer ab. Lilla war am anderen Ende und wollte unbedingt hören, wie der Vormittag im Postamt verlaufen sei. Massimo erklärte, daß keine Post da wäre, Carmela Migräne habe und gerade im Begriff sei, sich etwas aufs Ohr zu legen. Er machte Mimma, die wegen des Telefons herbeigeeilt war, ein Zeichen, sie solle verschwinden, drängte Carmela ins Schlafzimmer und lehnte die Tür an. Und dann: Ohne einen Laut aus seinem Mund prasselten Tritte und Faustschläge auf Schenkel, Hüften, Bauch, Unterleib, Brust und Rücken nieder. Die blauen Flecken würde niemand zu Gesicht bekommen, denn er verstand sich mittlerweile auf seine Kunst. Er brauchte auch die Schlafzimmertür nicht zuzumachen, Mimma würde weder Schreie noch Geheul hören, nur das Keuchen von Massimo und die rhythmischen Schläge, die auf die ohnmächtig auf dem Teppich liegende Carmela niedergingen.

Massimo wusch seine Hände und kämmte sich; dann setzte er sich zu Tisch und ließ sich von Mimma bedienen, die als Vertrauensperson des Hauses Leone gewiß niemandem ein Sterbenswörtchen verraten würde. Nach dem Mittagessen ging er fort, ohne zuvor ins Schlafzimmer geschaut zu haben. Er wollte nicht das Auto nehmen, er mußte an der frischen Luft sein Mütchen kühlen. Das Betragen seiner Gattin widerte ihn an. Sie hatte nicht nur sein nagelneues Auto vollgekotzt, sondern auch eine derartige Szene gemacht, daß es einen Dorfskandal geben würde, und wer weiß, was sie sonst noch angestellt hatte. Wutschnaubend bedauerte er, sie überhaupt geehelicht zu haben, das war nur aus Lust an der Freude geschehen, um den Widerstand der Familie zu brechen, den die Mennulara heraufbeschworen hatte – gewiß nicht, weil er sich Hoffnungen auf eine üppige Mitgift gemacht hätte, wie im Dorf behauptet wurde. Jetzt tat er sich wegen dieses nichtsnutzigen Eheweibs selbst leid. Mit weit ausholenden Schritten ging er durch die leeren Straßen und weiter aufs offene Feld, er mußte allein sein. Unter der noch immer brennenden Herbstsonne behielt er sein Tempo bei.

In Gedanken verloren fand er sich auf der Straße zum Friedhof wieder, auf der er tags zuvor bedächtigen Schritts hinter dem Sarg der Mennulara gegangen war. Eine unbezwingbare Lust überkam ihn, das Familiengrab zu zertrümmern, das sie sich genau gegenüber der Nobelkapelle der Alfallipes hatte anlegen lassen. Das Tor zum Gottesacker war jedoch verschlossen. Mit den Händen ans schmiedeeiserne Gatter gekrallt, verharrte er unter der heißen Sonne, bis Wut und Sonnenhitze sich in seinem Innern zu einer solchen Glut ballten, daß ihm übel wurde. So machte er sich auf den Rückweg.

Unterwegs bemerkte er, daß die Fensterläden des Bordells geöffnet waren. Er trat ein und blieb bis zum späten Nachmittag. Erschöpft, aber ohne das übliche Wohlgefühl kam er wieder heraus. Die *madame* erkundigte sich, ob die Signorina von auswärts zu seiner Zufriedenheit gewesen sei. Nachdem sie ihr Geld hatte, brachte sie zaghaft ihre Kondolenz zum Tod der Mennulara hervor. Massimo fluchte und meinte: »Auch wenn sie mit den Mafiosi gebumst hat, als Tote wurde sie trotzdem durch den Dreck gezogen.«

22.

Padre Arena stattet Signora Alfallipe pflichtgemäß seinen Beileidsbesuch ab und tadelt Lilla Alfallipe, die ihm ungebührliche Vorschläge unterbreitet hat

Padre Arena hatte Signora Alfallipe ins Herz geschlossen. Mit erhabenem Stillschweigen hatte sie die Seitensprünge des Advokaten Orazio hingenommen, der von ähnlichen fleischlichen Begierden getrieben war wie sein Vater. Doch anstatt sein Vergnügen bei den Huren zu suchen, liebte er es, die Frauen aus guter Familie im Ort und in der Umgebung in Versuchung zu führen und zur Todsünde zu verleiten. Sie war ihm eine getreue Ehefrau gewesen, und im Gegensatz zur Schwiegermutter, die ganz offen ihre Verachtung für den Ehemann zeigte, hatte sie resigniert. Ihre geringen Energien widmete sie den einzigen Vergnügungen, die einer Dame von ihrem gesellschaftlichen Rang gestattet waren: Nachmittagsbesuche unter Freundinnen und das Kartenspiel. Sie war glücklich, die Verantwortung für den Haushalt der Mennulara überlassen zu können, die ihr mit derselben Selbstverleugnung gedient hatte, die sie auch der Schwiegermutter gegenüber bewiesen hatte. Signora Adriana tat keinem etwas zuleide, brachte aber auch nichts Gutes zustande.

Man erzählte sich nur, daß sie übermäßig viel Geld für Kleidung ausgebe: Nach Meinung von Padre Arena war dies eine läßliche Sünde, überdies hatte sie in jungen Jahren mit ihrer schönen Erscheinung viele Männer, ihn eingeschlossen, betört, ohne sie jedoch zur Sünde anzustacheln. Mit anderen Worten: Sie war eine brave Frau wie viele andere auch. Und sie hatte nur ein einziges Mal zur größten Überraschung aller und auf aufsehenerregende Weise die gesellschaftliche Etikette verletzt: Als sie nach dem Tod des Herrn Gemahls aus dem Familienpalazzo auszog und in der Wohnung der Mennulara unterschlüpfte.

Zu früher Morgenstunde, wie es sich für den Beileidsbesuch eines Seelsorgers gehörte, läutete er am Tor des Hauses Alfalipe. Auch in jüngsten Zeiten, das heißt bis zum Tod von Orazio, war die Pförtnerloge des Hauses standig besetzt gewesen. Padre Arena hatte traurige Vorahnungen, was die Zukunft von Signora Adriana in diesem sogenannten zweiten Witwenstand betraf; er hoffte jedoch, daß es für sie nicht allzu schmerzvoll sein würde und sie sich an ein Leben allein in diesem großen und tristen Haus gewöhnte. Und er wünschte, daß ihre Kinder sie nicht vergessen und sich ihrer annehmen würden.

Lilla kam, ihm das Tor zu öffnen, und entschuldigte sich, weil sie ihn so lange hatte warten lassen; dann begleitete sie ihn in die Nobeletage. Der breite Treppenaufgang aus rotem Stein führte auf einen Treppenabsatz, der durch ein vielfarbiges großes Fenster zum Innenhof hin Licht bekam. Ein zweiter Treppenabschnitt ging dann zur Hochetage, auf der sich zwei Türen aus massivem Eichenholz befanden: Die eine war der Hauptzugang zu den Wohnräumen der Familie, hinter der anderen lag der Arbeitsbereich des Rechtsanwalts: drei große und imposante Räume mit kostbarer Einrichtung, wie sie einem Verwalter des Fürstenhauses Brogli angemessen waren.

Lilla ging vor dem Priester die Treppe hinauf und hielt vor dem großen Fenster inne, um auf ihn zu warten. Die Sonnenstrahlen drangen durch das Glas und brachten ihr helles Haar zum Strahlen: Sie hatte große Ähnlichkeit mit ihrer Mutter in jungen Jahren, und die Erinnerung an die anmutige, freundliche Adriana – er sah sie in Gedanken noch als junge Braut vor sich – stimmte Padre Arena heiter. »Padre, ich hätte Sie gern einen Moment allein gesprochen«, sagte Lilla, »ich weiß, daß Sie Mennù in den letzten Monaten recht häufig gesehen haben. Mein Vater hat ihr bekanntlich viele Freiheiten gelassen, und am Ende lag die Verwaltung unseres Vermögens ganz allein in ihren Händen. Nach seinem Tod wurde nicht alles unter uns Kindern aufgeteilt, und aus Respekt vor unserer Mutter, die immer schon eine Schwäche für Mennù hatte, haben wir dies hingenommen.« Padre Arena sah sie immer noch an, und ihr scharfer, herrischer Ton bezeugte, daß sie nur im Aussehen der Mutter ähnelte. Er versuchte unterdes zu begreifen, was sie von ihm, einem armseligen Pfaffen, eigentlich wollte.

»Bald fahre ich wieder nach Rom zurück, deshalb muß schnellstens geklärt werden, was sie mit dem Vermögen, das uns zusteht, angestellt und wo sie es versteckt hat. Ich glaube, daß Sie etwas wissen, denn in der Vergangenheit haben Sie Briefe für sie geschrieben, und vor allem waren Sie ihr geistlicher Vertrauter bis zum Ende«, fügte Lilla hinzu und enthüllte endlich ihre wahren Absichten.

Padre Arena starrte sie an, entrüstet über ihr unerwartetes Ansinnen. Als Lilla sein Mißbehagen spürte, wurde ihr klar, daß sie es falsch angestellt hatte. Sie korrigierte sich: »Es versteht sich von selbst, wenn Sie uns behilflich sein möchten, werden wir Ihnen alle dankbar sein und Sie, sobald die Situation geklärt ist, ganz besonders bedenken, das kann ich Ihnen persönlich versichern.« Das undurchdringliche Schweigen des Pfarrers verwirrte sie, und so fügte sie noch hinzu: »Es handelt sich um größere Summen, die könnten Ihnen doch gelegen kommen, jetzt, da Sie im Pensionsalter sind.«

Padre Arena setzte zu einer heftigen Erwiderung an, geriet aber ins Stottern und sagte in gehobenem Italienisch: »Seit vielen Jahren leben Sie fern der Insel und haben vielleicht vieles vergessen. Unmöglich kann man jedoch vergessen, daß nicht ein einziger Priester in der ganzen katholischen Welt jemals seine Beichtgeheimnisse verrät. Die Mennulara hat mich mit ihrer Freundschaft beehrt, und es ist allgemein bekannt, daß ich Briefe für sie schrieb. Ich habe auch den Entwurf des Briefes verfaßt, den sie Euch hinterlassen hat, und ich habe die Neffen von ihrem Tod benachrichtigt; wenn Sie wollen, gebe ich Ihnen deren Anschrift. Weiter habe ich Ihnen nichts zu sagen. Was Ihr Geldangebot angeht, wenn ich Sie recht verstanden habe, danke ich Ihnen, aber ich bin nicht derart mittellos, daß ich mitsamt meiner Rechtschaffenheit wohlfeil wäre. Und was Sie angeht, sollten Sie sich etwas schämen! Ihr Benehmen ziemt sich ganz und gar nicht für eine Alfallipe, Signora Lilla.« Er wandte den Blick von ihr und setzte seinen Weg treppauf fort: »Jetzt gehen wir nach oben, ich bin gekommen, Ihrer Mutter einen Besuch abzustatten.«

Signora Alfallipe empfing Padre Arena mit der gewohnten Liebenswürdigkeit und dankte ihm, daß er der Mennulara in den letzten Tagen beigestanden hatte. Die beiden schwelgten in Erinnerungen an die Vergangenheit. »Sie war ein Sturkopf, Padre, wissen Sie noch, wie oft ich sie gedrängt habe, daß sie schreiben lernt ... Aber sie hat sich nie ein Herz gefaßt. Und doch hat meine Schwiegermutter immer wieder vor mir behauptet, daß sie der Mennulara das Lesen beigebracht habe«, sagte die Signora. Zu Lilla gewandt meinte sie noch: »Du hast es vielleicht nicht gewußt, aber das war der Wunsch der Großmutter. Sie erzählte mir, daß Mennù nach dem Tod ihrer Mutter sehr gelitten und fast nicht mehr gesprochen habe. Und in der Hoffnung, daß sie in der Lektüre der Gebete Trost fände, veranlaßte sie, daß Padre Arena ihr Lesen und Schreiben beibrachte.«

»Ich war ein junger Priester«, übernahm Padre Arena im Eifer des Erinnerns, »und Signora Lilla war mir zugeneigt. Ich kam und hielt die Freitagsmesse und nahm den Leuten vom Haus die Beichte ab. Ich blieb dann zum Mittagessen, und nachmittags gab ich der Mennulara Unterricht. Sie lernte rasch und las flüssig, aber sie konnte kein Italienisch. Ich schenkte ihr ein italienisch-sizilianisches Wörterbuch, das ihr die Welt der Lektüre erschloß. Religiöse Bücher hat sie, glaube ich, nie gelesen, aber andere Bücher verschlang sie in großer Anzahl. Der Rechtsanwalt Orazio hatte ihr erlaubt, seine Bibliothek zu benutzen, und manchmal lieh sie mir mit seiner Genehmigung moderne Literatur aus. Auf diesem Wege bin ich reich für die wenigen Unterrichtsstunden von vor so vielen Jahren entlohnt worden.«

Da entdeckte Adriana Alfallipe ihre großzügige Ader und machte einen Vorschlag, der gern angenommen wurde: »Padre, Sie gestatten mir, daß ich Ihnen einige Bücher schenke. Wir haben ja so viele, und keiner liest sie. Suchen Sie sich selbst welche aus. Ich hätte sie Ihnen gleich nach Orazios Tod geben wollen, aber ich hatte Angst, Mennù würde mir das übelnehmen. Tagtäglich schloß sie sich über Stunden in der Bibliothek ein und hütete mit Argusaugen all die Kinkerlitzchen, die Orazio gesammelt hat, das wissen Sie ja.«

»Padre«, sagte Lilla, als sie die Verlegenheit des Priesters bemerkte, »wenn Sie meinem Geschmack trauen, werde ich sofort einige Bücher holen, die Sie meiner Meinung nach interessieren könnten.«

»Danke, Signora«, sagte er, »sie stehen alle in alphabetischer Reihenfolge nach Autoren geordnet, Mennù hat sie nach dem Tod Ihres Vaters neu unterteilt.«

Lilla verzog sich und überließ die zwei älteren Leutchen ihrer Plauderei. Sie kam mit einer vollen Tüte zurück, die Padre Arena erst gar nicht öffnen wollte. Im Innersten seines Herzens aber frohlockte er: Da er Bücher in großen Mengen verschlang, mußte er sich mittlerweile schon damit begnügen, gebrauchte Bücher zu kaufen. Er versprach Signora Alfallipe, sie bald wieder zu besuchen. Sie lächelte voller Erleichterung, als er ging.

»Ein guter Mensch, dieser Padre Arena«, stellte die Mutter fest, als Lilla wieder ins Wohnzimmer kam, nachdem sie den Pfarrer zur Tür begleitet hatte.

»Ich weiß nicht, wie du so etwas behaupten kannst«, erwiderte Lilla grimmig, »du weißt doch sehr gut, daß er es war, der ihr geholfen hat, den Brief zu schreiben und die Neffen von ihrem Tod zu benachrichtigen.«

»Was ist daran so schlimm, hätte er das etwa nicht tun sollen?« hielt die Mutter ihr entgegen. »Welche Bücher hast du ihm denn gegeben?«

»Die ersten, die mir zwischen die Finger kamen, den ganzen D'Annunzio, den Mennù unterm Buchstaben A eingeordnet hatte, so gut hat Padre Arena ihr das Alphabet beigebracht!« lästerte Lilla.

Die Reaktion von Signora Alfallipe kam wie ein Donnerschlag aus heiterem Himmel.

»Was hast du nur angerichtet! Diese Bücher hat dein Vater für Pietro Fatta bestimmt. Just heute hatte ich vorgehabt, sie ihm zu geben! Es war sein besonderer Wunsch, wie oft hat er das vor seinem Tod wiederholt, Mennù jedoch widersetzte sich und sagte mir, daß sie ihm die Bücher später aushändigen würde. Sie wird es vergessen haben, und genau letzte Woche hat sie mir ans Herz gelegt, Pietro die Bücher zukommen zu lassen. Wie konnte dir nur einfallen, einem Priester D'Annunzio zu lesen zu geben? Ich begreife dich nicht, diese Bücher stehen auf dem Index.« Signora Alfallipe greinte wie ein kleines Kind und fragte immer wieder händeringend: »Was machen wir jetzt nur? Was für ein Unglück!«

Da verlor Lilla die Beherrschung und brüllte die Mutter an, daß sie die ganze Chose und alle satt hätte, und drohte, nach Rom zurückzufahren. Die Mutter brach daraufhin in verzweifeltes Schluchzen aus. Doch da es Zeit für die Beileidsbesuche war, mußten Mutter und Tochter sich zusammenreißen und die Leute empfangen.

So kam es, daß die Familie Lodato Ceffalia feststellte, daß Adriana Alfallipe von Anbeginn ihres Besuchs in Tränen aufgelöst war, nicht einmal der Tod ihres Gatten hatte sie seinerzeit derart mitgenommen. Nach dem Besuch ergingen sich die Baronin Ceffalia und ihre Töchter eifrig in Kommentaren über die Alfallipes: Adriana war schmerzzerstört, am Rande eines Nervenzusammenbruchs. Lilla war ihr kein Trost, ja, sie mied den Blick der Mutter, als grollte sie ihr. Nur schlecht konnte sie verbergen, daß sie eigentlich rasende Lust hatte, sich aus dem Staub zu machen. Sie sprach herzlos über die

Tote, und man begriff, daß sie auf Nachrichten über die finanzielle Situation der Mennulara aus war und nur aus diesem Grund dablieb.

23.

Am Mittwoch, dem 25. September, erlebt Pietro Fatta einen Nachmittag voller Unannehmlichkeiten

Pietro Fattas Mittagsschläfchen war durch den Besuch von Girolamo Meli und Lilla Alfallipe gestört worden.

Der Postamtsleiter, gebürtig aus Ragusa, hatte ihn vor dem Mittagessen angerufen und dringend um eine Unterredung gebeten. Pietro war ziemlich überrascht, denn sie kannten sich nicht näher, und so beschloß er, ihn in seinem Arbeitszimmer zu empfangen. Meli war kreidebleich. Er redete hastig, sprang immer wieder in die Höhe, ging im Zimmer auf und ab und vermied es sorgsam, sich der offenstehenden Balkontür zu nähern, als fürchtete er, beschattet zu werden. Er erzählte Pietro von dem Protokoll, das der Angestellte Risico, ein junger, tüchtiger Mensch, leider ein Kommunist und obendrein einer von der idealistischen und ehrlichen Sorte, verfaßt hatte; dieser hatte nahegelegt, die Polizei einzuschalten, da er den Verdacht hatte, Carmela Leone führe unsaubere Sachen im Schilde. Seiner Ansicht nach lag der Tatbestand eines Vergehens vor. Da Meli in seiner Eigenschaft als Postamtsleiter eine endgültige Entscheidung treffen mußte, hatte er vertrauliche Untersuchungen über die Korrespondenz der Inzerillo angestellt. Außer reichlich Standardpost empfing sie Pakete und Einschreiben, allem Anschein nach Zeitschriften und Bücher aus Italien und dem Ausland. Man dachte, daß letztere zu Orazio Alfallipes Bequemlichkeit an sie adressiert waren; nach wie vor trafen welche ein, vielleicht handelte es sich um noch laufende Abonnements oder Werbeangebote. Nach dem Tod des Anwalts erhielt sie in den letzten Jahren Post auch von einer lombardischen Bank, einer Nebenstelle oder Korrespondenzbank einiger Züricher Bankhäuser, solche, die eine ganz bestimmte Klientel haben. Der Postdirektor war sicher, daß diese Briefe Geld enthielten. Pünktlich zum 25. jeden Monats traf ein solcher ein, nur nicht diesen September, als hätte die Frau ihren Tod bereits geahnt und eine entsprechende Mitteilung gemacht …

Doch da gab es noch etwas anderes. Der Postamtsleiter hätte schwören können, daß keiner etwas von seinen Nachforschungen mitgekriegt hatte. Leider befand er sich da auf dem Holzweg. Ein Angestellter, den die Mafia in die Post eingeschleust hatte, ein Unantastbarer also, war in seinem Amtszimmer aufgetaucht und hatte ihm den guten Rat gegeben, sich nicht mehr um die Korrespondenz der Inzerillo zu sorgen, es würde keine mehr eintreffen. Für den Postamtsleiter war das die erste Warnung dieser Art, seit er in Roccacolomba arbeitete. Jetzt hatte er Angst.

Er wollte noch eine andere heikle Angelegenheit zur Sprache bringen. Ihm war zu Ohren gekommen, daß Massimo Leone bis über den Hals in Schulden steckte und zur Kleinkriminalität gehörte. Im übrigen war er gewalttätig und in Schlägereien verwickelt gewesen. Die Postbeamtinnen bangten um Carmela Leones körperliche Unversehrtheit; sie fürchteten, daß ihr Gemahl sich in einem Zornausbruch, wie er ihn am fraglichen Morgen zwar hatte bremsen, aber nicht vertuschen können, an ihr vergreifen würde. Er betrachtete es nun als seine Pflicht, Pietro Fatta darüber in Kenntnis zu setzen und ihn um Rat zu bitten: Schließlich war er ein Freund des Hauses, auch mit den Alfallipes verwandt, und obendrein ein überaus rechtschaffener Mensch und ob seiner Klugheit in ganz Roccacolomba geschätzt.

Der Vorsitzende Fatta enttäuschte ihn nicht und legte ihm nahe, keine weiteren Schritte zu unternehmen und erst einmal abzuwarten. Er habe vollstes Vertrauen in Melis Tun und danke ihm herzlich, daß er sich an ihn gewandt habe. Mit dem Versprechen, sich gegenseitig über weitere Entwicklungen auf dem laufenden zu halten (›Es sei denn, dieser erbarmungswürdige Mensch beantragt seine Versetzung, man sieht ja deutlich, daß er sich vor lauter Angst bald in die Hosen scheißt‹), verabschiedeten sie sich.

In der Hoffnung, endlich sein Nickerchen halten zu können, war Pietro Fatta in sein Arbeitszimmer zurückgekehrt. Doch kurz darauf trat seine Frau mit merkwürdiger Miene ein und verkündete, daß in ihrem Boudoir Lilla Alfallipe auf ihn warte und ihm etwas sehr Dringliches mitzuteilen habe. Zuletzt hatte er Lilla ungefähr vor einem Jahr gesehen; sie war die Tüchtigste der drei Geschwister, sie war intelligent, entschlossen und besaß Eleganz. Lilla erzählte ihm in groben Zügen von den Anweisungen der Mennulara für ihr Begräbnis, doch es war deutlich, daß dies nicht der Zweck ihres Besuchs war. Pietro Fatta bat sie deshalb, nicht lange um den heißen Brei herumzureden, und so erklärte Lilla mit viel Aplomb wie immer, um was es ging. Dabei ließ sie die Einzelheiten aus, die sie als peinlich betrachtete. »Nach Papas Tod wollte Mennù unser Erbschaftsvermögen verwalten. Doch wir lehnten ab. Ich glaube, daß sie damals, um uns eins auszuwischen, auf die Idee kam, ihre Stelle aufzugeben und die Mama zu zwingen, das ungebührliche Zusammenleben in ihrer Wohnung zu akzeptieren. Natürlich hatte sie die Kontrolle über andere Vermögensgüter beibehalten, die, um die Erbschaftssteuern zu umgehen, nicht zur Nachlaßmasse gehörten. Ich glaube, es handelte sich um Investitionen in bar oder in Aktien. Sie wollte uns weder über die Bankkonten noch über die Personen, die diese Anlagen kontrollierten, Auskünfte erteilen. Sie bezahlte uns pünktlich am 25. jeden Monats die fälligen Zinsen. Und die trafen per Post ein.

Wir hofften, wie es beim Nachlaß unseres Vaters der Fall war, mit Hilfe des Notars Vazzano oder eines anderen Fachmanns oder einer Vertrauensperson von Mennù mehr in Erfahrung zu bringen, um so in den Besitz der Fonds zu kommen. Doch keiner hatte irgendeine Ahnung. Carmela hat sich bemüht, etwas herauszufinden, und ist ins Postamt gegangen. Doch wie es aussieht, haben die Beamten sich geweigert, ihr die Post auszuhändigen, die an Mennù adressiert war. Ich weiß, daß sie sich nach dem Tod von Papa an dich gewandt hat, wenn sie einen Rat brauchte. Bist du auf dem laufenden über etwas, was uns von Nutzen sein könnte? Außerdem weiß ich, daß Padre Arena ihr geholfen hat, Briefe zu schreiben, aber auch er hat mir so gut wie nichts gesagt. Vielleicht würde er mit dir ungezwungener reden. Was rätst du uns?«

Pietro Fatta war beruhigt. Er hatte nämlich befürchtet, daß Lilla ihm von Massimo Leone und seinem gewalttätigen Verhalten gegenüber Carmela erzählen wollte. Der zartbesaitete Direktor Meli hatte also übertrieben. Er legte ihr nahe, sich an andere Freiberufler in der Gegend zu wenden, die sein Vertrauen genossen und mit denen die Mennulara in Geschäftsbeziehungen gestanden hatte; schließlich fügte er noch hinzu: »Du überraschst mich mit dieser Geschichte vom Geld der Alfallipes, das die Mennulara kontrolliert haben soll. Soviel ich weiß, hat sie nichts vor euch verheimlicht. Sie war doch immer sehr gewissenhaft und ehrlich. Wäre ich an eurer Stelle, würde ich ihre Anweisungen haargenau befolgen.«

Mit einem tiefen Seufzer sagte Lilla – und ihre hellen Augen trübten sich: »Müssen wir also weiterhin ihren Befehlen gehorchen?« Damit erhob sie sich, um nach Hause zu gehen.

»Einen Augenblick noch, wo ist Carmela?«

Lilla hielt inne und trug die Antwort vor, die sie sich zurechtgelegt hatte: »Massimo hat mich wissen lassen, daß sie Migräne hat und zu Hause geblieben ist.«

»Du gestattest mir, dir einen weiteren Ratschlag zu geben: Geh und sieh nach, wie es um sie steht; frag sie, was man ihr genau auf der Post gesagt hat«, legte Pietro Fatta ihr in sehr entschiedenem Tonfall nahe.

Lilla verstand. Sie setzte sich wieder und erzählte von Massimos Gewaltausbruch und den wirtschaftlichen Problemen der beiden. Seit Januar bezahlte die Mennulara Carmelas Lieferanten direkt aus eigener Tasche, offenkundig kannte sie die Finanzlage im Hause Leone. Lilla wußte nicht, wie sie ihre Schwester noch beschützen könnte. »Gianni hätte nicht einmal den Mumm, mit einer Hausfliege ein Wörtchen zu reden, geschweige denn mit Massimo. Wer also knöpft ihn sich vor?« Pietro Fatta beschied sie mit derselben Empfehlung wie zuvor den Postamtsleiter: Abwarten und die Augen offenhalten.

24.
Der Vorsitzende Fatta denkt nach

Den Rest des Nachmittags verbrachte das Ehepaar Fatta gemeinsam, und zwar im Boudoir der Signora, was Lucia, als sie eintrat, sehr überraschte.

Margherita war von Lillas Enthüllungen schockiert, sie hatte Angst um Carmelas Leibeswohl und spann die Sache seufzend weiter aus. Pietro saß auf dem Sessel neben ihr und hing seinen eigenen Gedanken nach; ab und an tauschten sie einige Worte aus, die nur für Leute, die ein ganzes Leben miteinander verbracht hatten, einen Sinn ergeben konnten: »Aber«, »Sehr wohl, der Allmächtige«, »Was für ein Leben«, »Ja, das stimmt, was für ein Leben«, »Die Welt steht kopf«, »Wahnsinnsgeschichten«.

Sie führten eine friedliche Ehe, die auf liebevoller Zuneigung gründete. Aber Pietro war nie in seine brave Ehefrau verliebt gewesen. Er war ihr stets treu geblieben aus Angst, seinen guten Ruf zu verlieren, an dem ihm viel lag, genausoviel wie an der Harmonie, die im stillen sein Haus regierte. Sie schätzten einander und hatten es zu einer netten Familie gebracht. Dafür war er ihr über alle Maßen dankbar. Margherita weinte leise vor sich hin. Pietro redete ihr gut zu und meinte nachdrücklich, daß alles bald wieder ins Lot kommen werde, die Kinder Orazios hätten einfach eine theatralische Ader. Langsam beruhigte sich seine Gattin wieder und streichelte ihm übers Gesicht, bevor sie ihn allein ließ, um Adriana einen Besuch abzustatten. Pietro nahm ihre Hand und drückte einen langen Kuß darauf. Er war sich sicher, daß bei seinem Tod die Dinge anders verlaufen würden.

Als er endlich allein war, machte er es sich gemütlich, trank einen Espresso, den letzten des Tages, und zog sich in sein Arbeitszimmer zurück. Dort verwahrte er eine erbauliche Sammlung antiker und moderner Bücher zum Thema Erotik und Pornographie, die er in Doppelregalen – gemeinsam mit Orazio ausgeklügelt – gut verborgen hielt. Diese Bücher waren sein verschwiegener, einsamer Wonnequell. Abenteuer im wirklichen Leben hatte er in seinen jungen Jahren nur wenige gehabt, und seit er verheiratet war nicht ein einziges.

Sein Herzensfreund Orazio, der für ihn wie ein Bruder war, kannte Probleme dieser Art nicht. Wenn auch seine Eltern ihn gezwungen hatten, den Beruf des Rechtsanwalts zu ergreifen, übte er denselben nur zeitweilig und äußerst nachlässig aus. Als er dann beschloß, seiner forensischen Tätigkeit im Ort ein Ende zu setzen, bekamen nur sehr wenige Personen überhaupt etwas davon mit. Immer noch seinen Eltern zuliebe hatte er sich einverstanden erklärt, Adriana Mangiaracina zur Frau zu nehmen, wie es im übrigen auch Pietro gehalten hatte, als er deren Cousine heiratete. Doch er hatte sein lebhaftes Interesse an den Frauen – seine Jagdbeschäftigung, wie er es nannte – keineswegs verloren. Er besaß einen ausgeprägten Sinn für Humor und behauptete, seine Energien konzentrierten sich auf die Vergrößerung der Zahl der Gehörnten und auf die genetische Gesundung der Roccacolombaner, bei denen Eheschließungen unter Blutsverwandten in der Überzahl waren. In solchen Situationen wußte Orazio, wie man sich zu benehmen hatte. Er war nicht nur ein diskreter und geschätzter

Liebhaber, sondern er verstand es auch, mit den meisten der verheirateten Damen, Ziel seiner galanten Abenteuer, selbst danach noch Beziehungen in liebevollem Einvernehmen aufrechtzuerhalten.

Zwischen den beiden Freunden gab es keine Geheimnisse. Orazio erzählte Pietro von seinen Affären, und gemeinsam schmiedeten sie Eroberungspläne – vom Umwerben bis hin zur Verführung. Pietro trug mit seiner raffinierten und umfangreichen Bildung bei, als würde auch er Orazios Geschichten erleben. So stark, wie Pietro sich mit dem Freund identifizierte, so ausführlich und eingehend versorgte dieser ihn mit Einzelheiten und Empfindungen.

Orazio war auch ein Mann der Kultur und mannigfaltiger Interessen. Als Mamasöhnchen war er es gewohnt, sich sämtliche Wünsche zu erfüllen und stets im Mittelpunkt zu stehen. Dank der Beziehungen zu den Fürsten von Brogli verkehrten die Alfallipes im Sommer mit der adligen Gesellschaft, die zur Erholung in die Berge kam. Orazio war bei ihnen ob seiner brillanten Konversationsgabe und seiner kulturellen Interessen beliebt und geschätzt. Überdies war er ein Musikliebhaber, vor allem die Oper hatte es ihm angetan, und er war eine Sammlernatur. Über kurze Zeiträume hinweg sammelte er mit größtem Eifer alles, was seine Leidenschaft entfachen konnte, und das vergaß er wieder, sobald ein neues Objekt seiner Begierde auftauchte. Genauso hielt er es auch mit den Frauen, und darüber verpraßte er sein Vermögen. Seine Besitztümer und nicht einmal seine Familie interessierten ihn: Hätte nicht seine Mutter und später dann die Mennulara die Verwaltung des Familienvermögens fest im Griff gehabt, wären sie wie viele andere aus ihren Kreisen ruiniert gewesen.

Durch den Tod der Mennulara drohte die Familie auseinanderzubrechen, da nun endgültig die Borniertheit der einzelnen Mitglieder zutage trat. Pietro Fatta nahm ein Buch zur Hand und vergaß Roccacolomba und den Rest der Welt.

25.
Massimo Leone versöhnt sich mit der Ehefrau, erhält eine Drohung, und die Familie Alfallipe trifft maßgebliche Entscheidungen

Am frühen Nachmittag des 25. September 1963, einem Mittwoch, lag Carmela mit Schmerzen im Bett. Linderung verschaffte ihr jedoch der unerwartete Besuch ihrer Schwester. Gleich nach dem Mittagessen, während die Mutter ihr Nickerchen hielt, war Lilla, getrieben von Neugierde, Genaueres über den Auftritt bei der Post zu erfahren, ins Haus Leone geeilt. Dort hatte sie Carmela noch halb ohnmächtig auf dem Boden vorgefunden. Sofort hatte sie nach Doktor Mendicò geschickt, der mögliche Rippenbrüche und verschiedene Blutergüsse feststellen mußte. Er verordnete mindestens eine Woche Bettruhe. Als die Schwestern dann allein waren, weinten sie beide und sprachen lange miteinander. Wie peinlich diese Unterredung auch für sie war, schienen sie doch endlich wieder einen Weg zueinander gefunden zu haben. Seit Lillas Hochzeit sahen sie sich nur noch selten. Ihre Beziehung war ziemlich abgekühlt, denn ihrer beider Ehemänner waren doch zu unterschiedlich. Lilla schämte sich wegen der provinziellen Charakterzüge, die Carmela von ihrem Mann übernommen oder die sie einfach nie abgestreift hatte. Zum erstenmal hatte Carmela, ohne ein Blatt vor den Mund zu nehmen, über Massimo, seine katastrophale Finanzlage und seine Brutalität gesprochen. Trotz alledem liebe und brauche sie ihn, fügte sie hinzu. Sie wollte einfach nur zu Hause bleiben, und keiner, nicht einmal Gianni, durfte etwas über das Vorgefallene erfahren.

Dann schwanden ihre Kräfte, und sie schlief ein. Sie wurde von ihrem Ehemann geweckt. Das Hausmädchen hatte ihn über den Besuch am Nachmittag unterrichtet, und er trat zögernd ein. Carmela bedeutete ihm, sich auf die Bettkante zu setzen; sie bat um Verzeihung, weil es ihr nicht gelungen war, die Sache vor Lilla zu verbergen. »Sie ist einfach plötzlich hier aufgetaucht«, murmelte sie unter Tränen. Massimo senkte den Kopf, bedeckte ihn mit den Armen – die Ellenbogen in die Höhe gestreckt, das Kinn tief bis auf den Hals gedrückt, die Hände um den Nacken geklammert – und weinte.

»Was wird nun geschehen?« fragte er in die Stille hinein.

Carmela hatte sich im Halbschlaf einen Plan zurechtgelegt: Würde die Mutter Fragen stellen, bekäme sie zur Antwort, daß sie gestritten hätten, das ja, aber jetzt sei alles wieder in Ordnung, es sei nicht der Rede wert. Ihr mitgenommenes Äußeres sei auf ihren Gram über den Tod der Mennulara zurückzuführen. Sie sprachen nicht über die Vorfälle im Postamt und beschlossen, im Hause Alfallipe zu Abend zu essen, um möglichst keinen Verdacht zu erregen. Massimo half Carmela liebevoll, sich zu waschen und anzukleiden.

Als sie soweit waren, ging er aus dem Haus, um den Wagen zu holen, den er auf seinem Stammplatz geparkt hatte. Von ferne erschien er ihm niedriger als sonst; er dachte, daß auch er müde sei und daß sein Sehvermögen langsam nachlasse. Er ging weiter. Er hatte das Auto am Nachmittag in der Gasse hinterm Haus geparkt, nah an der Mauer, nachdem er es von der Autowäsche abgeholt hatte, und es war in perfektem Zustand gewesen. Jetzt aber waren die Räder platt, die Reifen mit langen, tiefen Schnitten aufgeschlitzt. Stumm schritt er um das Fahrzeug, er hatte Angst. Ein Alter, der unterm Treppenaufgang in der Gasse gegenüber wohnte, hockte vor seiner Haustür und beobachtete ihn. Sein runzliges Gesicht zeigte keinerlei Regung. Es war sicherlich ratsam, ihn nicht zu belästigen. Massimo öffnete den Wagenschlag und hob den Zettel auf, der auf dem Sitz lag: »Redet nicht viel und kümmert Euch um Eure eigenen Angelegenheiten«, stand da in Druckschrift.

Zur größten Überraschung geriet Carmela über diese Neuigkeit nicht aus dem Häuschen. Ihr einziger Kommentar war:

»Wir werden überwacht«, und rasch fuhren sie in ihrem Zweitwagen zur Mutter.

Sie versammelten sich alle im großen Speisesaal zum Abendessen. Massimo war nur wenige Male Gast im Hause der Schwiegereltern gewesen, eben um Begegnungen mit der Mennulara zu vermeiden. Die düsteren und massiven Tafelräumer, die an den Wänden lehnten, wirkten wie bedrohliche Riesengestalten, die ganz Ohr waren; das Geschirr und die Gläser in den Vitrinen klapperten, sobald man auch nur in ihre Nähe kam, und das trübe Licht der Niedrigvoltbirnen verbreitete eine dumpfe Atmosphäre voll triefender Schatten. Die abgestandene Luft der unbewohnten Zimmer drang in die Nase, als wäre das Haus zutiefst beleidigt und wollte die Anwesenden jetzt bestrafen und eindringlich warnen. Sie aßen wenig und lustlos.

Bei Tisch besprachen sie die Situation. Gianni war entsetzt und völlig ratlos. Die Mutter, ausschließlich mit ihren Wehwehchen beschäftigt und ermüdet von den nachmittäglichen Besuchern, bemerkte nicht einmal, daß Carmela sich nur mühsam voranbewegte. Lilla fühlte sich entmutigt. Es mußte schließlich eine Entscheidung getroffen werden! Hinter der Warnung an die Adresse von Massimo stand der Besuch Carmelas im Postamt, über dessen Einzelheiten man sich ausschweigen wollte, das war einhellige Meinung. Ganz klar hatte die Mennulara Verbindungen zu Mafia-Leuten unterhalten, höchstwahrscheinlich hatte sie entsprechende Anweisungen gegeben, um sie, die Alfallipes, noch mehr zu erniedrigen. Das war ihre Rache, weil sie ihr nicht gestattet hatten, auch nach dem Tod des Vaters das Familienerbe zu verwalten. Die drei Alfallipe-Nachkommen waren fest davon überzeugt, doch keiner wagte es in seinem Hochmut, den einzig vernünftigen Vorschlag zu machen: nämlich zu tun, was auf der Hand lag – den Befehlen der Mennulara zu gehorchen und die Todesanzeige neu zu schreiben.

Da meldete sich Massimo zu Wort: »Mir ist gleichgültig, ob

sich die Leute über uns kranklachen, ich will nur nicht, daß auch die Reifen eurer Autos aufgeschlitzt werden oder noch Schlimmeres passiert. Uns bleibt nichts anderes übrig, als die Aushänge zu korrigieren und die von ihr vorbereiteten Worte einzufügen, und zwar sofort.« Alle waren damit einverstanden.

26.

Im Hause Risico wird die Situation unter die Lupe genommen

Nach dem Abendessen nahm Elvira Risico ihrem Ehemann die leere Kaffeetasse aus der Hand und fragte: »Was kann in der Post einer Hausangestellten denn schon Wichtiges drin sein?« Sie wollte jetzt endlich wissen, wie die Dinge standen.

»Massimo Leone ist ein widerlicher Typ, ein Nichtsnutz und ein Weiberheld«, legte Gaspare los und fuhr fort, man munkle, er habe in der Jugend sogar eine Wäscherin sexuell belästigt. Er war der einzige Sohn eines kleinen Holzhändlers, und innerhalb weniger Jahre hatte er das Familienunternehmen an den Rand der Pleite getrieben. Sein Schwager übernahm dann die Aktivität und stellte ihn zum Schein in der Firma ein. Die Hochzeit mit Carmela Alfallipe bedeutete für ihn einen großen Glücksschlag. Im Ort erzählte man sich, daß die Inzerillo ihn Carmelas nicht für würdig erachtete. Sie wollte ihn nie persönlich kennenlernen: Die beiden heirateten im Sommer, als sie bei ihren Neffen Urlaub machte. Massimo betrog Carmela regelmäßig, und obendrein schlug er sie.

»Man vergreift sich nicht an Frauen«, sagte Gaspare aufgeregt und vergaß den lehrerhaften Tonfall, mit dem er sich gewöhnlich an Elvira wandte. »Es heißt, sein Vater habe ihn immer wieder den Stock schmecken lassen, aber was hat das damit zu tun, daß er seine Frau prügelt ...« Ganz verdattert stand er da, als käme er über die Sache einfach nicht hinweg.

Elvira wußte ihrerseits umwerfende Neuigkeiten: Am Nachmittag war Signorina Aruta in die Buch- und Schreibwarenhandlung gekommen, um Signora Pecorilla zu erzählen, jemand habe ihr hinterbracht, die Reifen von Leones neuem Auto seien aufgeschlitzt worden. Außerdem hatte Signora Pecorilla an jenem Morgen unter der gebotenen Vorsicht mit Padre Arena über eine gewichtige Person, die bei der Trauerfeier aufgetaucht war, gesprochen, ohne sie namentlich zu nennen. Der Pfarrer hatte den Blick gesenkt: Er wußte Bescheid. Elvira war so vorwitzig und meinte: »Sollte da etwa die Mafia die Finger im Spiel haben?«

Gaspare wollte nichts über Pfaffen und auch nichts über die Mafia hören. »Gehen wir die Situation einmal von der logischen Seite an«, sagte er und verfiel wieder in seinen üblichen Lehrmeisterton. »Wie ich dir bereits erklärt habe, war bis zum Tod der Inzerillo nichts Verdächtiges im Benehmen der Familie Alfallipe und dem von Massimo Leone zu erkennen, wie seltsam die Situation auch anmutete. Die Vorkommnisse von heute sind jedoch äußerst dubiös. Mir ist das alles ein Rätsel. Die Inzerillo erhielt postlagernd große Kuverts, Zeitschriften und Briefe. Das ließe sich mit ihren Aufgaben und der Faulheit der Alfallipes erklären, die sich sogar zu schade sind, die eigene Post abzuholen. Doch diese Sendungen trafen auch nach dem Tod des Rechtsanwalts Alfallipe ein, was ich mir nicht erklären kann. Es handelte sich um kostspieliges Material zum Thema Pornographie, Kunst und Archäologie. Wer weiß, wer sich diese Werke zu Gemüte führte? Die Inzerillo, die kaum zu lesen und zu schreiben vermochte, können wir ausschließen; es ist ebenfalls höchst unwahrscheinlich, daß eine affektierte Spießbürgerin mit beschränktem Verstand wie Signora Alfallipe – so beschreibt man sie in gutinformierten Kreisen – dieser Lektüre frönte; von der Antike hatte sie bestimmt nicht den leisesten Schimmer. Wer also las diese Sachen? Ich wage auch zu bezweifeln, daß die Abonnements eintrafen, weil sie nicht gekündigt waren, und die Briefe einfach ungeöffnet blieben, denn die Alfallipes waren ja bekannt für ihren Geiz.«

»Und wenn die beiden Frauen sich diese Bücher gemeinsam zu Gemüte führten, sie einander laut vorlasen, wie wir es oft tun? Sie lebten ja unter ein und demselben Dach, und die Winterabende sind lang«, phantasierte Elvira und kuschelte sich unter den Arm des Gatten.

»Eine lesbische Beziehung …«, murmelte Gaspare und streichelte ihr übers Haar.

»Aber was sagst du da, Gaspare, doch nicht die zwei alten Weiber!« begehrte sie auf.

Gaspare zog sie neckend an einer Haarsträhne: »Mit dem Besuch von Carmela Leone im Postamt nimmt die Geschichte eine neue und komplizierte Wende. Die Inzerillo erhielt am 25. jeden Monats einen Einschreibebrief. Ich erinnere mich, daß sie einmal wegen einer Verspätung von einem einzigen Tag reklamiert hat; ich hatte mir den Absender notiert, es war eine Bank. Ein Kollege sollte das überprüfen, doch ich warte noch immer auf das Ergebnis.

Heute aber ist kein Brief für sie eingetroffen. Und doch ist da jemand, der einen solchen dringlichst erwartet. Aus diesem Grund hat Carmela Leone Drohungen ausgestoßen und vergeht fast vor Angst. Was enthalten diese Briefe? Vor wem fürchtet sich die Alfallipe? Und aus welchem Grund?«

Elvira richtete sich auf, befreite ihren Kopf aus dem Griff des Gatten und zog die Schultern hoch: Sie hatte bestimmt keine Antwort parat.

»Und das Mafia-Element? Wie kommt das hinein? Ich verstehe gar nichts mehr. Elvira, laß uns ins Bett gehen. Morgen ist auch noch ein Tag«, sagte Gaspare.

»Vielleicht trifft der Brief mit Verspätung ein«, murmelte sie, während sie das Licht löschte.

27.
Die Eheleute Fatta betreiben Konversation

Im Hause Fatta war allgemein bekannt, daß der Vorsitzende es nicht schätzte, gestört zu werden, wenn er sich in sein Arbeitszimmer zurückgezogen hatte. Es war eine Art Gebot, das in Wahrheit häufig von der kleinen Rita mißachtet wurde, denn sie durfte sich beim Großvater einfach alles erlauben. Margherita Fatta hielt sich stets an die strengen Gewohnheiten des Ehegatten. An diesem Abend jedoch ging sie nach ihrer Rückkehr vom Trauerbesuch bei Adriana Alfallipe geradewegs Richtung Arbeitszimmer, klopfte an und trat unverzüglich ein. Sie ging zum Sessel beim Kamin und nahm ihrem Mann gegenüber Platz, der bei Klängen klassischer Musik in einem Buch schmökerte.

»Was ist passiert, Margherita?« fragte Pietro, den Blick hebend, und schloß behutsam das Buch. Es war ein erotischer Roman, der letzte, den die Mennulara ihm hatte zukommen lassen; sie war die ahnungslose Empfängerin der Publikationen eines ganz besonderen Fachverlags, und sie brachte ihm – getreu Orazios Anordnung – die Bücher auch nach seinem Tode nach Hause.

»Ich will dir von einer Bitte Adrianas und dem Besuch im Hause Alfallipe erzählen, du hattest mich ja um Neuigkeiten gebeten«, sagte seine Gattin kleinlaut. »Es waren jede Menge Leute da, viele wollten nur herumschnüffeln, um sich dann das Maul zerreißen zu können, aber Adriana braucht Gesellschaft, sie ist so einsam … Carmela war nicht da, und Lilla geht ja ziemlich ruppig mit der Mutter um. Adriana fühlt sich unwohl in ihrem Haus, sie weint der Wohnung von Mennù nach, an die war sie gewöhnt, und dort hatte sie alle Annehmlichkeiten, die sie brauchte. Mit einemmal zieht sie mich ins Schlafzimmer, um mir etwas unter vier Augen anzuvertrauen. Du wirst es nicht glauben, alles, was sie mir zu sagen hatte, war, daß heute früh Padre Arena zum Beileidsbesuch bei ihr war und daß Lilla ihm Bücher geschenkt hat, die Orazio gehörten.«

Pietro wölbte die Augenbrauen, wie er es zu tun pflegte, wenn etwas seine Neugier geweckt hatte: Man sprach über Bücher. Seine Frau setzte ihren Bericht fort: »Adriana hat mir gesagt, daß Lilla in Orazios Arbeitszimmer gegangen war, sämtliche Bände von D'Annunzio genommen, sie in eine Einkaufstüte gesteckt und ihm dann übergeben hat. Sie weinte, die arme Adriana, ich glaube, sie ist übergeschnappt. Jedenfalls sieht es so aus, als hätte Orazio ihr aufgetragen, nach seinem Tod dir die Bücher zukommen zu lassen; Mennù hat das nicht geduldet, sie wollte die Bibliothek vollständig erhalten. Wie üblich gehorchte Adriana. Es scheint, als wäre das Orazios letzter Wunsch gewesen, wußtest du davon?«

»Nein, nein«, wehrte Pietro verdutzt ab, »ich habe mit keinem Geschenk von ihm gerechnet. Zu Lebzeiten war er ja bereits recht großzügig mir gegenüber.«

»Adriana habe ich versprechen müssen, dir folgendes auszurichten: Sie wünscht, daß du Padre Arena bittest, dir die Bücher auszuhändigen. Er dürfe sich dafür andere nach seiner Wahl aussuchen. Aber die Bücher, die er bekommen hat, seien nun mal für dich bestimmt.«

»Wenn ich Padre Arena sehe, werde ich mit ihm reden, wenn ich daran denke«, sagte der Ehemann.

»Nein, Adriana hat sehr gedrängt: Sie wünscht, daß du umgehend mit ihm sprichst, Padre Arena lebt auf dem Land und läßt sich nur selten im Ort blicken … Bitte tu, um was sie dich bittet, die Ärmste hat doch eh schon so viele Sorgen.«

Pietro Fatta wollte das Thema wechseln, seine Frau brachte ihn in Bedrängnis, und so fragte er: »Was erzählt man sich sonst noch?«

»Wie es scheint, ist Don Vincenzo Ancona zur Trauerfeier gegangen, nur wenige haben ihn zu Gesicht bekommen, aber das Gerücht geht um.«

Die Nachricht, daß das mächtige und altgediente Mafiaoberhaupt die Bestattungsfeierlichkeiten eines Dienstmädchens durch seine Anwesenheit beehrt hatte, war eine Klatschgeschichte, die Pietro Fatta nicht im mindesten interessierte. »Vielleicht hatte die Mennulara mit ihm irgendwie zu tun, aber in der Tat begreife ich nicht, wieso er sich die Mühe gemacht hat, zu ihrer Beerdigung zu erscheinen – es wird wohl ein Zeichen von Respekt gegenüber den Alfallipes gewesen sein«, sagte er.

»Aber bei Orazios Bestattung hat man ihn nicht gesehen«, legte Margherita nach. Ihr Mann sagte nichts mehr, das Drängen seiner Frau ging ihm immer mehr auf den Geist. Doch sie war sich bewußt, einen Auftrag erhalten zu haben, und erzählte munter weiter, was sie außer Haus erfahren hatte: »In der Merceria Moderna sprachen Mariella und Tanina Aruta über Carmela und Massimo. Alle wissen, was passiert ist, die Leute reden und reden. Außerdem heißt es, daß Unbekannte die Reifen von Massimos Auto aufgeschlitzt haben, dieser Bursche verkehrt wirklich in schlimmen Kreisen. Maria José Sillitto, die ganz nach ihrer Mutter kommt, der Baronin Ceffalia, diesem Klatschmaul, erzählte mir, daß er heute nachmittag, nachdem er die arme Carmela vermöbelt hatte, an einen, also ... an einen Ort von üblem Ruf gegangen ist.«

Pietro lächelte. Seine Frau war vor Verlegenheit puterrot angelaufen, sie war nicht imstande, Worte wie *Bordell* auszusprechen. »Und sie sagte, daß die Mennulara *eine von denen da* gewesen ist.« Pietro mußte wieder lächeln, denn Margherita kannte in ihrer Naivität eine Vokabel wie *Hure* nicht. »Sie verkehrte auch mit den Mafiosi. Weiter habe ich nichts gefragt, es erschien mir ungeziemend. Aber sag mir, Pietro, wer könnte Maria José diese Informationen gegeben haben?«

»Das weiß ich nicht«, antwortete er, geduldig und gottergeben angesichts der an Dummheit grenzenden Naivität seiner Gattin: Die Gepflogenheiten des Ingenieurs Salvatore Sillitto, eines treulosen und nicht gerade taktvollen Ehemanns, waren in aller Munde. »Ich danke dir wirklich, ich weiß, daß du lieber zu Hause geblieben wärst und mit den Kindern gespielt hättest, anstatt rauszugehen und dir diesen Klatsch anzuhören, aber es war notwendig; ich muß jetzt weiterlesen, wir sehen uns beim Abendessen.« Pietro Fatta senkte den Blick auf das Buch, das auf seinen Knien ruhte, während Margherita sich vom Sessel erhob. Endlich hatte er es geschafft: Sie räumte das Feld.

28.

Rita Parrino Scotti kehrt in Gedanken zurück in die Vergangenheit

Rita Parrino Scotti, einzige Tochter des Notars Parrino, war in noch jungen Jahren Witwe des erlauchten Professor Scotti geworden, des Ordinarius für Italienische Literatur an der Universität Palermo. Sie war nach Roccacolomba zurückgekehrt, um wieder in ihrem Elternhaus zu leben. Sie war eine anziehende, aufreizende Frau und hatte bewußt nicht wieder heiraten wollen; sie widmete sich den schönen Künsten, insbesondere der Musik. Diskret hatte sie verschiedene Liebschaften gehabt, und zwar nur mit verheirateten Männern, darunter auch mit Orazio Alfallipe. Sie versuchte nicht, den Frauen ihre Männer abspenstig zu machen. Im Gegenteil, sie war überzeugt, einen wertvollen Beitrag zum Eheleben ihres jeweiligen Liebhabers zu leisten. Beweis dafür waren in ihren Augen die andauernden freundschaftlichen Beziehungen der betrogenen Ehefrauen, die voller Dankbarkeit und höchst eifrig ihre musikalischen Nachmittage besuchten.

Rita verachtete Adriana Alfallipe und die Mennulara, denn in ihren Augen hatten die beiden das frühzeitige Ende ihrer Liebesgeschichte mit Orazio – ohne Zweifel die leidenschaftlichste und befriedigendste in ihren reifen Jahren – zu verantworten.

Für die Liebenden war es einfach gewesen, die gegenseitige Gesellschaft zu genießen, ohne auf die üblichen Verschleierungen zurückgreifen zu müssen. Hauptsache, sie erregten keinen Skandal: So trafen sie sich häufig in Ritas Landvilla unter dem Vorwand, daß Orazio ein lebhaftes Interesse für die Botanik hegte und aus diesem Grunde gern in dem schönen Garten der Familie Parrino verweilte. Orazio war ein phantasievoller und großzügiger Liebhaber und verlor ihr gegenüber nicht viele Worte über seine Familiensituation. Im übrigen schien Adriana die vielen Affären ihres Gemahls beinahe mit Erleichterung hinzunehmen.

Rita war neugierig auf die Mennulara und ihre Rolle als Dienerin und Herrin zugleich und hatte anfangs geargwöhnt, sie sei insgeheim in Orazio verliebt und dies sei der Grund für ihre Ergebenheit. Unter der Anleitung von Orazio bestimmte sie Keramikfragmente, setzte zerbrochene Teile wieder zusammen und half bei der Katalogisierung der einzelnen Stücke. Orazio mußte lachen über Ritas Annahme: Er erklärte ihr, daß er die Mennulara vom ersten Tag ihres Dienstes im Hause Alfallipe an kannte, damals war sie gerade dreizehn Jahre alt. Niemals war sie eifersüchtig gewesen oder hatte das begehrt, was für sie – und das wußte sie – unerreichbar war. Sie gehörte zum Dienstpersonal des Hauses, und wenn sie ihm und seiner Familie ergeben war, tat sie nur ihre Pflicht, weiter nichts.

Das fand Rita bestätigt, als sie feststellte, daß die Mennulara Verpflichtungen übernahm, die eigentlich auf Orazios Schultern lasteten, um ihm damit mehr freie Zeit zu verschaffen, die er mit Rita zusammen genießen konnte. Sie ersann auch plausible Begründungen für Orazios Reisen aufs Festland, die in Wirklichkeit Lustaufenthalte zu zweit waren; sie, die Mennulara, gab, um keinen Verdacht aufkommen zu lassen, Briefchen und Geschenke von seiner Seite beim Pförtner für sie ab. In Ritas Augen war die Mennulara eine machthungrige, habgierige Frau, und ihre Aufopferung für die Familie Alfallipe hatte etwas Tyrannisches an sich. Das ging so weit, daß sie Orazio und Adriana überzeugen konnte, sich ihrer Blockadehaltung gegenüber Carmelas Heirat mit Massimo Leone anzuschließen – er war eine unbedeutende Person und paßte vielleicht gerade deshalb zu ihrer Tochter. Ohne die Zustimmung der Mennulara wurden in dieser Familie keine Entscheidungen mehr getroffen.

Im Anschluß an eine besonders glückselige Urlaubsreise, für die Orazio die Ausrede einer Musiktagung angeführt hatte, wollte er Rita zusammen mit ihren Eltern zu sich nach Hause einladen, um ihr eine laonische Vase zu zeigen, die bei den Grabungsarbeiten in Bosco Littorio, nahe Gela, entwendet worden war. Das stellte ein ungewöhnliches Ereignis im Hause Alfallipe dar, denn die Mennulara duldete es sonst nicht, daß am Abend noch Gäste empfangen wurden; sie sei zu müde, um zu so später Stunde noch große Abendessen zu veranstalten, rechtfertigte sie sich. Doch sie scheute wiederum keine Mühe, im Sommer Mittagessen auf dem Land sowie die üblichen Nachmittagsempfänge für Adriana und ihre Freundinnen auszurichten.

Orazio hatte Rita noch nie eingeladen, seine Arbeits- und Bibliotheksräume zu besichtigen, die er mit erheblichem finanziellem Aufwand renoviert hatte. Sie waren sein ganzer Stolz, und noch nie hatte er ihr seine Sammlungen gezeigt. Deshalb war diese Einladung ein feierlicher Anlaß. Die Konversation bei Tisch plätscherte angenehm dahin, das Essen war ausgezeichnet, und die Mennulara bediente mit dem gebotenen Schweigen. Als sie fertig waren, lud Orazio Rita ein, nach dem Kaffee seine Räume zu besichtigen, während Adriana Ritas Eltern ins Wohnzimmer geleiten sollte.

Dann geschah es. Als diese Magd mit Herrinnengebaren in den Speisesaal zurückkehrte, donnerte sie das Silbertablett mit dem Kaffeegeschirr neben Adriana auf den Tisch, so daß alle Porzellantäßchen auf den Untertassen klirrend in die Höhe sprangen. »Diese Hure bediene ich nicht«, zischte sie, ging weg und schloß die Tür hinter sich. Allen blieb der Mund offenstehen. Mit unvermuteter Geistesgegenwart rettete Adriana die Situation: »Ich bitte Sie inständig um Verzeihung, ich weiß wirklich nicht, was in sie gefahren ist, sie hat es mir gegenüber noch nie an Respekt fehlen lassen, und ich begreife nicht, warum sie mich jetzt, und obendrein vor den Gästen, beleidigen muß.« Orazio sagte kein Wort. Alle versuchten so zu tun, als sei nichts geschehen, doch kurz darauf verabschiedete sich die gesamte Familie Parrino, und die Besichtigung der Arbeitsräume fiel aus.

Rita war sich sicher, daß die Worte der Mennulara ihr gegolten hatten. Den Beweis erhielt sie am nächsten Tag. Orazio schickte ihr einen Abschiedsbrief: *»Geliebte Rita, ich bin mir bewußt, daß der häusliche Frieden, Quelle von Kraft und Wohlbefinden für mich, durch unsere kostbare Liebe ins Wanken gekommen ist. Aus diesem Grund nun bin ich zu einer schmerzlichen Entscheidung gezwungen. Leb wohl, meine Muse. In ewiger Dankbarkeit, Dein Orazio.«*

Sie begegnete ihm wenige Tage später bei einem Konzert in der Hauptstadt. An seiner Seite war Adriana. Und die näherte sich ihr tatsächlich, um sich noch einmal für das Verhalten des Dienstmädchens zu entschuldigen. »Sie ist so tüchtig und zuverlässig, aber manchmal übertreibt sie ... Sie hat ihre Probleme gehabt, und die hat sie dann an mir ausgelassen. Ich bin zu Tode beschämt und bitte um Verzeihung.«

Reglos stand Orazio neben seiner Gemahlin. Rita haßte Adriana, so eine falsche Schlange! Sie war ganz und gar nicht das blasse Frauchen, wie dieser Schwachkopf von Orazio sie ihr beschrieben hatte, sondern im Gegenteil ein Ungeheuer, und im Dorf stand sie unverdienterweise im Ruf, eine Heilige zu sein. Was die Mennulara anging, hatte sie sich auch in ihr getäuscht: Sie war eine Frau, die ihr Territorium verteidigte. Niemals würde sie kampflos auf ihre Macht verzichten. Vermutlich hatte sie befürchtet, daß die Eheleute sich am Ende trennten und damit ihre Position im Hause Alfallipe zerstörten. Nur wenn die Familie vereint bliebe, säße sie unantastbar im Sattel. So hatte sie sich auf die Seite der Ehefrau geschlagen, und mit vereinten Kräften tyrannisierten sie den willensschwachen Orazio.

Von da an ging mit Orazio eine radikale Änderung vor sich: Man sah ihn zwar noch auf Musikveranstaltungen, nicht mehr jedoch auf den mondänen Empfängen. Er pflegte ein paar wenige Männerfreundschaften und lebte wie ein Gefangener in seinem Hause. Er verschrieb sich gänzlich seiner Sammlerleidenschaft. Im Dorf hieß es, dieses Verhalten sei ein Vorbote der Krankheit gewesen, die ihn wenige Jahre später vorzeitig dahingerafft hatte.

Als Adriana zur Witwe geworden war, entschloß sie sich, in die Wohnung der Mennulara zu ziehen. Endlich begriff Rita, was Sache war: Adriana gefielen die Männer nicht; wahrscheinlich war die Dienstmagd ihr ähnlich, oder sie hatte die Neigungen der Herrin zum Laster aus Kalkül unterstützt. Rita hatte keine Zweifel mehr, daß zwischen den beiden Frauen seit geraumer Zeit eine sapphische Beziehung bestand. Das war des Rätsels Lösung. Den Dorfbewohnern erschienen die beiden Frauen als Orazios Opfer, die eine wegen der Ehebrüche, die andere wegen der erdrückenden Pflichten, die er ihr aufbürdete – doch in Wirklichkeit hatten sie ihn aus dem Familienleben ausgeschlossen und lebten in perverser und friedlicher Symbiose miteinander. Sie, die zwei Niederträchtigen, hatten befürchtet, Orazio und Rita könnten die zwielichtige Menage, die im Palazzo Alfallipe entstanden war, zerstören. Dumm und abartig waren diese Weiber, wenn sie nur gewußt hätten, daß sie, Rita, Orazio zwar innig liebte, niemals aber ihre Freiheit für einen Mann geopfert hätte …

Rita hatte vor anderen ihre Schlußfolgerung und die Riesenverachtung für die zwei Frauen des Hauses Alfallipe verschleiern können. Jetzt aber, da die Mennulara tot war, widerte es sie geradezu an, voller Respekt und Bewunderung über sie reden zu hören. Sie wollte in beider Vergangenheit graben, um Beweise für ihre besonderen Neigungen zu entdecken. Bei Adrianas Tod wollte sie dasselbe tun.

29.
Beim musikalischen Nachmittag im Hause Parrino wird keine Musik gehört, sondern über die Familie Alfallipe und die Mennulara gesprochen

In den Salons der Familie Parrino tummelten sich in großer Zahl nicht nur die Damen, sondern auch deren Ehegatten, was ein völlig ungewohntes Bild war. Normalerweise brachten die Männer ihre Gattinnen zum musikalischen Nachmittag und holten sie am Ende wieder ab. Diese Veranstaltungen stellten eine Innovation im Dorfleben dar, die Rita Parrino, wie sie noch immer genannt wurde, eingeführt hatte. Die Damen versuchten, sich an die bewährte Formel dieser Begegnungen zu halten, aber es war vergebliche Mühe: Ihre Ehemänner machten keinerlei Anstalten, sich zurückzuziehen, und niemand von den Gästen schien auch nur die leiseste Absicht zu haben, der Musik Gehör zu schenken. Man erging sich in kleinen und größeren Gruppen, je nach Umfang der Neuigkeiten und Tratschereien über die außerordentlichen Ereignisse, die sich in den letzten Tagen im Hause Alfallipe zugetragen hatten. Diese menschlichen Ansammlungen ähnelten Amöben, die sich teilten und sich beim ersten Anzeichen einer Ratschgeschichte, die pikanter oder spannender als die Unterhaltung in der Nachbarschaft klang, neu formierten. Obwohl die geschilderten Tatsachen alles andere als vergnüglich waren, herrschte eine beschwingte Atmosphäre. Die Antipathie, um nicht zu sagen der Groll, den man in Roccacolomba gegen die Alfallipes nährte, war groß. Nachdem ihre Stellung als Verwalter der Fürsten von Brogli gesichert war, hatten sie sich nämlich für lumpiges Geld deren Feudalbesitztümer unter den Nagel gerissen und sich dabei auch den fürstlichen Hochmut zu eigen gemacht.

Die Urlust am Lästern errang den Sieg über Wagner, der zum musikalischen Hintergrund versimmerte. Carmela Leone war kurz gesehen worden, wie sie sich vor ihrem Haus, zitternd, mit gekrümmtem Leib, aus dem Wagen quälte und sich, über und über mit Kotze bedeckt, mühsam voranschleppte. Massimo hatte sie bis zur Haustür stützen müssen, sein Gesicht war vor Zorn verzerrt. Was war ihr nur zugestoßen? Die Baronin Ceffalia, die sich nur selten dazu herabließ, die Salons des Städtchens zu besuchen, tat anfänglich so, als habe sie einen heftigen Widerwillen, derlei schlechte Nachrichten zu verbreiten. Jetzt prahlte sie jedoch vor einem ansehnlichen Personenkreis, sie habe aus zuverlässiger Quelle erfahren, daß Massimo Leone Carmela mißhandelt habe; Doktor Mendicò hatte einige Rippenbrüche bei ihr festgestellt. Die Baronin unterließ es, ihre »zuverlässige Quelle«, nämlich ihre Portiersfrau Enza Militello, namentlich zu nennen, die vom Mann der Bügelfrau des Hauses Mendicò unterrichtet worden war; die wiederum hatte die Notiz aufgeschnappt, weil sie die Unterredung zwischen Doktor Mendicò und seiner Schwester belauscht und dann alles ihrem Gatten weitererzählt hatte, als dieser sie abholte und nach Hause begleitete.

Unbeabsichtigt zog Signora Mimì Bommarito die Aufmerksamkeit der anderen Gäste von der Baronin ab, als sie laut rief: »Eine Kassandra war sie, diese Mennulara! Sie hatte alles vorhergesehen. Meine Kammerzofe erzählte mir, die Mennulara habe sich der Heirat von Carmela widersetzt, weil sie wußte, daß Massimo Leone gewalttätig war, sogar seine eigene Mutter hatte er geohrfeigt! Sie tat gut daran, wenn sie ihn nicht im Hause haben wollte. Die Mennulara hatte immer nur das Beste für die Familie im Sinn, hätten sie nur auf sie gehört ...«

Die Gäste waren von dieser Nachricht gefesselt und versäumten es, der Baronin weitere Fragen zu stellen, woraufhin diese eingeschnappt war; sie schätzte den Beitrag der Lehrerin Bommarito, einer Frau von bescheidener Herkunft, ganz und gar nicht. Die glaubte doch in ihrer Blauäugigkeit tatsächlich, daß sie sich kulturell bereichern könne, wenn sie an den Nachmittagsveranstaltungen im Hause Parrino teilnahm ... Die jedoch, wie alle wußten, fanden ausschließlich zu dem Zweck statt, das Tafelsilber des Notars zur Schau zu stellen, nicht etwa aus Liebe zur Musik. Die Baronin wollte den flüchtigen Ruhm der anderen zunichte machen und sagte mit Verachtung in der Stimme: »Man darf nicht alles glauben, was die kleinen Leute und das Hauspersonal uns auf die Nase binden, das sind Personen, denen man nicht trauen kann. Fest steht, daß Massimo Leone der armen Carmela drei Rippen gebrochen hat und daß es einem Dienstmädchen nicht zustand, die Vertraulichkeit zu mißbrauchen, die sie zu Unrecht bei den Alfallipes genoß, und sich in die Entscheidung über die Heirat der Tochter ihrer Herrschaften einzumischen. Das wäre ausschließlich Aufgabe des Familienoberhaupts gewesen. Doch bekanntlich war der ein Duckmäuser und stand unter der Fuchtel bestimmter Weiber. Den Sieg trug immer nur eine davon, und das war die Magd.«

Hocherfreut, weil ihr mit einem Satz gleich zwei Volltreffer geglückt waren, warf die Baronin einen flüchtigen Blick auf Mimì Bommarito. Die war vor Verlegenheit feuerrot und mußte nolens volens diese Lektion in Lebensweisheit und Stil schlucken. Dann heftete die Baronin den Blick auf Rita Parrino, die seit kurzem die Geliebte ihres Schwiegersohns Salvatore Sillitto war und Zwietracht und Leid ins Haus ihrer Tochter Maria José gebracht hatte.

Und weiter ging die Lästerparade über die Alfallipes, ihre Arroganz und die Schwächen der männlichen Familienmitglieder, angefangen bei der hemmungslosen Leibeslust des Rechtsanwalts Gianni.

Bevor die Baronin die Runde verließ, schoß sie einen letzten Giftpfeil in Ritas Richtung ab: »Es versteht sich von selbst, daß in einer Familie, in der die Männer wenig taugen, eine Dienstmamsell wie die Mennulara sich wie der Boß aufspielen darf. In Wirklichkeit, das sage ich euch, lebte Orazio erst unter dem Regime seiner Mutter, dann unter dem der Mennulara, die jedoch zumindest seine gesellschaftliche Stellung rettete und ihm gegenüber treu und loyal war – nicht so wie gewisse

›Freundinnen‹, die ihm mit Reisen und Geschenken das Geld aus der Tasche zogen, was auch immer einige Personen zu diesem Thema behaupten!« Wieder einmal hatte die Baronin ins Schwarze getroffen: Rita war sichtlich erblaßt und hatte ihr einen vernichtenden Blick zugeworfen. Die Baronin schenkte ihr ein halbes Lächeln voller Schadenfreude und glitt zu einer anderen Gästegruppe.

Beim Abschiedszeremoniell beglückwünschten sich die Gäste und die Gastgeber gegenseitig für den gelungenen musikalischen Nachmittag. Kaum war Rita wieder allein mit den Eltern, klagte sie über heftige Kopfschmerzen und zog sich auf ihr Zimmer zurück. Die Mutter ging in die Küche, um zu kontrollieren, ob die Dienstmädchen das Tafelsilber gut gespült und abgetrocknet hatten; darauf zählte sie das Besteck und schloß es, zusammen mit den Tabletts, in den Wandschrank ein. Notar Parrino hing seinen Gedanken nach. Ihm war sehr wohl bewußt geworden, wie sehr die Ceffalia mit ihrem abfälligen Gerede seine Tochter beleidigt hatte. Mit langen, schweren Schritten, gesenkten Hauptes, die Hände nervös auf dem Rückgrat ineinander verhakt, durchmaß er den Korridor und wälzte Rachegedanken. Die Blicke des Dienstpersonals voll belustigten Staunens spürte er nicht. Um sich abzulenken, verließ er das Haus und ging in den Zirkel.

30.

Im Circolo dell'Unità d'Italia reden die Männer über Geschäftliches

Pietro Sannasarda war Makler und seit kurzem Besitzer eines Bauunternehmens. Er hatte die Pokerpartie gewonnen und gab für die Verlierer eine Runde aus. Andere Zirkelmitglieder umringten die Spieler, und man quatschte über das Pech der Alfallipes.

Der ältere Rechtsanwalt Ettore Manzello erklärte mit theatralischem Gebaren, er sei sich sicher, daß der Risico, ein schlimmer Kommunistentyp, gegen Carmela Anzeige erstatten würde, die Eckpunkte eines Vergehens lägen klar auf der Hand: Das bedeutete den vollständigen Ruin für den Ruf der Familie. »Die sind übergeschnappt, diese Alfallipes, wonach suchen sie in der Post von diesem Hausmädchen überhaupt? Wir Altersgenossen des armen Orazio wissen doch alle, was Sache war: Er bezog im Fünfjahresabonnement gegen Vorauszahlung gewisse Zeitschriften aus Paris; die wurden dann von der Mennulara bei der Post abgeholt und ins Haus Fatta gebracht. Er hatte nämlich eine Heidenangst, daß seine Mutter, Gott hab sie selig, sie bei ihm entdecken könnte. Solange das Abonnement noch läuft, wird Carmela die Drucksachen sehr wohl abholen können, und ich würde gern Mäuschen spielen und die Gesichter der Alfallipes sehen, wenn sie die Kuverts öffnen! Die Wahrheit ist, die Jungen waren wegen der Hinterlassenschaft des armen Orazio unzufrieden und trauten der Verwaltung der Mennulara nicht, die aber, will mir scheinen, ehrlich war.« Er leerte sein Gläschen Likör, und mit einem »Wenn ihr gestattet, bis bald« erhob er sich und steuerte auf den anderen Saal des Zirkels zu.

Pietro Sannasarda war eng mit der Familie Leone befreundet und verteidigte das Tun der Alfallipes. »Die Mennulara verwaltete noch immer die Mitgift von Adriana Alfallipe, und ihre Kinder wollten zu Recht der Sache auf den Grund gehen, damit die Familienbesitztümer auf sie und nicht auf die Neffen der Mennulara übergingen. Wenn Carmela Leone auf der Post die Nerven verloren hat, ist das durchaus verständlich: Sie hat viel zuviel um die Ohren zur Zeit und wird einfach übers Ziel hinausgeschossen haben, so sind nun mal die Weibsbilder, ihr Verstand spielt nicht mehr mit, das kann vielen passieren.« Dann fügte er noch hinzu: »Die Frau von Massimo Leone hatte gut daran getan, zur Post zu gehen und sich umzuhören. Dieses Hausmädchen, auch wenn sie eine brave Seele war, hielt den Besitz der Alfallipes in Händen, und der dürfte wohl kaum restlos an die Familienmitglieder gegangen sein; wie sonst hätte sich die Mennulara eine Eigentumswohnung leisten und dort unentgeltlich ihre Herrin bewirten können? Sie stammte aus einer armen Familie, hatte zum Leben nur den Lohn eines Dienstmädchens, und wie wir alle wissen, waren die Alfallipes immer schon knauserig gegenüber ihren Angestellten«, sagte er. Abschließend meinte er mit hochgezogenen Schultern und ausgebreiteten Armen: »Meine Herrschaften, die Rechnung geht wirklich nicht auf!«

»Pietro, du vergißt die Geschichte mit dem Anwesen I Puleri«, sagte Notar Vazzano, »die Mennulara hat die für eine Vermittlung üblichen fünf Prozent aus dem Verkauf des Bodens bekommen. Dank ihres schlauen Köpfchens hatte sie sich die auch verdient, sie beschwor nämlich die Gebrüder Alfallipe, die Grundstücke nicht zu verkaufen und noch ein Jahr abzuwarten: Orazio und Vincenzo verdienten eine Stange Geld, weil sie diesem Rat gefolgt waren. Innerhalb eines Jahres wurden mehrere Hektar Boden mit Baumbestand des Guts I Puleri zu Bauland. Nach diesem Erfolg vertraute Orazio ihr die Verwaltung seines gesamten Vermögens an. Vincenzo hingegen, der sich immer aufplusterte und alles besser wußte, wollte das nicht tun und zerstritt sich mit dem Bruder. Nur der Mennulara ist es zu verdanken, wenn die Brüder Alfallipe den Familienbesitz nicht zu einem Schleuderpreis verhökert haben. Später war er Gold wert. Ich habe sämtliche Verkaufsakten der einzelnen Parzellen angefertigt, ich weiß, wovon ich rede.«

Sannasarda ließ sich nicht so leicht überzeugen: »Sie war nur ein Dienstmädchen, und von bestimmten Sachen konnte sie nichts verstehen, sie hatte einfach blindes Glück. Wer kann denn mit Gewißheit behaupten, daß die Gebrüder Alfallipe die Absicht hatten, das Gut I Puleri zu verkaufen, und nicht sowieso abwarten wollten ... Den Alfallipes kann man nie trauen.«

Aber Vazzano ließ nicht locker. »Laß es dir von mir gesagt sein, sie waren hoch verschuldet, und Vincenzo Alfallipe wollte sofort Bares sehen. Orazio besaß, wie wir alle wissen, Talent nur fürs Geldausgeben. Die beiden Brüder beauftragten mich, den Kaufvertrag aufzusetzen, und zwar für den Kaufpreis von zwanzig Millionen, das war damals, in den fünfziger Jahren, eine Riesensumme. Eines Tages ließ Orazio mich zu sich nach Hause rufen. Ich erinnere mich noch gut daran, denn in seinem Arbeitszimmer war die Mennulara damit beschäftigt, bestimmte Vasen abzustauben, die er sich zugelegt hatte; für ebendiesen Plunder warf er sein Geld zum Fenster hinaus. Sie blieb die ganze Zeit über im Raum, was ich sehr merkwürdig fand. Ich schwöre euch, ich habe Orazio noch nie mit solcher Überzeugung reden hören. Er sagte, aus dem Grundstücksverkauf würde nichts mehr, ich sollte das den Kaufinteressenten erklären, und er wollte auch nichts von Gegenvorschlägen hören, nicht einmal bei Verdopplung des Preises. Und sie, die Mennulara, kontrollierte ihn aus der Entfernung mit hastigen Seitenblicken.«

Sannasarda gab sich nicht geschlagen. »Aber wenn I Puleri und der übrige Grund ringsum Bauland wurden, was hat das mit ihr zu tun? Du wirst mir wohl nicht weismachen wollen, daß das ihr Verdienst war und daß sie über Beziehungen in der Gemeindeverwaltung oder gar bei der Provinz verfügte? Wie hätte sie das herausfinden können? Ich glaube nicht, daß sie Informanten hatte, wer hätte das sein sollen? So wie unsere Ehefrauen Ratsch und Klatsch aus dem Mund ihrer Dienstmädchen erfahren, so werden die es wiederum von ihren Hausherrinnen aufgeschnappt haben. Aber nicht von unseren Frauen und auch nicht vom übrigen Dienstpersonal hört man solche Sachen. Die Mennulara hatte einfach ein Schweineglück und hat obendrein von den Alfallipes noch eine hübsche Verkaufsprovision gekriegt, die ihr nicht zustand.«

Der Notar Parrino war ganz Ohr, und an diesem Punkt meldete er sich zu Wort: »Denkt daran, daß man den neuen Ortsteil auf der anderen Seite des Bergs in Baiamonte bauen wollte. Wahrlich hat sich keiner vorstellen können, daß das

Gut I Puleri dann dafür bestimmt wurde. Ich fiel aus allen Wolken und habe dabei ordentlich draufgelegt, denn ich hatte in Baiamonte Grundstücke gekauft, die Saatland geblieben sind.«

»Schöne Scheiße!« rief Ettore Manzello aus, um sein Bedauern über die unbedachte Investition des Notars Parrino zum Ausdruck zu bringen. Dieser achtete jedoch gar nicht auf ihn und beendete hitzig seine Rede: »Dieses Weib hatte jemanden, dessen Schutz sie genoß und der sie reichlich mit Auskünften versorgte. Und das werden keine Dienstmädchen gewesen sein!«

Der Ingenieur Pomice, Ratsmitglied der Provinzialverwaltung, aufsteigende Politfigur aus dem rechten Lager, war ein aufmerksamer Zuhörer und ein Mann weniger Worte: »Ihr verplempert eure Zeit mit Hirngespinsten, sie wird einfach nur Glück gehabt haben, manchmal gibt es so etwas tatsächlich.«

Ettore Manzello war gerade an den Spieltisch zurückgekehrt und fuhr lachend dazwischen: »Glück für die Mennulara, und noch mehr Glück für Orazio. Nach diesem hervorragenden Geschäft vertraute er ihr blind und brauchte das auch nie zu bereuen, ganz anders als Vincenzo. Der ließ sich seine gesamte Erbschaft bar auszahlen und bekam nur wenig Geld dafür. Im Dezember 1950, vor dem Inkrafttreten der Agrarreform, ließ sie mich wie einen Ackergaul schuften, denn sie wollte um jeden Preis verhindern, daß die Besitztümer enteignet würden; ich mußte also alte und neue Streitfälle unter die Lupe nehmen, wo es um gemeinschaftliche Erbgüter mit anderen Alfallipe-Erben ging, um dann Schenkungen, Verkäufe an Namensgeber, unverfälschte Veräußerungen machen zu können. Stets aber gelang es ihr, die besten Grundstücke im Besitz der Familie Alfallipe zu belassen; wie ein Geometer kannte sie jeden Zollbreit Boden. Die Steinfelder verkaufte sie an die gelackmeierten armen Bauern, die glaubten, durch den Erwerb von ein paar Hektar Land Grundbesitzer zu werden und den

Schweiß der Arbeit und die Qualen des Hungers vergessen zu können.« Ungläubig hörten die anderen ihm zu, niemals hätten sie im Traum gedacht, daß die Mennulara solche Fähigkeiten und einen so ausgeprägten Verantwortungssinn besessen hatte.

Sannasarda begehrte auf: »Das glaube ich nicht, du wirst sie mit anderen Leuten verwechseln.«

»Was sagst du da, ich bin vielleicht nicht mehr der Jüngste, jawohl der Herr, aber vertrottelt bin ich noch lange nicht. Fragen wir doch mal Angelo Vazzano ... Du hast ja in jener Zeit jede Menge Papiere für die Alfallipes ausgestellt, stimmt es oder stimmt es nicht, was ich da sage?« Manzello war nicht zu bremsen.

Angelo Vazzano schlug die Augen nieder, senkte zweimal mit undurchdringlicher Miene den Kopf, und alle verstanden, was Sache war.

Bestärkt durch die Bestätigung von seiten des Notars Vazzano, setzte Ettore Manzello mit lauter Stimme seine Rede fort: »Orazio führte das sorglose Leben eines Junggesellen, das sagte er mir immer wieder und lachte sich ins Fäustchen. Er erklärte mir, daß die Mennulara ein wahres Teufelsweib sei, was die Geschäfte angehe, alles im Haus, auf den Feldern und bei den Investitionen erledige sie. Lästig waren ihm nur die Situationen, wenn er sich zur Wahrung des Scheins so verhalten mußte, als träfe in Wirklichkeit er die Entscheidungen; manchmal war eben ein Mann notwendig, denn eine Frau, obendrein eine Analphabetin und Dienstmagd, kann mit gewissen Leuten nicht verhandeln. Orazios einziges Sinnen und Trachten bestand darin, an Bargeld heranzukommen, um seinen Vergnügungen nachzugehen und unnützes Zeugs zu kaufen. Und um viel Geld für sich und seine Frauen auf den Kopf hauen zu können, Millionen hatten ihn diese sogenannten anständigen Damen bereits gekostet, zusätzlich zu den verrufenen!« Ettore Manzello hielt inne, denn er hatte soeben Giovanni Parrino bemerkt. Taktvoll, wie dieser nun einmal war, blieb er einfach nur neben dem Tisch stehen. Dann entfernte er sich und trat an einen anderen Spielertisch.

Als sie sich sicher waren, nicht vom Notar gehört zu werden, setzten die Soziusse ihre Lästerreden über dasselbe Thema fort. Sogar Vazzano ließ sich jetzt zum Plaudern hinreißen: »Orazio behauptete, ein Leben ohne Frauen sei nicht wert, gelebt zu werden, und dem Geld, das man für sie ausgebe, dürfe man nicht nachtrauern. Es ist Ironie des Schicksals, daß er sein Vergnügen mit den Weibsbildern der Arbeit einer Magd, obendrein einer alten Jungfer, verdankte.«

Die Unterhaltung nahm einen pikanten Ton an, es ging um einen gewissen Typ von »Sonderdienstleistungen«, die die jungen Mägdelein ihren Herren angedeihen ließen. »Eben«, fügte Manzello hinzu, »es ließe sich behaupten, daß die Mennulara Orazio und der gesamten Familie Alfallipe einen einzigartigen Typ von Sonderleistung, besser gesagt von Spezial-Sonderleistung zukommen ließ: Sie war ein Esel, der Golddukaten scheißt – wirklich beneidenswert. Wenn sie im Bett so außerordentlich gewesen wäre wie in der Hausverwaltung und im Geschäftlichen, dann wäre Orazio wahrlich der glücklichste Mann der Welt gewesen. Aber alles kann man eben nicht haben, und Orazio war sowieso auf der Sonnenseite des Lebens geboren.«

»Ich habe ihn wegen der Mennulara beneidet, sie war ein richtiges Arbeitstier … ein ehrliches Frauenzimmer und eine getreue Angestellte, wie man sie heutzutage nicht mehr findet«, kommentierte Vazzano.

Giovanni Parrino war in den Saal zurückgekehrt und schien dem Spiel am Nachbartisch zu folgen. In Wirklichkeit aber lauschte er den Gesprächen und dachte dabei an seine angebetete Tochter und das Leid, das ihr durch die Schuld der Mennulara zugefügt worden war. Er näherte sich dem Grüppchen und ließ verlauten: »Eine Arbeiterin, das mag ja stimmen, aber eine ehrliche Frau … Ich weiß nicht recht. Fest steht, daß eine gewichtige Persönlichkeit sich nicht die Mühe gemacht hätte, zur Beerdigung irgendeiner Dienstmagd zu gehen … zu der einer Geliebten möglicherweise ja.« Nach diesen Worten verabschiedete er sich mit einem »Gute Nacht allerseits!«, machte auf dem Absatz kehrt und verließ den Zirkel. Auf dem Weg zum Ausgang grüßte er die Mitglieder des Zirkels höflich, aber ohne die üblichen Floskeln nach rechts und nach links, und spazierte geradewegs nach Hause.

Die Zirkelmitglieder waren höchst erstaunt, eine so unmißverständliche Anspielung aus dem Mund eines Mannes gehört zu haben, der für seine großzügigen Ansichten und seine Feinfühligkeit bekannt war. Doch dann schwatzten sie wieder munter drauflos und fühlten sich nun berechtigt, ausgiebig über die Liebesaffären der Rita Parrino zu lästern; sie verloren sich in pedantisch genauen wiewohl schlüpfrigen Darstellungen der erotischen Aktivitäten, die den Witwen innerhalb der Grenzen von Moral und *buon gusto* gestattet waren. Und sie ergingen sich in Vermutungen über das seltsame Verhalten der Eheleute Parrino, die in ihrer Duldsamkeit der Tochter gegenüber beinahe schon die Grenzen des Anstands überschritten.

Am späten Abend verließ der Notar Vazzano den Zirkel in Begleitung des Ingenieurs Pomice, und gemeinsam legten sie ein Stück des Wegs zu Fuß zurück: Beide waren schweigsam. Beim Abschied an einer Kreuzung sagte Pomice: »Wäre ich ein Freund der Alfallipes, würde ich ihnen sagen, sie sollen sich um ihre eigenen Angelegenheiten kümmern und nicht mehr an die Sachen denken, sie könnten sonst weiteres Unglück heraufbeschwören. Wäre ich ein Freund des Notars Parrino, würde ich ihm wiederum raten, weniger zu reden; viel zuviel hat er heute abend gesagt, und er sollte aufpassen. Da ich nun mal dein Freund bin, lieber Angelino, sage ich dir: Es ist besser für alle, weder Schlechtes noch Gutes über bestimmte Tote zu reden.« Vazzano drückte ihm dankbar und lange die Hand und machte sich auf den Heimweg. Das Vertrauen, das der Ingenieur Pomice ihm entgegenbrachte, war wohltuend. Er war ein Mann, der in der Regionalpolitik Fuß faßte, ein wichtiger Freund also, den sollte er sich bei Laune halten.

In der Nacht zwischen Mittwoch, dem 25., und Donnerstag, dem 26. September, wurde der Garten der Landvilla der Parrinos von zerstörerischen, wiewohl unbekannten Kräften heimgesucht. Die Schäden waren beträchtlich.

Der Zufall wollte es, daß Signora Rita am Donnerstagmorgen als erste der Zerstörung ansichtig wurde, als sie Blumenzwiebeln für den Frühling hinbrachte. Sie stand vor einer Totalkatastrophe. Pflanzen und Büsche waren ausgerissen, die Beete waren Dreckberge: Zuerst war man mit der Hacke über sie hinweggegangen, hatte die schönen Blumen, die dort wuchsen, vernichtet, und darauf waren sie mit Steinen und Kalk bedeckt worden. Die eleganten Terrakottagefäße lagen in Scherben, die Baumblüte war abgerissen und zertrampelt; die Bäume mit den reifen Früchten waren geplündert worden, und die Stämme mit Axthieben verstümmelt; Skulpturen und Steinsitze waren zu Boden gestürzt und jede Statue war enthauptet worden. Das Becken voll glasklaren Wassers, auf dem sich Seerosen ausbreiteten – Ritas ganzer Stolz –, quoll über von stinkigem Schlamm. Kleine bunte Fische trieben tot im Schlick. Auf den Lavasteinsitzen um das Becken lagen fein säuberlich in einer Reihe die größeren Fische mit aufgeschlitzten Bäuchen, aus denen das Gedärm quoll.

Der Bauer, der auf die Villa aufpaßte, schwor beim Leben seiner Kinder und dem Grab seines Vaters, er wüßte von nichts. Am Abend zuvor hatte er den Garten gewässert, und die duftende, üppig gedeihende Vegetation war wie ein Stück Paradies gewesen. Nicht das leiseste Geräusch hatte er in der Nacht gehört, was seine Frau und seine Kinder nur bestätigen konnten. Am Morgen hatte er sich zu einem entfernten Anwesen auf den Weg gemacht, wo er den Boden hackte, und seine Frau, die normalerweise immer im Hause war, hatte ins Dorf eilen müssen, weil ihre Mutter im Sterben lag. Es war ein wahrlich ungnädiges Schicksal, daß er und seine Familie abwesend waren, als dieses unverschämte Pack eine derartige Verwüstung angerichtet hatte; wahrscheinlich handelte es sich um Lumpengesindel, das sich zu diesen Zeiten auf dem Land herumtrieb. Vor Verzweiflung die Hände ringend, fügte er hinzu, daß es um so tragischer sei, als Signora Rita noch vor ihm den Schaden entdeckt habe. So hatte er keine Gelegenheit mehr gehabt, den Garten wenigstens einigermaßen in Ordnung zu bringen, den Schutt und die abgerissenen Zweige und Äste zu beseitigen, die ausgerissenen Pflanzen und die stinkigen Fische wegzuwerfen, um so der Signora, die er wie eine eigene Tochter schätzte, einen solchen Anblick ihres heißgeliebten Gartens zu ersparen.

Donnerstag, den 26. September 1963

31.

Padre Arena begegnet dem Vorsitzenden Fatta auf der Piazza, und sie genehmigen sich eine Granita

Padre Arena verließ verschwitzt und beladen mit Büchern die Buchhandlung Pecorilla. Der Herbstwind, der ihm die Haare zerzauste, war noch immer warm, und keine frische Brise brachte Abkühlung. Er war froh, seine Erledigungen im Dorf rechtzeitig hinter sich gebracht zu haben und so noch am Vormittag wieder aufs Land zurückzukehren; er spürte ein brennendes Verlangen, Roccacolomba zu entkommen, und war voller Vorfreude, die Bücher zu lesen, die er soeben gegen die von Adriana Alfallipe geschenkten eingetauscht hatte. Er sah sich schon in seinem Gärtchen sitzen, wo die Herbstzeitlosen in voller Blüte den idealen Hintergrund abgaben, an dem er in den Lesepausen die müden Augen weiden könnte.

»Seid gegrüßt, Padre Arena«, die Stimme des Vorsitzenden Fatta ließ ihn zusammenzucken.

»Meine Hochachtung, *presidente*«, grüßte der Priester zurück.

»Darf ich Sie zu etwas einladen?« fügte Pietro Fatta in höflichem, wiewohl bestimmtem Ton hinzu, der deutlich zu verstehen gab, daß er keinen Widerspruch dulden würde.

Padre Arena ließ alle Hoffnung fahren, den Vormittagsbus zu nehmen, und saß auch schon in Gesellschaft des Vorsitzenden an einem Tischchen der Bar Italia; er kannte ihn seit Jahren, pflegte aber keine engeren Beziehungen zu ihm.

Sobald der Kellner die Bestellung aufgenommen und sich vom Tisch entfernt hatte, erklärte Pietro Fatta den Grund seiner Einladung: »Sie verzeihen meine zudringliche Frage, Padre, aber ich habe erfahren, daß Sie Bücher von D'Annunzio haben, die Lilla Alfallipe für Sie aus Orazios Bibliothek ausgesucht hat. Adriana hat zu meiner Frau gesagt, daß Orazio den Wunsch geäußert habe, diese Bände mir zu geben, offen gesagt weiß ich nicht, aus welchem Grund; denn ich habe sie seinerzeit alle gelesen, und es handelt sich um einen nicht mehr aktuellen Schriftsteller, den ich eigentlich nicht wieder lesen will. Doch Adriana hat nicht lockergelassen, und ich möchte ihr den Gefallen tun. Würde es Ihnen etwas ausmachen, diese Bücher gegen andere einzutauschen?«

Padre Arena saß wie auf Kohlen. Er stotterte wirre Worte, verschluckte sich an der Granita, die ihm beinahe aufs Kinn tropfte; er mußte einen Schluck Wasser nehmen und schaffte es nicht, eine Antwort zusammenzubringen, die ihm die Schmach ersparen würde ... Nämlich zugeben zu müssen, das Geschenk der Signora Alfallipe genau gegen die Bücher eingetauscht zu haben, die jetzt in einem Beutel zu seinen Füßen lagen, halb von der Priesterkutte verdeckt. Er senkte die Augen und betrachtete das Bündel. Er wäre am liebsten selbst in den Beutel gekrochen, um flach wie eine x-beliebige, völlig unauffällige Buchseite zu werden und sich so dem honigsüßen Getue des *presidente* zu entziehen.

Pietro Fatta bildete sich ein, daß der Pfaffe sich nicht von diesen Büchern trennen wollte. Padre Arena hatte sich in seiner Jugend einige Freiheiten geleistet, vielleicht war es sein sehnlichster Wunsch, endlich D'Annunzio kennenzulernen, und seine Anfrage beraubte ihn nun der einzigartigen Gelegenheit, die Bücher in aller Unschuld zu besitzen. Er kniff die Lippen zusammen, um ein ironisches Grinsen zu unterdrücken, und sagte dann: »Seien Sie unbesorgt, Padre, behalten Sie sie ruhig, sie gehören ja Ihnen. Aber würden Sie mir gestatten, einen Blick hineinzuwerfen? Manchmal machte Orazio nämlich Anmerkungen zum Text, ich verspreche Ihnen auch, sie Ihnen morgen gleich wieder zurückzugeben.«

Padre Arena hob die Augen, und sein Blick war der eines in die Enge getriebenen Hundes. Stotternd und mit einer gewissen würdevollen Zurückhaltung erklärte er, daß D'Annunzio ihm ebenfalls nicht liege: Orazios Bücher würden derzeit in der Abteilung »gebrauchte Bücher« in der Buchhandlung Pecorilla zum Kauf angeboten. Er las sehr gerne, aber er konnte es sich nicht leisten, neue Bücher zu kaufen, und Signora Pecorilla gestattete ihm, die schon gelesenen Bücher gegen andere der zeitgenössischen Literatur einzutauschen, die ihm mehr zusagten. Höchst betreten fügte er hinzu, daß er Signora Alfallipe nicht habe beleidigen wollen und mit der Verschwiegenheit von Pietro Fatta rechne. Sie lächelten beide voller Erleichterung. Nun waren sie Komplizen.

Ettore Manzello hatte zusammen mit seiner Gattin die Bar betreten. Er entdeckte sie just in diesem Sekundenbruchteil und mißverstand ihr Verhalten; er näherte sich ihrem Tischchen und rief in jovialem Ton: »Ich wette, ihr redet gerade über den zweiten Nekrolog für die Mennulara, eine richtige Komödie ist das ja!« Padre Arena und Pietro Fatta antworteten gleichzeitig mit einem Mienenspiel, das sämtlichen Sizilianern eigen ist: Sie wölbten die Augenbrauen und schoben die geschlossenen Lippen leicht nach vorn. Manzello klärte sie über den Sachverhalt auf: Der Aushang an der Mauer war mit hochgestochenen Lobesworten auf die Mennulara ausgebessert worden, und im »Giornale di Sicilia« war ein neuer Todesnachruf erschienen. Er stützte sich mit den Händen auf ihren Tisch in der Erwartung, zum Platznehmen aufgefordert zu werden, doch der Zurückpfiff seiner Frau zwang ihn zur Umkehr. Padre Arena und Pietro Fatta waren gerettet.

Wieder unter vier Augen, tranken sie schweigsam in langen Zügen das Glas Wasser leer. »Es gibt da etwas im Hause Alfallipe, was nicht stimmt, Padre, und das bereitet mir Kopfzerbrechen«, sagte Pietro Fatta. »Auch ich hatte die Mennulara ins Herz geschlossen, ich würde gern mit Ihnen ein paar Wörtchen darüber reden, aber bei mir zu Hause, hier sind zu viele Leute zugange. Darf ich Sie zum Mittagessen einladen?« Padre Arena hätte am liebsten das Weite gesucht. Er behalf sich mit einer Notlüge: Er habe schon eine Verabredung. Doch ihm blieb nichts anderes übrig, als zu versprechen, am kommenden Montag um vier Uhr Pietro Fatta einen Besuch abzustatten. Die beiden Männer trennten sich, und Padre Arena setzte schweren Herzens seinen Weg fort. Bewußt kaufte er keine Zeitung und schloß sich auch nicht der Schar Neugieriger an, die die Abänderungen auf der Bekanntmachung an der Mauer laut vorlasen und ihren Senf dazugaben.

Pietro Fatta hingegen begab sich sofort in die Buchhandlung Pecorilla und hoffte sehr, zu dieser Stunde nicht die Cousine seiner Gattin dort anzutreffen. Sie war jedoch da, verschwatzt und aufdringlich wie immer. Beide wußten um ihre gegenseitige Antipathie, doch während Pietro ihr sorgsam aus dem Weg ging, ließ Rosalia Pecorilla keine Gelegenheit aus, ihm unangenehme Unterhaltungen voller Anspielungen angedeihen zu lassen.

Sie versprach, ihm die gewünschten Bücher zukommen zu lassen, sobald die Angestellte sie sortiert habe, sie befanden sich im Hinterraum unter einem Stapel gebrauchter Bücher. »Ich kann warten, ich habe es nicht eilig, vielen Dank und einen schönen Tag«, sagte Pietro und wollte gehen. Die Pecorilla aber hielt ihn mit den Worten zurück: »Warte mal, Pietro, was geht im Hause von Adriana eigentlich vor? Mir sind beunruhigende Dinge zu Ohren gekommen ... Es ist wie eine Farce, ich möchte nicht, daß daraus eine Tragödie wird.«

Diese Verwandte seiner Frau behandelte ihn mit einer Vertraulichkeit, die durch ihren fernen Verwandtschaftsgrad überhaupt nicht gerechtfertigt war. Pietro war verärgert und beschied sie barsch mit den Worten: »Du liest zuviel, von einer

Tragödie gibt es nicht die leiseste Spur, es handelt sich nur um den Tod einer Frau mittleren Alters.«

»Ach, so nennst du das ... Es geht auch um das, was Carmela passiert ist, um die Drohung gegenüber Massimo, die Ehrenmänner, die zu ihrer Beerdigung gehen, man spricht auch über Zweifel an der Todesursache der Mennulara ... Und du glaubst, daß ich übertreibe!« rief Signora Pecorilla die Stimme erhebend aus, sie war beleidigt. Pietro Fatta warf ihr einen eisigen Blick zu, lüftete den Hut und verließ den Laden mit den Worten: »Erneut darf ich einen guten Tag wünschen und danken.« Er ging über die am wenigsten belebte Treppenstraße nach Hause, um weitere Begegnungen zu vermeiden.

Signora Pecorilla drehte sich zu Elvira Risico hin, die ihnen zugehört hatte, und sagte: »Müh dich nicht mit diesen Büchern, such sie ihm am Montag heraus, der arrogante Ehemann meiner Base kann ruhig warten. Wäre es nicht wegen ihr, einer wahren Heiligen, würde keiner in Roccacolomba mehr mit ihm, diesem aufgeblasenen Großkotz, verkehren.«

32.
Roccacolomba ist über die erweiterten Nekrologe der Mennulara baß erstaunt

Den Leuten von Roccacolomba blieb der Mund offenstehen, aber nicht lange, als sie entdeckten, daß der Maueraushang zum Tod der Maria Rosalia Inzerillo Abänderungen erfahren hatte. Unter den allgemeinen Angaben zur Person war ein Streifen Papier in derselben Farbe aufgeklebt, und darauf stand: *»Verwalterin und Dienstangestellte des Hauses Alfallipe. Voller Schmerz und untröstlich gibt die Familie Alfallipe ihren unverwindbaren Verlust kund.«* Und ein Streifen weiter unten besagte: *»Die Verstorbene lebte seit ihrem 13. Lebensjahr im Hause Alfallipe und diente ehrlich und gewissenhaft der Familie, die tief ergriffen um sie* *weint.«* Im »Giornale di Sicilia« erschien überdies eine vollständige Version der Anzeige, einschließlich des Datums und der Uhrzeit der Beisetzung, die bereits in die Annalen eingegangen war.

Die wenigen, die die Familie Alfallipe und die Mennulara nicht kannten, hätten schlußfolgern können, daß es sich bei Maria Rosalia Inzerillo um ein von Herzen geliebtes Dienstgeschöpf handelte und die Alfallipes in der Aufregung nach ihrem Ableben sich nicht auf den Wortlaut des Nekrologs hatten einigen können. Jetzt stellten sie diesen formal richtig, wie seltsam das auch anmutete.

Die Leute, die mehr wußten, und die anderen, die in unmittelbarer Verbindung zu den Alfallipes standen, waren zweifach überrascht: Dem Verhalten der jungen Alfallipes bei der Beerdigung und bei den Beileidsbesuchen nach zu schließen, hätte man sich, wenn überhaupt, Abänderungen erwartet, die das Loblied auf die Verstorbene und die Beschreibung der Untröstlichkeit eher abschwächten, das genaue Gegenteil von dem also, was geschehen war.

»Warum all diese Anzeigen?« war die erste Frage, die sich sämtliche Leute von Roccacolomba stellten. Die Erklärung war einfach: Die Alfallipes hatten den Verstand verloren.

»Warum aber haben sie den Verstand verloren?« war die zweite Frage. Und auf diese einfache und zutreffende Frage eine vernünftige und erschöpfende Antwort zu geben war schier unmöglich.

Die unmittelbare Reaktion der Freunde und Bekannten der Alfallipes war, wie vorherzusehen, folgende: Sie eilten zu deren Haus und nutzten den Umstand, daß man Beileidsbesuche, und nur die, ohne Einladung und manchmal auch ohne Vorankündigung machen darf. Adriana Alfallipe nahm ihre Trauerbezeigungen dankbar und mit der gewohnten Höflichkeit entgegen. Sie wirkte leidgeplagt und ziemlich daneben; es brauchte nicht viel, und schon löste sie sich in Tränen auf. Die Beileidsbesuche waren so zahlreich, daß niemand die Gelegenheit fand, sie nach dem Grund der neuerlichen Todesanzeigen zu fragen.

In Wahrheit war nicht Adriana Alfallipe die Person, deretwegen die Leute sich die Mühe eines Beileidsbesuchs machten, sondern ihre Kinder; aus deren Benehmen oder aus den Antworten auf die verschleierten Fragen, die man bei solchen Gelegenheiten stellt, wollte man die Hintergründe ihres Tuns erfahren. Die Alfallipes mußten diese Absichten wohl vorhergesehen haben, denn Gianni brach flugs Richtung Catania auf, und Carmela verweilte nur kurze Zeit bei der Mutter, klagte über Migräne und machte sich auf den Nachhauseweg. Alle aber wußten, daß Carmela sich noch von den Prügeln ihres Gatten zu erholen hatte. Lilla war voll damit beschäftigt, die vielen Personen, die sich im Hause Alfallipe die Klinke in die Hand gaben, zu empfangen und zu begleiten, bis dann plötzlich und völlig überraschend die Cousinen Aruta zur Zeit des Mittagessens vor der Tür standen.

Mariella und Tanina Aruta, zwei alte Jungfern, waren mit den Alfallipes verwandt. Sie waren nicht wohlhabend, denn ihr Großvater hatte eine Bedienstete geheiratet, und wegen dieses Fehltritts war er enterbt worden. Sie lebten recht und schlecht von ihrer Weißwarenhandlung und waren in Roccacolomba wegen ihrer Herzlichkeit und Freundlichkeit allseits beliebt: Sie redeten nie abfällig über jemanden und waren stets hilfsbereit. Darüber hinaus besaßen sie noch eine Gabe, die im Dorf sehr geschätzt war: Obwohl sie keine Lästermäuler waren, konnten sie trotzdem unmöglich ein Geheimnis für sich behalten. Sie wiederholten all das, was man ihnen erzählte, und leiteten alles weiter, was sie sahen, nicht nur ohne Übertreibungen und Ausschmückungen, sondern auch ohne negativ klingende Urteile zu fällen: Sie waren der drahtlose Telegraph im Ort.

Mariella Aruta bat Adriana, ihr eine Stickereiarbeit zu zeigen, und die beiden Frauen gingen in das Werkzimmerchen. Lilla blieb allein mit Tanina Aruta, und die fragte sie mit dem üblichen Freimut: »Du mußt mir sagen, warum ihr den Nekrolog geändert habt, Lilla. Viele Kundinnen haben mich danach gefragt, und ich möchte gern eine wahrheitsgetreue Antwort geben, ansonsten werden die Leute das Schlimmste denken.«

Lilla, die im voraus mit Gianni die Erklärung auf diese Frage abgesprochen hatte, nahm die Gelegenheit wahr, in Abwesenheit von Carmela zu antworten: »Was ihr jetzt lest, ist kein abgeänderter Nekrolog, sondern der, der von Anfang an hätte gedruckt werden sollen. Ich bedaure, es sagen zu müssen, aber es ist alles die Schuld von Massimo. Er hatte angeboten, sich um die Veröffentlichung der Todesanzeige zu kümmern, die wir gemeinsam abgefaßt hatten. Du weißt ja, daß Mama und Mennù eine sehr enge Beziehung hatten, und auf Drängen von Mama haben wir den Maueraushang und die Todesanzeige in der Zeitung veranlaßt, und zwar mit dem Text, wie Mennù ihn wollte. Ich weiß nicht, wie, noch warum, aber die Nekrologe, die Dienstag herauskamen, waren nicht vollständig: Massimo wird etwas vergessen oder die Textentwürfe nicht genau studiert haben, ich weiß es nicht. Tatsache ist, daß Mama höchst vergrämt war. Deshalb haben wir uns gesagt, es ist wichtiger, daß unsere Mutter glücklich wird, als daß wir im Dorf nicht kritisiert werden. Endlich werden die Leute die Originalversion zu lesen kriegen.«

Massimo und Carmela ihrerseits gaben eine etwas andersgeartete Darstellung: Man wußte nicht, wie es geschehen konnte, jedenfalls waren sowohl in der Druckerei als auch in der Redaktion des »Giornale di Sicilia« einige Worte des Originaltexts ausgelassen worden. Massimo hatte sich heftig darüber beschwert, malte in grellen Farben den Schmerz aus, der seiner Schwiegermutter durch diese Nachlässigkeit zugefügt worden sei, und die dort hatten auf ihre Kosten den Fehler korrigiert.

Die Cousinen Aruta gaben ihr Bestes, die Version der Ereignisse, die Lilla ihnen gegeben hatte, zu verbreiten. Doch sie taten sich schwer: Nur wenige Leute waren bereit, ihr Glauben zu schenken. Was die Erklärung der Eheleute Leone anging, wurde diese vom Typographen der Druckerei dementiert.

33.

Lilla versucht, etwas von der ganzen Geschichte zu begreifen, sie erinnert sich an die Ereignisse in der Vergangenheit und muß schließlich der Mennulara recht geben

Am Morgen des 26. September hatte Lilla länger mit ihrem Ehemann telefoniert, er war außer sich wegen des zweiten Nekrologs im »Giornale di Sicilia«. Gian Maria verlangte eine vernünftige Erklärung, die man ihm unmöglich geben konnte, aus dem einfachen Grund, weil es keine gab. Unter Tränen schilderte Lilla das Erscheinen des Mafiabosses beim Begräbnis, die Zerstörung an Massimos Auto und die eindeutige Mafiadrohung, die sie der Weigerung der Familie anlastete, den von der Mennulara geforderten Nachruf zu veröffentlichen. Sie gestand, daß sie nun Angst hatte. Es war so, als sei die Mennulara zu einem bösen Geist geworden, der über der Familie schwebe und sie nicht in Ruhe lasse, bis sie ihren Befehlen folgten. Sie war überzeugt, daß sie im Dorf bespitzelt würden, und fürchtete um ihr eigenes Wohl und das ihrer Tochter. Ihr Ehemann verlangte, sie solle am nächsten Tag nach Hause kommen.

Die Gewißheit, bald nach Rom zurückzukehren, wirkte auf Lilla beruhigend; sie nahm sich zusammen und ertrug mit stoischer Gelassenheit die Prozession der Beileidsbesuche. Als sie abends endlich allein in ihrem Zimmer war, machte sie sich ans Kofferpacken und begann nachzudenken. Es hatte keine weiteren Drohungen gegeben, und beinahe schämte sie sich wegen ihres hysterischen Verhaltens am Morgen, das sie ihrer

Abneigung gegen Roccacolomba und gegen ihre eigene Familie zuschrieb.

Als ihr Vater noch lebte, war Lilla stets frohen Herzens zu kürzeren Besuchen in ihren Heimatort zurückgekehrt; der Entschluß der Mutter, sich im Haus des Dienstmädchens einzunisten, hatte diese Besuche für sie unerträglich werden lassen ... Auch das war Mennùs Schuld, das Verhältnis zu ihr hatte nach dem Tod des Vaters einen feindseligen Charakter angenommen.

Das Schicksal hatte seinen Lauf genommen, als er erkrankte. Die Eltern und Mennù hatten versichert, es wäre nicht notwendig, eine Krankenschwester einzustellen, man würde sich schon um alles kümmern. Doktor Mendicò hieß diese Entscheidung gut, und in der Tat hatte Mennù, die ihre eigene Mutter und die Großmutter Lilla gepflegt hatte, diese Aufgabe übernommen und sich als hervorragende Krankenpflegerin erwiesen. Lilla war wenige Tage vor dem Tod des Vaters nach Roccacolomba zurückgekehrt und hatte sich bald schon mit einem neuen Führungsstil der Mennulara auseinandersetzen müssen: Obwohl sie ihre Pflichten nicht vernachlässigte, blieb sie über Tag, wenn die Familienangehörigen bei Orazio waren, seinem Zimmer stundenlang fern. Nur des Nachts wachte sie bei ihm. Sie müsse sich tagsüber um die Felder und die geschäftlichen Angelegenheiten kümmern, erklärte sie. Und so kam es, daß Mennù, als Orazio starb, gar nicht anwesend war – genau zu der Zeit also, da sie am dringendsten im Haus gebraucht worden wäre. Als sie dann zurück war, brachte sie ihren Schmerz gemessen zum Ausdruck und stürzte sich auf den Haushalt und in die Trauervorbereitungen.

Wenige Tage nach dem Tod des Vaters war die Familie eines Abends zum Essen versammelt, nur Massimo war nicht zugegen, er hatte außerhalb Roccacolombas zu tun. Mennù hatte Carmelas Heirat nicht gutgeheißen, und jedesmal wenn Massimo den Schwiegereltern einen Besuch abstattete, zog sie sich in die Dienstbotenzimmer zurück; bei den wenigen

Gelegenheiten, da er zum Essen blieb, weigerte sie sich, bei Tisch zu bedienen, und überließ Santa, dem anderen Dienstmädchen, diese Aufgabe. Obwohl auch Lilla dieser Ehe nicht wohlwollend gegenüberstand, fand sie Mennùs Schikanen, ebenso wie das unterwürfige und blödsinnige Benehmen der Eltern, die das alles überhaupt zuließen, unerträglich. An jenem Abend trug Mennù wie in alten Zeiten das Essen auf. Am Ende der Mahlzeit hatte sie die Obstschale in die Mitte des Tischs gestellt, dann einen der Stühle genommen, die gegen die Wand lehnten, und sich zu ihnen gesetzt. Seit sie Verwalterin geworden war, hielt sie es jedesmal so, wenn sie mit der Familie wichtige Angelegenheiten zu besprechen hatte. »Ich bin Bedienstete des Hauses Alfallipe, und als ich zu Euch kam, versprach ich der seligen Signora Lilla, daß ich ihrem Sohn Orazio ein Leben lang dienen würde. Ich habe mein Wort gehalten und meine Pflicht getan. Jetzt aber bin ich müde, ich spüre meine Knochen nicht mehr, und es ist an der Zeit, daß ich mich ausruhe. Deshalb sage ich Euch heute, daß ich nicht mehr weiterarbeiten will.« Sie hob die Hände vom Tisch und legte sie auf ihre weiße Schürze: kleine, gebräunte und auffallend schmale Hände waren es, und ohne Hornhaut. Mit einem kurzen Blick aus ihren schwarzen Augen nahm sie jeden einzeln ins Visier. Ihre Miene verriet keinerlei Regung, unbeirrt wartete sie auf eine Reaktion, die jedoch ausblieb. Mennù begann von neuem: »Ich habe mir hier in der Nähe eine Wohnung gekauft. Sie hat zwei Schlafzimmer, ist vollständig möbliert, hat Zentralheizung und eine Klimaanlage. Ich werde noch genau einen Monat in Euren Diensten bleiben, um Euch bei der Aufteilung des Erbes Eures Vaters zur Seite zu stehen; ich bin auch bereit, wenn Ihr wollt, den Nachlaß kostenlos zu verwalten. Dann verlasse ich den Palazzo Alfallipe und ziehe mich in meine eigenen vier Wände zurück.«

»Was sagst du da, Mennù? Genau jetzt, da Orazio nicht mehr unter uns weilt, willst du mich verlassen?« klagte Adriana mit gebrochener Stimme, und dicke Tränen fielen auf ihren Teller mit den Obstschalen.

Gianni, der sich als frischgebackenes Familienoberhaupt beweisen wollte, sagte pathetisch: »Mir scheint dies nicht der passende Augenblick zu sein, um über so unerwartete und tiefgreifende Veränderungen zu sprechen.«

»Und ob das der passende Augenblick ist! Sobald die zwei Wochen mit Beileidsbesuchen zu Ende sind, wird jeder von Euch seine Siebensachen packen und verschwinden, um sich zu Hause wieder seinen eigenen Angelegenheiten zu widmen. Und hier bleibt alles beim alten. Ihr müßt aber begreifen, daß sich die Dinge für Eure Mutter geändert haben. Dieses Haus ist riesengroß, es hat keine Heizung, und man müßte Geld hineinstecken, um gewisse Bequemlichkeiten zu schaffen; Eure Mutter und ich werden zusehends älter, und es wird die Zeit kommen, da ich nicht mehr die Kraft habe, sie zu bedienen, wie sie es gewohnt ist; und das hätte sie nicht verdient. Jetzt ist die Zeit auch für Euch gekommen, gewisse Entscheidungen zu treffen.« Sie schwiegen, Mennùs Worte ließen keine Widerrede zu.

Da hob die Mutter die Augen voller Ergebenheit und fragte: »Mennù, wer wird mit dir zusammenleben?«

»Ich habe keine Familie in Roccacolomba«, erwiderte sie und senkte die Stimme.

»Nimmst du mich zu dir in deine Wohnung? Ich würde dir keine Umstände bereiten, ich kann einfach nicht alleine leben, das weißt du doch.« Die jungen Alfallipes wandten sich der Mutter zu und starrten sie völlig entgeistert an. Nun flossen die Tränen in Strömen.

Mennù saß noch immer da wie eine Sphinx. Aber ihre Antwort ließ nicht lange auf sich warten: »Wenn es allen recht ist, so soll es auch mir recht sein. Doch die Dinge müssen klar sein: Ich werde Eure Mutter auch bei mir zu Hause bedienen, so wie ich es immer getan habe, aber ihre Kartenspiel-Runden und ihre Damenkränzchen müssen im Palazzo Alfallipe stattfinden. Dort halte ich die Wohnräume und die Schlafzimmer für Euch ordentlich und rein, wenn Ihr nach Roccacolomba kommt, aber zum Schlafen und Essen ist sie bei mir zu Hause als mein Ehrengast.«

Als erste ergriff Carmela das Wort: »Mennù, ich begreife wirklich nicht, was in dich gefahren ist. Das sagst du ausgerechnet jetzt ... Papa ist erst seit kurzem unter der Erde, kannst du uns nicht noch ein paar Tage Zeit lassen? Ich habe noch nicht mit Massimo darüber gesprochen; ich weiß zwar, daß du ihn nicht sehen willst, aber er ist mein Ehemann, und ohne ihn will ich keine Entscheidungen treffen. Mama könnte doch auch in mein Haus ziehen, was weiß ich, es läßt sich vielleicht noch eine andere Lösung finden.« Und mit diesen Worten brach sie laut schluchzend in Tränen aus und drückte das Gesicht in die Tischserviette aus flämischem Linnen. Lilla und Gianni waren sprachlos. Unterbrochen wurde die Stille im Raum nur durch das verhaltene Jammern der Mutter und die erstickten Schluchzer Carmelas in die Serviette hinein.

»Du Dumme!« donnerte Mennù in geringschätzigem Ton und duzte sie, als wäre sie noch ein Kind. »Dumm bist du, und dumm warst du, als du dir diesen Mitgiftjäger zum Mann nahmst. Begreifst du nicht, daß diese Lösung sein Ansehen vor dem ganzen Dorf rettet, denn deine Mutter kann ihn, wann und wie oft sie will, im Palazzo Alfallipe empfangen? Er könnte sogar in diesem Haus übernachten.«

Lilla mußte eingreifen: »Könnten wir diese Unterredung vielleicht auf morgen abend vertagen? Ich denke, Papa hätte gewünscht, daß wir uns nicht streiten, und außerdem weint die Mama.«

»Ihr habt recht, bis morgen also. Doch eins steht fest, ich arbeite nur noch einen weiteren Monat und erwarte mir eine baldige Antwort.« Mit diesen Worten erhob sich Mennù und begann schweigend den Tisch abzudecken.

An diesem Abend hatten die jungen Leute den ersten großen Krach mit der Mutter. Carmela erbot sich, sie bei sich zu

Hause aufzunehmen, die anderen zwei drängten statt dessen, sie solle im Palazzo Alfallipe wohnen bleiben, sie wollten dann schon ein anderes Dienstmädchen für sie suchen. Die Zeit war reif, sich von Mennù zu befreien, die jetzt, da Papa nicht mehr da war, um sie zu bremsen, eine echte Tyrannin werden würde. Lilla versicherte der Mutter, daß ihr Ehemann die Einmischungen der Mennulara, ihren ungehobelten Dialekt sowie ihr vertrauliches Getue ihrer Tochter gegenüber geradezu verabscheute. Niemals würde er es dulden, daß das kleine Mädchen erführe, seine Großmutter lebte im Haus der Dienstmagd. Er würde Lilla verbieten, sie nach Roccacolomba zu bringen. Adriana Alfallipe freute sich augenscheinlich über ihren Umzug in Mennùs Wohnung, wo und wie beschaffen die auch immer sein mochte. Sie empfand diese Lösung weder als abwegig noch als unschicklich.

Die Auseinandersetzungen zwischen der Mutter und ihren Sprößlingen dauerten die nächsten Tage fort, ohne daß sie zu einer Einigung gelangten. Mennù verrichtete schweigend ihre Arbeit und brachte das Thema nicht noch einmal zur Sprache. In der Zwischenzeit teilten die drei Geschwister ihr mit, daß sie ihre Vermögensanteile ohne ihre Hilfe verwalten wollten. Sie entgegnete, daß das ein Fehler sei, sie ihnen aber, falls notwendig, immer beistehen würde.

So kam es, daß Signora Adriana Ende des Monats in Mennùs bescheidene Wohnung umzog. Gianni und Lilla mißbilligten das und besuchten sie immer seltener. Lilla kehrte nicht mehr nach Roccacolomba zurück, und die Großmutter sah ihre kleine Enkelin nur im Sommer, wenn sie nach Rom fuhr. Carmela jedoch gab ihren Widerstand gegen diese Wohngemeinschaft auf, schließlich war sie für Massimo die ideale Lösung, der befürchtet hatte, die Schwiegermutter würde am Ende ihm zur Last fallen.

Die drei Geschwister besaßen keinerlei Erfahrung in der Verwaltung ihrer Güter und schlitterten in Schwierigkeiten.

Schweren Herzens mußten sie auf Mennùs Hilfe zurückgreifen. Nachdem die Probleme aus dem Weg geräumt waren, wiederholte sie ihr Angebot, die Verwaltung ihres Vermögens in die Hand zu nehmen. Angesichts ihrer Weigerung erklärte Mennù, daß sie ihnen nicht mehr helfen würde. Daraufhin waren sie tödlich beleidigt und verlangten von der Mutter, Mennù die Verwaltung auch ihres Vermögens zu entziehen. Adriana aber weigerte sich, und ihre Beziehungen kühlten noch weiter ab.

Am ersten Jahrestag des Todes ihres Vaters wurde in Roccacolomba eine Gedenkmesse zelebriert. Im Anschluß daran bat Mennù die Geschwister, nur sie, um ein Treffen. Sie machte den drei jungen Alfallipes einen überraschenden Vorschlag: »Die selige Signora Lilla und Euer Vater wären äußerst betrübt, wenn sie wüßten, daß Ihr Eure Mutter so selten besucht und sie ebenso selten anruft. Ihr seid ihr diesen Respekt schuldig. Mir wird ganz weh und bang ums Herz, wenn ich mit ansehen muß, wie wenig Ihr für sie übrig habt; ich begreife auch wiederum, daß es daher kommt, weil Ihr auf mich böse und untereinander zerstritten seid. Ich will Euch hier nicht um Aussöhnung bitten, denn ich glaube, richtig gehandelt zu haben, und Ihr glaubt von Euch dasselbe. Viel zu viele Worte wurden bereits gemacht. Doch Signora Adriana ist unglücklich, weil sie ihre Kinder kaum zu Gesicht bekommt, und mir tut das von Herzen leid. Es ist mein Wunsch, daß Lilla und Gianni sie fortan jede Woche anrufen und einmal im Monat nach Roccacolomba kommen, um ihr einen Besuch abzustatten; Carmela hingegen wird sie viermal im Monat aufsuchen.

Mein Geld ist gut angelegt, und ich habe eine hübsche Rendite. So kann ich Euch folgendes Angebot machen: An jedem Monatsende gebe ich Euch eine halbe Million pro Kopf, aber Ihr müßt Euch das Geld bei mir zu Hause abholen, an jedem 25. steht es dort zu Eurer Verfügung. Wenn Ihr, aus welchem

Grund auch immer, Eure Mutter nicht wie vereinbart besucht, dann verliert Ihr die jeweilige Rate.«

Die drei Geschwister erklärten sich einverstanden: Von diesem Moment an lebte Adriana Alfallipe glücklich in Mennùs Haus. Die Dorfbewohner waren voll des Lobs für Lilla, eine so anhängliche Tochter, die nicht einen Besuch am Monatsende ausließ …!

Trotz der schmerzlichen Erniedrigung, die Mennù ihr zugefügt hatte, mußte Lilla zugeben, daß die Dienstmagd alles in allem doch recht behalten hatte, was ihre Unerfahrenheit bei der Verwaltung der väterlichen Erbschaft und die Ehe von Carmela anging. Jetzt, da sie nicht mehr unter den Lebenden weilte, würde sich das Fehlen der nicht unbedeutenden Summe jeden Monat schon bemerkbar machen. Lilla fühlte sich von Gott und der Welt verlassen. Der Bruder und die Schwester, die so anders waren als sie, hatten sich für ein Leben entschieden, das himmelweit von dem ihren entfernt war. Und die Mutter … Sie war zwar während ihrer Kindheit und Jugend physisch präsent gewesen, aber im Grunde unerreichbar, da ihr ganzes Denken und Trachten nur um sie selbst kreiste. Als kleines Mädchen hatte sie sehr gelitten, weil die Mutter dem Bruder so deutlich den Vorzug gab, doch heute begriff sie, daß das für Gianni nur eine weitere Belastung darstellte und er eher das Opfer einer erdrückenden Mutterliebe war. Carmela war, genau wie die Mutter, oberflächlich und selbstsüchtig und durch ihre Heirat gesellschaftlich tief gesunken.

Der Vater hatte ihre Liebe zu den schönen Künsten geweckt, aber er selbst war nie dagewesen, wenn sie ihn brauchte, und hatte auch Gianni und Carmela stark vernachlässigt. Die Eltern hatten zwar unter einem Dach gelebt, in Wirklichkeit aber getrennte Leben geführt; jeder gab seinen eigenen Bedürfnissen absoluten Vorrang vor denen des anderen und vor denen der Kinder. Doch trotz des notorischen Fremdgehens des Vaters durfte man ihre Ehe als gelungen bezeichnen: Lilla konnte sich zwar an keine Zärtlichkeiten zwischen den beiden oder gegenüber den Kindern erinnern, aber auch nicht an Streitereien oder tiefgehende Meinungsverschiedenheiten. Mennù hatte hart gearbeitet, um das Gleichgewicht in der Familie und deren finanzielles Standvermögen zu erhalten. Vielleicht hätten sie ihr deswegen dankbar sein müssen.

In Gedanken bereits auf dem Heimweg nach Rom, fiel sie in einen beinahe friedlichen Schlaf.

Freitag, den 27. September 1963

34.
Die Post bringt den Alfallipes hoffnungsvolle Neuigkeiten

Es war ungefähr acht Uhr in der Früh. Lilla und ihre Mutter tranken ihren Kaffee im Schlafzimmer der Signora, bevor Lilla sich an die Vorbereitungen für ihre Rückkehr nach Rom machte. Der Augenblick des Abschieds von den Eltern war immer schwierig gewesen, aber diesmal gestaltete er sich einfach und frei von Gefühlswallungen, abgesehen von einer gewissen Erleichterung. Mutter und Tochter waren von den Ereignissen der Woche wie platt gewalzt.

Da stürmte Santa herein: In der Pförtnerloge war der Briefträger, der eine Unterschrift für ein Einschreiben brauchte, sagte sie aufgeregt. Lilla ging hinunter und kehrte mit einem Kuvert in der Hand zur Mutter zurück, die Anschrift war mit der Maschine geschrieben, der Brief war in der Provinzhauptstadt aufgegeben worden. Ungeduldig riß Lilla den Umschlag auf: Das Schreiben trug das Datum des Vortags, also des 26., und war in den großzügigen Druckbuchstaben von Mennù verfaßt, aber nicht unterzeichnet. Lilla las laut vor.

Ihr habt nicht getan, wie ich Euch geheißen habe, doch jetzt, da Ihr die Anzeige ins »Giornale di Sicilia« gesetzt habt, wie ich es will, verzeihe ich Euch, unter der Voraussetzung, daß Ihr macht, was ich Euch auftrage.

Geht in die Bibliothek Eures Vaters. Hinter der Enzyklopädie Treccani befindet sich eine Art doppelter Boden. Holt die Bände der Enzyklopädie heraus. Dann seht ihr eine große Klappe. Öffnet sie. Dahinter befinden sich drei Regale. Darin findet Ihr acht verpackte Schachteln. Laßt sie zu. Sie enthalten antike Vasen, ich will, daß Ihr die heute oder morgen ins Regionalmuseum für Archäologie schafft, und zwar im Auto. Paßt auf, daß sie nirgendwo anschlagen. Fahrt vorsichtig. Wenn sie kaputtgehen, wäre das eine Katastrophe. Im Museum fragt Ihr nach Doktor Palmeri, er erwartet Euch. Sagt ihm nur, daß die Mennulara Euch schickt, und nennt ihm Euren Namen; erklärt ihm, daß Ihr einen Echtheitsnachweis braucht und daß die Vasen Euch dreien gehören. Rührt sonst nichts zu Hause an und sucht nicht nach anderem.

Sobald Ihr das Zertifikat erhalten habt, wartet auf einen zweiten Brief. Denkt daran und tut, wie ich Euch sage.

Lilla legte den Brief auf den Tisch und sagte: »Gehen wir ins Arbeitszimmer.« Die Frauen erhoben sich. Ohne weitere Worte machten sie sich auf den Weg, durchquerten die Salons, den Billardsaal, die Korridore, die Vorräume und gelangten durch die Innentür ins Arbeitszimmer. Eingehüllt in ihre hellen raschelnden Hausmäntel, glitten sie anmutig und leichtfüßig über die staubigen Kachelböden, öffneten die dunklen, seit Zeiten unbewohnten Räume mit den verriegelten Fenstern und schlossen die Türen sorgsam wieder hinter sich. So näherten sie sich der Bibliothek, die eine drehte den Lichtschalter an, die andere schaltete das Licht beim Verlassen des Zimmers wieder aus. Dabei folgten sie der Choreographie eines Balletts ohne Musikbegleitung. Endlich erreichten sie die Bibliothek und hielten inne.

»Was sollen wir tun?« fragte Signora Alfallipe voller Tatendrang. Lilla taxierte sie abfällig: Bei der kleinsten Abweichung von der starren und schwerfälligen Alltagsroutine jammerte die Mutter jedesmal, sie sei müde, und ach, diese Schmerzen! Jetzt aber war sie hellwach und unternehmungslustig.

»Ich will die Innenläden nicht öffnen, die Leute könnten uns doch sehen ... Nehmen wir die Bücher heraus und sehen wir nach, ob es so ist, wie sie behauptet«, antwortete Lilla.

Sie hatte in der Eile einige Bücher auf den Boden geworfen, als sie hiergewesen war, um die Bände auszusuchen, die für Padre Arena als Geschenk bestimmt waren; der Rest der prächtigen Bibliothek war voller Staub, aber aufgeräumt. Der Raum verströmte einen speziellen und aufdringlichen Geruch – zusammengesetzt aus Staubschichten, Feuchtigkeit, dem Fäulnisgeruch des von Holzwürmern zerfressenen Papiers –, wie er in unbewohnten Räumen liegt und nicht mehr weicht, so als wollten diese die Hausbewohner tadeln, daß sie von ihnen erst geliebt und dann verschmäht worden waren.

Mit Eifer gingen sie die Sache an. Ihre Bewegungen blieben weiterhin in beinahe religiöser Andacht vollkommen aufeinander abgestimmt. Lilla war auf die elegante, in Laufschienen geführte Leiter geklettert, nahm die ledergebundenen Wälzer heraus und reichte sie der Mutter; die nahm einen um den anderen entgegen und stapelte sie zu kleinen Säulen von gleicher Höhe. Nachdem Lilla das letzte Buch herausgenommen hatte, stieg sie hinunter, stand vor den Regalen und schlug sich gegen die Hüften, um den Staub von den Händen zu schütteln. Die Mutter war neben sie getreten, und nun standen sie Seite an Seite: Die Hausmäntel waren von den ungewohnten Bewegungen leicht verrutscht und umschmeichelten in prachtvollen Faltenwürfen ihre einander ähnlichen wohlgeformten Gestalten. Stumm schauten sie das Bücherregal an. »Öffnen wir«, sagte Lilla und drehte den Griff der doppelten Tür, die quietschend aufging.

Dort standen in ihrem Versteck acht gleiche Kisten ordentlich in Reih und Glied; sie waren in Packpapier eingewickelt und gut mit starkem Pechfaden verschnürt, transportbereit fürs Museum also. Ein glückseliges Gefühl durchflutete die beiden Frauen, die wie verzaubert die Kisten anstarrten. Signora Alfallipe sagte: »Du wirst sehen, alles wird gutgehen.« »Hoffen wir es«, erwiderte die Tochter und fügte hinzu: »Wir müssen Gianni anrufen. Ich könnte sie noch heute ins Museum bringen, aber einer der Männer muß mich begleiten, die Dinger sind zerbrechlich. Lassen wir für den Augenblick alles so, wie es ist, und schließen wir nur die Tür ab.«

Leichten Herzens gingen sie auf demselben Weg durchs Haus zurück. Als sie sich den Schlafzimmern näherten, hörten sie Santa herumschreien; sie hatte das Kaffeetablett aus dem Boudoir abräumen wollen, und als sie die Frauen dort nicht antraf, hatte sie in allen Ecken nach ihnen gesucht, doch vergeblich. Die Idee, daß die beiden bis zu den Arbeitsräumen des Advokaten vorgedrungen sein könnten, war ihr nicht gekommen; sie hatte es mit der Angst gekriegt, die Signora könnte womöglich einen Kollaps erlitten haben oder ein noch schlimmeres Unglück könnte passiert sein. Deshalb hatte sie die von der Familie bewohnten Zimmer durchsucht, ja, sie war sogar zur Pförtnerloge hinuntergeeilt, in den Innenhof und in die Lagerräume gegangen und hatte lauthals nach ihnen gerufen.

Nun mußten die beiden Frauen eine Riesenszene über sich ergehen lassen. Am Ende sank Santa erhitzt und verstört auf den Sessel der Hausherrin und verlangte nach einem Glas Wasser. Nachdem sie ihre Kehle genäßt hatte, schalt sie die beiden Frauen erneut, als wären sie ihresgleichen: In Angst und Schrecken hätten sie sie versetzt. Lilla hielt an sich, das Dienstmädchen nicht zurechtzuweisen und daran zu erinnern, daß dies gewiß kein Benehmen gegenüber den Herrschaften sei. Im passenden Moment würde sie das noch nachholen! Entlassen würde sie diese Santa, glaubte sie vielleicht, sie hätte jetzt das Recht, sich wie Mennù aufzuführen? Doch erst einmal durfte sie sich austoben, und dann erklärte Lilla, sie seien in einen der Salons im hinteren Teil des Hauses gegangen, um Sachen zu holen, die sie mit nach Rom nehmen wolle.

Kaum waren sie allein, rief Lilla ihren Mann und ihre Geschwister an. Mit knappen Worten vereinbarten sie für den Vormittag den Abtransport der Vasen ins Museum. Sie waren erleichtert und zuversichtlich, obwohl Mennùs wachsame Gegenwart in ihrem Leben weiterhin ein großes Rätsel war. Signora Alfallipe gab sich den ganzen Tag über heiter und gelassen. Als der Moment kam, sich von Lilla und den Vasen zu trennen, sagte sie: »Mennù beschützt uns vom Himmel herab, wir müssen tun, wie sie sagt ... Vergeßt nie: Sie denkt im Himmel an unser Wohl.«

Im allgemeinen Durcheinander kam keiner der Alfallipes auf den Gedanken, auch nur eine der Kisten zu öffnen und den Inhalt zu überprüfen; sie fragten sich auch nicht nach der – sicherlich zweifelhaften und illegalen – Herkunft der Fundstücke. Ihr Grundproblem, nämlich hinter das Geheimnis der monatlichen Zahlungen zu kommen, blieb ungelöst, ja, die Angelegenheit stellte eine weitere und höchst verdächtige Komplikation dar. Keinem der Alfallipes ging ein Gedanke dieser Art durch den Kopf: Es genügte, daß Mennù mit ihnen Verbindung aufgenommen hatte, gleichgültig, wie und aus welchem Grund. Sie zweifelten nicht daran, daß die Bargeldquelle eines Tages für sie wieder sprudeln würde.

Nachdem die Todesanzeigen berichtigt worden waren, hatten sich die Beileidsbesuche vervielfacht. Die Leute von Roccacolomba fanden die Familie Alfallipe heiter und gutgelaunt vor. Und erst die Lobpreisungen aus dem Mund der jungen Alfallipes über *ihre* Mennù! Ein außergewöhnliches Geschöpf war sie, totale Hingabe hatte sie ihnen gegenüber bewiesen, und sie hatte sie geliebt wie eine zweite Mutter. Sogar bei ihren Studien hatte sie ihnen unter die Arme gegriffen, sie angefeuert; sie selbst war überaus lernbegierig gewesen, wenn sie dem Vater bei seiner Sammlermanie zur Seite stand. So hatte sie sich eine recht passable Kultur zugelegt – soweit ein Dienstmädchen dazu überhaupt in der Lage ist, das versteht sich von selbst. Die Besucher waren wegen des radikalen Gesinnungswandels wie vor den Kopf gestoßen und berichteten stehenden Fußes den anderen, daß im Hause Alfallipe der Wahnsinn regiere: Die Mennulara wird jetzt nicht mehr schlechtgemacht, sondern als häuslicher Schutzengel und Frau von Kultur gepriesen.

Lilla und Gianni wurden mit aller Zuvorkommenheit von Doktor Palmeri empfangen. Er versprach, den Inhalt der Kisten unverzüglich zu untersuchen, und fügte hinzu: »Überbringt Signor La Mennulara meine Ehrerbietung, er ist ein bemerkenswerter Autodidakt auf dem Gebiet der attischen Keramik der Magna Graecia.« Längst konnte die Alfallipes nichts mehr überraschen, nicht einmal der Umstand, daß ihr Dienstmädchen nach Ansicht des Doktor Palmeri, Archäologe am Regionalmuseum, ein Mann und obendrein ein Kunstexperte war. Lilla und Gianni, getreu Mennùs Anweisungen und in der Gewißheit, unter »Beobachtung« zu stehen, verzogen keine Miene. Sie lächelten und verabschiedeten sich.

35.

Lilla Alfallipe läßt angenehme Erinnerungen an die Mennulara wiederaufleben

Lilla saß im Flugzeug nach Rom. Sie erinnerte sich ungern an Episoden aus ihrer Jugendzeit in Roccacolomba. An diesem Tag nun tauchten unerwartet Bilder aus ihrer Kindheit auf, die sie vergessen oder nur verdrängt glaubte.

Es war während des Kriegs 1943 und der Zeit der Landung der Alliierten auf Sizilien. Die Familie hatte sich auf eine ihrer abgelegensten Besitzungen im Inselinnern zurückgezogen. Lilla saß an die Beine des Vaters gelehnt auf einer Decke unter dem breiten Laubdach eines Maulbeerbaums und betrachtete die Abbildungen eines Kunstbuchs. Sie war selig, des Vaters ungeteilte Aufmerksamkeit zu haben. Da fühlte sie sich beobachtet und hob die Augen. Auch Mennù saß mit ihrer Näharbeit unter dem Baum und sah Vater und Tochter voll zärtlicher Anteilnahme zu; die Hände ruhten in ihrem Schoß, das hölzerne Stopfei hatte sie im Strumpf, den sie gerade ausbesserte, verschwinden lassen. Lilla lächelte ihr zu, und die vollen, aufgeworfenen Lippen von Mennù öffneten sich zu einem allwissenden Lächeln.

Das war für Lilla eine besonders schöne Zeit gewesen – trotz der Ereignisse im Hintergrund. Sie lebten geschützt zwischen den Bäumen in einem kleinen Bauernhaus, nahebei plätscherte ein Bach. Die Eltern hatten sich zusammen mit der Großmutter dorthin geflüchtet, da sie das Schlimmste fürchteten. Vom Dienstpersonal hatten sie nur den Chauffeur Don Paolino mitgenommen. Die Kinder waren über die Invasion der Insel nicht aufgeklärt, sie wußten nur, daß der Krieg weiterging; so genossen sie ihre Ferien auf dem Land, die scheinbar kein Ende nehmen wollten. Mennù hatte angeregt, der Vater solle doch die fehlenden Schulstunden wettmachen und dem Nachwuchs all das beibringen, was die Natur lehren konnte. Jeden Nachmittag nahm Orazio, während die Mutter und die Ehefrau ruhten, Mennù und die Kinder auf seine Streifzüge über die Felder mit. Nie mehr wieder hatte sich Lilla dem Vater so nah gefühlt wie damals.

Und noch ein liebliches Erinnerungsbild kam ihr in den Sinn: Sie standen unter einem riesigen Johannisbrotbaum, der Vater bog die unteren Zweige herunter und erteilte ihnen eine Lektion in Botanik, erklärte den langen Weg der Pflanzenlymphe, erzählte von dem Wunder der Bestäubung und bestimmte die Parasiten auf den Blättern. Hingerissen lauschte Mennù seinen Worten. Während der Unterrichtsstunden entfernte sie sich häufig, sammelte Steine, Beeren, kleines Getier und brachte sie dem Vater, als sei auch sie seine Schülerin. Vorsichtig nahm er jedes einzelne Fundstück zwischen seine schönen Finger, die Lilla so liebte, betrachtete es eingehend und wußte Spannendes darüber zu erzählen. Mennù lauschte und brachte dann ihr Wissen an, das sie durch ihre Erfahrungen auf den Feldern gewonnen hatte, und manchmal korrigierte sie den Vater sogar. Sie wußte bestens Bescheid über die Heilkräfte der Pflanzen, die Gegengifte bei Stichen und Bissen von Schlangen, über das Verhalten der Tiere im Wechsel der Jahreszeiten.

Ein greller Erinnerungsblitz beleuchtete eine Szene an jenem Tag: Mennù und der Vater untersuchten eingehend die langen Schoten des Johannisbrotbaums und tauschten unter Gelächter Blicke aus. Lilla hatte das vage Gefühl, daß etwas Heftiges vor sich ging, das sie erregte und ihr dennoch entglitt.

Bald schon hielt nur Mennù für die Kinder den Wald- und Wiesenunterricht, der Vater hatte das Interesse verloren. Das galante Abenteuer mit einer Frau aus der Nachbarschaft, die sich ebenfalls aufs Land zurückgezogen hatte, nahm ihn gänzlich in Beschlag. So gingen Mennù und die Kinder auf Erkundungstour über die Felder; von Zeit zu Zeit blieb sie abrupt stehen und bedeutete ihnen zu schweigen: Ihr scharfes Auge hatte einen seltenen Vogel auf den Bäumen, ein erschrecktes Kaninchen, einen kurios geformten Stein, einen verlassenen Gegenstand entdeckt, schon lange vor ihnen. Sie erklärte das Leben der Tiere, so wie sie es verstand, die Wirkung des Baumbeschneidens, die Wunder der Pfropfveredelung, die aus einer Birne einen Pfirsich macht, genau wie aus einer Raupe ein Schmetterling entsteht. Lilla hatte ihren Spaß. Ihr schien, als sei die gesamte Welt in ständiger wundervoller Verwandlung begriffen. Sie genoß die Freiheit in vollen Zügen.

Mennù bereitete aus dem wenigen, was sich in Kriegszeiten auftreiben ließ, wunderbare Imbisse: Brötchen mit Omelette, Zwiebeln und Oliven, eingelegte Sardinen, mit Olivenöl und Zitrone beträufelt, und die verspeisten sie im grünen Schatten der Bäume. In der Mittagshitze zog sie, wenn sie unter sich waren, oft die dicken Strümpfe aus, die sie sommers wie winters trug, und ging barfuß. Sie legte sich flach auf die Erde und schaute entrückt ins Himmelsblau. Wenn der Wind stark blies, zerrte er an der Haarzwiebel in ihrem Nacken, und dann löste sie den Knoten mit den Worten »Der gewinnt sowieso immer«, und ihre Haare plusterten sich auf, als wären sie bislang Gefangene gewesen, und fielen wie eine Mähne in langen, dichten Locken auf ihre Schultern. Sie war dann beinahe schön.

Als die Evakuierungszeit vorüber war, kehrten sie in ihr Städtchen zurück. Es war schlecht bestellt um die Gesundheit der Großmutter, und es gab auch finanzielle Sorgen. Wieder ging für Lilla das monotone und erdrückende Leben los, das ihre ganze Kindheit gekennzeichnet hatte. Den Vater bekamen sie nur selten zu Gesicht, seine aushäusigen Betätigungen hielten ihn in Atem. Die Mutter verbrachte ihre Nachmittage beim Kartenspiel. Es waren schwierige Zeiten, Veränderungen gab es nur zum Schlechten. Oft war zu Hause die Rede davon, Landbesitz zu verkaufen, um Überlebenskapital zu haben.

Um Hauspersonal einzusparen, wurde beschlossen, Mennù nun auch die Küchenarbeit zu übertragen. Die Eltern stellten aber ein Mädchen mit Schulabschluß ein, das sich um die heranwachsenden Kinder kümmern sollte. Der vertraute Umgang mit Mennù, die nur Dialekt sprach, hatte verhindert, daß die jungen Leute richtig Italienisch lernten, und in ein paar Jahren wäre Lilla bereits im heiratsfähigen Alter. Sowohl die Großmutter als auch die Eltern hatten Sorge, daß die beiden Mädchen infolge des ständigen Zusammenseins mit der Menulara, die sich auf ihre Art und Weise um deren Weiterbildung und Gedeihen bemühte, ordinäre Manieren annähmen. Selbstverständlich ließ man Mennù gegenüber nichts von derlei Bedenken verlauten. So traf sie die Entscheidung schwer, die sie als eine ungerechtfertigte Einmischung in ihren Zuständigkeitsbereich wertete; das sagte sie auch laut, aber die Alfallipes schenkten ihren Beschwerden kein Gehör. Lilla erinnerte sich, daß auch diese Signorina, die im übrigen unsympathisch war, entlassen wurde, denn man mußte bei den Gehältern noch mehr knapsen. Von den Bediensteten blieben nur noch zwei übrig: Don Paolino und Mennù, die hin und wieder bei der Putzarbeit Verstärkung durch Stundenhilfen bekam.

Wieder war Mennù für die jungen Leute verantwortlich, doch sie war wie ausgewechselt: Wie immer bediente sie sie äußerst zuvorkommend, doch Lilla spürte, daß sie nun sehr distanziert, fast abweisend ihnen gegenüber war. Einige Zeit nach dem Tod der Großmutter nahm sie die Verwaltung der Landbesitzungen in die Hand.

Erdrückt von der Last der vielen Arbeit und Sorgen, wurde sie schroff und zwang den anderen bei der Haushaltsführung und im Familienleben ihren Willen auf; dabei trug sie stets den Forderungen der Mutter und den Wünschen und Launen des Vaters Rechnung, während der Nachwuchs für sie, genau wie für die Eltern, an letzter Stelle kam.

Seit damals hatte sie etwas Rätselhaftes und Unbegreifliches an sich. Nach und nach entwickelte sie sich zu einem richtigen Hausdrachen, an den die Eltern und Kinder sich wendeten, wenn sie Geld brauchten. Trotzdem war sie noch immer stolz auf ihre Rolle als Allrounddienstmagd und bediente alle wie gewohnt. Sie wollte nicht, daß Lilla kochen lernte, und auch nicht Handarbeiten, die den jungen Mädchen so gefallen, wie Sticken zum Beispiel. Für derlei Verrichtungen war sie ja schließlich da. Unter der Woche nahm sie sich keinen freien Tag und gönnte sich nur die zwei Wochen Urlaub im Sommer, die sie bei den Neffen verbrachte: Mit ihnen stand sie in regem Briefverkehr, die Briefe mußte Lilla nach ihrem Diktat schreiben. Ihre tägliche Ruhepause war am Nachmittag zwischen halb drei und vier. Sie zog sich in ihre Kammer oder ins Arbeitszimmer neben dem des Rechtsanwalts zurück und stellte Berechnungen an. Keiner wagte dann, sie zu stören, selbst Orazio fragte erst um Erlaubnis, während der Ruhestunden ihr Zimmer betreten zu dürfen, und nicht immer gestattete sie es ihm.

Weitere angenehme Erinnerungen hatte Lilla nicht. Peinlicherweise war sie in die außerehelichen Abenteuer ihres Vaters eingeweiht, die der Mutter scheinbar nicht besonders viel ausmachten. Das Leben in Roccacolomba war ein wenig wie im Gefängnis; viele angesehene Familien hatten ihr Haus im Ort verkauft und waren in die Stadt gezogen. Lilla hatte überschwenglich die Liebe eines lombardischen Chirurgen erwidert und blutjung geheiratet. Sie war erleichtert, eine Familie ohne Herz und ein Dorf ohne Zukunft verlassen zu können. Mennù billigte ihren Entschluß, unter der Bedingung jedoch, daß sie ihr Universitätsstudium fortsetzte. Sie bedrängte die Eltern, zu Lillas Vermählung einen großen Empfang zu geben.

Als Lilla am Abend endlich zu Hause war, erzählte sie ihrem Mann von den außerordentlichen Ereignissen dieser Woche. Die Geschichte mit den Vasen war von allergrößter Bedeutung, denn sie bewies, daß die Schritte der Alfallipes durch ein komplexes Kontrollsystem überwacht wurden, das Mennù mit Hilfe Unbekannter ausgeklügelt hatte und das von einer Vielzahl Personen umgesetzt wurde. Wahrscheinlich war die Anzeige in der Zeitung eine verschlüsselte Nachricht. Hintergründe und Zweck dieses komplizierten Mechanismus waren unklar: Man mußte einfach mehr über die Mennulara in Erfahrung bringen. So beschlossen sie, einen ihrer Neffen anzurufen.

Sonntag, den 29. September 1963

36.
Lilla Alfallipe und ihr Ehemann treffen sich mit Gerlando Mancuso, dem Neffen der Mennulara

»Der sieht aus wie einer von uns«, sagte Lilla zu ihrem Ehemann, während sie sich im Saal des Hotels der Sitzgruppe näherten, wo der Ingenieur Mancuso sie erwartete. Er war ein mittelgroßer dunkler Typ, sorgfältig gekleidet: Jackett aus kariertem Wollstoff, schöne sportliche Schuhe, eine dezente Armbanduhr. Er las Zeitung. Nach den Begrüßungsfloskeln sprach Lilla ihm pflichtgemäß ihr Beileid aus; sie fühlte sich richtiggehend erleichtert, denn sie hatte es satt, selbst immer der Adressat zu sein.

»Eigentlich müßte ich Ihnen kondolieren, Signora Bolla. Tante Rosalia liebte Sie und Ihre Geschwister meiner Meinung nach wie eigene Kinder, und uns eben wie ihre Neffen, und ihre Liebe wurde von Ihnen sicherlich erwidert. Schließlich hat sie immer in Ihrem Haus gelebt, und mit uns verbrachte sie nur zwei Wochen Ferien im Jahr«, lautete seine Gegendarstellung. Lilla hatte nicht mit einem solchen Einstieg gerechnet, Mancuso spürte das und errötete; er war jetzt überzeugt, ins Fettnäpfchen getreten zu sein.

»Danke, aber jetzt wäre ich froh, wenn Sie mir etwas über ihre Tante erzählten ... Sie war ja eine außergewöhnliche Frau und sehr verschlossen, vor allem was ihr Privatleben anging. Ich würde mir gerne ein genaueres Bild von ihr machen.« Lilla war nicht imstande, noch länger um den heißen Brei herumzureden.

»Sie haben recht, es war nicht leicht, sie festzunageln. Zweifelsohne besaß sie eine bemerkenswerte Intelligenz und auch eine gewisse Kultur: Sie war eine vielseitige Frau. Zu Hause lachten wir über ihre Heimlichtuerei: Mein Vater, der bei den Carabinieri war, behauptete, wäre sie als Junge zur Welt gekommen, wäre sie Mafiaboß geworden. Er nannte sie *Verschwiegenes Grab.*«

Gerlando Mancuso sprach das weiche Italienisch vom Festland, mit ungerolltem R, aber die letzten Worte sagte er in perfektem Sizilianisch. Gian Maria wies ihn taktvoll darauf hin.

»Leider sind wir in Norditalien geboren und aufgewachsen, ich kenne Sizilien kaum, aber wir haben immer unseren Dialekt beibehalten, um uns mit Tante Rosalia auszutauschen, die sich ja hartnäckig weigerte, Italienisch zu sprechen. Ich glaube, sie schämte sich für ihre mangelnde Bildung und ihre schlechten Umgangsformen.« Wieder glaubte Mancuso, unpassend geredet und den Eindruck vermittelt zu haben, daß das sizilianische Idiom etwas Unschickliches sei. Deshalb fügte er zu Lilla gewandt hinzu: »Sie gestatten, Signora, Ihnen zu sagen, daß Ihr sizilianischer Akzent sehr reizvoll in Ihrem perfekten Italienisch anklingt.«

Lilla schätzte es ganz und gar nicht, wenn man sie auf ihren süditalienischen Ursprung hinwies, deshalb lächelte sie und sagte ohne Umschweife, was sie auf dem Herzen hatte: »Sie werden sicher wissen, daß Ihre Tante bis zum Tod unseres Vaters die Familienbesitztümer und danach weiterhin das Vermögen unserer Mutter verwaltet hat. Ihr plötzliches Ableben hat uns hinsichtlich bestimmter administrativer Aspekte in recht große Verwirrung gestürzt. Sie ist frühzeitig gestorben und hatte keine Gelegenheit mehr, ihre eigenen und unsere Angelegenheiten zu ordnen ... Vielleicht hat sie Ihnen bestimmte Anweisungen, irgendwelche Aufzeichnungen, ein Testament hinterlassen?«

»Die Tante besprach sich mit mir als dem älteren der Neffen über ihre Geschäfte. Sie hat mir nichts für Sie übergeben, und soweit ich weiß, hatte sie auch nicht die Absicht, ein Testament aufzusetzen. Ich hätte das auch nicht erwartet, denn in der Vergangenheit hat sie uns Schenkungen gemacht und war immer schon sehr großzügig uns gegenüber. Wir erhoffen uns keine Erbschaft. Was sie besitzt, wird alles auf die Familie Alfallipe übergehen, dessen bin ich mir sicher. Wir haben während ihres letzten Besuchs im August darüber gesprochen. Sie war froh, mit der Bank alles in Ordnung gebracht zu haben. ›Ich werde in Frieden sterben, denn ich habe meine Pflicht gegenüber den Lebenden und den Toten erfüllt‹, genau das waren ihre Worte. Sie war weitsichtig und wird die Dinge so eingerichtet haben, daß keine Erbschaftssteuer bezahlt werden muß. Nun, verehrte Signora, soweit ich weiß, ist ihr Vermögen für die Familie Alfallipe bestimmt.«

Lilla war sprachlos. Ihr Gatte ergriff das Wort: »Die Erben Alfallipe tappen völlig im dunkeln; sie erhielten von Ihrer Tante jeden Monat eine bestimme Summe, die ihr, wie es scheint, auf dem Postweg zugestellt wurde, mit dem Risiko, daß es verlorengehen konnte. Ist das in Ihren Augen nicht unglaublich?«

»Ja, aber auch wieder typisch für meine Tante. Mit uns hat sie es auch so gemacht, bis wir angefangen haben zu arbeiten und nicht mehr auf ihre Hilfe angewiesen waren. Die einzige Schwäche, die sie hatte, war, daß sie alles alleine machen wollte und sich stur über ihr Leben und ihre Ersparnisse ausschwieg. Für uns war es immer ein Rätsel, wie sie es geschafft hat, die Großmutter und meine Mutter über Wasser zu halten, und das von der Zeit an, als sie auf dem Land Mandeln pflückte. Ich weiß, daß sie im Erwachsenenalter gelernt hat, gut mit Geld umzugehen, sie war sparsam und hatte ein unerhörtes Glück bei ihren Investitionen. Die Mama erzählte, daß ihr bereits als Kind die wundersame Vermehrung des Geldes – wie die der Fische in der Bibel – gelang. Stellen Sie sich vor, gleich nach dem Krieg schenkte sie uns eine erkleckliche Summe, damit wir unser erstes Haus kaufen konnten.«

»Woher nahm sie bloß das Geld? Haben Sie sich nie nach seiner Herkunft gefragt?« schoß Lilla heraus. Sie hatte in Gedanken eins und eins zusammengezählt: Zu jener Zeit war Mennù ein einfaches Dienstmädchen mit einem mageren Gehalt, die Großmutter lebte noch und kümmerte sich persönlich um die Verwaltung; sollte Mennù sie gar eingewickelt und die Familie bestohlen haben?

»Natürlich haben wir uns das gefragt! Mein Vater war Carabiniere und ein superkorrekter Mann; er war dagegen, daß wir ihr Geschenk annahmen. Er war ehrlich besorgt; wir haben lange bei uns zu Hause darüber debattiert. Er ging sogar so weit zu unterstellen, daß das Geld Ihrer Familie entwendet worden sei. Ich erinnere mich, daß er ihr schreiben wollte, um sich über die Geldquelle zu vergewissern; die Korrespondenz zwischen uns und der Tante war sehr rege, obwohl sie einen Schreibgehilfen brauchte. Genau Sie, Signora Bolla, wissen das doch gut, denn ich habe noch immer die Briefe, die Sie unter dem Diktat der Tante in Ihrer gleichmäßigen Handschrift geschrieben haben.« Mancuso lächelte und sprach weiter. »Ihre Antwort kam postwendend. Es sei ihr Geld, und basta. Vor dem Krieg hatte die Signora Alfallipe ihr ein Geldgeschenk gemacht, und sie hatte die Gelegenheit, dieses Geld im Ausland zu investieren. Sie verstünde die Besorgnis des Schwagers und wäre für diesmal nicht beleidigt. Aber sie würde es nicht dulden, daß wir weiter an ihrer Ehrlichkeit zweifelten. Sie würde eher davon Abstand nehmen, der Familie ihrer geliebten Schwester unter die Arme zu greifen, als daß sie noch einmal eine ähnliche Erniedrigung über sich ergehen ließe. Seit damals haben wir ihr keine Fragen mehr gestellt. Einmal, als sie zu Besuch bei uns war, wollte sie mit dem Direktor ihrer Bank in Varese und dann mit der in der Schweiz reden. Mein Bruder begleitete sie, ich nehme an, sie hatte ihre Kapitalien auf Anraten Ihrer Familie dort angelegt, es gibt einfach keine andere Erklärung. Die Tante war eine arme Bäuerin, und gewiß seid Ihr, als Verwalter der Fürsten von Brogli, mit solchen Anlagearten vertraut. Informieren Sie sich bei der Bank, ich habe immer gedacht, daß ihre Ersparnisse zusammen mit Ihren Kapitalien angelegt sind.«

Lilla redete wirr: »Ich weiß nichts, ich habe ganz jung geheiratet, ich bin nicht auf dem laufenden, was meine Familie zu jener Zeit mit ihrem Geld getan hat.« Sie wollte dem Neffen der Hausangestellten nichts von der Unwissenheit und dem Provinzialismus der Alfallipes enthüllen.

»Sie verzeihen, wenn ich Sie unterbreche«, fügte Gerlando Mancuso hinzu, »mir fällt da noch etwas ein: Die Tante machte auch Gewinn beim Verkauf einer Ihrer Landbesitzungen, sie bekam einen Prozentsatz vom Verkaufspreis. Darüber war sie höchst zufrieden, aber ich bin mir absolut sicher, daß sie bei der Verwaltung Ihres Besitzes überaus präzise und ehrlich war, das entsprach einfach ihrem Wesen. Ich kann Ihnen nichts weiter sagen«, fügte er verschämt hinzu, womöglich hatte er zu viel Gutes über die Tante gesagt. »In unseren Augen hatte sie keine Fehler, bis auf ihre Reizbarkeit.«

Da mischte sich Gian Maria Bolla ein, denn er bemerkte bei Mancuso eine gewisse Unleidlichkeit. Er befürchtete, daß der andere ihrer Zusammenkunft vorschnell ein Ende setzen wollte. »Aber stellen Sie sich vor, ich habe noch nie mitbekommen, daß sie reizbar gewesen wäre … Meiner Frau gegenüber war sie liebevoll und stets zur Stelle.«

»Sie war reizbar wie ein Stier, und ob! Obgleich sie stolz war auf ihre Stellung als Dienstperson eines großen sizilianischen Hauses wie das Ihrer Gattin, war sie sich zugleich voll bewußt, nennen wir es ruhig beim Namen, ein ungehobeltes Auftreten und keine Schulbildung zu haben. Sie hatte Angst, daß die Leute sich über ihre Sprechweise lustig machen könnten, und so blieb sie lieber zu Hause zum Großreinemachen und zum Kochen, anstatt an unserem Gesellschaftsleben teilzunehmen. Sie ging nur zu dem Gemischtwarenladen hier an der Ecke. Eines schönen Tages glaubte sie, daß der Gemischtwarenhändler sie wegen ihrer Sprache auf den Arm genommen hätte, und zwang uns, nicht mehr bei ihm zu kaufen. Hatte sie einmal einen Entschluß gefaßt, war sie unbeugsam. Wir waren junge Burschen, aber ihre Worte sind mir noch in Erinnerung: ›Du mußt genau das tun, was ich dir sage, es ist zu deinem Besten. Du kannst ihn ruhig weiter grüßen, wenn du an seinem Laden vorbeigehst, aber nie mehr darfst du bei ihm einkaufen. Es geht hier um die Ehre deiner Familie: Er hat deine Tante beleidigt.‹«

Lilla hörte aufmerksam zu: Das war die Mennù, die sie kannte. Gerlando Mancuso machte weiter: »Ich möchte Ihnen nicht den Eindruck vermitteln, sie wäre kleinlich und rachsüchtig gewesen. Im Gegenteil, sie war großzügig und selbstlos. Sie besaß auch eine erstaunliche Kultur auf den Gebieten, die sie interessierten. In den letzten Jahren, ich nehme an, weil sie mehr Zeit hatte, las sie viel, besonders zeitgenössische Literatur. Sie werden sicher ihre Leidenschaft für griechische Keramik kennen, die wohl der Rechtsanwalt Alfallipe bei ihr entfacht hat.«

»Wieso sind Sie nicht zur Beerdigung gekommen?« fragte Lilla, sie wollte ihm nichts von den griechischen Vasen erzählen.

»Die Tante hat uns nie erlaubt, sie in Sizilien zu besuchen. Wir haben im August friedlich voneinander Abschied genommen. Wir mußten ihr schwören, nicht zu ihrem Begräbnis nach Roccacolomba zu fahren; sie war sicher, daß Sie sich darum kümmern würden, wie es ja auch der Fall war. Die Familie Mancuso ist Ihnen dafür dankbar. Von ihrem Tod hat uns der Priester, der für sie die Briefe schrieb, verständigt.

Ich möchte Ihnen noch eine letzte Sache anvertrauen, und wenn Sie es für angebracht halten, geben Sie diese Worte an Ihre Geschwister weiter. Die Tante sprach und schrieb viel von Ihnen: Von Ihren Spielen und Streichen, aber auch von Ihren Vorzügen und Fehlern. Sie träumte von Ihrem Erfolg und beklagte sich manchmal, aber stets liebevoll und im Innersten stolz, wenn Sie nicht mit dem Eifer lernten, den sie sich wünschte. Mit uns hat sie dasselbe getan: Sie trieb uns an, uns mit Leib und Seele in unsere Studien zu stürzen und auf allen Gebieten das Beste zu erreichen. Sie war eine wohlmeinende Tyrannin. Mit einemmal erzählte sie in ihren Briefen weniger von Ihnen. Wir dachten, daß Sie nun auf dem Internat wären, und erkundigten uns weiterhin nach Ihnen; für uns waren Sie Teil unserer unbekannten sizilianischen Familie geworden. Die Tante wich unseren Fragen aus. Eines Tages fragte ich sie geradeheraus nach dem Grund. Sie erklärte, daß sich eine andere Frau jetzt um Sie kümmerte, und sie sei wieder nur das Dienstmädchen; über Sie zu sprechen schmerzte sie, aber Sie sollten stets einen Platz in ihrem Herzen haben. Ich begreife, daß sie eine Frau ohne Schulbildung war, aber sie stand uns aus der Ferne mit Rat und Tat zur Seite und war uns in der Jugendzeit eine unermeßliche Hilfe; ich konnte mich nie mit dieser Veränderung in ihrer Arbeit abfinden: Könnten Sie mir vielleicht den wahren Grund dafür nennen?«

Lilla erklärte, daß die Eltern ein Fräulein eingestellt hatten, das einen Schulabschluß hatte und gut Italienisch sprach, wie es üblich ist, wenn die jungen Burschen und Mädchen ein gewisses Alter erreicht haben.

»Ich verstehe«, sagte Gerlando Mancuso, »es wird ein großer Schmerz für sie gewesen sein, den sie offenkundig überwunden hat, denn sie hat Ihnen ja weiterhin mit Aufopferung gedient.«

Montag, den 30. September 1963

37.
Die Vasen kehren nach Roccacolomba zurück

Zur Mittagszeit am Montag, dem 30. September, waren Gianni und Lilla unterwegs nach Roccacolomba. Die acht Kisten mit den griechischen Vasen, die sie gerade aus dem Museum abgeholt hatten, lagerten gut verstaut zum Teil im Kofferraum, zum Teil auf dem Rücksitz. Sie hatten sich geeinigt, das Kuvert mit dem Echtheitszertifikat erst im Hause Alfallipe in Gegenwart von Carmela und Massimo und natürlich auch der Mutter zu öffnen.

Kaum hatte Lilla in Rom erfahren, daß es mit den Vasen soweit war, brach sie schleunigst auf. Sie war bester Laune und erzählte Gianni, der sie am Flughafen abholte, von der Begegnung mit Gerlando Mancuso: »Weißt du, vielleicht haben wir Mennù Unrecht getan. Sie hatte uns gern, sie war eine voraussehende Frau, sie hat ihren Neffen eine gute Erziehung mit auf den Weg gegeben. Was die Vasen betrifft, ist es unglaublich, daß sie derart viel über die griechische Kunst gelernt hat … Papa wird ihr viel beigebracht haben, aber auch das überrascht mich. Offen gestanden glaube ich nicht, daß er ein so großer Fachmann war.« Gianni war ganz ihrer Meinung.

Lilla fügte hinzu: »Ich kann mir Papa und Mennù nicht so recht vorstellen, wie sie gemeinsam in seinem Arbeitszimmer lesen, recherchieren, Fundstücke katalogisieren … Die beiden waren doch so verschieden. Papa war trotz seiner Macken ein distinguierter und gebildeter Signore, auch ein wenig versnobt, während sie, die arme Mennù, grobschlächtig war, ohne Feingefühl beim Reden, in ihrer Kleidung, in allem.«

»Ich weiß nicht, ob ich da mit dir einer Meinung bin«, schaltete Gianni sich ein, »nachdem Anna sie zum erstenmal gesehen hatte, sagte sie mir etwas über sie, was ich nicht vergessen habe: ›Sie hat eine gute Figur und ein interessantes Gesicht. Sie könnte als schöne Frau durchgehen, wenn sie nur etwas mehr auf ihr Äußeres achtete, aber sie weiß nicht, wo anfangen.‹«

Lilla lächelte und verkniff sich ihren Kommentar. Jedes Wort aus Annas Mund war für Gianni die Offenbarung, er betete seine Gemahlin an und hatte sich ihr unterworfen, genau das Gegenteil des Vaters. »Was machen wir mit den Vasen?« fragte sie. »Es sind acht. Teilen wir sie unter uns Geschwistern und der Mama auf? Dann kriegt jeder zwei.«

Giannis Verlegenheit war deutlich zu spüren, als er sagte: »Eigentlich dachte ich, daß es schade wäre, sie aufzuteilen, vor allem, wenn sie eine Sammlung darstellen. Wenn es dir recht ist, würde ich sie gern alle zusammen nehmen, ich bin der letzte der Alfallipes, und wir könnten sie in unserem neuen Haus zur Erinnerung an Papa in einer Glasvitrine aufbewahren, was meinst du?« Lilla war verärgert. Da hatte mal wieder die Schwägerin ihre Finger im Spiel! Es war wohl besser, dieses Gespräch zu vertagen; auch ihr Ehemann hatte gesagt, daß er sogar bereit wäre, die Schwägerin und den Schwager mit einer noch festzusetzenden Summe auszuzahlen. Eine Sammlung griechischer Vasen würde ihren Salons eine elegante und extravagante Note verleihen. Sie lächelte erneut und dachte, daß Massimo Carmela womöglich einen ähnlichen Vortrag gehalten hatte. »Laß uns auch mit Mama darüber sprechen; die Vasen könnten ja auch ganz schrecklich oder vielleicht sogar Fälschungen sein, wer weiß.«

»Red keinen Mist! Da gibt's keinen Zweifel, sie können nur prächtig sein«, wies Gianni sie zurecht, »was mir Sorgen macht, ist ihre Herkunft. Wenn sie Mennù gehören, wird sie sie sicherlich einem Grabräuber abgekauft haben, und dann sind sie gestohlen. Wir müssen mit unserem Anwalt reden.«

Lilla war ganz und gar nicht einverstanden: »Es ist völlig auszuschließen, daß Mennù Diebesgut erworben hat, sie war eine ehrliche Person.«

»Letzte Woche hattest du aber keine so guten Worte für sie übrig, du hast sie bezichtigt, uns um des Vaters Erbschaft gebracht zu haben.«

»Halt den Mund, du redest immer, ohne dein Hirn anzustrengen. Vergangene Woche waren wir alle in großer Hektik, und fest steht, daß sie vor ihrem Tod die Dinge nicht so geregelt hat, wie sie es hätte tun sollen«, entgegnete Lilla. Von nun an war sie recht einsilbig, um möglichst einen ernsthaften Streit mit dem Bruder zu vermeiden. Erst kurz vor der Kreuzung nach Roccacolomba sagte sie: »Ich bin sicher, daß Mennù uns noch einen weiteren Brief mit Anweisungen schicken wird, die uns endlich zum Geld führen werden. Wer weiß, wieviel Mühe es sie gekostet hat, dieses Briefnetz zu organisieren. Viel einfacher wäre es gewesen, ein Testament zu hinterlassen oder alles in einem einzigen Schriftstück festzuhalten.«

»Anna glaubt, sie hat das getan, um uns auf die Probe zu stellen, sie traute uns nicht.«

»Was willst du damit sagen?« Lilla konnte das anmaßende Verhalten der neunmalklugen Schwägerin nur schwer ertragen.

»Ich sage, daß wir bei der Verwaltung des Nachlasses unseres Vaters derart viele Fehler gemacht haben, daß es besser gewesen wäre, Mennùs Ratschlägen zu folgen. Die Fonds werden von der Bank geführt, diesmal wäre es ratsamer, sie stehenzulassen und die Zinsen einzukassieren, wie wir es praktisch in all den Jahren jeden Monat getan haben.«

»Du denkst immer nur an deine Forschungsarbeit an der Uni und wie du deine Frau zufriedenstellen kannst«, hielt Lilla gereizt dagegen, »ich aber will mich um meine Geschäfte selbst kümmern.« Der Gedanke an eine unteilbare und blockierte Erbschaft brachte sie in Wallung. Sie fuhren in Roccacolomba ein.

38.

Unterdes werden in Catania, Zürich und Palermo die letzten Anweisungen der Mennulara ausgeführt

In der Zwischenzeit hatte Doktor Palmeri ein Telegramm an eine Bank in Zürich abgesandt, wie Signor La Mennulara es von ihm verlangt hatte. Zugegeben, es war eine merkwürdige Forderung, aber ihr mußte Genüge getan werden. Schließlich hatte Signor La Mennulara dem Museum mehrere syrakusische Münzen vermacht, die noch in der Sammlung fehlten; darüber hinaus hatte er dem Museumsleiter und auch Dr. Palmeri antike Fundstücke geschenkt.

»Zertifikat überreicht. Vasen Dienstag, 10.30 Uhr, abgeholt«, lautete das Telegramm. Doktor Stutz, Bankfunktionär in Zürich, erhielt es am selben Vormittag und entfernte sofort die Akte mit der Bezeichnung »Erbfolge La Mennulara« aus dem Karteifach ›Vertrauliche Auslandsinvestitionen‹. Sie enthielt das Testament der Maria Rosalia Inzerillo und fünf große Umschläge, vier davon noch versiegelt, die wie folgt beschriftet waren:

A. Vollständiger Text des Nekrologs, am Tag nach dem Ableben veröffentlicht.
B. Abgeänderter Text des Nekrologs, innerhalb von zwei Tagen nach dem Ableben veröffentlicht.
C. Vollständiger Text des Nekrologs, innerhalb von vier Tagen nach dem Ableben, im Anschluß an die Beisetzung, veröffentlicht.
D. Vollständiger oder abgeänderter Text des Nekrologs, vier Tage nach dem Ableben veröffentlicht.
E. Kein Nekrolog veröffentlicht.

Er nahm die Akte C, die einzige, die geöffnet war. Sie enthielt die Seite der Todesanzeigen im »Giornale di Sicilia« vom Donnerstag, dem 26. September 1963. Dort war der Nachruf auf Maria Rosalia Inzerillo veröffentlicht. Die ersten Buchstaben des Satzes »**V**oller **S**chmerz **u**nd **u**ntröstlich **g**ibt **d**ie **F**amilie **A**lfallipe **i**hren **u**nverwindbaren **V**erlust **an**« waren in Fettschrift hervorgehoben, und am Rand stand *A alfAllipe*.

Doktor Stutz nahm die Seite, und seine Gedanken wanderten zu dem Klienten, mit dem er über Jahrzehnte auf dem Weg fingierter Todesanzeigen kommuniziert hatte. Jetzt war es das erste Mal, daß diese simple und sichere Methode angewandt wurde, um das Verhalten vermeintlicher Erben zu überprüfen und zu entscheiden, ob sie der Erbschaft würdig seien; zu diesem Zweck ging man nach einem Schema vor, das Doktor Stutz zusammen mit seiner Klientin bei ihrem üblichen Jahrestreffen im August in Catania ausgeklügelt hatte. Es war schlichtweg genial. Hätten nur diese Herrschaften Alfallipe, die er nicht persönlich kannte, den Nekrolog, wie im Umschlag A vorgesehen, ruck, zuck veröffentlicht, hätten sie ihm jede Menge Arbeit erspart und sofort die Erbschaft der Verstorbenen antreten können.

Jetzt aber mußten Doktor Stutz und seine Mitarbeiter gewissenhaft und bis in die winzigsten Einzelheiten die mit der Kundin vereinbarten Schritte ausführen. Er sah noch einmal die Unterlagen durch und telefonierte dann mit dem Bankkorrespondenten in Palermo, einem vertrauenswürdigen Rechtsanwalt. Dieser hatte ein Duplikat des Umschlags C vor sich. Er öffnete ihn und zog ein kleineres gelbes Kuvert heraus, auf dem stand: ›Brief, persönlich an die Erben Alfallipe zu überreichen, sobald das Museum das Zertifikat ausgestellt hat.‹ Behutsam, um den Inhalt nicht zu beschädigen, öffnete er es. Es enthielt einen einseitigen handgeschriebenen Brief auf weißem Papier, und die großen Druckbuchstaben ließen darauf schließen, daß der Verfasser keiner anderen Schreibweise mächtig war. Der Rechtsanwalt setzte das Datum ein und steckte den Brief in einen an die Familie Alfallipe voradressierten Umschlag. Diesen übergab er dann einem zuverlässigen Mitarbeiter mit dem Auftrag, sich am nächsten Morgen nach Roccacolomba zu begeben und das Schreiben persönlich im Hause Alfallipe abzugeben.

39.

Don Paolino Annunziata ist beim Eintreffen der Vasen im Hause Alfallipe sozusagen zur Stelle

Gegen zwölf Uhr mittags machten sie in einer Bar auf halbem Weg halt, und Lilla rief von dort aus die Schwester an. Sie wollten spätestens um ein Uhr eintreffen, Massimo sollte vor der Garage auf sie warten, um die Vasen fernab von neugierigen Blicken auszuladen. Sie sollte es unbedingt so einrichten, daß Santa zu der Zeit außer Haus wäre.

Don Paolino Annunziata lebte, wie bereits erwähnt, in den zwei an die Garage des Palazzo Alfallipe angrenzenden Zimmerchen, der ehemaligen Unterkunft des Kutschers. Es war ein frischer Tag Ende September, und die rheumatischen Beschwerden in Don Paolinos Knien hatten sich verschlimmert. Er saß in seinem alten Sessel und hatte eine Decke über den Beinen. Der Suppentopf blubberte vor sich hin und erfüllte den Raum mit einem angenehmen Geruch nach frischem Kohl, Kartoffeln, Zwiebeln und Tomaten. Diese duftenden Verheißungen hatten Don Paolinos Appetit geweckt: Er rechnete insgeheim damit, daß Donna Mimma spätestens in einer halben Stunde den Tisch fürs Mittagessen decken würde.

Ein Höllenlärm vor der Haustür, von Flüchen begleitet, schreckte ihn auf. Er rief nach seiner Frau, und so spitzten sie gemeinsam die Ohren: Es war die Stimme von Massimo Leone. Wahrscheinlich versuchte er, das Garagentor zu öffnen, das, solange Don Paolino denken konnte, klemmte. Aus eingefleischtem Pflichtgefühl warf er die Decke auf den Stuhl und stand hastig auf; dabei schimpfte er leise auf sein Alter, das ihm so übel mitspielte. Er ging auf die Straße, um zu sehen, was da vor sich ging, und seine Hilfe anzubieten.

Massimo Leone plagte sich mit dem Garagentor ab. Er rüttelte an den Torgriffen, trat gegen die Klappen, schlug mit den Fäusten gegen das Schloß, drehte den eisernen Schlüssel nach rechts und nach links, drückte ihn wie einen Schraubenzieher tief hinein, stemmte sich gegen die Holzverstrebungen, die zur Verstärkung an der Unterseite dienten – er sah aus wie ein echter Höllenverdammter. Er tat so, als sei ihm Don Paolino unbekannt, und schlug seine Hilfe aus. Don Paolino jedoch wiederholte ihm seelenruhig den Trick, um das Schloß zum Funktionieren zu bringen, aber seine Ratschläge waren nicht erwünscht. Der da empfahl ihm, sich nach Hause zu verziehen, seine Suppe zu essen und sich um seinen eigenen Scheiß zu kümmern.

»Tatsache war, daß das Tor nach ein paar weiteren Schlägen aufging«, erzählte Don Paolino später dem Schwager Don Vito Militello in der Portiersloge des Palazzo Ceffalia, »und der dort behandelte mich so schlecht, daß ich mich genötigt fühlte, aus Achtung vor dem Angedenken des Rechtsanwalts Orazio, nachzuschauen, was er in der Garage des Hauses Alfallipe noch alles anstellte.« So wurde die aufdringliche Neugier von Don Paolino Annunziata als Ergebenheit eines altgedienten Hausangestellten getarnt, um sein Verhalten an jenem schicksalsträchtigen Nachmittag zu rechtfertigen.

Im Hause Annunziata herrschte Einigkeit, denn Mann und Frau dachten auf dieselbe Weise. Nach so vielen Jahren bedurfte es keiner Worte mehr, sie verstanden einander sogar, ohne sich anzusehen. Kaum hatte Don Paolino Donna Mimma von dem beleidigenden Benehmen Massimo Leones berichtet, schritten die beiden wortlos zur Tat. Donna Mimma ergriff den Stopfkorb, drehte das Feuer unterm Kochtopf ab und teilte dem Gatten mit, daß sie, wenn nötig, bis spät in die Nacht hinein auf der Türschwelle sitzen bleiben und jedes vorbeifahrende Auto kontrollieren würde. Don Paolino bräuchte sich also keine Hoffnung zu machen, mittags seine warme Suppe löffeln zu können – sie würde ihren Posten dort nicht verlassen.

Don Paolino machte sich sofort ans Werk. Er rückte Stühle und den kleinen Tisch von der an die Garage grenzenden Wand ab, nahm das Gemälde der »Tränenmadonna von Siracusa« mit dem Blutstropfen schwitzenden Herzen ab und strich sanft über den Wandputz, wo zuvor das Bild gehangen hatte. In der Mauer befand sich ein kleines Loch und darin ein Stück Vergrößerungsglas: Ein primitiver Türgucker, durch den man das Garageninnere im Auge behalten konnte. Dieses Behelfsmittel hatte der Kutscher, sein Vorgänger, ausgeklügelt, um die Karossen, die Pferde und den Knecht zu kontrollieren, der neben der Futterkrippe schlief; später dann wurde aus dem Schuppen die Garage für das Automobil des Hausherrn.

Don Paolino hatte das Wandloch als Sicherungssystem gegen Diebe offen und funktionsfähig gehalten, auch wenn es in Roccacolomba Alta nur selten Diebstähle zu beklagen gab ... Doch man konnte ja nie wissen, beim geringsten Geräusch in der Garage war er an seinem Beobachtungsposten. Räuber hatte er nicht einen zu Gesicht bekommen. Aber vor Jahren hatte er durch dieses Loch, zusammen mit seiner Frau, gewissen Stelldicheins zwischen dem Rechtsanwalt Gianni und der Köchin Pina Vassallo beigewohnt, bei denen sich ihm nicht nur die Haare aufstellten: Die beiden waren zwar schon über Vierzig, legten sich aber so gewaltig ins Zeug, daß sie ihm beinahe den Kofferraum des Wagens eingedellt hätten, so sehr preßten sie dagegen. Jetzt war Don Paolino neugierig, welches Schauspiel ihm diese Garage noch zu bieten hatte. Bedächtig versammelte er all die Dinge um sich, die er zur eigenen Bequemlichkeit benötigte, sollte er lange auf Beobachterposten bleiben. Er suchte sich einen guten Stuhl, packte Kissen und Decken auf den Sitz, stellte eine Holzkiste als Fußbank daneben, füllte ein Glas mit frischem Wasser und stellte es zusammen mit einem Kanten Brot und einem Stück Käse in der Nähe des Stuhls bereit, falls der Hunger ihn überkäme. Dann ging er in Stellung: das rechte Auge gegen den Türspion, die Nase flach gegen den rissigen Mauerverputz gepreßt, und den Gehstock in Reichweite.

Massimo hatte sich in die Garage zurückgezogen und die Türflügel angelehnt. Kaum vernahm er das Geräusch eines näher kommenden Wagens, was auf diesem Sträßchen nicht häufig der Fall war, streckte er den Kopf hinaus, schaute nach rechts und nach links, und die wachsamen Blicke von Donna Mimma, die einen großen Korb mit Stopfzeug vor sich hatte und keine Anstalten machte, ins Haus zurückzugehen, folgten ihm: Es war wohl besser, daß er sich unauffällig verzog. So blieb er in der Garage hinter der Tür und spitzte die Ohren.

Don Paolino, der ihn von seiner Wohnung aus beobachtete, freute sich über den Einfall seiner Frau. »Gut gemacht, Mimma, mit Hilfe von vier alten Stopffetzen hat sie Massimo Leone Angst eingejagt.«

Ein Dröhnen kündigte die Ankunft von Giannis Wagen an. Schleunigst öffnete Massimo das Garagentor, und das Fahrzeug rollte langsam hinein. Nadel und Strumpf noch in der Hand, schlich Donna Mimma ins Haus, um ihrem Mann ein Signal zu geben, obwohl das gar nicht nötig war, denn er war – das Auge am Türspion – auf seinem Beobachtungsposten.

Die nun folgenden Ereignisse schilderte Don Paolino seinen Verwandten Don Vito und Donna Enza Militello beim Abendessen auf folgende Weise: »Kaum war das Auto hineingefahren, hing Massimo auch schon am Kofferraum und versuchte, ihn zu öffnen, zog am Handgriff, als wollte er ihn abreißen, und brüllte ›Mach auf, mach auf‹, während der Professor Gianni und die Signora Lilla – als wollten sie ihn bewußt peinigen – in aller Seelenruhe ausstiegen. Der Professor warf ihm einen Blick zu von der Art der Signora Lilla senior und sagte dann: ›Es gibt keine Eile, wir sind nicht auf der Flucht mit dem Schatz. Wenn du so weitermachst, stoßen sie zusammen und gehen zu Bruch.‹ Massimo fluchte und trat beiseite, um sie den Kofferraum und die hinteren Wagentüren öffnen zu lassen. In der Zwischenzeit waren Signora Adriana und Signora Carmela über die Innentreppe, die zur Eingangshalle und der Vorküche führt, heruntergekommen und stellten tausend Fragen: ›Was hat er euch gesagt? Sind sie alle heil? Seid ihr unterwegs auch vorsichtig gewesen?‹ Der Professor sagte: ›Ich habe das Kuvert in der Tasche, wir werden das Zertifikat später lesen.‹ Und die Frauen verstummten.

Alle machten sich irgendwie zu schaffen und veranstalteten ein Riesentohuwabohu. Im Kofferraum des Wagens waren vier Holzkisten eng zusammengepfercht, und weitere vier befanden sich unter ein paar Decken verborgen auf dem Rücksitz. Die Männer nahmen eine um die andere hoch und trugen sie ins Haus hinein. Sie behandelten die Kisten wie höchst zerbrechliches Gut. Ihren verzerrten Gesichtern beim Hochheben nach zu urteilen, mußten sie mächtig schwer sein. Es sah so aus, als würden die Kisten wahre Schätze bergen. Die Signora Lilla sagte, sie ginge jetzt nach oben, um sie vorsichtig zu öffnen, die anderen blieben in der Garage und schauten.

Plötzlich rief Signora Adriana beglückt aus: ›Mennù denkt doch immer an uns, jetzt werdet ihr eure Belohnung bekommen!‹ Darauf entgegnete ihr die Tochter: ›Sei doch still, Mama, wir haben das Schätzdokument noch nicht gelesen. Laßt uns ins Arbeitszimmer hinaufgehen‹, aber sie rührten sich nicht vom Fleck.

Es gab noch zwei Kisten zu transportieren. Der Professor ging auf den Kofferraum zu, doch da versperrten ihm, ohne sich miteinander abgesprochen zu haben, seine Schwester Carmela und der Schwager den Weg und ließen ihn nicht durch. Es war geradezu ein Angriff aus dem Hinterhalt. Massimo Leone fuhr ihn an: ›Mach den Umschlag auf! Auf der Stelle, hörst du!‹ Schweißüberströmt baute er sich vor ihm auf, ja, er flößte einem richtiggehend Angst ein. Seine Frau stand stocksteif an seiner Seite wie der Statthalter. Signora Adriana kreischte los:

›Nicht zanken, die gehen kaputt, um Himmels willen, die gehen kaputt‹, und sie schlug die Hände vors Gesicht.

Der Professor war sauer und würdigte den Schwager keines Blicks. Er befahl seiner Schwester, ihrem Mann zu sagen, daß er ihm aus dem Weg gehen solle, das seien Angelegenheiten der Familie Alfallipe, und sein Benehmen passe ihm überhaupt nicht. Er war im Begriff, ihn beiseite zu schieben, da versetzte Massimo Leone ihm einen Stoß und brüllte: ›Lies das Schreiben vor, du Idiot!‹, und auch ich erschrak gehörig, denn der da gebärdete sich wie ein wildes Tier. Der Professor verstummte, hob den Brustkorb, zog das Briefkuvert aus der Hosentasche und riß es auf. Heraus kam ein Papier, das er durchlas. Dann sagte er: ›Die sind gefälscht.‹ Bleich war er und wurde noch bleicher. Dann brach der Teufel los. Signora Carmela schimpfte wüst auf die Mennulara – aber was hatte diese arme Seele damit zu tun? –, hieß sie Diebin, Betrügerin, blöde Kuh, in allen Tönen titulierte sie die Arme, sie war völlig außer Rand und Band. Und die anderen standen wie Salzsäulen da und starrten sie an. Es war wie im Kino.«

»Wurdest du nicht müde, dort zu sitzen und durch das Loch zu linsen?« fragte Donna Enza den Schwager. Die Schwester antwortete ihr: »Alles, einfach alles mußte er sehen, um nichts in der Welt wollte er von der Wand weg … Auch ich wollte in die Garage schauen, aber er tat mir den Gefallen nicht, so ein großes Vergnügen hatte er dabei, und die Schmerzen in seinen Knochen spürte er einfach nicht mehr.«

»Warte nur, das Beste kommt noch«, setzte Don Paolino seinen Bericht fort. »Massimo Leone hatte das Papier genommen und las es selbst. Dann hob er die Augen und ließ seinen Blick in der Garage kreisen, als wäre er von einem Dämon besessen. Seine Augen weiteten sich riesig und traten ihm schier aus dem Kopf, wie bei einem Oktopus. Ohne ein Wort zu sagen, schlug er sich mit den Fäusten auf den Kopf, so richtig feste, deutlich hörte man die Schläge auf den Knochen, und immer weiter, ohne eine Silbe zu sagen. Die anderen riefen, er solle doch aufhören, keiner aber hatte die Courage, sich diesem Teufel zu nähern. Er erging sich in Flüchen gegen die Mennulara und hieb weiterhin mit den Fäusten auf seinen Kopf, seinen Hals und noch tiefer auf seine Brust ein.

An einem bestimmten Punkt schrie Signora Adriana: ›Schluß jetzt, du tust dir weh!‹ Und er sah sie an und erwiderte: ›Ich kann es mir nicht leisten, meine Frau, die der Grund für alle meine Qualen ist, zu verdreschen. Mit meinem eigenen Leib aber darf ich wohl machen, was ich will.‹ Und er fuhr fort, sich wie ein Besessener mit Fäusten zu traktieren. Die Frauen keiften und schimpften auf die Mennulara, der Professor suchte still und leise die Nähe der Mutter – ich behaupte, der hatte Angst, daß der Schwager sich auf ihn stürzen würde, und sprach kein Wort. Unterdes war Signora Lilla heruntergekommen, sicherlich hatte sie den Höllenlärm gehört, und stimmte in den Schimpfchor gegen die arme Mennulara ein. Der Weltuntergang schien gekommen. Dann nahmen sie und der Bruder die verbliebenen Kisten und ließen Massimo Leone, der sich noch immer selbst malträtierte und schon ganz angeschwollen war, allein in der Garage zurück. Schließlich verpaßte er dem Wagen des Schwagers einen Tritt und eilte mit großen Schritten hinauf, wer weiß, was dort oben noch alles passiert ist …«

»Und dann?« fragte Donna Enza.

Ihre Schwester brauste auf: »Was wissen wir denn? Aus dem Geschrei zu schließen, waren sie dabei, sich gegenseitig umzubringen! Wir hörten auch, wie Sachen zerschepperten, aber wir verstanden nicht recht, was los war. Wir sind drinnen geblieben, der Lärm kam von der anderen Seite des Palazzo, uns erschien es nicht günstig hinauszugehen. Wenn du wissen willst, was geschehen ist, mußt du dir das von anderen Leuten erzählen lassen. Die Geschichte wird kein Ende finden, bis der ganze Ort sie weiß.« Und mit diesen Worten widmete sie sich wieder ihrem Teller mit dem leckeren gekochten Gemüse, der ersten warmen Mahlzeit des Tages.

»Ich frage mich nur, was konnte in diesen Kisten gewesen sein .. Paolino, was meinst du?« Donna Enza ließ nicht locker.

»Gott allein weiß das und auch den Grund, warum sie so sehr auf die Mennulara schimpften ... Gestern noch redeten alle gut über sie. Ich muß nachdenken.« Don Paolino tunkte ein großes Stück Brot in die Gemüsebrühe, stopfte es sich in den Mund und begann langsam, in genießerischem Schweigen zu kauen.

40.
Die Familie Masculo ißt verkochte Nudeln

Im Hause Masculo beklagte sich keiner, daß er an diesem Montag, dem 30. September, verkochte Nudeln und ein kalt gewordenes Hauptgericht zu essen bekam. Der Agronom Angelo Masculo war das Patenkind des verstorbenen Rechtsanwalts Ciccio Alfallipe, der ihm geholfen hatte, das Haus zu kaufen, das an seinen Palazzo grenzte und Blick auf die Balkons seines Arbeitszimmers hatte. Die Familie Masculo hatte den Alfallipes diese Unterstützung mit Dankbarkeit und Diskretion vergolten. Sie hatten sich nicht an der jüngsten Schlammschlacht beteiligt und allesamt, Eltern, Kinder und Kindeskinder, lebten friedlich beisammen und kümmerten sich um ihren eigenen Kram.

An diesem Tag aber kamen sie nicht umhin, Zuschauer im Leben der anderen zu werden. Die versammelte Familie stand glotzend hinter den dünnen Vorhängen der Fenster im Eßzimmer und lauschte dem Heidenkrach, der aus dem Hause Alfallipe kam.

Lilla war in die Bibliothek geeilt, hatte die Lamellenläden aufgeklappt, um etwas zu lüften und Licht hereinzulassen. Sie entfernte die Ziergegenstände vom Flügel, um dort die Vasen aufzustellen, da sie in dieser Position am besten zu begutachten waren. Sie war voller Vorfreude, die Kisten eine nach der anderen zu öffnen, und war sich sicher, daß sie die anderen überzeugen könnte, ihr die Vasen zu geben: Sie mußte nur ein wenig Geduld haben und nicht zu früh davon anfangen.

Sie hatte bereits zwei Kisten geöffnet. Darin befanden sich zwei herrlich glänzende schwarze Amphoren, die aufgemalten roten Figuren waren voller Eleganz und bis in die kleinsten Einzelheiten ausgestaltet, die Laubblätter, die den Rand zierten, waren filigran und vollkommen gezeichnet. Sie öffnete weitere zwei Kisten, und wieder staunte sie: Es waren noch zwei Amphoren im Stil der ersten, gewiß handelte es sich um eine sehr wichtige Sammlung. Sie zog die Spitzenvorhänge zur Seite, um noch mehr Licht hereinzulassen, und betrachtete die Vasen mit Entzücken.

Als sie von der Innentreppe her ein undeutliches Geschrei vernahm, dachte sie sofort, die Mutter sei gestürzt oder, schlimmer noch, Gianni und Massimo wäre eine Kiste aus den Händen geglitten und der Inhalt sei in Scherben gegangen. Sie eilte hinunter. Als sie in der Garage stand, begriff sie, was geschehen war. Zutiefst verärgert über Massimos Auftritt, wollte sie nichts wie weg. Sie packte eine Kiste und trug sie eigenhändig ins obere Stockwerk, Gianni tat es ihr gleich.

Als wollten sie sich selbst verspotten, beförderten sie die Kisten mit derselben Behutsamkeit wie die anderen, obgleich sie wußten, daß die Vasen darin keinen Wert besaßen. Sie stellten sie auf dem Tisch in der Eingangshalle ab, ehe sie in die Bibliothek gingen. Die Mutter und Carmela stießen zu ihnen. Carmela hatte sich auf das große Sofa vorm Kamin fallen lassen, weinte und jammerte um Hilfe, Massimo würde sie wegen der neuesten Verhöhnung der Mennulara umbringen. Die Mutter saß zu ihren Füßen, streichelte sie zerstreut und sagte immer wieder, daß sie nichts begreife, die im Museum müßten sich wohl getäuscht haben, oder irgend jemand hatte mit der Mennulara ein falsches Spiel getrieben.

Gianni und Lilla standen da und lasen mit angewiderter Miene den Brief: Der bestätigte nicht nur unwiderlegbar die Fälschung, sondern gestattete auch den Verkauf und den Export der Vasenkopien. »Welch ein Hohn«, sagte der Professor, »sie erlauben uns, Fälschungen zu exportieren.«

Lilla erwiderte nichts, ihr lief die Galle über. Der Bruder fragte: »Wo hast du die Vasen gefunden?« Und mit einer müden Handbewegung deutete sie auf das Regal. »Wer weiß, ob noch andere da sind«, fuhr er fort, »laß uns mal nachsehen.« Er näherte sich der Bücherwand.

Carmela hatte sich erhoben und ging zu ihm. »Diese Wahnsinnige hat nach dem Tod von Papa mit unserem Geld falsche Vasen gekauft… Sie hatte doch gar keine Ahnung davon, glaubt mir, wer weiß, wie viele noch da sind, sie meinte wohl, eine gute Investition gemacht zu haben, und statt dessen sind sie alle falsch«, sagte sie, öffnete die unteren Türchen des Bücherschranks und ließ sie einfach offenstehen; sie zog Schachteln mit anderen Keramiken heraus, Gegenstände verschiedenster Art, Majoliken aus Caltagirone, eine Unmenge von Dingen.

Als ritte sie der Teufel, riß Carmela nun alles auf, auch die Schubladen des Münzenschranks, die der Schreibtische, und schleuderte alle Papiere, Kleinkram, Aktenbündel heraus und stapelte sie auf den Tischen, den Regalen, dem Fußboden und den Stühlen. Lilla sah ihr zu, dann schloß sie sich der sinnlosen Betätigung der Schwester an, als müßte sie überschüssige Energie ablassen.

So fand Massimo sie vor: Wie zwei Furien hatten die Schwestern Alfallipe die unteren Fächer geleert, die Türchen offengelassen, sich dann übers Bücherregal hergemacht: Sie räumten die Regalfächer leer, warfen die Bücher einfach auf den Boden und entdeckten andere Geheimfächer voller Vasen, einige davon ähnelten den gefälschten, andere ganz und gar nicht, und noch mehr Balsamfläschchen, Öllampen, Teller, Nippes, alle in perfekter Ordnung und katalogisiert.

Gianni hielt sich abseits, stand neben der Mutter und sah ihnen wie versteinert zu.

Auch Massimo folgte stumm ihrem Treiben. Da entdeckte er die gefälschten Amphoren: Sie standen auf dem Flügel und waren einfach wunderschön. Laut sagte er: »Glaubte die Hure etwa allen Ernstes, dieses Mistzeug würde ihr Glück und das der Alfallipes bedeuten, ihr seid Schwachköpfe, und dieses Luder ist richtig schamlos. Sie hat sich von einer Heerschar von Fälschern verarschen lassen und so unser Vermögen zum Fenster rausgeschmissen. Zehn Jahre lang habt ihr mich zum Narren gehalten, ihr habt euch für etwas Besseres gehalten als der Rest der Welt, statt dessen seid ihr Idioten, weiter nichts. Wer hat mich nur dahin gebracht, zu dieser Familie von Unterbelichteten gehören zu wollen? Ihr habt es verdient, daß ganz Sizilien euch kennt, als das, was ihr seid ... Den Nekrolog für sie habt ihr ja in die Zeitung gesetzt, und auch ich bin ein Hornochse, daß ich euch nachgegeben habe.« Vom Beistelltisch neben sich packte er eine kleine Bronzestatue und schmiß sie auf den Boden, dann ließ er ein paar Aschenbecher, eine Blumenvase fallen. Erschöpft und überrascht von seiner eigenen Tollkühnheit stand er da.

Die Reaktion auf seine Handlung war übertrieben. Die Mitbürger, denen die Familie Masculo, ihre Zurückhaltung über Bord werfend, einen sorgfältigen Bericht darüber lieferte, kriegten sich vor Staunen nicht mehr ein. Lilla war gerade damit beschäftigt, in einem Wandfach herumzuwühlen. Beim Aufprall der Bronzefigur sprang sie auf, stürzte blitzschnell zum Flügel, ergriff eine der Vasen, hielt sie in einiger Entfernung von ihren Füßen und ließ sie vor sich zu Boden fallen. Die Vase ging zu Bruch. Sie nahm eine zweite und ließ sie auf die Scherben der ersten fallen. Carmela tat es ihr gleich, und Gianni vereinte sich mit den Schwestern in dieser Orgie der Zerstörung und der Reinigung.

Der Lärm der zersplitternden Gefäße vermischte sich mit den Beschimpfungen, die Massimo gegen alle, insbesondere aber gegen die Mennulara herauskotzte. Auch die anderen begannen, sie mit unflätigen Worten zu überhäufen, es war ein Höllenspektakel. Wie eine Rachegöttin bestieg Lilla die Leiter des Bücherschranks und nahm eins ums andere die alten Bücher des Vaters heraus: Sie schleuderte sie hinab, und beim Fallen und Aufprallen lösten sich die Seiten heraus, und die Einbände gingen aus dem Leim. Sie öffnete weitere Geheimfächer voll großer Vasen, und auch diese endeten in tausend Stücken auf dem Fußboden.

Gianni hatte sich ihr genähert. Lilla reichte ihm eine Vase, ähnlich wie die auf dem Klavier, und sagte: »Von wegen Kennerin und Liebhaberin der Kunst … Sieh die Vase da, sie ist eine weitere Fälschung, ein Doppelstück von denen, die wir ins Museum gebracht haben.«

Gianni packte sie mit beiden Händen und sagte leise: »Mennù haßte uns, so sehr haßte sie uns. Das erklärt alles …« Tränen standen ihm in den Augen; er unterdrückte die Schluchzer, die seine Kehle erschütterten, und ließ die Vase zu Boden fallen. Umgeben von der zertrümmerten Vasensammlung des Vaters stand er neben der Leiter und weinte hemmungslos; er nahm alles, was Lilla ihm reichte, und machte es kaputt.

Der Schrei aus Carmelas Mund ließ sie herumfahren. Massimo drückte ihr die Gurgel zu, schüttelte sie, als wäre sie eine Stoffpuppe, und überhäufte sie brüllend mit Zotenausdrücken. Gianni eilte herbei, um die Schwester zu retten, und die zwei Männer droschen aufeinander ein. Massimo kam am schlechtesten dabei weg, nämlich mit einem Biß in den Arm, Gianni holte sich überall an Armen und Beinen blaue Flecken. So standen die Dinge, als Padre Arena an der Tür läutete.

41.
Padre Arena erlebt einen Nachmittag voller Besuche

Padre Arena war mit Signora Alfallipe so verblieben, daß er nach dem Mittagessen, wenn keine Besucher da wären, zum Kaffee vorbeikommen würde, damit sie ungestört plaudern konnten. Pünktlich um zwei Uhr am Nachmittag hatte er die Klingel des Palazzo Alfallipe betätigt. Nach langem Warten hatte Lilla die Lukentür im Flügel des Portals geöffnet und war über den Besucher offensichtlich verdutzt. Sie sah übel aus: Ihr Kleid war verdreckt, die Haare waren zerzaust, sie wirkte müde und niedergeschlagen. Sie hatte ihn nicht einmal hereingebeten, sondern ihn kurz angebunden beschieden, die Mutter fühle sich nicht wohl und sei zu Bett gegangen. Zweifelsohne war sein Besuch nicht erwünscht. Sie hatte es dermaßen eilig, ihn wegzuschicken und die Lukentür vor seiner Nase zuzuschlagen, daß ihr ein verkrumpelter Brief aus der Hand glitt und aufs Trottoir segelte. Padre Arena hob ihn auf und stopfte ihn in seine Rocktasche, mit dem Vorsatz, ihn am kommenden Tag zurückzubringen. Er machte sich wieder auf den Weg und nahm die Gasse dei Gozzi, die längs des Palazzo Alfallipe zum Tal hin verlief. Beinahe zwei Stunden hatte er nun Zeit, die er auf irgendeine Weise ausfüllen mußte, bevor er sich zum Hause Fatta begeben würde, wo man ihn um vier Uhr erwartete.

»Padre Arena, was treiben Sie um diese Stunde auf der Straße? Kommen Sie, kommen Sie, trinken Sie einen Kaffee mit uns!« Der Priester folgte gern der Einladung des Agronomen Angelo Masculo, denn er war sicher, angenehme Stunden mit diesen fleißigen und einfachen guten Leuten zu verbringen. Doch die Dinge verliefen anders als erhofft.

Der Priester trank seinen Kaffee und lauschte anfangs ungläubig, dann bestürzt den Schilderungen der Masculos. Ihm verging darüber sogar die Lust, das Marzipangebäck zu kosten, das die Signora ihm reichte. Jeder der Masculos erzählte

Padre Arena, was er gesehen und gehört hatte: So entstand ein tragisches, groteskes und verworrenes Bild. Die Signora Adriana hatte laut Aussage aller Masculos als stumme Zeugin dem Familienstreit und der Verwüstung der Bibliothek ihres Gatten beigewohnt.

Zusammen gingen sie ans Fenster, von dem aus die Masculos die Szene verfolgt hatten, um die Beschreibung der Bibliothek des Rechtsanwalts zu überprüfen: Die Fensterläden waren verschlossen, und kein Lebenszeichen drang aus dem Innern. Es war, als sei überhaupt nichts geschehen. Padre Arena hätte sich am liebsten verabschiedet, um einen einsamen Spaziergang zu machen und nachzudenken, doch er hatte keine Chance: Signora Masculo mußte sich aussprechen und bat ihn um seinen Rat, wie sie sich verhalten sollte.

Padre Arena sah, daß der Agronom und seine Gattin beunruhigt waren; sie wußten nicht, ob sie einen Freund oder Verwandten der Alfallipes, vorausgesetzt er wäre zuverlässig und verschwiegen, benachrichtigen oder ob sie vielleicht besser selbst hinübergehen sollten, um sich zu versichern, daß Signora Alfallipe keiner Hilfe bedurfte. Oder ob sie den Doktor Mendicò rufen sollten. Der Sohn des Hauses und die Schwiegertochter hingegen, die im übrigen untadelige Personen waren, würden vermutlich ihre Lust nicht bremsen können, über die außergewöhnlichen Ereignisse, die sie vom Fenster aus beobachtet hatten, zu reden.

Padre Arena befürchtete, daß noch vor Anbruch der Dunkelheit das ganze Dorf auf dem laufenden wäre; in einem sinnlosen Versuch, das Quentchen an Glaubwürdigkeit und Respekt zu retten, das die Alfallipes in Roccacolomba noch genossen, versicherte er den Masculos, auf der Stelle zum Vorsitzenden Fatta zu eilen und ihn über die Sache zu unterrichten, natürlich mit der Empfehlung an sie, in der Zwischenzeit Zurückhaltung zu üben.

Angelo Masculo begleitete den Geistlichen zur Tür, um unter vier Augen mit ihm zu reden. »Padre, ich möchte Ihnen einige Dinge anvertrauen, von denen nur ich weiß und die mir schwer zu denken geben. In den letzten Jahren seines Lebens war der Advokat Orazio fast immer zu Hause und verbrachte viele Stunden in seinem Arbeitszimmer. Des Nachts kamen gewisse Personen mit dem Karren, es waren keine bekannten Gesichter. Sie hielten unter den Balkons an und warteten. Dann öffnete die Mennulara ein Fenster und ließ einen Korb hinunter, als würde sie Einkäufe tätigen. So manchen mit Sackleinen bedeckten, bis oben hin beladenen Korb zog sie hinauf, und ich fragte mich immer wieder, was wohl darin sei ... Jetzt glaube ich, es waren die Sachen von den Grabräubern, die sie heute mittag zerstört haben. Vielleicht hätte ich mit dem Rechtsanwalt reden sollen, um ihn davon abzubringen, diese Anschaffungen zu machen; vielleicht werden seine Kinder jetzt bedroht oder es ist eine Erpressung, und von der Panik getrieben, haben sie alles zertrümmert.« Der Priester machte ihm klar, daß Anwalt Orazio einen dicken Schädel gehabt habe und niemals den vorsichtigen Ratschlägen des Agronomen Masculo gefolgt wäre. Er hatte gut daran getan, ihm nichts zu sagen.

»Eine andere Sache trug sich damals zu, es ist peinlich, darüber zu sprechen«, Masculo war noch nicht am Ende, »und ich bitte um Verzeihung. Keines von meinen Kindern weiß davon, es sind zwar brave junge Leute, aber ein unbedachtes Wort kann einem immer mal herausrutschen, und ich will die Familie Alfallipe ja nicht verunglimpfen: Nur Ihnen, Padre, vertraue ich es an. Ich litt unter Schlaflosigkeit, und nachts ging ich öfter, um meine Frau nicht zu wecken, ins Eßzimmer und las Zeitung. An den Sommerabenden ließ der Anwalt die Fensterläden offen, und ich streckte den Kopf aus dem Fenster, um der schönen Musik zu lauschen, die er immer spielte, er hatte nämlich ein wunderbares Grammophon. Ich könnte schwören, daß ich durch den weißen Vorhang den Körper einer Frau erkennen konnte, die mit ihm auf dem Sofa vor dem Kamin lag ... und dürftig bekleidet war, Sie verstehen, was ich meine? Mir ist unerklärlich, wie es ihm gelungen war, sie hereinzulassen, Signora Adriana war doch im Haus; dennoch – ich habe sie gesehen, es war immer dieselbe, sie hatte langes, dunkles Haar, schön war sie. Auch in den letzten Jahren seines Lebens ließ er sie ins Haus kommen. Ich hielt ihn zu so etwas nicht fähig. Vielleicht nicht einmal sein Vater, Gott hab ihn selig, hätte so etwas getan ... Es stimmt, auch im Alter ging er regelmäßig ins Bordell, zumindest aber brachte er die Weiber nicht mit nach Hause!«

Padre Arenas Antwort ließ nicht lange auf sich warten und war sehr entschieden: »Mein guter Angelo, Ihr dürft solche Dinge nicht behaupten. Nur ein Priester kennt sämtliche Schwächen und Fleischessünden der Menschen. Ohne das Beichtgeheimnis zu verletzen, sage ich Euch nur so viel: Was Ihr mir über den Rechtsanwalt Orazio erzählt, überrascht mich gar nicht ... Wie sagt das Sprichwort doch so schön: ›Der Apfel fällt nicht weit vom Stamm‹, und Weiber dieser Art, die heimlich bei Tag und bei Nacht in Privathäuser eingeschleust werden, gibt es jede Menge. Glücklicherweise macht man im Ort keinen Skandal deswegen, und das, was Ihr gesehen habt, ist im Hause Alfallipe nichts Ungewöhnliches und überrascht auch keinen. Dieses und noch anderes wird den Beichtvätern anvertraut, Friede sei der Seele des Rechtsanwalts Gianni und der seines Sohns Orazio. Ihr tut gut daran zu schweigen. Wenn das Gerücht der Signora Adriana zu Ohren käme, wäre das ein großer Schmerz für sie. Und erst für die Mennulara! Weilte sie noch unter uns, wäre sie völlig am Boden zerstört, denn sie hielt das Ansehen der Alfallipes ja heilig. Ich werde dem Präsidenten Fatta gegenüber, ohne Namen zu nennen, ein paar Worte verlieren, und Ihr vergeßt, an Schlaflosigkeit gelitten zu haben.«

Padre Arena schlich sich davon. Angelo Masculo war höchst zufrieden, dem Pfarrer seine Kümmernisse anvertraut und doch nichts von seinen Mutmaßungen über die Identität der Frau preisgegeben zu haben, die er schemenhaft im Arbeitszimmer des Anwalts gesehen hatte. Er hätte sich nur lächerlich gemacht. Er schämte sich für seine schlechten Gedanken ... die arme Mennulara! Still bat er sie um Verzeihung, daß er sie solcher Untaten für fähig gehalten hatte. Der Pfaffe hatte recht: Vater und Sohn Alfallipe hatten eine Vorliebe für Huren, und wer weiß, ob der Rechtsanwalt Orazio so weit gegangen war, sich so eine von der armen Mennulara in sein Arbeitszimmer führen zu lassen!

Angelo Masculo ging wieder ins Haus hinauf und sagte zu seiner Frau: »Maria, zwei Dinge sage ich dir, und denk daran: Die Alfallipes werden nie die Opfer begreifen und zu schätzen wissen, die eine getreue Dienerin wie die Mennulara ihnen gebracht hat. Wie viele bittere Pillen haben sie sie schlucken lassen. Die andere Sache ist: Padre Arena wird im Alter immer weiser!«

In der Zwischenzeit wanderte Padre Arena ziellos durch die Straßen, die um diese Stunde so gut wie ausgestorben waren. Verwirrung und Entsetzen herrschten in seiner Brust. Er fühlte sich schlecht, blendendes Sonnenlicht wechselte ab mit dem Schatten, den die Häuser warfen. Ihm drehte sich der Kopf. Da kreuzte Doktor Mendicò seinen Weg, der gerade von einem dringenden Krankenbesuch kam, und lud ihn zu sich nach Hause ein. Padre Arena folgte ihm schweigsam und willig wie ein Lämmlein über die Treppen des Orts. Tiefste Niedergeschlagenheit hatte ihn erfaßt.

Im Wohnzimmer des Hauses Mendicò schlürften die beiden einen Likör. Nach und nach fing der Priester sich wieder, und die beiden Männer redeten lange miteinander.

Für Padre Arena war es ein leichtes, dem Arzt von seinen Bedenken über die Alfallipes zu erzählen. In gewisser Hinsicht waren sie Kollegen, der eine war zuständig für das Seelenheil, der andere für das körperliche Wohl der Menschen, und wie oft waren sie – jeder in Erfüllung seiner Aufgabe – an einem Sterbelager aufeinandergetroffen. Die beiden kannten die Geheimnisse des Städtchens, obwohl sie darüber nie miteinander gesprochen hatten. In ihrem Bestreben, die Wahrheit über die Geschichte der Alfallipes und der Mennulara herauszufinden, redeten sie eilig und erregt und fügten ein Stück ums andere dem Bild hinzu, das im beruhigenden Halbschatten des Hauses Mendicò vor ihren Augen entstand.

Für den Arzt besagten die Schilderungen der Masculos klar und deutlich, daß die Mennulara von den Grabräubern Diebesgut entgegennahm, was sie sicherlich auf Geheiß von Orazio tat, der ein besitzgieriger Sammler war. »Orazio war launisch, und wenn er etwas haben wollte, war er nicht zimperlich. Er wird die Mennulara als Mittelsperson für den Erwerb antiker Fundstücke eingesetzt haben, das machen viele so, vor allem seit die Aufsichtsbehörde mit Ausgrabungen in der Gegend von Casale begonnen hat. Ich glaube nicht, daß er sehr viele Stücke besaß, und auch keine besonders wertvollen, er hätte sich sonst damit gebrüstet. Aber ich begreife nicht, weshalb seine Kinder die Sachen zerstört haben … Es gab so viele, teils auch sehr schöne Stücke in seinem Arbeitszimmer. Was das holde Geschlecht angeht, interessierte er sich, im Unterschied zu seinem Vater, nicht für jene Art von Frauen; er war nur auf die verheirateten scharf. Deshalb will mir nicht in den Sinn, wer des Nachts in sein Haus hätte kommen können. Was denken Sie darüber?«

Padre Arena hätte bei diesen Worten beinahe wieder einen Schwächeanfall erlitten. Er hüllte sich in Schweigen.

Der Arzt vergaß für einen Augenblick die Gegenwart des Pfarrers, sein Blick schweifte zum Balkon und wanderte über die Stickereien auf dem linnenen Vorhang, der im Wind flatterte. Dann murmelte er ganz leise: »Es sei denn, diese Frau wäre …«

»Die Mennulara«, beendete Padre Arena den Satz, flüsternd auch er, als würde er ein Bußgebet aufsagen.

»Eben«, sagte der Arzt, und sein Blick hatte sich an dem Farngewächs festgehakt, das vor dem Vorhang des Balkons aufgestellt war, und er fügte, noch immer wie im Selbstgespräch, hinzu: »Die Mennulara ... nach so vielen Jahren würde mich das wundern.«

»Mich wundert das nicht«, grummelte der Priester.

Doktor Mendicò zuckte bei diesen Worten zusammen, richtete sich kerzengerade in seinem Sessel auf, legte die Hände auf die Lehnen und heftete seinen Blick auf Padre Arena, der tief eingesunken im Sessel neben ihm saß, als sei er überrascht, ihn zu sehen. Mit einem Taschentuch wischte er sich den Schweiß von der Stirn, wieder und wieder. Die Worte des Geistlichen hatten ihn völlig aus dem Häuschen gebracht, jetzt war er es, dem die Kräfte zu schwinden drohten, ein Strudel wirrer Gedanken kreiste hinter seiner Stirn.

»*Dottore*, geht's Ihnen nicht gut?« fragte Padre Arena. Auch er war ziemlich erschüttert.

»Nein, es geht schon. Es ist nur, weil ich alt bin und gewisse Dinge nur langsam begreife, das Hirn funktioniert nicht mehr so wie früher«, erwiderte der Arzt und fügte feierlich, jede Silbe betonend, hinzu: »Die Mennulara kann mich noch immer in Staunen versetzen.« Erneut schaute er über den Balkon hinaus, der Vorhang hatte sich gehoben, und er sah über die Balkonpflanzen und das schmiedeeiserne Geländer hinweg auf die Dächer und die Berge. Er starrte in den Himmel, der im Glanz der kräftigen Herbstsonne beinahe alle Farbe verloren hatte.

»Sagen Sie es mir. *Dottore*, tun Sie so, als knieten Sie im Beichtstuhl«, stieß Padre Arena stotternd heraus. Er spürte, daß er eine gepeinigte Seele vor sich hatte, gepeinigt wie die seine.

»Nein, das ist zu schwierig«, wiederholte der Arzt. Dann stellte er dem Priester eine Frage: »Vergessen wir mal die Sakramente und seien wir nur Menschen: Wenn ich Ihnen eine Vermutung anvertraue, die ein Verbrechen, vielleicht sogar zwei beinhaltet, könnten Sie das Geheimnis für sich behalten?«

»Wenn es sich um die Mennulara handelt, sicherlich!« lautete prompt seine Antwort.

Nachdem Doktor Mendicò eine anfängliche Hemmung überwunden hatte, sprach er weiter ohne Schweißausbrüche, er wirkte gefaßt: »Nun, Sie wissen ja, daß Orazio Alfallipe, genau wie die Mennulara, einen Tumor hatte. Es wäre auf jeden Fall bald mit ihm zu Ende gewesen. Er hatte Angst zu leiden. Ich war nicht in der Lage, ihm die körperlichen Schmerzen zu ersparen, auch die Wirkung des Morphins hat ihre Grenzen. Ihm stand bis zu seinem Tod eine lange und qualvolle Leidenszeit bevor, wäre er, und das ist meine Vermutung, nicht getötet worden. Ich habe dafür keine Beweise, nur durch eine Autopsie ließe sich das feststellen, doch die können wir vergessen.« Er sah dem Priester geradewegs in die Augen und sprach weiter: »Am Tag, an dem Orazio starb, war die Mennulara draußen auf den Feldern, sie hatte also ein perfektes Alibi. Sie spielte für ihn die Krankenschwester; ich hatte ihr Ampullen mit Morphin und anderen Substanzen dagelassen, die allesamt bei falscher Dosierung tödlich wirken konnten. Sie wußte Bescheid, ich vertraute der Mennulara hundertprozentig. Es handelte sich um Mord, heutzutage würde es vielleicht auch Sterbehilfe genannt werden.« Er trank einen Schluck Wasser und fuhr dann fort: »In jenem Augenblick dachte ich nicht daran, das dürfen Sie mir glauben, Signora Adriana steckte in einer hysterischen Krise, ich mußte mich um sie kümmern. Nie und nimmer hätte ich mir vorstellen können, daß die Ergebenheit der Mennulara für Orazio Alfallipe so weit reichen würde, ihn zu töten. Eine devote Dienerin würde das nicht wagen. Aber eine verliebte und wiedergeliebte Frau könnte sogar in der Lage sein, den Mann, König ihres Herzens, zu töten.«

Er setzte sich auf seinem Sessel gerade und fragte: »Padre Arena, glauben Sie, daß die Mennulara Orazio Alfallipe geliebt hat?«

»Ich weiß es nicht. Wenn Sie die ›Liebe‹ und nicht eine jugendliche Entgleisung meinen, *dottore*, weiß ich es wirklich nicht. In den letzten Lebensjahren des Anwalts verließ sie das

Haus der Alfallipes so gut wie nie, wir sahen uns nur selten und sehr flüchtig.« Padre Arena unterbrach sich und überlegte. Stotternd hob er wieder an: »Aber wenn sie ihn geliebt hätte, wäre sie fähig gewesen, ihn zu töten, ohne Schuldgefühle oder Gewissensbisse.«

»Ich muß Ihnen noch eine Frage stellen, Padre«, fügte der Doktor hinzu. »Und wenn ich Ihnen sagte, daß sie durch vergiftetes Gebäck gestorben ist, das sie selbst mit Bittermandeln zubereitet hatte?«

»Das würde mich nicht wundern, sie wollte der Signora Alfallipe nicht zur Last fallen und fürchtete, daß sie ein Pflegefall werden könnte. Zu mir sagte sie, sie sei zum Sterben bereit, sie hätte gegenüber den Toten und den Lebenden ihre Pflicht und Schuldigkeit getan. Sie war nicht gläubig, wußten Sie das?«

Doktor Mendicò schlug bejahend die Augen nieder, nahm die Flasche und füllte erneut die Gläser. Schweigend saßen sie beisammen, jeder den eigenen Gedanken nachhängend, und tranken ihren amarantroten Likör. Der Wind hatte sich gelegt. Sie beobachteten das Lichtbündel, das durch die Öffnungen des bestickten Vorhangs einfiel und das Zimmer erfüllte, den Halbschatten durchtrennte und auf dem Boden auftraf. Gefangen in dieser Lichtröhre zitterten und tanzten Staubpartikel in unaufhörlicher Bewegung. Eine schläfrige, friedfertige Atmosphäre senkte sich auf Doktor Mendicò und Padre Arena herab.

So fand Signora Di Prima, die Schwester des Arztes, die beiden vor, als sie hereinkam, um den Priester zu begrüßen und ein Schwätzchen zu halten. Im Ort kreisten bereits die wildesten Gerüchte über den furchtbaren Streit zwischen den Geschwistern Alfallipe, der wegen Geld- und Erbschaftsfragen ausgebrochen war. Das Geheimnis, das die Mennulara umgab, verdichtete sich zusehends. Signora Di Prima war über die Reaktion der beiden Männer ehrlich verblüfft, denn einstimmig behaupteten sie in leicht scherzhaftem Ton, daß es keine Geheimnisse über die Mennulara gäbe, Friede sei ihrer Seele. »Wie bitte, es gibt keine Geheimnisse? Wollt ihr etwa, daß erst jemand umgebracht wird?« fragte sie pikiert.

»Umgebracht nicht unbedingt!« erwiderte der Doktor und nickte dem Pfarrer zu.

Padre Arena spürte dicke Luft zwischen den beiden, so erhob er sich, um sich zu verabschieden: Er war schon zu spät dran für seine Verabredung mit Pietro Fatta. Der Arzt geleitete ihn zur Haustür: Sie verblieben so, daß sie sich wieder treffen wollten, um weiterzureden, und der Arzt sagte mit einem Augenzwinkern: »Bedenken Sie, aller guten Dinge sind drei!«

Über der Hektik der letzten Stunden hatte Pietro Fatta den angekündigten Besuch von Padre Arena völlig vergessen. Signora Fatta bat den Priester in ihren kleinen Salon und entschuldigte sich für die Verspätung ihres Gatten, der einen Überraschungsbesuch empfangen hatte. Margherita Fatta saß wie auf Kohlen, sie hatte gerade mit ihrer Cousine Adriana telefoniert, die untröstlich war wegen dieses neuerlichen Malheurs, das ihren Kindern widerfahren war: Der Einsturz eines Bücherregals in der Bibliothek hatte ein katastrophales Durcheinander bei ihnen ausgelöst. Padre Arena hörte ihr verständnisvoll zu. Um sich zu trösten, erzählten sie einander die neuesten Neuigkeiten.

Pietro Fatta stieß zu ihnen und erklärte, seine Verspätung sei einem Problem im Zusammenhang mit den Alfallipes zuzuschreiben. Er bat den Geistlichen, ihm noch eine halbe Stunde Zeit zu lassen. Padre Arena war über sein forsches Benehmen selbst überrascht, denn er lehnte ab: »Ich möchte Sie, Herr Vorsitzender, nur ein paar Minuten unter vier Augen sprechen.«

Margherita ging unter einem Vorwand aus dem Zimmer und ließ sie allein. Pietro Fatta sprach hastig und ließ eine gewisse Unduldsamkeit gegenüber der Bitte des Priesters erkennen: »Im Postamt arbeitet ein gewisser Risico, ein Kommunist.

Dieser ist mit der Verkäuferin der Buchhandlung Pecorilla verheiratet, die Sie vielleicht kennen. Nun gut, dieser Risico hat herausgefunden, daß die Mennulara an jedem 25. eines Monats Geld von einer Schweizer Bank erhielt, zu deren Kundenkreis einige große Mafiosi gehören. Er hat eine Theorie aufgestellt: Unter dem Schutz der Mafia soll sogar ein Geheimbund zwischen Massimo Leone und der Mennulara bestanden haben. Heute wurde der Motor seines Fiat Sechshundert mit flüssigem Zement übergossen und völlig zerstört. Weder er noch dieser Duckmäuser von Postamtsleiter wissen mehr, welchen Schutzheiligen um Hilfe angehen.« Bei diesen Worten konnte Padre Arena ein ironisches Grinsen nicht unterdrücken: Vielleicht enthielten sie eine tiefe Wahrheit. »Der Postamtsleiter sagt mir nun, daß der Risico beabsichtigt, die Polizei mit hineinzuziehen. Er will Carmela wegen einer ganzen Reihe in der Post begangener Delikte anzeigen, er spricht sogar von Mafia-Clans, Drogenhandel, Waffen, also er war mit einem Wort übergeschnappt, und er hat ihn zu mir nach Hause geschickt, damit ich ihn von seiner Idee abbringe. Er ist jetzt zusammen mit seiner Frau in meinem Arbeitszimmer. Ich weiß nicht, wie ich ihn besänftigen und überzeugen soll zu schweigen. Für die jungen Alfallipes wäre das ein Desaster. Und auch für ihn«, fügte der Vorsitzende mit besorgter Miene hinzu.

Padre Arena erzählte in knappen Worten, was er bei den Masculos erfahren hatte, und von dem Verdacht, Rechtsanwalt Alfallipe habe gestohlene Fundstücke aus Gräbern oder Ausgrabungsstätten gekauft. Daß die Mennulara in gewisser Weise in eine Schieberei mit Antiquitäten verwickelt war, sollte das etwa die Verbindung zu der Schweizer Bank erklären?

»Das würde ich ausschließen, ich hätte es merken müssen: Ich stand Orazio sehr nahe, und er hätte so etwas vor mir einfach nicht verheimlichen können. Ich weiß, daß er mit gewissen Bauern Geschäftchen machte, ihnen die Fundstücke abkaufte, die sie auf den Feldern fanden, wenn sie mit der Hacke plötzlich auf einen Grabdeckel stießen; vielleicht hatte er es auch mit ein paar echten Grabräubern zu tun, aber bestimmt betrieb er keinen ausgedehnten Handel. Mir ist bekannt, daß die Mennulara ihm bei der Katalogisierung von Fundstücken half, sie bat mich, Briefe in ihrem Namen zu schreiben, die im allgemeinen ans Regionalmuseum gerichtet waren, welches diese Stücke bestimmen sollte. Das wäre doch eine plausible und vielleicht auch für den Risico annehmbare Erklärung.«

Padre Arena erinnerte sich an den Brief, der Lilla aus der Hand gefallen war, und reichte ihn dem Vorsitzenden. Eben, das war eine zweite Handlung, deren er sich hätte schämen und die er vielleicht auch hätte beichten müssen. Beide Male versuchte er ja nur, die Mennulara zu schützen, und der Allmächtige im Himmel würde es ihm wegen der Zuneigung, die er für sie hegte, verzeihen, da war er sich ganz sicher.

Pietro Fatta las den Brief und gab ihn dem Priester zurück. »Das erklärt vieles, aber noch nicht alles. Die Mennulara wird Fälschungen gekauft haben, die sie für echt hielt. Orazio benutzte sie als Strohfrau und für die Direktkontakte mit halbseidenen Figuren, meistens eben Grabdieben, ich bedaure, das zugeben zu müssen. Die Kinder von Orazio brauchten Bargeld und hatten wohl die Absicht, einige Stücke aus der Sammlung zu verkaufen, und klugerweise haben sie sie schätzen lassen wollen. Als sie sich in ihren Hoffnungen getäuscht sahen, haben sie die Objekte zerstört, und sie werden wohl auch gestritten haben, meinen Sie nicht?« Nach dieser Rede kehrte Pietro Fatta wieder zum Ehepaar Risico zurück.

Es verstrich keine Minute und schon tauchte Margherita Fatta wieder bei Padre Arena auf: Die Baronin Ceffalia hatte sie angerufen und ihr sämtliche Einzelheiten des heftigen Streits unter den Geschwistern Alfallipe erzählt. Von wegen Einsturz des Bücherregals! Padre Arena war erschöpft, ihm stand nicht der Sinn danach, die Signora zu trösten, und auch nicht, sich ihr Gerede anzuhören. Zum Glück fiel ihm ein Hilfsmittel ein, das fast immer funktionierte: Er schlug ihr vor, mit ihm zusammen den Rosenkranz zu beten.

Margherita Fatta machte sich eifrig und voller Erleichterung ans Werk. Padre Arena skandierte das Paternoster und das Ave-Maria ungewöhnlich schleppend, machte Pausen, sogar mit Gestotter, das er mit Absicht verstärkte, um alles so lange wie möglich dauern zu lassen. Damit waren sie noch beschäftigt, als Pietro Fatta zu ihnen kam, nachdem er die Risicos verabschiedet hatte: Margherita kniete auf einem Kissen, ihr Blick ruhte starr auf dem Bildnis der Madonna über der Kommode, Padre Arena saß im Sessel, und seine Augen drückten einmal Unruhe aus, dann wieder starrten sie ins Leere. Alle waren müde, und so beschlossen sie einvernehmlich, den Besuch zu beenden. Diesmal nahm Padre Arena sehr gern die Einladung von Pietro Fatta zum Mittagessen am folgenden Tag an.

42.
Montag ist ein schwerer Tag für die Risicos

Signora Pecorilla und ihre Angestellte Elvira Risico hatten alle Hände voll zu tun; in der Buchhandlung wimmelte es nur so von Schülern und Eltern auf der Suche nach Schulbüchern. Es war ein ungeheures Geschnatter und Geschrei. Die gelangweilten Bürschlein nahmen die Bücher, wie sie gerade kamen, schauten sich die Einbände an und stellten sie kreuz und quer wieder zurück. Lustlos beantworteten sie die Fragen ihrer Eltern, hielten inne, um mit den Schulkameraden zu schwatzen, und kauten dabei Kaugummis, was die neueste Mode unter den ganz jungen Knaben und Mädchen war.

Die Eltern fuchtelten mit den Schulbuchlisten, konnten nichts anderes als herumschreien und sich über die Preise beschweren; sie blätterten in den gebrauchten Büchern, machten einen Aufstand bei jeder Kritzelei des vorherigen Buchbesitzers und verlangten Rabatt; dann versuchten sie, sich vor den anderen Kunden vorzudrängen. Das Läuten des Telefons an der Kasse ging inmitten dieses Lärms beinahe unter. Es war Gaspare Risico. »Ich hab zu tun«, vertröstete ihn Elvira.

»Ich wollte dir nur sagen, daß die Antwort meine Vorhersagen bestätigt, wir sehen uns beim Mittagstisch.« Unter dem vorwurfsvollen Blick der Signora Pecorilla wandte sich Elvira mit einem breiten Lächeln auf den Lippen wieder ihren Kunden zu.

Elvira ging mit Verspätung in die Mittagspause, sie hatten die Buchhandlung für den Ansturm am Nachmittag rüsten müssen. Gaspare war bereits zu Hause und tappte unruhig im Wohnzimmer herum. Er gab ihr einen flüchtigen Kuß. »Wir haben ein echtes Problem. Nie und nimmer hätte ich damit gerechnet, daß die Nachricht meines Kollegen aus Mailand hier im Postamt abgefangen werden würde, doch ganz offensichtlich war das der Fall. Ich habe sie in einem verschlossenen Kuvert erhalten, da bin ich mir ganz sicher, und habe sie dann in winzige Stücke gerissen und in den Papierkorb geworfen. Das Schreiben besagte nur so viel: ›Die Antwort auf deine Fragestellung ist bejahend. Aufgepaßt.‹ Wer das gelesen hat, wußte also Bescheid über meine Unterredung mit dem Kollegen. Am späten Vormittag bin ich zum Wagen gegangen, um ins Postamt von Roccacolomba Nuova zu fahren, doch er sprang nicht an. Ich habe die Motorhaube aufgemacht, der Motor war über und über mit bereits erhärtetem Zement bedeckt, er sah aus wie eine moderne Skulptur.«

Als Elvira das hörte, blieb ihr vor Schreck der Mund offenstehen. Gaspare fuhr trotzdem fort: »Man muß auf diese Einschüchterungen reagieren und sich zur Wehr setzen, deshalb bin ich zum Direktor gegangen. Der geriet gleich in Aufruhr und flehte mich an, mit niemandem darüber zu sprechen und keine Anzeige zu erstatten. Er bat mich sogar, ihm persönlich den Gefallen zu tun und mich mit dem Vorsitzenden Fatta zu beraten!«

»Was hat der damit zu tun?« unterbrach Elvira.

»Was heißt, was hat der damit zu tun? Er ist einer von diesen Kapitalisten, die in ihrem ganzen Leben nicht einen Tag gearbeitet haben. Er war ein Freund des Advokaten Alfallipe, ist ein geachteter Mann und kennt alle. Und dieser Hutsimpel von Postamtsleiter hat ihm bereits zuvor von der Leone und den Briefen erzählt; deshalb will er jetzt, daß ich mit ihm rede, bevor ich meiner Pflicht nachkomme und die Leone und diese Hurenböcke anzeige, die mir mein neues Auto ruiniert haben! Das ist unerhört, es ist ein Übergriff, der meine Rechte als Angestellter und als Bürger verletzt.«

Gaspares Augen funkelten, er ballte die Fäuste in den Jackentaschen und hätte beinahe das Innenfutter zerrissen, wenn Elvira seine Hände nicht sanft zwischen die ihren genommen und ihm tief in die Augen blickend ruhig und bestimmt gesagt hätte: »Wir müssen seinem Willen entsprechen, dir gegenüber war er immer sehr zuvorkommend, er schätzt dich, und ich glaube sogar, er mag dich. Ich komme mit zum Vorsitzenden, ich habe Bücher für ihn abzugeben.« Elvira bemerkte ein Zeichen der Zustimmung auf Gaspares Lippen, bevor sie in der Küche verschwand. Vor dort aus sprach sie weiter: »Wir können auch darüber hinwegsehen und keine Anzeige gegen die Leone erstatten und uns darauf beschränken, die Polizei über den Schaden am Auto zu unterrichten.«

Sie tauchte schließlich in der Türöffnung auf, stützte den Unterarm gegen den Türrahmen und sagte in ernstem Ton: »Gasparù, ruf den Direktor an, wir machen gleich eine Verabredung mit dem Vorsitzenden Fatta aus, und dann essen wir.«

»Er erwartet uns um halb fünf«, brummte Gaspare.

»Solche Dinge passieren nun mal, du hast das Spiel durchschaut, ich bin stolz auf dich. Du wirst sehen, auch der Vorsitzende Fatta wird überrascht sein«, und dann fügte sie noch hinzu: »Wir machen jetzt zusammen das Essen, und dann rufe ich Signora Pecorilla an.«

Es war eine der seltenen Gelegenheiten, bei denen Gaspare Risico seiner Frau half, den Tisch zu decken, und sogar den grünen Salat anmachte, anstatt nur herumzustehen und ihr zuzuschauen, wie sie das Mittagessen zubereitete. Am frühen Nachmittag dann verließen sie das Haus, gingen im Buchladen vorbei, um die Bücher abzuholen, die für den Vorsitzenden Fatta bestimmt waren. Unterwegs nahm Elvira ihren Mann am Arm und ließ ihn erst vorm Tor des Palazzo Fatta wieder los, nachdem sie die steilen Treppenstraßen von Roccacolomba durch verwinkelte Sträßchen und enge Gassen hinaufgestiegen waren. Keine Sekunde hielt sie den Mund, um ihn ja auf andere Gedanken zu bringen und ihm Mut zu machen. Sie spürte, wie Gaspare seine Hand gegen ihre Hüfte drückte, und begriff, daß sie ihr Ziel erreicht hatte.

Der Vorsitzende Fatta empfing das Ehepaar Risico höchstpersönlich. Er führte sie in sein Herrenzimmer und bedankte sich bei Elvira für die Bände von D'Annunzio, die sie ihm gebracht hatte. Entzückt von soviel Galanterie und überhaupt nicht eingeschüchtert, begann sie über Neuausgaben und Bücherraritäten zu plaudern. Pietro Fatta nahm die Gelegenheit wahr, ihren Ehemann zu beobachten, der schweigsam und sichtlich besorgt war. Sie wurden von Lucia unterbrochen: Die Signora müsse dringend mit dem Herrn Vorsitzenden sprechen. Der ließ die beiden unter tausend Entschuldigungen allein. Als er zurückkam, standen sie eng aneinandergeschmiegt am Balkon und boten einen rührenden Anblick. Da er allein mit Gaspare Risico sprechen wollte, schlug er Elvira mit entwaffnender Höflichkeit vor, sie möge es sich doch in dem kleinen Salon bequem machen und einen Blick in einige alte Ausgaben werfen, über die sie zuvor Andeutungen gemacht hatten.

»Erzählen Sie mir, Signor Risico, ohne etwas auszulassen, von den Ermittlungen über die Inzerillo, die Sie im Postamt durchgeführt haben«, kam Pietro Fatta gleich zur Sache.

»Welche Ermittlungen?« wiegelte Gaspare ab, er war argwöhnisch wegen der ausgefeilten Manieren Fattas gegenüber seiner Gattin, und vielleicht insgeheim sogar eifersüchtig.

»Lassen Sie uns ganz offen reden. Wir sind hier, weil Ihr Direktor mir von Ihnen und dem Schaden an Ihrem Automobil erzählt hat.« Pietro Fatto sprach in einem Ton, der keine Mißverständnisse aufkommen ließ. »Keiner von uns hat Zeit zu vergeuden. Um Ihnen einen Beweis meiner Vertrauenswürdigkeit zu geben, werde ich als erster reden. Ich bin in großer Sorge um die drei jungen Alfallipes. Ihr Vater war mein bester Freund, und ihre Mutter ist eine Cousine meiner Frau. Ich würde zu gern verstehen, warum sie sich nach dem Tod ihrer Dienstperson so unsinnig verhalten. Aber ich möchte auch begreifen, warum Leute wie Sie auf eine Weise handeln, die die Mafia vorerst nur verstimmt, sie bald aber schon in Zorn versetzen könnte.« Und in schärferem Tonfall fuhr Pietro Fatta fort: »Sollte dieser Fall eintreten, Signor Risico, verschwinden Sie auf immer von der Bildfläche, oder Ihre Leiche wird irgendwo auf freiem Feld gefunden. Wenn Sie wollen, daß wir gemeinsam versuchen, etwas zu begreifen und eine Lösung zu finden, stehe ich Ihnen zur Verfügung. Mein Ansinnen ist es zu vermeiden, daß sich die Kinder meines besten Freundes weiterhin unschicklich und unvernünftig benehmen und dabei ihr Leben aufs Spiel setzen und aus dem ihrer Mutter ein Jammertal machen. Und was ist das Ihre?«

Gaspare war dankbar für die Offenheit des Vorsitzenden. Und so legte er ihm seine These über Massimo Leone dar: Es gäbe einen Plan der Mafia, bei dem die Inzerillo und der Leone eine ganz bestimmte Rolle innehatten: Der Drogenhandel sollte nach Roccacolomba gebracht werden, so wie es bereits in den Städten geschah, um dann im zweiten Schritt die Bauaktivitäten zu kontrollieren und um das Dorf herum auszuweiten. Er wollte den Staat dabei unterstützen, dieses Vorhaben auffliegen zu lassen.

»Erklären Sie mir bitte, aus welchem Grunde die Mafia ein

so starkes Interesse an der Entwicklung im Bauwesen hier in Roccacolomba haben sollte ...«

»Signor Fatta, Sie wissen, daß die Mafia in den großen Städten unter Druck steht. Die Justiz könnte ihr die Luft zum Atmen abdrehen. Und mit der Aussicht auf diese Schlappe zieht sie sich in die kleineren Zentren zurück, um sich für einen Neuangriff zu rüsten.« Es war offenkundig, daß Gaspare die Worte wiederholte, die er in der Parteisektion vernommen hatte, aber er tat es mit Hingabe.

»Was läßt Sie glauben, daß die Mafia unter Druck steht und an Macht verliert?«

»Dazu braucht man nur die Zeitungen zu lesen. Lesen und verstehen, natürlich. Es gibt Leute, die sich erheben, die sich nicht beugen wollen. Also muß man sie unterstützen. Die Leute, meine ich, das ist klar. Beim Prozeß von Tommaso Natale wollte die Witwe von Pietro Messina als Zeugin gegen die Mörder ihres Mannes auftreten. Doch dann wurde sie gezwungen, ihre Aussage zurückzuziehen, man hat sie und ihre Kinder bedroht, aber andere wie sie werden ihr Ziel erreichen. Unsere Abgeordneten, die Kommunisten, bombardieren die Regierungen mit Anfragen. Wir hier in Sizilien wollen Arbeit, Fortschritt, eine Zukunft, Signor Fatta.«

Dem Vorsitzenden gefiel dieser junge Idealist. Er dachte daran, ihn zu fragen, ob er Kinder hätte, doch er ließ es sein.

»Ich begreife. Sie wollen die Welt verändern«, sagte er und meinte noch: »Sie tun gut daran.«

»Sizilien, Signor Fatta. Ich will Sizilien verändern. Arbeit, Wasserversorgung, Entwicklung, Gerechtigkeit. Ich habe Vertrauen in die Justiz«, sagte Gaspare mit einer gewissen Emphase, doch darauf bedacht, sich den Vorsitzenden Fatta nicht zum Gegner zu machen, »ich glaube an den Kampf gegen Schutzgelderpressung, gegen Korruption, ich mache mich stark für das Recht auf Arbeit, auf die Gleichheit der Bürger. Für diese Werte bin ich bereit, Opfer zu bringen und auch Risiken einzugehen.«

Pietro Fatta dachte an seinen Sohn Giacomo, einen pflichtbewußten und zuverlässigen Menschen. Als Viehzüchter war er tüchtig und gewissenhaft, und auf dem Gebiet der Verwaltung besaß er Scharfblick, er war ein herzensguter Sohn, Vater und Ehemann. Er war anders als dieser junge Mann da vor ihm, der ihm glühend sein eigenes Credo vortrug. Gern hätte er seine nähere Bekanntschaft gemacht, doch er wußte, daß dies wohl kaum möglich war.

»Sie gestatten mir, gemeinsam mit Ihnen meine Ansichten über die Inzerillo und den Leone unter die Lupe zu nehmen«, sagte der *presidente* in gedämpftem und nüchternem Ton, mit dem er die unerwarteten Gefühlsregungen im Zaume hielt, »und zwar von der Annahme ausgehend, daß die Inzerillo den Schutz der Mafia genoß. Ich werde eine These wagen, die diese verwickelte Situation erklären könnte. Erstens: Sie, die Mennulara, bediente sich der wichtigsten Schweizer Mafiabank, wie Sie bereits festgestellt haben. Sie war also gut eingeführt. Zweitens: Sie erhielt auf dem Postweg wahrscheinlich Riesensummen; das mag wiederum bedeuten, einer Ihrer Kollegen in Roccacolomba, ein Mann der Ehrenwerten Gesellschaft, wird dafür gesorgt haben, daß nichts geklaut wurde und die Zustellung für die Inzerillo pünktlich und zuverlässig verlief. Drittens: Die Inzerillo gab einen Teil ihres Geldes an die drei Alfallipes. Viertens: Bei der Beerdigung der Inzerillo wird ein bekannter und gefürchteter Mafiaboß gesehen. Fünftens: Ein Angestellter des Postamts, Sie, Signor Risico, führt vorsichtig eine Untersuchung durch und findet darauf den Motor seines Autos zerstört.«

Der Vorsitzende Fatta schloß die Hand, an der er die ersten fünf Schlüsselpunkte abgezählt hatte, und hielt sie zur Faust geballt, während er Gaspare musterte. »Ich gebe Ihnen nun den höchsten Vertrauensbeweis und lasse Ihnen Informationen zukommen, die nur wenige kennen, ich bitte Sie lediglich, sie für sich zu behalten und auch mit Ihrer Frau nicht darüber zu reden.« Aus der geschlossenen Faust schnellte der Daumen heraus, und er fuhr in seiner Aufzählung fort: »Sechstens: Der Postamtsleiter erhält eine Warnung, daß er sich freundlicherweise nicht mehr um die Korrespondenz der Inzerillo kümmern sollte. Wegen dieser Warnung ist er in der vergangenen Woche zu mir gekommen. Siebtens: Ich habe heute nachmittag erfahren, daß der Garten eines angesehenen Signore hier in der Gegend zerstört wurde, wahrscheinlich, weil er sich abfällig über die verstorbene Inzerillo geäußert hat. Achtens: Das Auto von Massimo Leone wird beschädigt, nachdem er die Inzerillo bezichtigt hat, die Geliebte von Mafiosi gewesen zu sein. Neuntens: Die Alfallipes glauben, auf ihrer Suche nach Gegenständen, die sie zu Geld machen können, im Besitz antiker Fundstücke zu sein, die die Inzerillo erworben hat. Und diese schaffen sie zu einem Fachmann, der ein Echtheitszertifikat ausstellen soll. Sie erfahren, daß es sich um Fälschungen handelt, und zerstören die Sammlungen meines Freundes Orazio, die möglicherweise keinen Marktwert haben, und geraten sogar in einen handfesten Streit. Das sind die Ereignisse des heutigen Tages. Die letzte Nachricht hat die gesamte Angelegenheit in ein ganz neues Licht getaucht. Wenn Sie wollen, bitte ich jetzt Ihre Frau herein, und dann werde ich Ihnen beiden meine Vermutungen erläutern.«

Elvira wählte den Stuhl neben dem ihres Gatten, und Pietro Fatta ergriff stehend das Wort: »Signora, Sie mögen meine augenscheinliche Unhöflichkeit verzeihen, aber es ging nun einmal nicht anders. Ich möchte Ihnen jetzt etwas über die Inzerillo erzählen, die wir besser als die Mennulara kennen.« Elvira lauschte fasziniert.

»Nachdem sie Waise geworden war, brachte sie allein mit ihrem Dienstmädchenlohn auch ihre kranke ältere Schwester durch. Sie war als junges Ding in den Dienst des Hauses Alfallipe getreten, und die verstorbene Signora Lilla hatte sie wohlwollend unter ihre Fittiche genommen: Sie ließ sie unterrichten, und die Inzerillo lernte lesen, nicht aber schreiben. Sie war klug und willig und half ihrer *padrona* nach allen Kräften, auch bei der Verwaltung ihres Vermögens. Nach ihrem Tod wurde die Mennulara praktisch die Verwalterin der gesamten Familiengeschäfte – eine Aufgabe, die sie mit Erfolg meisterte. Sie half auch Orazio Alfallipe, meinem allerteuersten Freund, bei seinen Sammleraktivitäten. Orazio wandte sich immer wieder neuen Interessengebieten zu, und dazu gehörten für eine gewisse Zeit antike Fundstücke, die er den Grabräubern abkaufte. Ich war mit seiner Lebensführung nicht einverstanden, aber ich bin nicht hier, um den Richter zu spielen. Nun also«, sagte er und holte Luft, »die Mennulara stand meinem Freund beim Erwerb gestohlener Fundstücke bei, und zwar kaufte er diese, soweit ich weiß, Leuten aus Ribera ab, die als Gemüsehändler auftraten. Vielleicht ist sie auf diesem Weg in Kontakt mit den Mafiosi gekommen, die diesen Markt beherrschen.

Ich kann mir vorstellen, daß sie im Gegenzug für die Antiquitäten (oder die gefälschten Sachen, wie es in Wirklichkeit der Fall gewesen zu sein scheint) als Strohfrau für die Mafiatypen hergehalten hat. Die Mennulara empfing Post, Geldsendungen, Dokumente, die an andere adressiert waren, und behielt einen Teil davon als Entlohnung für sich. In diesem Fall ist sie als winziges Glied im Mafiamechanismus eine Unantastbare, genau wie die anderen. Das wiederum würde die Anwesenheit eines Mafiabosses bei ihrer Beerdigung erklären, nicht nur zum Zeichen des Respekts, sondern auch als Machtdemonstration. Diese Annahme würde auch die Geldressourcen erklären, über die sie unbestritten verfügte, und ihre Großzügigkeit gegenüber den Alfallipes, die sie als ihre Kinder betrachtete.

Die Alfallipes, ich bedaure das sagen zu müssen, sind nun mal das, was sie sind: unfähig, habgierig, arrogant und ungebildet, das traurige Beispiel einer Familie, die auf förderliche Weise zum Leben der hiesigen Gesellschaft hätte beitragen können, es aber nicht getan hat. Sie wollen nur weiterhin von der Großzügigkeit der Mennulara profitieren und schicken

Carmela, die Unbedarfteste der drei, ins Postamt. Zum Glück haben Sie, Signor Risico, und ihre Kolleginnen sich geweigert, ihre Forderungen zu erfüllen.«

Elvira nahm Gaspares Hand und hielt sie in ihrem Schoß fest, ohne den Vorsitzenden aus den Augen zu lassen.

»Ich habe Massimo Leone nicht erwähnt. Glauben Sie mir, kein richtiger Arbeitgeber, und schon gar nicht die Mafia, würde ihm auch nur die geringfügigste Aufgabe anvertrauen; er ist ein Taugenichts, der obendrein den Mund nicht halten kann. Er wird Carmela nicht zu Tode prügeln, da bin ich mir sicher, er ist ein Feigling. Ich muß mich schon wundern«, und jetzt blickte er dem jungen Gaspare geradewegs ins Gesicht, »ich wundere mich, daß ein so intelligenter und scharfsinniger Mensch wie Sie einen, wenn Sie mir gestatten, so gewaltigen Fehler begehen konnte, nämlich den Leone zu dämonisieren.«

Gaspares einzige Reaktion war, den Kopf etwas zu senken, als wäre er bereits zum gleichen Schluß gekommen und fügte sich nun in sein Schicksal.

»Er hat nichts mit der Mennulara zu schaffen, die ich gut kannte und die ich schätzte. Obwohl sie eine grobschlächtige und auch angriffslustige Frau war – vielleicht war sie so, um sich Respekt zu verschaffen –, war sie mit Kindern und Kranken geduldig und sanft. Ich werde Ihnen noch etwas sagen: Die Mennulara verabscheute körperliche Gewalt. Sie wollte den Leone nie kennenlernen, denn man erzählte sich, daß er einmal eine Frau vergewaltigt habe.«

Der Vorsitzende wartete die Wirkung seiner Enthüllungen ab.

»Wenn Sie nicht die Absicht haben, die Anzeige gegen Carmela Alfallipe zurückzuziehen, bedenken Sie zumindest die Folgen. Die Inzerillo ist eine Figur in einem Spiel, das sie nicht überschaut hat, und die Mafia, die sie gedeckt hat, würde am Ende Sie beseitigen.«

An diesem Punkt ging Pietro Fatto zu den Fenstertüren, die

auf die Terrasse führten, öffnete sie und machte dem Ehepaar ein Zeichen, ihm zu folgen.

»Was den Schaden an Ihrem Auto angeht«, fuhr er fort, »ist es auf der einen Seite richtig, die Polizei davon zu verständigen. Anzeigen gegen Unbekannt werden ja recht viele gemacht, sie sind Teil der Statistiken, deren sich sämtliche politischen Parteien, einschließlich der Ihren, Signor Risico, bedienen, um finanzielle Unterstützung bereitzustellen und die öffentlichen Ausgaben zur Bekämpfung der Kriminalität zu erhöhen. Diese Gelder jedoch fließen über allseits bekannte und vom System geschützte Kanäle in die Taschen der Leute, die Zement in den Kleinwagen eines Angestelltenpaars schütten, und in die noch gierigeren Taschen ihrer Auftraggeber.

Ich schätze Sie, Signor Risico, und ich wünsche Ihnen ein langes Leben. Vergessen Sie die Familien Alfallipe, Leone und die Inzerillo, und setzen Sie Ihre Arbeit fort. Ich meine damit nicht nur Ihre Arbeit in der Post, sondern Ihr achtenswertes politisches Engagement.«

Der Vorsitzende vermied es, Gaspare in die Augen zu sehen, denn er war sicher, daß darin unverhohlene Zuneigung für ihn stand, und er wollte sich nicht verraten. Er lehnte sich mit dem Rücken an die Balustrade, und alle drei verweilten, um etwas zerstreut den Kletterjasmin zu betrachten, der sich an den Zweigen der Glyzinie längs der Mauern des Palazzos festklammerte.

»Ich bewundere Ihren Mut«, fuhr der Vorsitzende Fatta fort, »ich war noch nie mutig. Ich habe mich nicht gegen die Undurchlässigkeit des sozialen Systems aufgelehnt, in dem ich geboren bin; ich habe nicht einmal den Versuch gemacht, meine Eltern dazu zu bringen, die Wahl meines Studiums *mir* zu überlassen, um etwas zu studieren, was meinen Neigungen entsprach. Ich bin hier im Haus der Familie geblieben und habe mich um unsere Besitztümer gekümmert, wie es bereits meine Vorfahren getan haben – pflichtbewußt und angepaßt. Ich komme aus einer anderen Welt und bin, wie Sie es ausdrücken würden, ein Vertreter der Rechten. Sosehr ich es auch bedaure, aber ich bin nun einmal der, der ich bin, und kann kein anderer sein.«

Der nahende Sonnenuntergang schickte seine Vorboten. Der Duft des Jasmins wurde stärker. Ein rosafarbenes, verführerisches Licht entzündete ganz Roccacolomba und floß weich um die gußeisernen Stühle und Tischchen auf der Terrasse, die Schattenarabesken auf die weißblauen Majolikafliesen zeichneten.

»Sehen Sie, Herr Risico«, sagte Pietro Fatta und wandte sich dem gewohnten Panorama zu, das sich vor ihm auftat, »ich glaube, daß eine Veränderung notwendig ist, sie wird auch kommen. Ich weiß nicht, wann, aber es wird sie geben. Ich weiß nicht einmal, ob es die sein wird, die Sie sich wünschen. Tatsache ist, daß zu wissen, wer unsere Feinde sind, kein einfaches Unterfangen ist. Sehen Sie sich einmal unser Städtchen an. Der Fürstenpalast ist seit Jahrzehnten eine Ruine, eine ausgehöhlte Schale. Nur wir von dieser Terrasse aus bemerken das – und niemand sonst. Das Gebäude macht einen soliden, imposanten Eindruck. Es gibt Leute, die es enteignen und restaurieren wollen. Andere wollen ein Kulturzentrum für die Allgemeinheit daraus machen. In Wirklichkeit existiert es gar nicht mehr. Seine Mächtigkeit ist fast ein Trugbild, eine pure Illusion. Bisweilen habe ich mein Vergnügen daran, mir vorzustellen, daß es in sich zusammenstürzt und verschwindet wie die Insel Ferdinandea.«

Er lächelte. Es war die Andeutung eines Lächelns, fast eine Grimasse.

»Sie verschwenden Ihre Energie für die Leones und für die Inzerillo. Denken Sie an anderes, folgen Sie Ihren Überzeugungen, aber lassen Sie diese Leute links liegen.«

»Auch Sie können viel in Bewegung setzen«, sagte Elvira in einem Atemzug.

»Danke, Signora, aber so ist es nicht.« An dieser Stelle drehte sich Pietro Fatta zu Gaspare Risico hin: »Ich habe die Kunst des Machbaren erlernt. Das Machbare, verstehen Sie, was ich meine? Mein Ziel ist eine bescheidene Zufriedenheit, die jedoch von Dauer ist. Meine Enkelinnen, die Versammlungen im Verband der Landwirte, meine Bibliothek. Dort befriedige ich meinen Geist und meine Sinne mit Lektüre. Und hier, von meiner Loge aus, genieße ich das Privileg dieser letzten Schönheit.«

Beim Abendessen gab Elvira ihren Kommentar ab: »Aber Angst hast du auch gehabt. Als ich nach Hause gekommen bin, habe ich das sofort gespürt, du warst nicht mein gewohnter Gaspare, das sind schreckliche Erfahrungen ... Du hast Zivilcourage bewiesen, weil du nicht gleich in Panik geraten bist, ich hätte das nicht geschafft«, sie spürte noch immer den Krampf in ihrem Magen und eine leichte Übelkeit, »diese schlimme Geschichte werden wir mit vereinten Kräften durchstehen.«

»Angst? Um mich hatte ich absolut keine, um dich ja, viel, sehr viel sogar. Und Angst hatte ich auch um unsere Kinder, die noch kommen werden. Um dich, mein Zuckerstückchen, habe ich mir große Sorgen gemacht.« Gaspare wurde endlich wieder der alte und machte die erste zärtliche Geste des Tages: Er gab ihr einen keuschen Wangenzwicker. Elvira lächelte. Sie erhob sich und gab ihm einen langen Kuß mit Tomatengeschmack.

Dienstag, den 1. Oktober 1963

43.
Im Hause Alfallipe trifft ein weiterer Brief der Mennulara ein

Signora Alfallipe und ihre Kinder saßen im Wohnzimmer. Sie hatten eine schlimme Nacht hinter sich. Völlig zerschlagen waren sie im Morgengrauen erwacht und warteten nun auf den Kaffee, den Santa ihnen bringen sollte. Sie fühlten sich wie ausgelaugt nach der Zerstörungsorgie des Vortags und der Plackerei, um die Bibliotheksräume wieder einigermaßen in Ordnung zu bringen, die Scherben wegzuwerfen, die Spuren der Streiterei zu beseitigen, den Schein zu wahren, und nach den peinlichen Auseinandersetzungen im nachhinein.

Am Abend zuvor hatten die drei die Mutter so weit gebracht, nun Entscheidungen zu treffen. Man mußte für sie nach einer Unterbringung Ausschau halten und zugleich Carmela beschützen. Es wurde beschlossen, daß Signora Alfallipe in Roccacolomba bleiben und im Haus Leone oder im Palazzo Alfallipe leben sollte – stets zusammen mit Carmela, falls die Tochter gezwungen wäre, sich von Massimo zu trennen, um sich und ihr Vermögen vor ihm in Sicherheit zu bringen. Das Appartement der Mennulara sollte verkauft werden, um mit dem Erlös Arbeiten am Palazzo Alfallipe bezahlen zu können. Lilla würde mit zwei falschen Amphoren im Gepäck nach Rom zurückkehren, Gianni nach Catania. Per Telefon würden sie miteinander in Verbindung bleiben, es war ja klar, daß Lilla und Gianni keine Lust hatten, die strenge Besuchsroutine bei der Mutter fortzusetzen, zu der die Mennulara sie gezwungen hatte.

Das war's dann auch schon. Schwamm über die schlimme Geschichte, hieß es nun, um die Mennulara und ihre Schikanen zu vergessen. Aus einleuchtenden Gründen würden sie nicht schlecht über sie reden. Dennoch blieben die Quelle ihres sagenhaften Reichtums und die Hintergründe für den Schutz, den die Mafia ihr angedeihen ließ, im dunkeln. »Vorsicht ist geboten«, sagte Carmela und warf der Mutter einen strengen Blick zu, »sieh dich vor mit meinem Hausmädchen und denk daran, daß das, was uns zugestoßen ist, die gerechte Strafe für Leute ist, die ihr Dienstpersonal zu sehr ins Vertrauen ziehen.«

Da kam Santa herein und brachte den Kaffee und die Post. Lilla öffnete die Briefe, es waren vor allem Beileidsbezeigungen, und reichte sie der Mutter und Carmela weiter. Dann hielt sie ein Briefkuvert mit maschinengeschriebener Adresse zwischen den Fingern. Zerstreut schlitzte sie es auf im Glauben, es handle sich um eine Zahlungsaufforderung oder eine Haushaltsrechnung. Es war jedoch ein Brief der Mennulara:

Ihr habt Euch wacker geschlagen und habt getan, wie ich Euch geheißen habe. Jetzt besitzt Ihr ein Zertifikat, das Euch gestattet, acht Vasen aus der Zeit Großgriechenlands ins Ausland zu schaffen. Bringt die Vasen nach Hause, falls Ihr das nicht bereits getan habt, und begebt Euch in die Bibliothek Eures Vaters. Öffnet das Schrankregal gegenüber von dem, aus dem Ihr die acht Kisten genommen habt. Hinter der Blindtür befinden sich acht Vasen, die mit den gefälschten identisch sind. Diese sind echt. Ich habe Duplikate anfertigen lassen, um ein Zertifikat zu bekommen, mit dem Ihr sie verkaufen und außer Landes schaffen könnt.

Ersetzt die falschen Vasen durch die echten und bringt sie innerhalb von zwei Wochen vom heutigen Tage an nach Zürich; dort telefoniert Ihr sofort mit dem Archäologischen Museum und sagt, daß Ihr einen Termin haben möchtet, Euch schickt Signor La Mennulara. Ihr werdet dort erwartet. Ihr könnt entscheiden, ob Ihr sie behalten oder verkaufen wollt.

Der Museumsdirektor kennt den Direktor meiner Bank. Mit ihm könnt Ihr über meine Erbschaft sprechen, die Ihr Euch jetzt verdient habt, denn Ihr habt Gehorsam bewiesen. Tut, was er Euch rät.

»Nimm und lies«, sagte Lilla, in Tränen ausbrechend, und reichte Carmela den Brief.

44.

Padre Arena stattet der Signora Alfallipe einen Besuch ab und sieht die Zerstörung der Sammlungen von Orazio Alfallipe

An diesem späten Dienstagvormittag war Padre Arena bei seinem Eintreffen im Haus Alfallipe voller Sorge. Er traf Signora Adriana allein an, sie war niedergeschlagen und zurückhaltend. Lilla und Gianni seien abgereist, meinte sie nur, und sie hätte sich mit dem Gedanken angefreundet, zusammen mit Carmela zu leben, deren Ehesegen schief hing. Sie war enttäuscht von ihren Kindern, die Mennulara fehlte ihr sehr. Padre Arena wußte nicht, wie sie trösten, und sagte, einfach um ihr etwas Mut zuzusprechen, daß der Vorsitzende Fatta endlich im Besitz der Bücher von D'Annunzio sei.

Die Miene der Hausherrin heiterte sich auf. Sie wollte ihn sofort in die Bibliothek begleiten, damit er sich andere Bücher aussuchte. Der Priester betrat widerwillig das Reich des Rechtsanwalts Alfallipe. Die Anzeichen der Katastrophe waren deutlich zu erkennen, obwohl das Zimmer in der Zwischenzeit aufgeräumt worden war. Die oberen Fächer der Bücherschränke, wo zuvor die antiken Bücher Orazios in Reih und Glied gestanden hatten, waren leer, während in den unteren die Bände, die von der Zerstörung verschont geblieben waren, wie Kraut und Rüben durcheinanderlagen; diese Bände waren die ganze Liebe der Mennulara gewesen, und voller Stolz hatte sie sie in alphabetischer Reihenfolge nach Buchstaben und nach Kunstgebiet geordnet. Die schönen Keramikgegenstände auf den Konsolen waren verschwunden, und so auch die Gerätschaften von den Tischen, die Silberfiguren, die gewöhnlich den Flügel schmückten: Es war ein Zimmer, durch das eine Woge der Gewalt geschwappt war. Hinter dem Flügel waren Dutzende von Jutesäcken gestapelt, in denen gewöhnlich die Mandelernte aufbewahrt wurde.

Padre Arena hatte den Eindruck, schon einmal etwas Ähnliches erlebt zu haben, nämlich als er während des Kriegs eine Kirche besuchen mußte, durch die die Wandalen gezogen waren. Diese Bibliothek war die Kapelle, die die Mennulara dem hatte weihen wollen, woran sie glaubte: dem Wissen, der Schönheit und, wer weiß, vielleicht auch der Liebe. Und jetzt lag sie entweiht und zerstört. Padre Arena schämte sich wegen des gotteslästerlichen Vergleichs und widmete sich eifrig der Auswahl der Bücher, die er mit nach Hause nehmen wollte.

Signora Adriana hatte sich auf dem Sofa vor dem Balkon niedergelassen, der auf das Eßzimmer der Masculos ging, und wartete auf ihn. Ihr Abbild war auch in den großen, leicht geneigten Spiegel über dem Kamin gebannt. Padre Arena erinnerte sich an die Beschreibung der nackten Frau, die schemenhaft in der Bibliothek gesehen worden war … Er fühlte sich unwohl in seiner Haut und zugleich erregt. Schleunigst wollte er dieses Zimmer voller Schatten und geheimnisvoller Verweise verlassen. Wahllos griff er sich einige Bücher und ging ins Empfangszimmer zurück.

Inzwischen war Doktor Mendicò zu Besuch gekommen. Er blieb nur kurz. Signora Alfallipe fand Trost in der Entdeckung ganz neuer Qualitäten ihrer Mennù. »Ebendas machte sie, jeden Nachmittag, als sie sich in Orazios Arbeitszimmer einschloß, nach seinem Tod … Sie beschäftigte sich mit griechischer Kunst, sie setzte das Werk meines Gemahls fort. Ich frage mich, wie kann es sein, daß ich mir ihrer Gemeinsamkeiten auf künstlerischem Gebiet nicht bewußt war, vielleicht wußte er selbst nicht einmal Bescheid, Mennù war ja sehr verschlossen. Eine so hingebungsvolle Person findet man heute in ganz Roccacolomba nicht mehr. Ich sagte bereits zu meinen Kindern, habt Vertrauen in Mennù, aber die jungen Leute hören heutzutage nicht mehr auf ihre Eltern, so wie es früher üblich war.« Andere Besucher trafen ein, und Padre Arena und Doktor Mendicò verabschiedeten sich.

45.

Padre Arena unternimmt zusammen mit Doktor Mendicò einen ausgedehnten Spaziergang

Aus dem Gespräch des Vortags hatte sich zwischen Padre Arena und Doktor Mendicò jene komplizenhafte Beziehung herausgebildet, die sich von selbst einstellt, wenn zwei Menschen Geheimnisse miteinander teilen. Der eine suchte noch immer die Gesellschaft des anderen, und so beschlossen sie, vor dem Mittagessen einen Spaziergang zu machen.

Doktor Mendicò machte sich seit dem Vortag die schlimmsten Vorwürfe, weil er nie die Umstände von Orazios Tod hinterfragt hatte. Es drängte ihn, mehr über die Mennulara zu erfahren, und das erklärte er dem Pfarrer: »Ich wußte, daß die beiden intime Beziehungen miteinander hatten, aber ich glaubte, daß die seit der Abtreibung vor dem Krieg zu Ende gewesen wären.«

Padre Arena war überrascht: »Die Ärmste, ich wußte nicht, daß sie auch eine Abtreibung ertragen mußte.«

»Das war die große Tragödie ihres Lebens. Sie war ungefähr fünfundzwanzig Jahre alt, voller Lebenslust, und sie kümmerte sich mit Begeisterung um die drei Kinder des Hauses;

gerade war die kleine Carmela geboren. Wie immer in solchen Fällen wurde Orazios Name nicht laut, aber es war klar, daß er der Vater war. Ich kann mir vorstellen, daß seine Frau ihn langweilte und er sich mit zu großer Begeisterung der Mennulara gewidmet hatte, die – das muß ich zugeben – in ihren besten Jahren ein wirklich blühendes Geschöpf war. Sie wollte sich sterilisieren lassen, und Signora Lilla, die bei dem Eingriff zugegen war, versuchte nicht, es ihr auszureden.« Doktor Mendicò schilderte die Fakten so knapp wie möglich, er war sich bewußt, Informationen weiterzugeben, die eigentlich seinem Berufsgeheimnis unterlagen.

Padre Arena fühlte sich verpflichtet, den möglichen Grund zu nennen, weshalb die Mennulara ihm nie etwas von der Abtreibung verraten hatte. »Nach einem heftigen Streit, dem einzigen in den vielen Jahren der Freundschaft, haben wir in beidseitigem Einverständnis nie wieder ein Wörtchen über Orazio Alfallipe verloren.«

»Was für ein Streit?«

»Sehen Sie, *dottore*, ich habe sie kennengelernt, als sie im Hause Alfallipe arbeitete. Ich erteilte ihr Unterricht in Italienisch und Arithmetik. Sie lernte mühelos das, was sie brauchte, und den Rest der Zeit plauderten wir über das, was sie interessierte. Sie war von außerordentlicher Intelligenz. Sie fühlte sich wie eine Gefangene im Hause Alfallipe und nährte große Wut in ihrem Innern.«

»Gegen wen?«

»Allen voran gegen Gott im Himmel. Ich ermunterte sie, Gebetsbücher zu lesen, aber sie weigerte sich. Eines Tages sagte sie zu mir: ›Meine Mutter hat mir beigebracht, daß wir Menschen alle gleich sind, ich, Sie und die Königin; nur daß Sie den Beruf des Priesters ausüben, die Königin eben die Königin in ihrem Palast ist, und ich bin nun einmal die Magd des Hauses Alfallipe. Wenn wir unsere Pflicht tun, werden wir von den anderen geachtet. Gott hat seine Pflichten wie alle anderen auch. Er muß an uns denken, den Guten helfen und die

Schlechten bestrafen. Gott gefällt mir nicht, denn seine Pflicht wäre gewesen, es meinen Eltern, die dann gestorben sind, und meiner Schwester Addoloratina, die noch immer krank ist, nicht an Brot und Arznei fehlen zu lassen. Er hat seine Pflicht nicht erfüllt. Mit mir war er nicht gerecht, und für Ungerechtigkeiten muß früher oder später bezahlt werden. Tut er nicht seine Pflicht, verdient er auch meine Gebete nicht.‹ Das war der Quell ihrer Ablehnung der gesellschaftlichen und wirtschaftlichen Ordnung unserer Welt: die Klasse der Reichen, die ohne eigenes Verdienst Macht und Geld geerbt hat, und die der Armen, die keine Möglichkeit hat, sich weiterzubilden und zu arbeiten.

Mit anderen Worten: Sie war als junge Frau eine richtige Rebellin, eine Bilderstürmerin. Sie beugte sich dennoch ihrem Schicksal, und das bedeutete, dem Leben, das ihre Mutter für sie vorausbestimmt hatte: Sie mußte sich als Dienstmädchen der Signora Lilla und der anderen Mitglieder der Familie Alfallipe verdingen und bis zu ihrem Tod über das Ansehen der Familie wachen, damit die Signora für die Medikamente der kranken Schwester aufkam; und sie mußte ihren Lohn sparen, um der Schwester die Aussteuer zu bezahlen, ihr die Hochzeit auszurichten, und sie mußte auf die Neffen aufpassen. Was sie selbst anging, hatte sie sich auf die Freuden innerhalb dieser Grenzen zu beschränken und zu versuchen, damit glücklich zu sein.«

»Was hat das mit Orazio zu tun?«

»Die Mennulara war als junges Mädchen überaus liebebedürftig, sie war eine sehr sinnliche Kreatur, die dennoch einen kühlen Kopf bewahrte. Das Verhältnis mit Orazio stellte für sie vor allem zu Anfang etwas Besonderes dar: Es war eine Waffe, mit der sie Signora Lilla in Schach hielt, damit diese für ihre Schwester sorgte, die gezwungen war, mit anderen Waisenmädchen bei den Nonnen zu leben. Stellen Sie sich vor, daß Signora Lilla aus Angst vor Ansteckung Addoloratina verboten hatte, ihren Fuß ins Haus Alfallipe zu setzen. Aus diesem Grund sahen sich die beiden Waisenschwestern nur selten, und nur im Kloster.«

Der Arzt erläuterte: »Wie oft habe ich zu Signora Lilla gesagt, daß bei Addoloratina keine Ansteckungsgefahr mehr bestehe, das Verbot war in meinen Augen grausam und dumm. Ich erinnere mich an ein Gespräch mit der Mennulara, das mir das Herz brach. Sie war knapp fünfzehn Jahre alt, und eines Tages wollte sie mit mir unter vier Augen reden. In feierlichem Tonfall teilte sie mir mit, daß sie Ersparnisse habe, und verlangte von mir, daß ich es sie umgehend wissen ließe, wenn sich der Gesundheitszustand ihrer Schwester verschlechtere oder wenn ich Geld benötigte, um Medizin zu kaufen, sie könne dafür aufkommen. In Wahrheit war das nicht notwendig, weil Signora Lilla großzügig für ihre Behandlung bezahlte; was mich wiederum sehr überraschte, da mir ihr Geiz bekannt war.« Dann fügte er hinzu: »Padre, darf ich mir erlauben zu sagen, daß ich nicht begreife, wie sie, ein armes Waisenkind, ihre Herrin erpressen konnte ... Zu jener Zeit war es doch beinahe Sitte, daß der junge Herr des Hauses sich an einem kleinen Dienstmädchen vergriff.«

»Könnte dahinter nicht die übergroße Angst der Signora Lilla gestanden haben, daß Orazio und Vincenzo dasselbe Ende nehmen wie ihr Vater? Denken Sie mal nach«, lautete der Hinweis Padre Arenas.

»Geschlechtskrankheiten, die von verelendeten, kranken Prostituierten übertragen wurden.« Der Doktor hatte begriffen, sie waren erneut auf einer Wellenlänge.

»Genauso war es, sie hatte für den ältesten Sohn, den Lieblingssohn, die, wenn Sie gestatten, saubere Haushure gefunden, die ihm dennoch ihre Dienste hätte versagen können ... Das war die Macht der Mennulara«, erläuterte Padre Arena.

»Ich halte es für völlig ausgeschlossen, daß die Mennulara, so wie ich sie kenne, eine derartige Situation hingenommen hätte.« Der Doktor sträubte sich gegen die lapidare Beschreibung Padre Arenas.

»*Dottore*, auch ich mochte die Mennulara und hatte Respekt vor ihr. Hören Sie, ich wiederhole Ihnen die Worte, die sie mir selbst gesagt hat und die der Grund für unser Zerwürfnis waren.«

Sie waren inzwischen vor den Stadtmauern angelangt, fernab von neugierigen Ohren, und brauchten sich beim Reden keinen Zwang anzutun. Padre Arena sprach voller Ungestüm, nicht eingedenk seines Stotterns, an dem er von Zeit zu Zeit zu ersticken drohte. »Versuchen Sie zu verstehen, schließlich wissen Sie von der Abtreibung, über die ich nicht informiert war. Ich kenne die Unruhen der Seelen; sie sind so vielfältig wie die der Körper, die Sie behandeln. Ich muß noch etwas hinzufügen: Die Mennulara war eine ruhelose Beobachterin, sie war wortkarg und verschlossen, und sie arbeitete als Dienstmädchen. In Gegenwart anderer Dienstpersonen fühlte sie sich unwohl, sie war ein zutiefst vereinsamter Mensch. Ihre Neugier konnte nur durch Bücher gestillt werden, und Orazio war für sie das einzige Mittel, um dieses Ziel zu erreichen. Ich habe mir heute sein Arbeitszimmer etwas genauer angesehen. In diesem Zimmer hatte sie, eine *criada* ohne Familie, eingesperrt im Palazzo Alfallipe, ihre ureigne Welt gefunden. Sie war noch jung und ohne Gottesfurcht. Sie ließ sich seine Annäherungsversuche gefallen, oder sie war die Verführerin, vielleicht war es auch eine jugendliche Verliebtheit auf beiden Seiten, ich weiß es nicht. Sie wußte, daß sie, wie zahlreiche andere Frauen auch, für ihn nur einen Zeitvertreib darstellte, während Orazio ihr die einzigartige Gelegenheit bot, sich zu bilden und die Freiheit des Geistes zu erfahren. Im übrigen weiß ich sehr gut, wie schwach das Fleisch ist. Wie ich Ihnen bereits sagte, war sie frei von den Gewissensqualen des Glaubens.«

»Ich verstehe«, murmelte der Arzt. »Darüber hinaus hatte sie eine, man könnte sagen vorbeugende Funktion, die von Signora Lilla in ihrem Gesundheitswahn sicherlich geschätzt wurde; dessen eingedenk schenkte die Herrin ihr einen Beutel mit Goldmünzen, und Mennulara leistete keinen Widerstand, sich sterilisieren zu lassen.«

»Genau, Hauptsache, Orazios Gelüste wurden weiterhin von ihr und nicht von Straßenmädchen befriedigt, die ja potentielle Krankheitsherde waren«, kommentierte Padre Arena bitter. »Unser Streit entflammte, weil eine alte Köchin des Hauses Alfallipe, die mittlerweile verstorben ist, starke Bedenken hatte und mich ins Vertrauen zog. Sie war eine Frau, die jede Menge Männer in ihrem Leben gehabt hatte, eine von denen mit Feuer unter den Röcken, die aber nach außen hin fromm und brav tat und göttlich kochen konnte, besser als ein *monsù,* ein französischer Koch. Sie hatte sich der Mennulara angenommen und sprach mit ihr ganz offen über gewisse Aktivitäten, die gesundheitsschädlich waren, und gewisse andere, die gegen die Natur verstießen. Sie bereute es und fürchtete, daß die damals Sechzehnjährige diese Techniken am Ende noch mit Orazio ausprobieren würde. Ich sprach mit der Mennulara, denn ich war ehrlich gesagt in Sorge um sie. Sie machte mir eine Szene, daß ich Angst hätte kriegen können. Viele Menschen machte sie sich mit ihrem Benehmen zu Feinden. Sie sagte zu mir, daß es ihre Bestimmung sei, im Hause Alfallipe zu leben und die Herrschaften zu bedienen. Sie wollte aber nicht das ganze Leben vertun, ohne zu genießen, was in ihrer Reichweite war, und das war nicht viel. Orazio war freundlich und benahm sich ihr gegenüber anständig. Wenn sie nein sagte, dann respektierte er es. Das war ihre Aufgabe, und die wollte sie gut erfüllen, ja, sie wollte darin noch besser werden. Zugleich mußte sie ihre Gesundheit schützen. Wenn Orazio das Interesse an ihr verlöre, würde er die Nutten aufsuchen, und sie liefe Gefahr, sich eine ansteckende Krankheit zu holen, und schließlich sollte sie doch über seine Gesundheit wachen.« Padre Arena kam ins Stottern, es waren qualvolle Erinnerungen.

Doktor Mendicò dachte laut: »Das Verhältnis dauerte also auch während der Ehe Orazios fort, das beweist die Abtreibung. Zu jenem Zeitpunkt faßte ich als ihr behandelnder Arzt den Mut, ihr ins Gewissen zu reden, um sie von dem Vorhaben abzubringen, sich sterilisieren zu lassen; sie hätte doch noch heiraten und eine Familie gründen können. Sie reagierte entrüstet, so als riete ich ihr, Ehebruch zu begehen; sie benahm sich wie eine verliebte Ehefrau und behauptete, das sei die einzige Art, ihre Beziehung am Leben zu erhalten. In Wirklichkeit begann Orazio genau zu der Zeit eine seiner leidenschaftlichsten Affären, auf die, wie wir wissen, noch andere folgten. Da begann die Mennulara zu welken wie ein Pflänzchen, das nicht gegossen wird«, und dabei sah er den Priester an, »während Sie mir sagen, daß laut Angelo Masculo in den letzten Lebensjahren unseres Orazio eine intensive Beziehung zwischen den beiden bestanden hat.«

»Jetzt begreife ich die Veränderung der Mennulara zu jener Zeit«, sagte Padre Arena. »Ich hatte mir Sorgen gemacht. Sie hatte sich abgeschottet und die Lust am Leben verloren, obgleich sie noch immer Energie und Willenskraft besaß. Als einzige regelmäßige Beschäftigung außer Haus behielt sie den Kirchenchor der Addolorata bei, in den ich sie als junges Mädchen eingeführt hatte. Sie sang gut und war inmitten der Nonnenschar geschützt vor fremden Blicken. Nur über kurze Zeitspannen wirkte sie heiter. Vielleicht kehrte Orazio zwischen einer Affäre und der nächsten zu ihr zurück, oder vielleicht waren die Lehren dieser Köchin, die sie sich angeeignet hatte, eine ständige Verlockung für ihn, ich weiß es nicht. Möglicherweise hatte sie ihn sich aus dem Kopf geschlagen und endlich begriffen, daß er ihrer nicht würdig war.«

»Ganz gewiß war er der Mennulara nicht würdig!« stimmte Doktor Mendicò zu.

»Wie Sie wissen, schrieb ich Briefe für sie«, fuhr Padre Arena fort, »wir waren einander sehr nahe und sahen uns oft, bis ich dann die Pfarrei aufgab. Sie war Orazio dankbar, weil sie sich durch ihn eine gewisse künstlerische, literarische und musikalische Kultur hatte aneignen können. Sie ließ sich von seinen Manien mitreißen, ich weiß nicht, ob Sie darüber Bescheid wußten; die Mennulara brachte für ihn die Sammlungen in Ordnung, sie lernte, sie zu katalogisieren, und las Texte, auch ziemlich abstruse, um ihn zu unterstützen. Sie war enttäuscht, wenn Orazio die Dinge auf halber Strecke ließ, um sich dann einem anderen Gebiet zuzuwenden. Ich glaube, sie hat sich über Jahre ganz eigenständig dem Studium der griechischen Keramik gewidmet. Sie war, glauben Sie mir, die intelligenteste Person, die ich je kennengelernt habe.« Jetzt waren sie auf der Landstraße angelangt, beinahe auf offenem Feld, und setzten sich zu einer Verschnaufpause auf ein Mäuerchen.

Padre Arena nahm den Faden wieder auf: »Sie beriet sich mit mir, ob es sinnvoll wäre, wenn sie die Vermögensverwaltung übernähme, um die Alfallipes vor dem wirtschaftlichen Ruin zu retten. Sie empfand es als eine moralische Verpflichtung gegenüber der Signora Lilla und der Familie. In nüchternem und duldsamem Ton äußerte sie sich über Orazios Abenteuer und nahm eher Anstoß an den teuren Geschenken, die er seinen Freundinnen machte; sie redete wie eine Ehefrau, die der vielen Seitensprünge ihres Gatten zwar leid ist, ihm in ihrem Innersten jedoch immer schon verziehen hat. Offen gesagt hatte ich meine Bedenken wegen dieser schwerwiegenden Aufgabe, die sie zusätzlich zu ihrer Dienstmädchenarbeit übernehmen wollte; ich machte mir auch große Sorgen wegen der Reaktionen der Leute, vor allem der auf den Landgütern, die es plötzlich mit einer *criada* zu tun haben würden, die nun Gutsverwalterin wird. Ich hatte geradezu Angst um sie.

Sie sagte zu mir: ›Meine Aufgabe ist es, ihnen zu dienen, und dazu bin ich fähig. Nicht ich habe mir *padroni* ausgesucht, die mir unterlegen sind. Sie sind nun mal meine Herrschaft, und ich bin dazu bestimmt, ihre Dienerin zu sein.‹«

Doktor Mendicò faßte zusammen: »Wir wissen nicht, ob sie ihn wie eine betrogene und nachgiebige Ehefrau liebte oder wie eine Geliebte, oder wie eine Dienstmagd, die dankbar ist, Einlaß in die Welt der Kultur gefunden zu haben. Ihre Hingabe für Orazio steht außer Zweifel, und ebenso, glaube ich, die Zuverlässigkeit der Beobachtungen, die Angelo Masculo angestellt hat. Wenn sie ihn getötet hat, dann einzig deshalb, weil sie glaubte, es sei zu seinem Besten.«

»Gott möge ihr verzeihen«, lautete Padre Arenas demütiger Wunsch. Aber auch er war ein Mann, und obendrein ein Sünder, auch er mußte Gott um Verzeihung bitten, weil er tags zuvor das Angedenken von Orazio in den Schmutz gezogen hatte, als er mit Angelo Masculo sprach, um den guten Ruf der Mennulara zu schützen.

»Ungelöst bleibt das Geheimnis ihres Reichtums. Manchmal denke ich, daß die Alfallipes einfach nur übertrieben haben und sie nur wenig Erspartes besaß«, grummelte der Arzt.

»Da wir gerade dabei sind, uns gegenseitig alle Geheimnisse anzuvertrauen, werde ich Ihnen, *dottore*, meines verraten. Die Mennulara war tatsächlich reich, und das schon seit geraumer Zeit. Ich habe keine Ahnung, woher ihr Vermögen stammte, aber ich habe jede Menge Briefe für sie an die Bank schreiben müssen. Und sie war großzügig. Denken Sie nur, sie hat meinem Patensohn das Studium bezahlt, sieben Jahre lang … Das weiß niemand. Und sie hat auch anderen Leuten geholfen, im verborgenen.«

Ihr langer Spaziergang hatte die beiden Männer weit weg von Roccacolomba geführt. Jeder hing seinen Gedanken nach, und schweigend machten sie sich auf den Rückweg.

46.
Der Brief von Orazio Alfallipe an Pietro Fatta

Der Vorsitzende Fatta hatte sich auf den Sessel seines Arbeitszimmers fallen lassen und die Beine weit von sich gestreckt. Die Hände ließ er über den Lehnen baumeln, und in der rechten hielt er mehrere Blatt Papier, die dicht von einer winzigen, fast unleserlichen Schrift überzogen waren. Er schaute zum Balkon hinaus, sein Blick verlor sich in der Weite. Die Stimme Lucias ließ ihn zusammenfahren, sie kündete Padre Arena an. Er klaubte den Brief von Orazio wieder auf, der aus einem der D'Annunzio-Bände, die Signora Risico ihm mitgebracht hatte, herausgerutscht war, und schickte sich an, den Priester zu empfangen.

Lilla Alfallipe habe ihn angerufen und ihm etwas beschämt mitgeteilt, daß sie noch ein zweiter Brief der Mennulara erreicht habe, in dem der genaue Standort der echten Vasen angegeben war, die sie aber leider tags zuvor zerstört hatten im Glauben, es handle sich um gefälschte Zweitexemplare. Die Spannungen und das Gejammer unter ihnen seien so heftig, daß es erneut Streit gegeben habe, und sie, Lilla, kehre wieder nach Rom zurück. Sie bäte ihn, ein Auge auf Carmela und ihre Mutter zu werfen.

Pietro Fatta war eine zurückhaltende und friedliebende Person. Bei dieser Gelegenheit aber verspürte er das dringende Bedürfnis, sich Luft zu machen, Rat einzuholen und über die Mennulara und Orazio zu sprechen, denn er mußte sich endlich ein klares Bild verschaffen. Lange unterhielt er sich mit Padre Arena, sie sprachen auch über den Brief des Freundes. Es war, als würde er die Beichte ablegen. Der Geistliche bedachte ihn mit tröstlichen Worten, weiter nichts. Nur eine Frage stellte er ihm noch: »Sagen Sie mir bitte, Signor Fatta, glauben Sie, daß die Mennulara den Anwalt geliebt hat?«

»Ich weiß es nicht, und nach dem, was Orazio mir schreibt, wußte nicht einmal er es, auch darüber zermartere ich mir das Hirn.«

»Denken Sie nicht mehr daran, wir werden es nie wissen, es war nun einmal so, wie es war, Frieden sei mit den Seelen der beiden«, sagte der Priester abschließend, und sie gingen auf die Terrasse und warteten, daß ihnen das Mittagessen serviert werde.

Als Padre Arena sich verabschiedet hatte, las Pietro Fatta noch einmal den Brief.

Mein herzensguter Pietro,

Du wirst diesen Brief erst nach meinem Tod und dem der Frau erhalten, deretwegen ich dich belogen habe. Auf der Schwelle des Alters habe ich in der Begegnung mit der Frau, die seit jeher an meiner Seite ist, das wahre Glück gefunden; sie ist der allgegenwärtige und schützende Hausgeist, die Muse meiner langen Jahre der Lethargie. Sie hat nicht gewollt, daß ich Dir von unserer Liebe erzähle, aber sie gestattete mir, Dir zu schreiben. Ich lasse also posthum die innige geistige Vereinigung wiederaufleben, von der unsere Freundschaft gekennzeichnet war und die das Leben in Roccacolomba für uns erträglich und auch angenehm machte.

Ich habe ein faules Leben geführt und mich vor jeder Verantwortung gedrückt. Ich habe mich als Provinzsalonlöwe aufgeführt und aus Nachlässigkeit und Verschwendungssucht das Vermögen der Familie verpraßt. Ich habe zahlreiche Geliebte gehabt, das weißt Du ja. Oberflächlich und launenhaft ging ich meinen literarischen, künstlerischen und musikalischen Interessen nach, und völlig unverdient stand ich im Ruf, ein Mann der Kultur zu sein. Ich trete aus einem Leben, das vielleicht Zufriedenheit, gewiß aber keinen Stolz aufkommen läßt. All das wurde mir dank der unermüdlichen Aufopferung der Frau, die ich liebe, in den Schoß gelegt.

Ich habe sie Dir als blühendes Mädchen geschildert, das mich in die fleischlichen Genüsse eingeweiht hat; später dann war sie für mich die Frau, mit der ich immer, wenn ich gerade Lust hatte, eine aus-

schließlich geschlechtliche Beziehung wiederanknüpfte, zu beidseitiger Befriedigung.

Ich habe sie Dir auch als kluge und ehrliche Verwalterin meines Vermögens beschrieben, als wertvolle Hilfe bei der Katalogisierung und dem Ordnen meiner Sammlungen, als Komplizin beim Lügenschmieden, um meine außerehelichen Abenteuer zu vertuschen, sie ist die einzige Person, die noch nie etwas von mir verlangt hat und die trotzdem all meine Wünsche erfüllte. Du weißt, daß ich ihr blind vertraut habe, und das war gut so. Fast dreißig Jahre lang waren wir tagtäglich zusammen, jeder in seiner Rolle, ich als Padrone, *sie als* criada, *als Dienstgeschöpf. Erst vor fünf Jahren habe ich begriffen, daß ich sie immer schon geliebt habe und daß die anderen Frauen im Vergleich zu ihr sich in Nichts auflösen.*

In der Vergangenheit haben wir, Du und ich, meine Affären bis in die kleinsten Einzelheiten besprochen, über die Verführung und die Eroberung der Frau: Das war unser geheimes Vergnügen. Ich wage nicht, auf diese Weise meine wahre Liebe zu entwürdigen. Aufgrund der Zuneigung, die uns verbindet, empfinde ich es als meine Pflicht, Dir meine jugendliche Verliebtheit und die wiedergefundene Liebe im Alter zu schildern, ich weiß, daß Du dann alles weitere verstehen wirst.

Wir waren jung, sie dreizehn und ich siebzehn Jahre alt. Die Verführung geschah beidseitig und schrittweise. Im Dunst der Erinnerung glaube ich, daß sie ihre Anziehungskraft auf mich als unabwendbares Schicksal ahnte, und die war getragen von der Neugier des Geistes und der Sinne, einem wesentlichen Bestandteil ihrer Natur. Anfangs war unser Zusammensein ein heiteres und sinnliches Spiel, dann verliebten wir uns, und das Verliebtsein verwandelte sich in heftige Leidenschaft.

Es war zu Beginn der großen Schulferien, ich war sehr aufgeregt, da ich stolzer Besitzer eines Fernglases geworden war. Ich stieg auf die Terrasse des Waschraums, der höchsten des Hauses, und schaute mir die Umgebung an, graste die Straßen, die Terrassen und die Balkons von Roccacolomba ab. Ich stellte mich in die versteckteste Ecke der Terrasse, geschützt und abgetrennt durch die vielen Wäscheleinen, auf denen die Waschfrauen Bettücher zum Trocknen aufhängt hatten.

Es war ein windreicher Tag. Die Wäschestücke an der Leine blähten sich im Wind, kräuselten sich im Spiel unberechenbarer Windstöße, überschlugen sich, gepeitscht von den Böen, und klatschten heftig zusammen. Wenn der Wind seine Richtung änderte, eilten die Schnürchen, mit denen die Leintücher und die Tischdecken an den Stahlleinen befestigt waren, von einem Ende zum anderen und ballten sich zu enormen, duftig-weißen Knäueln. Wie verzaubert verfolgte ich das Schauspiel, es war wie eine Metamorphose der Natur, der Himmel schien ein sturmgepeitschtes Meer, Scharen von rundgezackten Wolken flogen wie wütend schäumende Riesenpferde dahin, die Wäschetücher sahen aus wie die Segel von Booten in Seenot, die sich zum eigenen Schutz gegen das Rasen der Elemente zusammengeschart hatten.

Ein fallender Windstoß riß mit einemmal eine Schneise zwischen die Wäschereihen. Und da erblickte ich sie, zierlich und klein wusch sie Wäsche am Holztrog. Sie war sich meiner Gegenwart nicht bewußt, und ungeachtet der wilden Windstöße setzte sie ihre Arbeit mit Eifer und Andacht fort. Mit den Fäusten preßte sie gegen den Berg der Wäsche, die im Seifenwasser eingeweicht war, wrang die Stücke aus, jedes einzeln, zog sie wieder auseinander und rubbelte sie mit rhythmischen Bewegungen auf dem schrägen Waschbrett, schlug sie gegen die Kannelierung; sie trotzte dem Wind, der ihr ins lockige Haar fuhr und es aufbauschte, so daß es in langen Strähnen wie die Tentakel der Seeanemonen in der Luft flatterte. Ich kauerte mich nieder, um nicht entdeckt zu werden. Sie trug ein helles Unterkleid, das beim Wäschewaschen naßgespritzt wurde. Ich richtete das Fernglas auf sie, gefesselt von den rhythmischen Bewegungen ihres Körpers mit den kleinen und spitzen Brüsten und den wohlproportionierten Armen. Sie war schön.

Da entdeckte sie mich. Mit einem Aufschrei ließ sie die Holzwanne stehen und eilte in den Wäscheraum. Wenige Sekunden später kam sie in der grauen Dienstmädchenuniform wieder zurück und wusch weiter. Unbehelligt setzte sie ihre Arbeit fort, war jetzt zu einem ovalen Becken übergewechselt, in das sie die ausgewrungenen und länglich zusammengedrehten Wäschestücke legte und kräftig schwenkte. Diese Handgriffe wiederholte sie noch zweimal, leerte das Wasser auf den

Boden, beugte sich nach vorn, um die Zehnliterbehälter mit sauberem Wasser hochzuhieven und das Becken zu füllen, dann schwenkte sie die Wäsche ein weiteres Mal und warf mir von Zeit zu Zeit lange Blicke von der Seite zu.

Der Wind hatte sich gelegt. Sie ging durch die Wäschereihen und zupfte die Bettücher zurecht, löste die verknäulten Enden, klopfte sie, um sie zu glätten, und befestigte sie sicher am Draht. Dabei beobachtete sie den Meereshimmel, der wieder ganz der alte war, tief azurblau und strahlend, mit weichen Kumuluswolken durchsetzt wie mit Wattestückchen. In der letzten Reihe angelangt, blickte sie zu mir, der ich noch immer in der Ecke kauerte, hinunter. Aufmerksam, aber ohne Furcht sah sie mich an.

»Was ist das?« fragte sie und deutete auf mein Fernglas. Ich reichte es ihr. Sie nahm es mit beiden Händen, drehte und wendete es nach allen Seiten und versuchte, von der verkehrten Seite hindurchzuschauen.

»Bring mir bei, wie man schaut«, sagte sie mit ihrer kehligen Stimme. Sie sprach in dem schweren Tonfall der Landleute. Ich stand auf und gehorchte. Sie gestattete mir, daß ich das Fernglas vor ihren Augen festhielt, um es einstellen zu können. Sie verströmte den stechenden Geruch nach Chlorbleiche, der mir zu Kopf stieg. Dennoch wagte ich nicht, sie anzufassen, ich spürte ihre Anspannung. Ich hielt meine Arme weit um ihre Schultern ausgebreitet und streifte sie nicht einmal, während ich ihr zeigte, wohin sie das Instrument richten sollte, und drehte dann an den Rädchen.

Sie bemächtigte sich des Fernglases und begann damit über die Terrasse zu wandern, sie richtete es nach rechts und nach links, ohne ein Wort zu sagen. Als sie es mir zurückgab, fragte sie: »Wie funktioniert es?« Ich erklärte ihr die Bewegungen der Rädchen und der Drehknöpfe.

»Das ist mir klar, aber wie funktioniert es, was ist da drin, und wie gelingt es, die Dinge so dicht vors Auge zu holen?« Darauf hatte ich keine Antwort.

»Lies in den Büchern nach und sag es mir dann, ich kann nicht lesen, und Bücher habe ich keine.« Und mit diesen Worten kehrte sie zu ihrem Wäschetrog zurück.

Ich verließ die Terrasse, noch bevor sie ihre Arbeit beendet hatte, und als ich auf ihrer Höhe war, hieß sie mich anhalten. Sie hatte nicht von ihrer Wäsche abgelassen, sie preßte und drückte weiterhin die Stücke im Becken, aber sie hatte den Kopf zu mir gedreht und wartete, daß ich das Wort an sie richtete. Ich fragte, ob meine Anwesenheit sie störte. Ihre Antwort lautete: »Du bist mein Herr und kannst tun und lassen, was du willst, ich bin nur die Magd.« Ich setzte meinen Weg Richtung Tür fort, und als ich zur Treppe abbog, rief sie mir laut zu: »Wenn du noch einmal hierherkommen willst, denk daran, im Buch danach zu suchen, wie dieses Ding da funktioniert.«

Ich kehrte mehrmals zurück. Sie trug beim Wäschewaschen weiterhin, auch an ganz heißen Tagen, ihre Uniform und war auf der Hut; dennoch gestattete sie sich Pausen, um das Dorf durchs Fernglas zu betrachten und die Lichtstrahlen durchs Prisma zu beobachten. Eines Tages machte ich mit den Spiegeln sogar ein Experiment, und es gelang uns, Strohfäden in Brand zu stecken: Ich hatte das Fachgebiet gut studiert, um ihr Rede und Antwort zu stehen.

Ich hatte mich dem Zeichnen zugewandt; eines Tages fragte ich sie, ob ich eine Skizze von ihr beim Wäschewaschen anfertigen dürfte. Sie gab mir die übliche Antwort: »Du bist mein Herr und kannst tun und lassen, was du willst, ich bin nur die Magd.« Sie schaute sich meine Entwürfe an und gab kritische Kommentare. Sie machte mich darauf aufmerksam, daß ich den Armansatz an den Schultern nicht richtig getroffen hatte. Ich wagte den Vorschlag, daß ich sie, wenn sie nur das Unterkleid trüge, besser zeichnen könnte. »Nein, dann müßte ich still stehen, ich aber bin zum Arbeiten hier. Geh in den roten Salon, neben dem Kamin hängt ein Bild. Auf der linken Bildseite ist eine Frau in dieser Haltung, schau sie dir an und lerne daraus.« Sie hatte recht, die Bewegung auf dem Bild war ganz genau gleich. Ich brachte ihr die überarbeitete Zeichnung. Sie lachte mich aus: »Du bist nicht gut, warte mal.« Sie schloß die Tür der Wäscherei, zog sich die Uniform aus und blieb im Unterrock in der gewünschten Pose stehen. Dann kleidete sie sich wieder an und arbeitete weiter, ohne das Hängeschloß von der Tür zu nehmen.

Unsere Stelldicheins wurden, ohne geplant zu sein, immer häufiger.

Ich weiß nicht, wie sie es anstellte, daß sie immer allein Dienst hatte, jedenfalls gelang es ihr. Ich zeichnete sie in keuschen und alltäglichen Posen. Ich half ihr, sich in die gewünschte Position zu bringen, und nach und nach faßte ich immer mehr Mut, wenn ich ihre Arme und ihren Hals berührte. Sie wies mich nicht ab, ermunterte mich aber auch nicht.

Während der Weihnachtsferien machte ich mich daran, einen der Bücherschränke in der Bibliothek neu zu ordnen. Zwei Dienstmädchen wurden mir als Hilfen zugewiesen. Eines Tages stand nur die Mennulara zur Verfügung. Wir arbeiteten still vor uns hin, als gäbe es zwischen uns nichts anderes als die Arbeit. Sie war auf die hölzerne Trittleiter der Bibliothek gestiegen, und ich reichte ihr die Bände, die in die oberen Regalfächer eingeordnet werden sollten. Mit einemmal setzte sie sich auf die letzte Stufe und wartete, daß ich ihr die Bücher reichte. Von unten sah ich ihre nackten Beine, ihr Kleid war beim Hinsetzen nach oben gerutscht. Still und steif stand ich da und starrte sie an. Sie bemerkte es, erwiderte meinen Blick und rührte sich nicht. Ich hatte nur noch die Kraft, zu ihr zu sagen: »Steig herunter.« So liebten wir uns das erstemal. Von da an war die Bibliothek unser Liebesnest.

So hatte ich durch eine Frau, die weder Erklärungen verlangte noch klagte, die Befriedigung der Sinne ohne ernsthafte Bindung und ohne Schuldgefühl kennengelernt. Unsere Beziehung baute auf der Gleichheit von Mann und Frau beim Beischlaf auf, dessen Sinn und Zweck der Genuß für beide war. Die Initiative ging nur von mir aus, aber sie war nicht immer willens, auch wenn sie sich mir nur selten verweigerte. Manchmal begehrte ich sie über lange Zeiträume, ja, über Jahre nicht, dann wieder häuften sich unsere Begegnungen. Es war eine friedliche, geheime Abmachung, ohne augenscheinliche gefühlsmäßige Verwicklung von beiden Seiten, so glaubte ich zumindest, und Du warst auf dem laufenden.

Vor fünf Jahren lud ich meine langjährige Geliebte, von der sie wußte, zu mir nach Hause zum Abendessen ein. Nachdem sie bei Tisch serviert hatte, beleidigte sie meine Frau und meine Geliebte, vorsätzlich tat sie das und ruinierte damit den Abend. Noch nie hatte *sie sich auf diese Weise verhalten. Ich war außer mir und nahm mir vor, in ihre Kammer zu gehen, um sie zu maßregeln, was ich noch nie zuvor getan hatte. Ich fühlte mich verraten und erniedrigt. Zum erstenmal in meinem Leben kletterte ich die Wendeltreppe in den Zwischenstock hinauf, ich ahnte, daß dies ein wichtiger Moment meines Lebens sein würde, und dachte daran, sie zu entlassen, so gewaltig war mein Zorn. Ich fand mich in einem dunklen Korridor wieder. Undeutlich hörte ich Musik. Es war das Ende des dritten Akts der* Aida. *Auf die Oboe des Andante antwortete die Stimme der Callas.* Fuggiam gli ardori inospiti di queste lande ignude. *Ich war wie betäubt. Ich erstarrte und lauschte. Ich kam wieder zur Besinnung, als ich in Hockstellung auf dem Boden saß, den Rücken gegen die Wand gelehnt, an der mein willenloser Leib heruntergerutscht war.* Là tra foreste vergini. *Die Musik breitete sich weiterhin in großen Kreisen aus, erfüllte den Gang, drückte gegen die Wände, die aufbrachen und diesen engen Raum in eine feuchte und samtige nächtliche Landschaft verwandelten, die einen leichten Duft verströmte.* Io son disonorato. *Ein Wirbel widersprüchlicher Empfindungen zog mich nach unten, ich fühlte, wie mir die Kräfte schwanden. Ein Gefühl des Erstaunens wuchs in meiner Brust, das mich vernichten wollte: Ich hatte nie geglaubt, eine Seele zu besitzen.*

Plötzlich ging die Tür am Ende des Gangs auf, die Musik glitt heraus. Eine andere Tür wurde geöffnet und wieder geschlossen. Ich hörte Wasser, sie war im Bad. Kurz darauf tauchte sie wieder auf, und ich sah sie in vollem Glanz, bevor sie das Licht wieder ausknipste und sich in ihr Zimmer einschloß. Sie hatte nur einen Morgenrock an, und der stand vorn offen, sie erschien mir wunderschön. Das offene lange Haar rahmte ihr ernstes Gesicht. Ich näherte mich ihrem Zimmer, mein Verlangen einzutreten war übermächtig, aber mir fehlte der Mut. Ich hatte Angst, daß sie mich wegschicken könnte, ich war jetzt der Rechtsbrecher. Radames. Io son disonorato.

Ich verharrte in meiner Stellung, an die Wand gelehnt. Sie hatte sich erhoben, um die Platte umzudrehen, der Fußboden knarrte unter ihren Schritten, und die Tür ging einen Spalt auf. Già i sacerdoti adunansi. *Schon fürchtete ich, die Tür würde sich wieder schließen, aber vielleicht war sie auch eingeschlafen. Ich wartete noch ein Weilchen, dann drückte ich sachte gegen die Türe, die quietschend aufging.* Discolpati. *Das fahle Licht des Monds fiel auf das Bett, auf dem sie lag, bedeckt von einem leichten Leintuch. Ich lauschte, auf der Türschwelle stehend, und hatte die Augen fest auf sie gerichtet.* Discolpati. *Mit dem abgewinkelten Arm hatte sie sich das Gesicht bedeckt, und ich konnte nicht sehen, ob sie wach war oder schlief. Ohne es zu merken, weinte ich. Sie aber hatte es gespürt und drehte den Kopf zu mir: »Weine nicht, hör zu«, sagte sie, dann bedeckte sie ihr Gesicht, nahm die Haltung von zuvor ein. Und ich lauschte, bis der Tonarm des Plattenspielers stillstand.*

Ich war wie gelähmt.

»Was willst du?« fragte sie.

»Kann ich hierbleiben?«

»Nein, morgen früh muß ich arbeiten, geh ins Bett, es ist schon spät, für alle.«

In dieser Nacht weinte ich lange, schluchzend lag ich auf unserem Liebesbett in der Bibliothek. Im Morgengrauen schrieb ich einen Abschiedsbrief an meine Geliebte.

Ich sah sie am nächsten Morgen, sie servierte mir den Kaffee, als wäre nichts vorgefallen. Sie trug die übliche Schürze aus grauem Tuch, die Haare in einem Knoten gesammelt, ihre gewöhnliche Frisur, ohne Liebreiz und Anziehungskraft, so wirkte sie. Und auch so liebte ich sie. Ich war verwirrt und verängstigt wie ein junger Bursche bei der ersten Liebe, unsicher, welches der erste Schritt sein sollte, in der Hoffnung, daß die Geliebte ein Zeichen der Ermutigung gibt. Wahrscheinlich kam das bei ihr an, denn sie sagte lakonisch zu mir: »Wenn Ihr wollt, könnt Ihr in die Bibliothek gehen, nach dem Mittagessen.« Seit diesem Moment war ich der glücklichste Mann der Welt.

Ich lebe für die wenigen Stunden der Intimität, die uns gestattet sind, und für unsere Studien. Ich hätte alles dafür getan, mit ihr zu leben, wir zwei alleine, für immer. Für sie hätte ich Haus und Familie aufgegeben. Sie hat mich davon abgehalten. Anfangs fürchtete ich, daß meine Liebe nicht erwidert würde, daß die langen Jahre, in denen ich sie vernachlässigt hatte, diese Liebe zerstört hätten. Aber sie beharrte auf ihrem Standpunkt. Die Herrschaften sähen das Leben auf eine Weise, und die Mägde eben auf eine andere. Ihr ganzes Dasein ist ein Beweis ihrer Gefühle für mich, aber sie ist nicht in der Lage, die Worte ›Ich liebe dich‹ auszusprechen. Sie war sich sicher, daß wir uns wiederfinden würden, aber sie wußte nicht, wann; für mich hat sie das Studium der griechischen Kunst vertieft und mich darin sogar übertroffen. Sie hat mir gestattet, in der Korrespondenz mit den Fachleuten das Pseudonym »Signor La Mennulara« zu benutzen, wohingegen ich so innig wünschte, daß unsere Namen öffentlich vereint wären. Nur die Sammlung der griechischen Vasen wird als stummes Zeugnis unserer Leidenschaft für die Kunst und für unsere Liebesgeschichte erhalten bleiben.

Ich sterbe im unermeßlichen Bedauern, daß die Menschen nie um die außerordentlichen Fähigkeiten dieser Frau und um meine Liebe für sie wissen werden.

Pietro Fatta quälte sich, die Briefseiten in der Hand, aus seinem Sessel. Die Empfindungen schienen schwer auf ihm zu lasten. Er suchte nach einem Zündholz in der Schublade seines Schreibtisches, dann durchquerte er gemessenen Schritts das Zimmer, ohne Lärm zu machen.

In diesem Jahr loderte das erste Feuer im Kamin des Palazzo Fatta früher als gewöhnlich.

47.

In der Portiersloge von Don Vito Militello wird die Situation unter die Lupe genommen

Lucia hatte in Windeseile die Einkäufe auf dem Markt für das Haus Fatta getätigt, um noch genügend Zeit zu haben, bei Onkel Paolino und Tante Mimma vorbeizuschauen, ohne die Neugier Mariannas, des anderen Dienstmädchens, zu wecken.

Don Paolino war zu Hause, die Tante war zum Schuster gegangen, um die neubesohlten Schuhe abzuholen. »Du wirst sehen, sie ist hingegangen, um den neuesten Klatsch zu hören, die Werkstatt von Gevatter Giacomo ist in der Gasse dei Gozzi«, erklärte Don Paolino, »du brauchst gar nicht auf sie zu warten, sie wird Stunden dort zubringen, und auch heute kann ich meine warme Mahlzeit getrost vergessen.« Der Onkel und die Nichte tauschten die neuesten Neuigkeiten über die Alfallipes aus, und Lucia kehrte jauchzend vor Glück nach Hause zurück. Diese Geschichte war spannender als die Fortsetzungsserie im Fernsehen, die sie im Hause Fatta, aber nur aus einem gewissen *Abstand,* sehen durfte: Sie saß dann auf einem Klappstühlchen an der Wand, während die Signora in der ersten Reihe in ihrem bequemen Sessel – sozusagen im Kinositz – vor dem neuen Fernseher thronte.

Donna Mimma kam spät und ohne Schuhe zurück. »Der Ärmste ist gar nicht dazu gekommen, etwas zu arbeiten. Zuerst gab es diese Irrenhausvorstellung der Alfallipes, dann mußte er allen Leuten, die seine Werkstatt stürmten, Rede und Antwort stehen, jeder verlangte von ihm zu wiederholen, was er gehört hatte.«

»Und was war das?«

»Sie hatten es mit der armen Mennulara, und was für Sachen die über sie sagten! ... Da sträubten sich einem sämtliche Haare. Diebin, Betrügerin, sogar Hure nannten sie sie, und Geschwister und Schwäger erzählten sich die schlimmsten Gemeinheiten. Hör zu, gehen wir zu meiner Schwester Enza zum Mittagessen, dann erfahren wir noch andere Geschichten!«

Im Portiershaus des Palazzo Ceffalia redeten die Schwäger und Schwägerinnen viel und schnell, sie nutzten die Gelegenheit, daß keine Besucher da waren. An diesem Morgen war Donna Enza mit der Hoffnung, Klatschgeschichten aufzuschnappen, in den ersten Stock gegangen und hatte den Dienstmädchen beim Aufräumen der Vorratskammer geholfen. Und ihre Mühe wurde belohnt: Die Baronin hatte Neuigkeiten zu berichten: Der Garten der Familie Parrino und das Auto des Postangestellten Gaspare Risico waren zu Schaden gekommen; nach Meinung der Baronin war das als »Warnung« zu verstehen für den, der zuviel und schlecht über die Mennulara gesprochen hatte.

»In der Kirche sah man sie wenig, nur bei den Singmessen, aber sie muß einen ganz besonderen Schutzheiligen gehabt haben, der gut über sie wachte«, sagte Donna Enza.

»Ja, einen Heiligen mit Beinkleidern, *coppola* und abgesägtem Jagdgewehr«, fügte Don Vito hinzu, »während auf den Alfallipes ein böser Fluch lasten muß, denen glückt auch gar nichts. Santa ist vor kurzem vorbeigekommen und hat erzählt, daß sie gestern in der Bibliothek des Anwalts alles kurz und klein geschlagen und sich anschließend verprügelt haben; heute ist dann ein Brief eingetroffen, in dem steht, daß sie die falschen Sachen kaputtgemacht haben, und wieder haben sie sich in die Haare gekriegt, also es sind richtig arme Teufel, und obendrein lassen sie ihre Wut an der Mennulara aus.«

Trotz der Fülle von Einzelheiten über den Krach im Hause Alfallipe sprach man im Ort weniger über die zu Bruch gegangenen Vasen und ihre Herkunft. Jedoch Don Paolino zerbrach sich den Kopf darüber. »Wenn sie die Vasen ins Museum geschafft haben, bedeutet das, daß sie sie für echt und für kostbar hielten. Sie hatten wohl der Mennulara gehört, und so wird sie ihnen aufgetragen haben, das zu tun; ich erinnere mich, wie sie sagten, daß sie dadurch verhöhnt und verspottet worden seien. Das hätte man sich von ihr eigentlich nicht erwartet, sie war nicht der Typ, der mit anderen seine Scherzchen trieb, und auch verhöhnt hat sie niemanden, sie hätte bestimmt nicht darüber gelacht. Vielleicht waren die Vasen echt, und sie haben nicht richtig gelesen, oder die im Museum haben einen Fehler gemacht, als sie diesen Brief schrieben.«

»Aber wieso sind sie jetzt sauer auf die Mennulara, wenn sie einen Fehler bei diesen Vasen gemacht hat, schließlich war sie ja keine Gelehrte. Für ein Dienstmädchen wußte sie sogar sehr viel über diese Sachen«, sinnierte Donna Enza.

»Nein, da täuschst du dich, Enza«, sagte Don Paolino, »zur Zeit der Ausgrabungen in der Villa von Casale war der Rechtsanwalt noch ein junger Mann und entdeckte seine Passion für alte griechische Sachen; er hat sogar mit Grabungen in der Nähe ihrer Besitzung Cannelli begonnen, die sie dann verkauft haben; es heißt, dort unter der Erde liegen sämtliche Reste einer antiken Stadt. Er fand Tonscherben und nahm sie mit nach Hause. Die arme Mennulara mußte sie dann nachts bearbeiten, der Tisch des Zimmers neben der Bibliothek sah aus wie ein riesiges Mosaik, alle Stücke wurden dort ausgebreitet. Es war eine richtig harte Kopfnuß, sie zusammenzusetzen, aber sie hatte ein scharfes Auge und schaffte es: Sie klebte die Vasen perfekt wieder zusammen. Dann kam dem Anwalt eine andere Manie, und die Tonscherben interessierten ihn nicht mehr, aber die Mennulara hatte weiterhin ihr Vergnügen daran, die alten Pötte zusammenzustücken, und davon waren noch jede Menge da, ich habe sie sogar gesehen, wie sie Bücher mit Photos anschaute, die gefielen ihr.«

»Arme Frau, sie vergnügte sich mit Scherben, was für ein erbärmliches Leben«, gab Don Vito seinen Senf dazu. »Apropos, weißt du, daß Don Luigi Vicari heute früh gestorben ist?«

Don Paolino zuckte zusammen: »Wieso, lebte der noch?«

»Ja, er war etwas über Neunzig, sein Enkel hat's mir gesagt, der kam am Mittwoch in der Pförtnerei vorbei, ich habe ihm von der Beerdigung erzählt. Er sagte, der Großvater sei noch glockenhell im Kopf, leider aber bettlägrig. Und dann ist er im Schlaf gestorben. Ein schöner Tod!«

»Was heißt hier schöner Tod! Seine Tochter hat mir erzählt, daß er seit vergangenem Donnerstag wirr herumfaselte, er hatte Angst, daß ihn jemand umbringen würde ... Vor Angst ist er gestorben, er hatte völlig den Verstand verloren, der arme Teufel«, stellte Donna Enza die Sache richtig.

»Nun, so kommt es eben ... Aber er hat ein Geschäft auf die

Beine gestellt und ist reich geworden«, erläuterte Don Paolino. »Ich sagte euch, daß man von jetzt an nicht mehr über die Mennulara und die Alfallipes reden wird. Alles, was man über sie gesagt hat, wird in Vergessenheit geraten, und in Roccacolomba wird der Namen Alfallipe verschwinden, alle werden sich auf und davon machen. Mir soll's recht sein, Hauptsache, sie werfen uns nicht aus unserer Wohnung.«

Don Vito war einverstanden. »In diesem Pförtnerhaus habe ich schon die unglaublichsten Geschichten über diese Frau gehört, über sie gibt es nicht mehr viel zu erfinden. Die Leute reden und reden und begreifen nicht die Bohne.« Er begann mit der Aufzählung der Geschichten, eine nach der anderen, und nahm dazu die Finger der linken Hand zu Hilfe. »Angefangen bei ihrem Vater, man erzählte sich, daß sie möglicherweise die uneheliche Tochter eines Mafioso sei, der sie im Hause der Alfallipe großziehen ließ, um einen Spitzel dort zu haben; andere wiederum meinten, sie sei die Tochter des Fürsten von Brogli, und der Rechtsanwalt Alfallipe nahm sie zu sich, um den Leuten das Maul zu stopfen; sie hatte auch eine schöne Mitgift, die der Fürst ihr gegeben hatte; dann gab es auch solche, die behaupteten, sie sei die leibliche Tochter des Advokaten Gianni Alfallipe, und die Signora Lilla, Gott hab sie selig, ertrug auch noch diese Schmach und nahm sie zu sich ins Haus: So war sie also die Schwester von Orazio Alfallipe, der ihr aus diesem Grund so viel Befehlsgewalt im Hause überließ. Aller Leute Tochter war sie, nur nicht die des Pechvogels Luigi Inzerillo, ihres wirklichen Vaters, und keiner sagt, daß sie hervorstehende Zähne hatte wie er, und auch leichte Glupschaugen: Man brauchte sie sich nur anzusehen, um zu erkennen, daß sie Vater und Tochter waren, sie war ihrem Vater wie aus dem Gesicht geschnitten, ganz bestimmt!

Machen wir weiter mit der Mennulara selbst, eine alte Jungfer war sie, und jetzt hat man ihr auch noch Kinder angedichtet. Der eine behauptet, der Patensohn von Padre Arena sei nicht der Sohn seiner Haushälterin, sondern der der Mennulara, und ihm hat sie auch die Ausbildung bezahlt; andere sagen, daß ihre sogenannten Neffen, die auf dem Festland leben, ihre eigenen Söhne seien, die sie mit Männern gemacht hat, deren Namen man nicht in den Mund nehmen darf, und aus dem Grund dürfen sie keinen Fuß nach Roccacolomba setzen …«

»Wir wissen so gut wie nichts über sie«, meinte Don Paolino abschließend, »ja, so ist es. Tatsache ist, daß sie gut arbeitete und gern kommandierte, und genau da sind die Schwierigkeiten für alle entstanden. Die Herrschaften mögen es, wenn ihr Personal tüchtig ist, aber es gefällt ihnen gar nicht, kommandiert zu werden. Hätten sie auf sie gehört, wären sie noch viel reicher geworden. Wir aber bleiben immer arm und angeschmiert, auch nach dem Tod.«

Mittwoch, den 23. Oktober 1963

48.
Don Vincenzo Ancona ist unhöflich zu seiner Frau

Am Mittwoch, dem 23. Oktober, saß Don Vincenzo Ancona auf einem Strohhocker quer zum Küchentisch und schlürfte schweigend seinen ersten Morgenkaffee, der ihm von seiner Gattin serviert wurde. Gleich würde er sein Tagwerk außer Haus beginnen. Im Geiste ging er jetzt zur Vorbereitung seiner Geschäfte noch einmal das Vorher und das Nachher durch, die jüngste Vergangenheit und die allernächste Zukunft. Trotz seiner einundachtzig Jahre und seiner recht korpulenten Statur erfreute er sich bester Gesundheit. Vor allem aber hatte er ein ausgezeichnetes Gedächtnis, was für ihn von entscheidender Bedeutung war, da er nur mühsam lesen und schreiben konnte. Seine Frau unterbrach den Fluß seiner Gedanken: »Mir hat man gesagt, daß du vergangenen Monat auf der Beerdigung einer gewissen Inzerillo warst. Heute ist die Gedenkmesse zum dreißigsten Tag nach ihrem Tod. Wer war sie?«

»Solche Fragen darfst du mir nicht stellen, kümmere dich um deine eigenen Angelegenheiten, denk an deine bösen Kinder und verdufte!« Don Vincenzo knallte die Kaffeetasse auf den Tisch, der Kaffeerest spritzte über die Wachstuchtischdecke, und stampfte aus der Küche. Im Hauseingang standen zwei Männer und erwarteten ihn. Auf sein Zeichen hin halfen sie ihm diensteifrig in sein Jackett und hielten ihm die Haustür auf, alles geschah wortlos. Der schwarze Giulietta Alfa Romeo mit Chauffeur stand startbereit für die lange Fahrt in die Hauptstadt.

Don Vincenzo hüllte sich in dumpfes Schweigen und hatte auf der ganzen Fahrt einen pechschwarzen Humor; er weigerte sich sogar, an der üblichen Stelle haltzumachen, um einen weiteren Kaffee zu sich zu nehmen. Er befahl, das Tempo zu erhöhen. Der Wagen raste über die kurvenreiche Straße, durch Haarnadelkurven die Berghänge hinab, überholte andere Fahrzeuge in den blinden Kurven, dann ging's wieder bergaufwärts und, den Weg sich freihupend, auf der anderen Seite talwärts, ohne sich im mindesten an die Geschwindigkeitsbeschränkung zu halten. Der Fahrer lenkte sicher, als gehörte die Straße ihm. Es war die Gewißheit, tun und lassen zu können, was einem beliebt. Dieser sichere Fahrstil hatte Tradition, nämlich die der Macht und der Gewalttätigkeit, mit der Straßen, Dörfer, Personen zwar vertraut sind, sich jedoch nicht wirklich damit abgefunden haben; es handelte sich um eine bewußt nachlässige Vertrautheit, die wie ein Theatervorhang auf- und niedergeht. Sie überquerten Berge, die den riesigen Feudalbesitz der Fürsten von Brogli ausmachten, wo die Anconas seit Generationen als Mafiabosse das Sagen hatten. Diese Wegstrecke war voller Erinnerungen und schmerzlicher Sehnsucht für Don Vincenzo. Seine Jugendjahre kamen ihm in den Sinn, als sein Vater, Don Giovanni Ancona, ihn in dem Beruf unterwies, den er ihm dann weitergegeben hatte, genau wie sein Vater es seinerzeit mit ihm gemacht hatte. Er war wie bei den Adelstiteln, die stets vom Vater auf den Erstgeborenen übergehen.

Nur daß eine solche Befriedigung Don Vincenzo versagt blieb, und zwar wegen der Dummheit seines einzigen Sohns, der die Regeln der Ehrenwerten Gesellschaft aus Fleischesschwäche – etwas Unerträgliches für einen Mafioso! – mißachtet hatte. Es stimmte, der Sprößling hatte Karriere gemacht und war noch immer ein Ehrenmann, aber er hatte sich außerhalb Siziliens durchboxen müssen. Sein Vater hatte deshalb auf die Bequemlichkeit und das Glück verzichten müssen, ihn in seiner Nähe zu haben und zusehen zu können, wie er an seine Stelle rückte. Ein Schwächling war er, ja genau, und obendrein sein eigen Fleisch und Blut! Sie passierten den Feudalbesitz Cannelli, wo er einst jene Freveltat beging, die sein Leben verändert hatte. Don Vincenzo kam ein Fluch über die Lippen: »Verdammt seien Gottes Hände!« Seine Reisegefährten zuckten zusammen und sahen ihn an, der Chauffeur ging verängstigt vom Gaspedal. »Fahrt weiter, ich habe nur über meine eigenen Angelegenheiten nachgedacht«, herrschte Don Vincenzo ihn an und ließ sich gegen das Rückenpolster fallen. Er lehnte den Kopf an, setzte die Sonnenbrille auf und richtete den Blick starr auf die Straße.

Die Erinnerungen bestürmten ihn. Die »Sache«, die das Leben des Sohns verändert und ihm und seiner Frau tiefen Schmerz bereitet hatte, lag nun zweiundvierzig Jahre zurück, doch es war, als wäre es gestern gewesen. Sein Vater war gestorben, als er noch ein junger Bursche war, aber Don Vincenzo hatte viel gelernt und war sehr wohl in der Lage, an seine Stelle als »Landaufseher der Fürsten Brogli«, wie es vor den Behörden hieß, in Wirklichkeit aber als unangefochtener Mafiaboß ihrer sowie der angrenzenden Feudalbesitze der Bürgerfamilien und der Kleinaristokratie zu treten. Mit Fug und Recht war er respektiert und gefürchtet, auch über die Grenzen der Provinz hinaus. Man wußte, daß er ein gestandener, unangreifbarer Mann mit Weitblick war, immer bereit, Neuland zu betreten.

Er war ein richtiges Familientier und seiner Frau treu wie Gold. Sein Giovannino, der ach so intelligent und pfiffig war, würde gewiß sein würdiger Nachfolger werden. Sein Vaterstolz suchte seinesgleichen: Der Sohn war schön und stark, deutlich war seine aufbrechende Männlichkeit zu spüren, noch deutlicher aber seine Gerissenheit und Überheblichkeit, seine Entschlossenheit und auch seine Arroganz, was im Verbund mit einem vagen Geschäftssinn dem Sohn erlauben würde, es mit der modernen Zeit, zumindest mit dem, was er darunter verstand, Schritt zu halten.

Don Vincenzo wußte, daß sich die Zeiten für alle geändert hatten und daß die Mafia sich anpassen mußte, um sich ein Standbein innerhalb der neuen gesellschaftlichen und politischen Realitäten zu verschaffen; er wußte, daß diese Wende tiefgreifende Rückschläge haben würde. Gewisse Aspekte des Ehrenkodex, die vom Vater auf den Sohn weitergegeben wurden und an denen er nostalgisch festhielt, würden verwässern und am Ende ganz in Vergessenheit geraten. Don Vincenzo schmerzte das sehr, waren doch genau die Strenge und die Härte der Ehrenwerten Gesellschaft die Grundfesten seines Erfolgs gewesen: Verbunden mit dem Schrecken der todsicheren Rache an jedermann, der sich nicht an die Ehrenregeln hielt oder es wagte, sich aufzulehnen, betrachteten sowohl die Ehrenmänner als auch »die Anderen« diese Unerbittlichkeit als einen Beweis seiner Integrität, ja sogar als Ausdruck von Gerechtigkeit seitens der Mafiamacht.

Die Doppelrolle als Richter und als Rächer gefiel Don Vincenzo sehr, doch wußte er zu gut, daß sie auf Falschheit gründete. Ihm und nur ihm stand es zu, darin Lehrmeister für den Sohn zu sein, so sehr war er von seinen erzieherischen Fähigkeiten überzeugt. Die Initiation des Sohns sah auch vor, daß Don Vincenzo ihn in der Erntezeit auf die Felder mitnahm, damit alle, Herren und Bauern, ihn kennenlernten und damit er sah, wie man die Leute gebührend behandelt. An diesem Morgen im Mai waren sie in den großen Mandelhain des Fürsten geritten, der den Gutshof der Besitzung umgab. Die Erntehelfer schlugen mit geschmeidigen Stöcken – die unerbittlich zu den Früchten, aber behutsam zum Baum waren – auf die Mandelzweige ein, und die grünen, fleischigen Mandeln, die erst wenig verhärtet waren, prasselten wie Riesenoliven zu Boden. Dieses Schauspiel wurde aus einem gewissen Abstand von der Ernteabteilung der Mandelpflückerinnen verfolgt, die, am Boden krabbelnd wie Ameisen, die Mandeln aufklaubten; die

Mädchen und die jungen Kerle wurden überwacht, die einen von einem Vorsteher, die anderen von der alten Wärterin, die das Recht und die Pflicht hatte, die Ernteschläger zu rügen, wenn sie es wagten, verwegene und verführerische Worte in die Strophen der uralten Stornelli einzuflechten. Nur selten herrschte Schweigen bei der Mandelernte. Singend lieferten sich alle Wortgefechte, Schlag und Gegenschlag, es war eine heitere und geregelte Arbeit, die den Übergang vom Spätfrühling zum Sommer krönte, wenn die Natur reichlich Früchte für alle bereithielt.

An diesem Tag hatte Don Vincenzo die unglückselige Idee, den Sohn mit den Erntearbeitern allein zu lassen, die um den Hof herum arbeiteten, während er zur Tränke auf der anderen Seite des Mandelhains ritt. Ein Mafiaoberhaupt muß sich zeigen, vor allem aber Augen und Ohren schärfen und stets auf der Hut sein. Es war eine angenehme und notwendige Beschäftigung, das Treiben um den Brunnen zu beobachten, die Gespräche der Bauern und der Knechte zu belauschen, die die Wasserkrüge füllten, um sie nach Hause zu tragen. Er wollte mit ihnen zusammen seine Vesper, aus Brot und Käse bestehend, verzehren und am Nachmittag zusammen mit dem Sohn wieder nach Hause reiten.

Gegen zwei Uhr kam Luigi Vicari, ein Bauer des Gutshofs, auf seinem Maultier angeritten. Sie wechselten ein paar Worte und ritten dann gemeinsam weg, ließen die Tiere Schritt gehen, solange sie im Blickfeld der Leute an der Tränke waren, dann aber im Trab bis zum Gutshof. Don Vincenzo hätte seinem Tier gern die Sporen gegeben und es zum Galopp angetrieben, doch er wollte auch nicht zu sehr auffallen, denn sogar die Erdschollen haben Augen und Ohren. Er erreichte das Gutshaus. Alles war ruhig und verwaist, als sei nichts geschehen. Die Mandelpflückerinnen waren noch mitten in ihrer mühsamen Arbeit, die Ernteschläger sangen, die Bauern waren auf den Feldern, es war ein lauer und lichter Tag.

Sie betraten die Hütte des Bauern, und erst jetzt wurde ihm mit leiser Stimme der gesamte Vorfall bis in alle Einzelheiten geschildert. Don Vincenzo wies das Glas Wasser zurück, das man ihm reichte, und hörte zu. Ungefähr vor einer Stunde wollte die Frau von Luigi Vicari den Hühnerstall saubermachen, der neben der Scheune lag. Von dort hatte sie gellende Frauenschreie gehört: »Er bringt mich um, Hilfe!« Dann Stille. Kurz darauf ertönten erneut Schreie. Sie hatte keine Ahnung, wer das sein könnte, es waren keine Besucher von außerhalb eingetroffen. Seine Frau rief nach ihm, und gemeinsam eilten sie in die Strohscheuer, die als Schlafstätte für die Mandelpflückerinnen diente. Sie sahen ein Gewirr von Beinen und Armen. Dort im Stroh lag Giovannino Ancona mit heruntergelassenen Hosen auf ihr drauf, und sie zappelte und verteilte Tritte. So heftig war Giovannino bei der Sache, daß er die beiden nicht bemerkte. Das arme Ding jedoch sah sie und biß ihm in die Hand, mit der er ihr den Mund zuhielt, und fing wieder an zu brüllen. Sie trennten die zwei. Luigi Vicari hieß den Jungmann sich ankleiden und schickte ihn in den Kuhstall, wo es ein Versteck gab, und dort blieb er. »Ich habe ihm ein wenig Wasser gebracht, aber er will nicht essen noch trinken, und die Verletzung ist nicht schlimm«, erklärte der Bauer aus Furcht vor Don Vincenzos Zorn, der finster, mit undurchdringlicher Miene seinen Worten folgte.

»Wo ist das Mädchen?« fragte er.

»Sie ist hier in meinem Haus, meine Frau leistet ihr Gesellschaft«, und dabei machte er ein Zeichen zum anderen Zimmer hin. »Sie hat nicht mehr geschrien, und keiner weiß etwas, die anderen sind allesamt noch bei der Arbeit.«

»Ruft mir Eure Frau«, befahl Don Vincenzo. Die Bauersfrau war völlig durcheinander und versuchte, vor einer so bedeutenden und gefürchteten Persönlichkeit Haltung zu wahren, deutlich waren die Spuren ihrer Tränen zu erkennen. »Sagt mir, was geschehen ist«, befahl er ihr, und den Kopf zu ihrem Ehemann drehend, fügte er hinzu: »Luigi, ich danke Euch beiden für Euren Einsatz, ich werde es nicht vergessen. Geht jetzt und sagt meinem Sohn, daß er sich säubern soll, nehmt seine Stute und tränkt die Reitpferde, denn wir machen uns sofort auf den Heimweg.«

Als er allein mit der Bäuerin war, forderte er sie noch einmal auf, ihm von A bis Z alles zu erzählen, was sie gesehen hatte, wer das Mädchen war und wie es ihm ginge, ohne Scham und mit sämtlichen Einzelheiten. Das war für sie unmöglich. Die Frau weinte beim Sprechen, flehte sämtliche Schutzheiligen an und verwies auf den Ehemann, der viel besser als sie alles erklären könnte. Sie sei nur eine einfache Frau vom Land, und solche Dinge hatte sie noch nie in ihrem Leben gesehen. Don Vincenzo begriff unmittelbar, daß es sich um eine echte Vergewaltigung handelte. Don Vincenzo kannte die Mennulara, und er kannte auch seinen Sohn.

»Kennt Ihr sie schon länger?« fragte er. Die Bauersfrau überwand ihre Verlegenheit und versicherte ihm, auf die Seele sämtlicher Heiligen, auf das Grab ihres Vaters und das Leben ihrer eigenen Kinder schwörend, daß sie noch unberührt gewesen war, was auch durch ihr Verhalten bestätigt wurde. Nachdem man seinen Sohn von ihr gerissen hatte, gelang es der Frau mit Müh und Not, sie in ihr Schlafzimmer zu führen, wo sie sich jammernd und stöhnend auf den Boden geworfen hatte. Sie war noch immer blutverschmiert, an ihren Kleidern und zwischen den Schenkeln klebte Blut; sie verweigerte sogar einen Schluck Wasser, unschuldig war sie.

»Die Mennulara kenne ich von allen am besten, denn seit vielen Jahren kommt sie hierher zum Arbeiten. Ihre Familie ist bettelarm, sie ißt nicht einmal ihre Essensration, die trägt sie nach Hause, dort nagen sie am Hungertuch. Wir alle haben sie gern, und manchmal lassen wir für sie zwei Eier, etwas Gemüse, ein Stück Käse in einem Versteck in der Strohscheuer, und die nimmt sie dann nach Hause mit. Wenn wir ihr etwas im Beisein der anderen anbieten, schämt sie sich und weist es zurück; deshalb halten wir es so: Wir hinterlegen die Sachen für sie in einer Maueraushöhlung, wo sie ihre Vorräte aufbewahrt, sie kriegt das mit und verwahrt die Sachen. Just heute früh, während sie Mandeln sammelte, sagte mein Mann zu ihr, daß etwas für sie im Stroh läge, und sie war so glücklich darüber ... Aber man sieht, daß sie einen großen Stolz hat und niemals um irgend etwas bittet.

Ich weiß nicht, warum sie zur Mittagszeit in die Scheuer gegangen ist, ich denke, sie wollte frisches Wasser holen, ich habe den Krug in einer Ecke gesehen; auch weiß ich nicht, weshalb Euer Sohn dort unerwartet aufgetaucht ist.«

Angst und Schrecken standen der Ärmsten im Gesicht, sie wollte doch nicht den Sohn eines Mafiabosses bezichtigen, sich eines so feigen und für einen *uomo d'onore* derart ungewöhnlichen Übergriffs schuldig gemacht zu haben.

Don Vincenzo sagte: »Ist es Eurer Meinung nach eine Schändung gewesen, ja oder nein?«

Die Frau begann wieder leise zu weinen und antwortete nicht.

»Sprecht, war es Notzucht, ja oder nein?« wiederholte Don Vincenzo gebieterisch, jedoch ohne die Stimme zu erheben.

»Ihr seid Vater, auch ich habe große Kinder, und ich schwöre es beim Grab meiner Mutter, daß die Schreie von diesem jungen Mädchen und der Zustand, in dem ich sie gefunden habe, und so wie sie jetzt ist, mich nicht zweifeln lassen, daß es so ist, wie Ihr sagt, doch nur Gott allein kennt die Wahrheit.«

»Macht die Tür auf und laßt sie mich sehen«, befahl er. Die Bauersfrau wollte nicht gehorchen, sie sagte zu ihm, das Mädchen sei halb ohnmächtig. Der Schlag würde sie treffen, und sie wäre auf der Stelle tot, wenn er sie so zu Gesicht bekäme; das würde gerade noch fehlen, er dürfe das Mädchen in diesem Zustand nicht ausfragen.

Don Vincenzo verlor die Beherrschung und wurde laut: »Hört mir zu, ich weiß, wie man sich zu benehmen hat, ich will sie nur sehen, es steht mir nicht zu, mit ihr zu reden.«

Don Vincenzo erhob sich und öffnete die Tür. Das Zimmer lag im Halbdunkel. Es gab nur ein Fenster in der Wandmitte, fast unter den Deckenbalken, und die Fensterläden waren geschlossen. Der Geruch nach Armut, Moder, der Gestank nach Viehmist und Stroh würgten ihn. Auf dem Boden standen Kisten, Körbe, lagen Decken gestapelt, Werkzeug. Zum Schlafen war eine Matratze auf die nackte Erde geworfen und mit einem grauen Fetzen bedeckt. Ein kleines Kruzifix an der Wand bedeutete, daß es sich wirklich um eine Schlafstätte handelte.

Zuerst konnte er sie nicht sehen. In einer Ecke befand sich das einzige Möbelstück, ein Stuhl. Dort lag die Mennulara, sie schien ein weiterer Lumpenhaufen zu sein, zusammengerollt wie ein Ungeborenes, das Rückgrat gekrümmt, fast gerundet, die Beine angewinkelt. Den Kopf so tief auf die Brust gesenkt, daß er ihre Knie berührte, winselte sie wie ein verletzter Hund und schluchzte in regelmäßigen Abständen. Sie nahm ihn nicht wahr. Die Blutflecken hinten an ihrem Unterkleid waren eindeutig zu erkennen. Ein Bein lag entblößt, und auf der hellen Haut waren die streifigen Spuren des Bluts, das ihr bis zu den Füßen hinabgelaufen war.

Don Vincenzo schloß die Tür, dankte der Bauersfrau und ging in den Stall. Sein Sohn wartete dort stehend auf ihn, auch er hatte Blutspuren auf Hemd und Hose. Er sagte zu ihm: »Komm.« Wortlos bestiegen sie ihre Pferde und ritten im Trab davon, als wäre nichts vorgefallen. Als sie in einiger Entfernung an den Mandelpflückerinnen vorbeiritten, riefen sie das übliche *»Salutàmu«*, das auch den Ernteschlägern galt. Sie brauchten ungefähr drei Stunden, um in den Ort zurückzureiten. Don Vincenzo würdigte seinen Sohn keines Blicks, er ritt vor ihm und bahnte den Weg zwischen den Bäumen, mied die meistbenutzten Landstraßen und Pfade. Seine Ehefrau und die kleinen Töchter erwarteten sie. Die Mädchen waren vergnügt und ausgelassen. Don Vincenzo blutete das Herz bei dem Gedanken, welche Tragödie auf seine Familie niedergefahren war. Er erklärte ihnen, daß Giovanni hingefallen sei und sich weh getan habe, aber es sei nichts Schlimmes, und er schickte alle zum Apotheker, um Medikamente zu kaufen.

Als sie allein waren, fragte er den Sohn: »Hast du schuld?«

»Ja. Ich weiß nicht, was über mich gekommen ist.«

Da stürzte sich Don Vincenzo auf den über alles geliebten Sohn und traktierte ihn mit Faustschlägen und Tritten in den Bauch und in die Hoden und weinte und klagte über das traurige Ende seiner Familie. Giovannino mußte für einige Tage das Bett hüten.

In der Zwischenzeit organisierte Don Vincenzo den Abschied des Sohns von der Familie. Es hieß, er würde zu einem Cousin in den Norden ziehen, um dort seine Studien fortzusetzen. Er war ja so intelligent, daß es in Sizilien um ihn schade wäre, und in Italien würde er in der Schule ganz andere Sachen lernen. Die Ehrenwerte Gesellschaft wurde über den wahren Hintergrund unterrichtet, und sie billigte Don Vincenzos kluge Entscheidung. Giovannino verhielt sich wie ein gestandener Mann: Er nahm die Schuld auf sich und versprach der Mutter, die bei seiner Abreise todunglücklich war, daß er die Ehre der Familie hochhalten werde. Eines Tages könne sie stolz auf ihn sein.

Bei einer Zusammenkunft von Ehrenmännern gestand Giovanni Ancona mit einer Bescheidenheit und Würde, die für einen sechzehnjährigen Jungen erstaunlich war, seine Schuld ein. Er habe eine Tat begangen, die nicht nur nach dem Verhaltenskodex der Mafia untragbar war: Er habe sich von einem fleischlichen Bedürfnis während der Ausübung seiner Funktionen überwältigen lassen (auch wenn er sich mit einer willigen Frau, einem Mann oder einem Tier befriedigt hätte, wäre es dasselbe, ein Ehrenmann dürfe nie die Kontrolle über sich verlieren). Aber die Tatsache, daß er eine Jungfrau, ein blutjunges Mädchen vergewaltigt habe, lasse sein Urteilsvermögen in zweifelhaftem Licht erscheinen und verletze die Regel, daß die Frauen der anderen nicht angerührt werden dürfen. Selbst wenn man das Mädchen und die Zeugen zum Schweigen brächte, bestand die Gefahr, daß jemand in der Zukunft den Mund aufmachte, und diese fernliegende Möglichkeit ließe es undenkbar erscheinen, ein würdiger und respektierter Nachfolger seines Vaters und dessen Vorfahren auf diesem Land zu werden. Giovanni Ancona versprach zerknirscht, die Chancen, die die moderne Welt ihm biete, im Dienste der Ehrenwerten Gesellschaft zu nutzen – als ein echter Ancona, wie es vor ihm alle anderen Mitglieder seiner Familie getan hatten.

In Wirklichkeit, trotz der bitteren Erniedrigung und des Schmerzes, weil er die Familie und Sizilien verlassen mußte, war sich Giovanni Ancona seiner Fähigkeiten bewußt und wollte sich fortbilden. Sich seinen Studien zu widmen und im Busineßbereich arbeiten zu können, das war für ihn eine faszinierende Aussicht. Außerdem war ihm bald klar, daß ein Leben, das nicht so karg und schmucklos wäre wie das von den rigiden Gesetzen der Landmafia vorgeschriebene, ihm viel mehr behagte. Nur selten kehrte Giovanni Ancona nach Sizilien zurück, er verheiratete sich und lebte in der Lombardei. Für Don Vincenzo und seine Frau war er ein verlorener Sohn.

Don Vincenzo mußte dem Rechtsanwalt Ciccio Alfallipe, dem Verwalter der Besitztümer der Fürsten Brogli, Bericht erstatten und spielte den Vorfall herunter, als handelte es sich um einen Fehltritt zweier feuriger Jugendlicher. Er gab ihm zu verstehen, daß er es begrüßen würde, wenn die Mennulara eine andere Arbeit im Ort fände. So kam es, daß Signora Lilla Alfallipe auf keinen Einwand von seiten ihres Ehemanns stieß, als sie ihm mitteilte, ein anderes Dienstmädchen, nämlich die Tochter von Nuruzza Inzerillo, einstellen zu wollen.

Don Vincenzo erkaufte sich das Schweigen der Vicari mit Geld. Sie gaben die Feldarbeit auf, eröffneten einen Obst- und Gemüseladen und wurden ständig überwacht. Er ließ sich immer wieder über die Geschicke der Familie Inzerillo und der Mennulara unterrichten und wollte jeden auf der Stelle umbringen lassen, der im Verdacht stand, geredet zu haben oder reden zu wollen.

49.
In Don Vincenzo Ancona wird die Erinnerung an seine einzige Verabredung mit der Mennulara wieder lebendig

Fast zwanzig Jahre später, noch vor Kriegsanbruch, wurde ihm von einem aus Enna hinterbracht, daß die Mennulara ihn zu sprechen wünsche, wann es ihm genehm sei. Don Vincenzo wunderte sich und war auch beunruhigt: Eine Erpressung oder eine Schmerzensgeldforderung nach so langer Zeit würde einem unbeständigen Gemüt entsprechen, doch soweit er wußte, war sie das ganze Gegenteil. Er hatte sich über den Werdegang der Mennulara auf dem laufenden gehalten, und es hieß, sie sei eine ausgeglichene, besonnene und wortkarge Person, die niemandem gegenüber zu Vertraulichkeiten neige. Mit anderen Worten: Sie war ein Weib mit versiegeltem Mund.

Diese Bitte um eine Unterredung überraschte ihn aufs höchste. Don Vincenzo beschloß, die Sache zwei Wochen auf die lange Bank zu schieben, im übrigen hatte sie es ja nicht eilig. Doch die Mennulara legte sich wie eine Bleikappe auf sein Denken und bereitete ihm Beklemmung wie nichts sonst.

Wenige Tage später hatten Don Vincenzo und seine Frau Anlaß, mit Fug und Recht stolz auf ihren Giovannino zu sein. Die *Gesellschaft* hatte ihm eine Position in den obersten Rängen der Bank zugespielt, die ein großes Stück vom Geldkuchen der *Familie* verwaltete: Längst war er dazu auserkoren, einer der bedeutendsten Finanziers der Mafia im Ausland zu werden. Giovanni, der infolge seiner Abschiebung aus Sizilien eine angesehene Universität in Mailand besucht hatte, sprach mittlerweile fließend Französisch und war nicht mehr als Südländer oder gar als Vertrauensmann der Mafia zu erkennen. Er würde auch seinen Vater in der Hierarchie der Ehrenwerten Gesellschaft übertreffen.

Don Vincenzo kam es wie eine Ironie des Schicksals vor, daß der Erfolg des Sohns zeitlich mit der Forderung der Mennulara zusammenfiel; dann begann er zu argwöhnen, daß zwischen den beiden Ereignissen ein frevelhafter Zusammenhang bestand, den er sich beim besten Willen nicht vorstellen konnte. Er geriet in höchste Besorgnis und erwog sogar, sie einfach zum Schweigen zu bringen, sie würde dann zu einer der vielen spurlos Verschwundenen zählen, die niemals gefunden wurden; er hatte in seiner Jugendzeit eine beträchtliche Anzahl eigenhändig ermordet, und als Mafiaoberhaupt hatte er Dutzende solcher Morde in Auftrag gegeben. Es wäre ihm ein leichtes gewesen. Doch am Ende beschloß er, sie zu Wort kommen zu lassen, vielleicht weil die Neugier ihn trieb herauszufinden, was sich wirklich in der Vergangenheit zugetragen hatte. Danach würde er entscheiden. Als Ort der Verabredung bestimmte er die Kanzlei eines Notars seines Vertrauens, denn er glaubte nun doch, daß sie ihn erpressen wollte.

Es war zwei Uhr an einem Donnerstagnachmittag, er erinnerte sich noch, als wäre es gestern gewesen, und um die Zeit waren wenig Leute unterwegs. Die Mennulara war nervös, als sie die Kanzlei betrat, wo sie vom Notar und Don Vincenzo erwartet wurde. Mager war sie in ihrem schlichten grauen Kostüm, ihr Gesicht war blaß und eingefallen, und die Haare hatte sie zu einer Zwiebel straff nach hinten gezogen. Sie wirkte älter, als sie war. Der Notar erhob sich, um sie zu begrüßen. Don Vincenzo blieb gesenkten Hauptes sitzen, eine Hand ruhte auf einem Bein, die andere lag auf der Schreibtischplatte.

Die Mennulara nahm auf dem Stuhl gegenüber Platz und

begrüßte Don Vincenzo. »Ich danke Euch, daß Ihr mir diese Begegnung gewährt habt«, ergriff sie das Wort.

Don Vincenzo war gezwungen, den Blick zu heben. Er sah sie durchdringend an, auf seine typische Art, ohne daß sein Gegenüber es mitbekam. In der Vergangenheit hatte er versucht, sich ihr Bild in Erinnerung zu rufen, doch es war ihm nicht gelungen, sich ihre Gesichtszüge vorzustellen; er erinnerte sich nur noch daran, daß sie mit einer schönen, kräftigen und melodiösen Stimme sang; und jetzt, da er sie vor sich hatte, huschte das Bild des jungen, flinken und sangesfreudigen Mädchens vorüber, das unter den Bäumen sitzend aus voller Kehle Stornelli trällerte.

Die Mennulara erwiderte ohne Scheu seinen Blick und sagte schlicht und einfach: »Don Vincenzo, ich habe nie mehr wieder zu meinem Vergnügen gesungen, danach.«

»Das bedaure ich sehr, glaub mir.«

Der Notar griff in diese unsinnige Konversation ein und erklärte, wie mit Don Vincenzo zuvor besprochen, daß er hier sei, um gegebenenfalls eine Vereinbarung aufzusetzen, sollte die Unterredung konkrete Formen annehmen. Da wurde er sich bewußt, daß nicht nur die Mennulara, sondern auch Don Vincenzo ihn ansahen, als wäre seine Rede unpassend und einfältig. Er hatte ein inniges und feierliches Zwiegespräch unterbrochen.

Die Mennulara sagte mit leiser, aber entschiedener Stimme: »Herr Notar, ich brauche kein Geld, Ihr solltet wohl besser gehen. Don Vincenzo kann Euch ja rufen, wenn er Bedarf hat.« Don Vincenzo nickte knapp zum Zeichen der Zustimmung.

Nun saßen sie sich allein gegenüber, getrennt durch den mächtigen Schreibtisch aus Massivholz. Verwaist stand an der Kopfseite der Sesselstuhl des Notars mit hoher und breiter Rückenlehne, umrahmt von einer dicken geschnitzten Holzleiste. Es hätte der Platz für die abwesende Person, seinen Giovannino, sein können, dessen Name nie ausgesprochen wurde. Seine Gegenwart schien in der abgestandenen

Luft des Arbeitszimmers beinahe greifbar, so als wäre er ein Gespenst.

Don Vincenzo atmete schwer, bewegte die Hände und brachte sie in dieselbe Stellung wie zuvor, hob den roten, fast völlig kahlen Kopf und schoß mit der Frage heraus: »Was hat er dir getan?«

»Ich habe es keinem erzählt«, entgegnete die Mennulara und sah ihm gerade in die Augen. »Müßt Ihr es ausgerechnet jetzt hören?«

Don Vincenzo senkte das Haupt: Seine Frage war eine Aufforderung zu antworten.

Sie sprach, ohne innezuhalten, mit monotoner und unbeteiligter Stimme, erlebte noch einmal bei klarem Bewußtsein und in seiner ganzen Breite das Trauma, das ihr im Alter von dreizehn Jahren widerfahren war. Ihr Blick war leer, als erzählte sie von Dingen, die anderen Leuten zugestoßen waren. »Euer Ehren, Ihr wißt, wer ich bin, und wißt auch, daß ich arbeitete, um für meine verstorbene Mutter und meine Schwester etwas auf den Tisch zu bringen. Ich liebte das Leben unter freiem Himmel und tat die Arbeit gern. Die Bauern auf dem Gut Cannelli hatten Mitleid mit uns drei Ärmsten und schenkten mir Käsestücke und andere Eßsachen, die sie hinter einem Stein in der Aushöhlung unter dem Fenster des Strohschobers versteckten, und die nahm ich dann mit nach Hause. An jenem Tag hatte Don Luigi Vicari zu mir gesagt, daß dort zwei Eier für mich bereitlägen, und der da wird es gehört haben. Es war warm, und es gab noch viele Bäume zu schütteln, die Baumschläger arbeiteten viel zu langsam und zu nachlässig und ließen jede Menge guter Mandeln auf den Ästen zurück. Ich kletterte hinauf und pflückte sie alle. Ich hatte meinen Spaß, auf die Bäume zu steigen, ich war ja noch ein Kind.

Der da wird mich beim Arbeiten bemerkt haben, was weiß ich. Ich weiß nur, als wir Mittagspause machten, bekam ich einen Riesenhunger und verputzte das ganze Stück Käse und die Oliven, die sie uns gegeben hatten. Gewöhnlich knabberte ich nur ein wenig daran und nahm den Rest mit nach Hause, meine Schwester hatte keinen großen Appetit, aber solche Sachen schmeckten ihr. Der da strich um uns alle beim Arbeiten herum, genau wie Ihr es tatet. Ich erzählte den anderen Mandelpflückerinnen, daß ich besser nicht den ganzen Pfefferkäse, der so köstlich schmeckte, hätte essen sollen. Der da hörte mich und kam näher. Er sagte zu mir, daß er einen halben Laib von dem Käse hätte und mir eine große Scheibe davon geben könnte, die würde ich im Strohschober finden, wenn ich rasch dorthin gehen würde, denn es sei nur noch wenig übrig.

Ihr, Don Vincenzo, wart bereits weggeritten, und so schenkte ich ihm Glauben. Ich und eine andere Mandelpflückerin nahmen die leeren Wasserkrüge, um sie gegen zwei andere mit frischem Wasser einzutauschen; wir trugen sie aufrecht auf dem Kopf, so wie es uns unverheirateten Frauen gebührte. Danach durfte ich sie überhaupt nicht mehr auf dem Kopf tragen.« Sie schwieg. Sie schaute ihm unverhohlen ins Gesicht, dann verschwamm ihr Blick, tiefe Verzweiflung stieg in ihr auf und überzog ihre Pupillen.

Dann setzte die Mennulara ihre Erzählung im selben Tonfall fort. »Ich ging zum letztenmal in meinem Leben am Vesperbrunnen die Wasserkrüge füllen, danach verschwand ich im Strohschober. Der da hatte sich hinter der Tür versteckt. Kaum hatte ich einen Fuß hineingesetzt, fiel er über mich her wie ein brünstiges Tier. Ich konnte mich nicht zur Wehr setzen, er riß mir mit aller Gewalt die Kleider vom Leib, er war stärker als ich, er hielt mir den Mund zu, zweimal gelang es mir, ihn zu beißen, um Hilfe zu rufen, und dann nichts mehr, er schlug mir mit der Faust auf den Mund und auf die Brust, den Schmerz spüre ich heute noch. Er drang tief in mich ein, bis in die Gedärme hinauf, ich glaubte, sterben zu müssen. Zum Glück kamen Don Luigi Vicari und seine Frau herbei. Sie kamen, ja, aber bevor sie mir zu Hilfe eilten, kümmerten sie sich um den da. Er war ja Euer Sohn, ich war nur ein armes, halbverhungertes und entehrtes Waisenmädchen. So blieb ich im

Haus der Signora Maria Vicari, ich wollte vor Scham in den Erdboden versinken. Mein Körper und meine Seele waren ein einziger Schmerz. Die gute Maria wusch mich ein wenig und steckte mir Eier, Gemüse und viel Brot zu, und so kehrte ich allein nach Hause zurück, ohne mich von den anderen zu verabschieden. Bei jedem Schritt litt ich Höllenqualen, so schlimm war ich zerschunden.

Meiner Mutter hatte man die Nachricht hinterbracht, daß ich mich aus eigenem Verschulden mit einem in Verruf gebracht hätte, und sie hätte mich bestimmt totgeprügelt, wenn sie nicht so schwach gewesen wäre. Doch dann, als sie mich sah, begriff sie, daß das nicht der Wahrheit entsprach, und stellte mir keine weiteren Fragen. Sie hatte großen Respekt vor Euch, Don Vincenzo, sie sagte, Ihr hättet meinen Vater auch entlassen können, als er als Tagelöhner arbeitete und keine Kraft zum Hacken mehr hatte, da er am Sterben war. Ihr aber habt ihn nicht weggeschickt, und vielleicht aus dem Grund habe ich an das gute Herz von dem da geglaubt, als er mir den Käse anbot. Es hat mir immer schon auf der Seele gebrannt, zu denken, daß Ihr, Don Vincenzo, wie auch die anderen, möglicherweise glaubt, daß ich schuld an dem habe, was geschehen ist. Doch das ist nicht wahr. Bis zu diesem Augenblick kannten nur wir zwei, der da und ich, die Wahrheit.

Einige Tage lang verließ ich nicht das Haus, ich konnte nicht mehr denken, wir hatten keine Zukunft mehr. Die Lebensmittel gingen zu Ende, und meine Mutter und meine Schwester waren sehr krank. Meine Mutter schickte mich in den Dienst ins Haus Alfallipe, auch wenn sie mich niemals als Dienstmagd hätte verdingen wollen, denn sie sagte, daß man der männlichen Herrschaft nie trauen durfte. Und recht hatte sie ja, denn längst bin ich gefangen in jenem Haus und werde dort sterben, ohne Kinder und eine eigene Familie gehabt zu haben.

Der Rechtsanwalt Orazio Alfallipe schwängerte mich, aber er darf es nicht wissen, und außer dem Doktor Mendicò und der Signora Lilla seid Ihr der einzige, der es jetzt weiß. Ich habe abgetrieben und mir anschließend alles herausnehmen lassen, es war nötig. Während ich im Krankenhaus war, habe ich herausgefunden, daß eine Untersuchungsmethode für das menschliche Blut existiert und ein System zum Abnehmen von Fingerabdrücken, mit dem man erkennen kann, wem sie gehören. Ich habe auf diese Weise das Taschentuch untersuchen lassen, das der da benutzte, nicht nur um sich das Blut – davon gab es sehr viel – abzuwischen, sondern auch um seine Schamteile zu säubern, und auf dem Stoff blieben seine Fingerabdrücke vermengt mit dem Blut zurück. Ich habe es aufgehoben. Man kann damit feststellen, von wem die Abdrücke sind. Ich weiß es und brauche keine Beweise, aber wenn Ihr mir nicht glaubt, gebe ich Euch das Taschentuch zusammen mit den Untersuchungen, die ich habe machen lassen. Ich bin nicht hier, um irgend jemanden zu erpressen noch um Geld von Euch zu fordern, und schon gar nicht von dem da. Ich bin hier, um Euch zu sagen, daß die Wahrheit bekannt ist, und ich überlasse Euch die einzigen Beweisstücke, die ich besitze, denn ich will sie nie mehr wieder sehen.«

Sie öffnete ihre Handtasche, zog ein Päckchen heraus und legte es auf den Schreibtisch.

»Ich bitte Euch um drei Gefallen, die Ihr auch ablehnen könnt, und seid sicher, ich werde weder Euch noch dem da je Schlechtes zufügen, ich wäre gar nicht imstande dazu. Signora Lilla Alfallipe hatte ein Erbarmen mit mir und hat mir fünfzig Goldmünzen geschenkt, um sich meine Vergebung zu erkaufen für das, was ihr Sohn getan hat. Vielleicht war das übertrieben, denn ich war ja bereits entehrt, und er ist nie gewalttätig zu mir gewesen so wie der da. Ich arbeite weiterhin in ihrem Haus. Wenn ich seinerzeit von ihnen gegangen wäre, hätte ich nur die Hure für viele andere Schweine wie den da sein können, und meine Schwester hätte keine Heilmittel bekommen und wäre gestorben.« Sie hielt inne und schloß dann ihre Rede: »Ich schäme mich nicht, denn ich habe es geschafft, meine Schwester Addoloratina wieder gesund zu kriegen und sie unversehrt an einen braven Mann zu verheiraten. Sie hat zwei stramme Söhne und ist glücklich, so wie es der Wille meiner Mutter war, Gott hab sie selig.« Sie machte eine Pause und bohrte ihren Blick in Don Vincenzos Augen.

»Was kann ich für dich tun?« fragte er mit rauher Stimme.

»Die erste Bitte ist ganz einfach: Ich brauche Hilfe, um diese Münzen anzulegen. Ich kann ein wenig lesen und begreife viel. Ich will nicht, daß jemand von diesem Geschenk an mich erfährt, und ich habe auch bereits kleinere Ersparnisse. Ihr seid ein mächtiger Mann, und ich weiß, daß die *Familie* sich mit Investitionen im Ausland beschäftigt. Mir erscheint es sinnvoll, dieses Geld gut und vertraulich anzulegen, letzten Endes ist es ja das, was Ihr macht. Das Wie ist mir gleich, ich will nur, daß diese Münzen an Wert zunehmen, nur vor einer Sache habe ich nämlich Angst, und das ist, wieder arm zu sein.

Der zweite Gefallen betrifft die Zukunft: Wenn ich jemals Euren Schutz brauche und Euch um Hilfe angehe, müßt Ihr mir den gewähren, mit allem, was in Eurer Macht steht.

Der dritte ist für den Respekt, den ich verdiene: Sollte ich vor Euch das Zeitliche segnen – und ich spüre heute, daß ich zuviel gelitten habe, um ein langes Leben haben zu können, außerdem sterben wir Inzerillos sowieso jung –, versprecht mir, daß Ihr auf mein Begräbnis kommt, denn auf diese Weise wird die Schuld eines Ehrenmannes gegenüber einer armen Mandelpflückerin beglichen, die von Eurem eigenen Fleisch und Blut entehrt wurde.«

Don Vincenzo starrte sie an, regungslos. Er beugte sich vor und nahm ihre Hände in die seinen. Er hielt sie fest und schlug die Augen nieder. Die Mennulara tat es ihm nach. Dann sagte er: »Mein Ehrenwort.«

Sie erhoben sich, Don Vincenzo nahm das Päckchen und ging.

Don Vincenzo Ancona bekam die Mennulara nie mehr zu Gesicht und hielt sein Wort. Er ließ ihr Geld in der Schweiz anlegen und stellte es so an, daß ihr dieselbe Vorzugsbehandlung zuteil wurde wie der *Gesellschaft*. Der Bankfunktionär traf sich mit ihr in Sizilien, wenn er im Verlauf seines »archäologischen Urlaubs« Kundenpflege betrieb, und auch bei ihr bediente er sich der diskreten, wiewohl gut eingefahrenen Verbindungswege.

Er ließ die Laboruntersuchungen an dem besagten Taschentuch wiederholen. Er überprüfte die Beweise und sprach mit seinem Sohn darüber. Es wurde keine peinliche Diskussion. Er sagte ihm auf den Kopf zu, daß er sein gesamtes Glück der Mennulara verdanke, denn wäre sie nicht gewesen, hätte er ihn nie von zu Hause weggeschickt. Jetzt, da er ein reicher Mann war und sich in Sicherheit wiegen durfte, müsse er daran denken, bei ihr seine moralische Schuld zu begleichen: Und zwar sollte er unverzüglich eine hübsche Summe zu den Goldmünzen hinzufügen und ihr Konto unter Kontrolle behalten, sie würde sowieso nichts davon mitkriegen. Giovannino, den der Vater noch immer Mores lehren konnte, tat reumütig seine Pflicht und erwies sich als Ehrenmann. Das wurde der Grundstein für den Reichtum der Mennulara, die im Unwissen über die stetige Vermehrung ihrer Geldanlagen blieb.

Den zweiten Gefallen zu erfüllen war sehr viel schwieriger. Die Felder des Guts I Puleri, das die Alfallipes für wenig Geld den Fürsten von Brogli abgekauft hatten, brachten wenig ein, aber sie lagen fast genau an der Grenze zu Roccacolomba Bassa. Die Mennulara ließ ihn wissen, es sei die Rede davon, daß eine neue Schule in Roccacolomba Bassa gebaut und das Dorf neu belebt werden sollte. Wenn es möglich wäre, I Puleri zu Bauland zu erklären und dort eine Schule zu errichten, wäre sie glücklich, denn das Stück Land mußte verkauft werden. Don Vincenzo mußte sein gesamtes Verhandlungstalent einsetzen, doch am Ende schaffte er es: Auf dem besagten Stück

Land entstanden nicht nur das Schulhaus, sondern auch Sozialwohnungen und eine Zementfabrik, und die Alfallipes wurden zu reichen Leuten.

Die dritte und letzte Forderung erfüllte er am Dienstag, dem 24. September 1963. Die Mennulara verdiente seinen ganzen Respekt, er wollte der Hüter ihres Ansehens bleiben. Wehe dem, der schlecht über sie redete.

50.
Die Gedenkmesse am dreißigsten Tag nach dem Tod

Nicht nur die Leute von Roccacolomba, sondern auch die Alfallipes waren über die Anzeige im »Giornale di Sicilia« höchst überrascht, mit der die Freunde an das Datum und die Uhrzeit der Gedenkmesse zum dreißigsten Tag nach dem Tod der Signorina Maria Rosalia Inzerillo in der Kirche der Addolorata erinnert wurden.

Padre Arena zelebrierte die Messe wie immer im Schnelltempo. Diesmal hielt er keine Predigt. »Er könnte auch sagen, was ihm gerade durch den Kopf geht, es ist sowieso kaum jemand da«, bemerkte Don Paolino Annunziata, einer der wenigen Anwesenden, im stillen. Die Signora Adriana Alfallipe und Carmela Leone hatten neben dem Vorsitzenden Fatta und seiner Gattin Platz genommen, der Notar Vazzano stand hinter ihnen, ganz in der Nähe von Doktor Mendicò und seiner Schwester. Nur wenige andere Personen waren noch da, insgesamt ein knappes Dutzend. »Ich hab's dir doch gesagt«, brummelte Don Paolino zu seiner Frau auf dem Nachhauseweg, »die Leute haben ein kurzes Gedächtnis, und ich klage ja nicht, denn es ist richtig so. Das Wort *Mennulara* selbst ist im Begriff, aus unserer Sprache zu verschwinden, denn Mandelpflückerinnen finden sich keine mehr auf unseren Feldern. Die Männer sammeln die Mandeln mit Hilfe großer Erntetücher, und es tauchen auch Tunesier als Arbeitskräfte in unseren Bergen auf… Und so geht die Zeit zu Ende, da die Frauen die Ernten einbrachten.«

Nach der Messe bestand Pietro Fatta darauf, Padre Arena zum Mittagessen einzuladen. Er wollte gemeinsam mit dem Priester und mit Gianni Alfallipe, der gegen ein Uhr, eigens aus Catania kommend, zu ihnen stoßen würde, etwas Wichtiges besprechen. Nach Tisch bat Pietro Gianni und den Pfarrer in sein Arbeitszimmer. Er gab sich auffallend formal und wirkte ziemlich verlegen.

»Gianni, ich habe gute Nachrichten für das Haus Alfallipe, und ich will zusammen mit Padre Arena zuerst mit dir darüber reden, damit du mir sagst, wie ich sie deiner Mutter und deiner Schwester beibringen soll, und mir Angaben über die Rolle machst, die du hoffentlich übernehmen wirst.«

»Erkläre, was du meinst, Onkel Pietro, um welche Rolle handelt es sich?« fragte Gianni übellaunig. Am Morgen hatte ihn ein Freund geweckt, der in der Zeitung die Anzeige der Gedenkmesse gelesen hatte, bei der die Alfallipes diesmal wirklich nicht die Finger im Spiel hatten. Panik überkam ihn, und er fürchtete, daß die Mennulara ihnen wieder eine Falle stellen und sie dem bitteren Hohn preisgeben wollte; er war im Zweifel, ob er geradewegs nach Roccacolomba fahren oder in Catania bleiben sollte. Er hatte sogar Padre Arena angerufen, der ihm mitgeteilt hatte, daß es etwas völlig Normales sei, eine Gedenkmesse zum dreißigsten Tag nach dem Tode zu zelebrieren, er habe es mit der Mennulara selbst vereinbart, er sei aber überrascht, daß Gianni nicht auf dem laufenden war. Dann war plötzlich die Einladung zum Mittagsmahl im Hause Fatta gekommen, der Vorsitzende hatte ihm gute und wichtige Neuigkeiten, und zwar umgehend, mitzuteilen.

»Ein bekannter und angesehener Rechtsanwalt aus Zürich, über den ich diskrete Nachforschungen angestellt habe, hat vergangene Woche mir und dem Präfekten geschrieben. Ein alter Klient von ihm, ein Kunstkenner, sei vor kurzem verstorben und habe einen Teil seines beträchtlichen Vermögens einem philanthropischen Zweck vermacht, der mit deinem Vater zu tun hat.«

»Mit meinem Vater? Das kann ich nicht glauben«, erwiderte Gianni.

»Auch ich hatte als erstes diese Reaktion, doch wenn man es bedenkt, war Orazio eine vielseitige und faszinierende Persönlichkeit ... Dieser uns unbekannte Wohltäter wird seine Bekanntschaft gemacht und ihn bewundert haben«, sagte Pietro Fatta. »Er will nun zum Angedenken an deinen Vater die feste Einrichtung einer Musikveranstaltung ins Leben rufen, die der Oper gewidmet ist und jährlich im Mai in der Provinzhauptstadt stattfinden soll. Er hat überdies Gelder für eine Studienstiftung zur Verfügung gestellt, die jungen mittellosen Gesangsschülern zukommen sollen, die im Konservatorium in Catania studieren.«

»Was sonst noch?« fragte Gianni ungläubig und mit sarkastischem Unterton.

»Ich bin der Vorsitzende dieser Stiftung, die die Aufgabe hat, die Mitglieder der verschiedenen Komitees zu ernennen, ich würde jetzt gern wissen, ob dich das interessiert. Es sind nicht viele Bedingungen, die unser Gönner stellt, und sie sind klar formuliert. Er verlangt, daß bei der ersten und der letzten Aufführung von ihm ausgewählte Stücke, alle von Verdi, gespielt werden, den Anfang wird die *Aida* machen; er wünscht, daß ein Vertreter der Familie Alfallipe aufgefordert wird, dem Gewinner des Gesangswettbewerbs den Siegespreis zu überreichen, und daß die Veranstaltung mit dem Titel »La Mennulara« dem Angedenken des Advokaten Orazio Alfallipe, Mann von Kultur und Sammler, gewidmet wird.«

»*Cazzo!*« Gianni war völlig aus dem Häuschen.

»Meine Glückwünsche, *professore*, Ihr werter Herr Vater wäre glücklich gewesen«, meinte Padre Arena mit ironischem Grinsen.

»Was werden die Leute nur sagen?« fragte sich Gianni besorgt. »Wenn es eine Falle ist, und die Mafia uns in die Mangel nimmt? Wir wissen noch immer nicht, woher ihr Geld kam, ich habe Angst, da hat Mennù ihre teuflischen Finger im Spiel, die treibt uns noch ins Verderben.«

»Beruhige dich, Gianni, du brauchst gar nichts zu tun. Ich habe dieses Amt übernommen, ich wollte einfach nur wissen, ob du dich beteiligen willst. Es könnte dich doch interessieren, die Sache wird gut gemacht sein und für die Provinz und eventuell darüber hinaus Bedeutung erlangen. Deine Frau könnte Mitglied des künstlerischen Komitees werden, möglicherweise wird sich auch Lilla beteiligen, vielleicht sogar Carmela. Für die Familie Alfallipe ist es eine Ehre. Ich möchte aber gern wissen, was deine Mutter darüber denkt.«

»Ich weiß es nicht. Noch immer und trotz allem betet sie ihre Mennù an, ich bin sicher, daß sie, wie sich das Ganze auch entwickelt, zufrieden sein wird.«

Pietro Fatta und der Pfarrer tauschten einen Blick und waren sich einig, dies waren gute Nachrichten, sie hatten Schlimmeres befürchtet.

Gianni hatte wieder Mut geschöpft und fügte aufgebracht hinzu: »Reden wir Klartext, ich bitte euch. Wer dieser Wohltäter der Menschheit ist, weiß ich nicht, aber mir will scheinen, daß es sich hier um das Geld handelt, das die Mennulara uns geklaut hat, und jetzt schmeißt sie es uns auf diese Weise vor die Füße. Sie kotzt mich an. Mama wird das nie kapieren, jedenfalls ist es eine Schande, ganz zu schweigen vom Angedenken meines Vaters: Er wäre tödlich beleidigt, wenn er seinen Namen neben dem eines Dienstmädchens lesen würde, das war bestimmt nicht sein Wunsch, andernfalls hätte ihn nichts daran gehindert, es selbst zu tun.« Er blickte in die Runde, Pietro Fatta und Padre Arena zeigten nicht die geringste Regung, beispielhaft beherrschten sie die Gabe, die den Sizilianern bereits mit der Muttermilch eingeflößt wird, nämlich die eigenen Gedanken und Gefühle zu verbergen.

»Mach, wie du willst, Onkel Pietro, das hätte ich mir nicht

von dir erwartet, ich hielt dich für einen brüderlichen Freund meines Vaters«, sagte Gianni kalt.

»Das bin ich doch weiterhin.« In Pietro Fattas Stimme lag eine Spur von Feindseligkeit.

Gianni erhob die Stimme: »Die Leute werden behaupten, daß zwischen meinem Vater und Mennù wer weiß welche heimliche Beziehung bestanden hat, eine Liebe, begreifst du das? Ist es das, was sie wollte? Als sie noch lebte, ist ihr das nicht gelungen, und aus diesem Grund zieht sie uns jetzt in den Schmutz. Wir werden in der Öffentlichkeit erklären müssen, daß ihrer beider Verhältnis ganz anderer Natur war.«

»Nimm zur Kenntnis, daß dein Vater sie geliebt hat«, entgegnete Pietro Fatta, und sein Ton duldete keinen Widerspruch.

Gianni war entsetzt. »Ich kann dir nicht glauben, Onkel. Die Ehre deines Amtes hat deinen Geist verwirrt, jetzt willst du mir auch noch sagen, daß sie meinen Vater liebte, uns Kinder liebte und nur unser Bestes wollte, und daß wir besser daran getan hätten, ihr zu gehorchen«, fügte er giftig hinzu.

Padre Arena mischte sich ein. »Beruhigen Sie sich doch, *professore*. Ich darf keine Beichtgeheimnisse preisgeben. Aber ich versichere Ihnen, daß es keine unangenehmen Auswirkungen von wegen Mafia oder anderes geben wird, vorausgesetzt, Sie kritisieren die Mennulara nicht in der Öffentlichkeit – in dieser Hinsicht haben Sie ja bereits eine Lehre gezogen. Sie werden keine Briefe oder andere Sendungen von ihrer Seite erhalten. Es geht doch nur um eine musikalische Veranstaltung, das ist eine schöne Sache und wird Ihrem Namen zu Glanz verhelfen.«

Pietro Fatta gab seinen Beitrag: »Fürchtet doch nicht die Lächerlichkeit, Gianni, im Gegenteil, diese Sache gleicht euer voriges Verhalten aus, schließlich habt ihr gleich zweimal für sie den Todesnachruf veröffentlicht. Ich werde eine Erklärung bezüglich des im voraus gewählten Titels geben, wie es im übrigen der Wohltäter verlangt. Eine Angestellte des Hauses, die Verwalterin geworden ist und euch ehrlich gedient hat, das sind eure Worte. Ich werde hinzufügen, daß euer Wohlwollen es ihr ermöglicht hat, sich fortzubilden, so daß sie Orazio bei den Recherchen auf dem Gebiet der Kunst und der Musik behilflich sein konnte. Obendrein hatte sie ihm durch ihre Verwaltertätigkeit so viel frei verfügbare Zeit gelassen, daß er sich der Kunst widmen konnte. Ich übertreibe nicht, das entspricht der vollen Wahrheit.« Pietro Fatta drückte sich gut aus, und Gianni beruhigte sich wieder, obgleich er an ihren unermeßlichen finanziellen Verlust denken mußte ... Hätten sie doch bloß nicht die griechischen Vasen kaputtgemacht!

Am Nachmittag verließ Padre Arena den Palazzo Fatta und spazierte geradewegs zum Hause Mendicò, danach wollte er den Bus nehmen und aufs Land zurückkehren. Der Arzt saß mit seiner Schwester im Wohnzimmer und war in die Zeitung vertieft.

»Ich bin nur hier, um Ihnen eine schlichte Antwort zu geben, *dottore*«, sagte Padre Arena und schlug die Aufforderung aus, sich zu setzen und mit ihnen einen Kaffee zu trinken. »Sie haben mir im vergangenen Monat eine schwierige Frage gestellt, auf die ich nicht zu antworten wußte. Jetzt weiß ich es, die Antwort lautet Ja.«

Signora Di Prima nahm die übertriebene und unvorhersehbare Reaktion des Bruders auf die Worte des Priesters zum Anlaß zu behaupten, daß er – und das war traurig – jetzt tatsächlich komisch wurde; und vielleicht war das der Anfang vom Altersschwachsinn. Denn – Doktor Mendicò, der sich vom Sessel erhoben hatte, um den Priester zu begrüßen, und jetzt vor ihm stand, packte den Gottesmann am Arm, zerrte ihn, damit er sich nach vorne beugte, schlang seine kurzen Arme um ihn und drückte ihm zwei laute Schmatzer auf die Backen ... Und wollte ihn nicht mehr loslassen. Padre Arena machte seinerseits keinen Versuch, sich aus der Umklammerung zu befreien, und schien dieses Verhalten als ganz normal zu betrachten. Endlich ließen die beiden alten Männer voneinander und schielten wie Schulbuben, die man auf frischer Tat ertappt hatte, zu Signora Di Prima hinüber.

Padre Arena verabschiedete sich recht betreten und heftig stotternd. Der Arzt begleitete ihn zur Tür und sagte mit leiser Stimme zum Abschied: »Das hat sie gut gemacht, unsere Mennulara, es stimmt, was man sagt, Liebe ist ein ewiger Jungbrunnen!« Und dabei umarmte er Padre Arena erneut, bevor er wieder zur Schwester ins Wohnzimmer zurückkehrte.

»Concetta, gewisse Dinge sind einfach privater Natur, und da brauchst du deine Nase nicht hineinzustecken. Es ist gut jetzt, bitte«, sagte der Arzt und widmete sich erneut seiner Lektüre. Signora Di Prima zog sich schmollend in ihr Zimmer zurück und ließ Doktor Mendicò allein mit seiner Zeitung. Und der freute sich wie schon lange nicht mehr.

Epilog

Gaspare Risico wurde mit einer kleinen Beförderung nach Palermo versetzt; Massimo Leone und Carmela Alfallipe hingegen zogen in den Palazzo Alfallipe, um Signora Adriana Gesellschaft zu leisten, und dort blieben sie auch bis zum Tod der letztgenannten im Jahr 1967.

Carmela und Massimo trennten sich kurz darauf infolge eines heftigen Streits. Carmela beschloß, ein Geschäft für Oberbekleidung in Roccacolomba zu eröffnen, und hatte damit beachtlichen Erfolg. Sie bewohnte ein Appartement im Palazzo Alfallipe und verbrachte viele Abende zu Hause, an einem kleinen Tisch sitzend, wo sie sich am Puzzlespiel ergötzte; ihre Begeisterung dafür war entbrannt, nachdem sie versucht hatte, die Scherben der Vasen zusammenzukleben, die sie und ihre Geschwister am 30. September 1963 zerworfen hatten. In der Tat war ihr das so großartig gelungen, daß die drei jungen Alfallipes beschlossen hatten, dem Doktor Palmeri im Regionalmuseum für Archäologie Fragmente der Sammlung des Vaters zu bringen (die dann restauriert wurden und heute im Museum ausgestellt sind). Es war ein Akt der Reue, mit dem sie den Geist der Mennulara besänftigen wollten, die in ihren Köpfen allmächtige und dämonische Dimensionen angenommen hatte.

Die Puzzles wurden der Trost und die Obsession von Carmelas Abenden, fast wie ein nächtliches Ritual. Viermal pro Jahr wurde sie allerdings abgelenkt, wenn ein gutaussehender Vertreter einer Damenstrickwarenfabrik von Neapel nach Sizilien kam, um Aufträge bei seinen Kunden einzuholen. Dann ließ sich Carmela in die Arme des Handelsvertreters fallen und genoß eine leidenschaftliche und friedliche Saisonliebe. Wenn der Neapolitaner sie verließ, um seine Runde in den anderen Provinzen zu drehen, ließ Carmela ihre Sinne wieder einschlafen und suchte Aufmunterung beim Puzzlelegen, bis zum nächsten Besuch.

Massimo Leone ließ sich im Haus seiner Schwester nieder und lebte weiter von der Hand in den Mund. Im Alter von fünfzig Jahren schwängerte er ein junges Mädchen in Catania, deren Brüder ihn mit dem Tod bedrohten, es sah so aus, als meinten sie es ernst. Von seinem Schwager ermutigt, zog Massimo in einen andere Ort, um seinen Verfolgern zu entkommen, und in Roccacolomba ward nichts mehr von ihm gehört.

Lilla wurde zu einer geschätzten Besucherin der guten Salons von Rom. Sie gab stilvolle Empfänge in ihrem schönen Haus, wo zwei griechische Vasen einen Ehrenplatz einnahmen und von den Kulturmenschen der Hauptstadt als herrliche Exemplare der Kunst Großgriechenlands bewundert wurden. Überdies war Lilla eines der Mitglieder der Jury beim jährlichen Gesangswettbewerb »La Mennulara«, der zusammen mit den musikalischen Veranstaltungen auf der gesamten Insel bekannt und beliebt war.

Gianni lebte glücklich und zufrieden mit seiner Frau und seinem Sohn Orazio in Catania und machte eine hübsche Universitätskarriere. Er schöpfte nie Verdacht, daß der Sohn nicht von ihm sein könnte, sondern von einem ganz engen Freund der Familie, einem Kollegen seiner Gattin. Palazzo Alfallipe steht wie eh und je und ist nur ein wenig heruntergekommen. Gianni und seine Frau belegen die Nobeletage, wenn sie nach Roccacolomba kommen, um Ferien zu machen oder den Musikveranstaltungen beizuwohnen; sie laden dann auch gerne Freunde ein. Die Empfängnis des kleinen Orazio fand in der

Bibliothek des Advokaten auf dem Sofa gegenüber dem Kamin statt.

Die Leute von Roccacolomba vergaßen rasch Maria Rosalia Inzerillo, die Mennulara genannt, aber sie erinnern sich voller Stolz ihres illustren Mitbürgers, des Rechtsanwalts Orazio Alfallipe, der ein großer Studiosus und Sammler war und dessen Angedenken ihrem Städtchen zu Ruhm und Ehren verhilft.

Dank

Mit der British Airways in der Widmung ist tatsächlich die britische Luftfahrtgesellschaft gemeint. Einer Verspätung des Flugs Palermo – London am 2. September 2000 nämlich verdanke ich die »Erleuchtung«, die mich zu diesem Roman geführt hat. Und ebendeshalb – vielleicht aber auch wegen jenes »luftigen« Fadens, der es mir gestattet, eine Verbindung zwischen meinen beiden Ländern aufrechtzuerhalten – steht die British Airways da, wo sie steht.

Zwei Personen möchte ich an dieser Stelle ganz offiziell für ihre Rolle danken, die sie in der Geschichte des Romans gespielt haben: Giovanna Salvia, meiner ersten Leserin und begeisterten Vermittlerin, die mich reichlich, wiewohl diskret mit Vorschlägen bedachte und heute eine Freundin ist; und meinem Editor aus dem Verlag Feltrinelli, Alberto Rollo. Seine konstante Hilfestellung und seine Geduld waren für mich sehr wertvoll, ebenso aber auch sein ausgezeichnetes professionelles Urteil. Mit ihm zusammenzuarbeiten war eine Freude und zugleich ein stetiges Lernen. Er hat mir nicht nur eine denkwürdige »master class« in der Kunst des Schreibens erteilt, seine scholarship ging weit darüber hinaus und enthüllte mir die Bedeutung einiger sizilianischer und englischer Begriffe, die mir bis dahin zu meiner größten Verblüffung unbekannt waren.

Inhalt

Montag, den 23. September 1963

Dienstag, den 24. September 1963

Mittwoch, den 25. September 1963

Donnerstag, den 26. September 1963

PIPER

Melania G. Mazzucco

Die so Geliebte

Roman um Annemarie Schwarzenbach. Aus dem Italienischen von Gesa Schröder. 543 Seiten. Gebunden

»Alles an ihr war außergewöhnlich, selten und edel; alles, was mit ihr in Berührung kam, wurde sofort kostbar und begehrenswert in den Augen der anderen.« Mit diesen Worten beschreibt ein junger Verehrer Annemarie Schwarzenbach, eine der schillerndsten Figuren der mondän-intellektuellen Welt der dreißiger Jahre. Sie entstammte einer reichen Schweizer Industriellendynastie, war von androgyner Schönheit, verzauberte Männer wie Frauen, zählte Klaus und Erika Mann zu ihren engsten Freunden, war Photographin und Schriftstellerin. Und doch schien sie immer auf der Flucht vor sich selbst, getrieben von der Sehnsucht nach Liebe. Einfühlsam rekonstruiert Melania G. Mazzucco das Leben dieser außergewöhnlichen Frau: ihre Jugend, ihre schwierige Beziehung zur Mutter, ihre Reisen nach Persien, in die USA und den Kongo, ihre Scheinehe mit einem Diplomaten und ihren tragischen Tod 1942, mit nur 34 Jahren.
Das Porträt einer unvergeßlichen Frauengestalt und einer kosmopolitischen Gesellschaft, vor der sich der Abgrund des Nationalsozialismus auftat.

01/1253/01/R

01/1107/01/R